Axel Hambraeus

Der Pfarrer in Uddarbo

BRUNNEN

VERLAG GIESSEN · BASEL

ABCteam-Bücher erscheinen in folgenden Verlagen:
Aussaat Verlag Neukirchen-Vluyn
R. Brockhaus Verlag Wuppertal und Zürich
Brunnen Verlag Gießen und Basel
Christliches Verlagshaus Stuttgart
Oncken Verlag Wuppertal und Kassel

Titel der Originalausgabe:
Prästen i Uddarbo
Aus dem Schwedischen übersetzt
von Friedrich Peter

3. Auflage 2001
Brunnen Verlag Gießen 1993
Lizenzausgabe mit Genehmigung des
Theologischen Verlages Zürich. © 1962
Umschlagmotiv: Thomas Vogler
Umschlaggestaltung: Ralf Simon
Satz: AbSatz, Klein Nordende
Herstellung: Ebner Ulm
ISBN 3-7655-3696-2

VORSPIEL AUF DEN SCHÄREN

I

Es war ein herrlicher Sonntagmorgen. Die Kirchenglocken von Stockholm sangen alle in der klaren Luft, als das kleine Schären-Boot an der Spielzeugfestung auf dem Kastellholmen vorbeidampfte. Die Granitfelsen leuchteten violett und stachen ab gegen das helle sommerliche Grün. Die schönen Villen am Strand entlang badeten im Morgenlicht, Möwen segelten in der Luft und weiße Boote im Wasser. Das Schären-Dampfschiff war voller fröhlicher Menschen.

Ganz vorn am Bug stand einsam ein schwarzgekleideter Mann in einem Gehrock. Er war barhäuptig, und sein dünnes rotes Haar kräuselte sich im frischen, aufspritzenden Salzwasser. Er schaute unverwandt vorwärts, als hätte er Angst, sich umzuwenden und sein wenig schönes Gesicht zu zeigen.

Ein Landungssteg nach dem andern wurde angelaufen. Leute strömten über den Laufsteg. Es waren nicht mehr viele Menschen auf dem Schiff, als es sich dem Landungssteg von Allerö näherte.

Schon von weitem sah man, daß der Landungssteg voller Leute war. Männer in dunklen Anzügen, Frauen in schwarzen Schals, junge Mädchen in hellen Sommerkleidern. Nun war man so nahe, daß der Bootsmann schon mit dem Seil in der Hand bereitstand. Da hob auf dem Landungssteg ein Herr mit grauem Bart den Arm, und augenblicklich stimmte ein Chor das Lied an: »Wenn wir einst jenseits des Stromes ...«

Klar und klangvoll erhoben sich junge Frauenstimmen, vermischt mit dunklen Bässen und schmetternden Tenören, in der Stille gegen den Himmel, sobald die Maschine aussetzte. Der Bootsmann wartete mit dem Laufsteg, und der Kapitän fluchte über die Verzögerung. Der schwarzgekleidete Mann am Bug sah auf zu einem Spruchband, das zwischen Stangen auf dem Landungssteg gespannt war, und auf dem gemalt stand: *Willkommen in Allerö!* Es dauerte eine Weile, bis er begriff, daß dieses Band seinetwegen angebracht worden war. Aber als der Gesang zu Ende war und der Dirigent ihm zuwinkte, verstand er es. Mit einem halb verlegenen Lächeln auf seinem rötlichen Gesicht nahm er seinen Handkoffer und ging über den Laufsteg.

Der Graubärtige kam ihm entgegen und schloß ihn in die Arme mit den Worten: »Willkommen, teurer Bruder in Christus!« Dann wandte er sich an den Chor und die übrigen, die da versammelt waren, und sagte, den Arm um die Schultern seines Gastes gelegt: »Das ist nun unser neuer Prediger, Herr Pastor Gustaf Oemark. Willkommen, willkommen!«

Mit beiden Händen drückte er noch einmal die Hand des Neuangekommenen. Dieser war im selben Augenblick umschwärmt von der ganzen Schar auf dem Landungssteg. Man drückte ihm die Hände, klopfte ihm auf die Schultern, und in der Luft war ein Summen und Schwirren von Namen und Willkommensworten. Während das Schiff sachte vom Landungssteg wegglitt und die Maschine sich in Bewegung setzte, zog die ganze Schar einen steinigen Abhang hinauf zum weißen Holzbau des Missionshauses, das schön zwischen Birken und blühenden Fliederbüschen eingebettet lag.

Eine festlich gestimmte Gemeinde füllte das Missionshaus bis auf den letzten Platz. Der helle Saal war mit Birken geschmückt, und an der Stirnwand über der Estrade wanden sich Blumengirlanden um das Wort »Willkommen«, das mit Margeriten und Klee geschrieben war. Ganz vorn war ein großer Kaffeetisch gedeckt.

Nach einem Gesangsvortrag des Chores stieg der Graubärtige, der sich als »Direktor Alsing« vorgestellt hatte, zum Rednerpult empor, las den ersten Psalm Davids und richtete einige Worte zum Willkomm an den neuen Prediger.

»Es ist für uns eine Freude und eine Ehre, heute den früheren Reiseprediger, jetzt Pastor, in der freien Missionsgemeinde von Allerö willkommen heißen zu dürfen. Wir haben viel von dir reden hören, lieber Bruder, wir haben deine Reisebriefe in der Missionszeitung gelesen, aber wir haben dich nie gesehen, und du hast uns nie gesehen. Aber nun bist du da, und du bist uns sehr willkommen. Und wir wünschen, du mögest dich hier wohlfühlen und Gottes Werke wirken auf Allerö, wo es so viele Fromme gibt, aber auch so viele Gottlose, was du gewiß bald merken wirst. Willkommen, Bruder, und Gott sei mit dir und uns allen. Amen.«

Dann wurde ein Lied gesungen, und Pastor Oemark ging zögernd auf die Estrade hinauf. Er stand eine Weile und schaute mit blinzelnden Augen über die Gemeinde, als blendete ihn der Anblick so vieler festlich gekleideter Menschen. Dann fuhr er sich mit der Hand durch sein zerzaustes Haar, angelte in der Westentasche nach etwas und brachte schließlich einen Zahnstocher zum Vorschein. Er beugte sich nach vorn, die Ellbogen auf dem Lesepult, und faltete die Hände.

»Liebe Brüder und Schwestern!« begann er.

Eine ältere Frau mit schwarzem Schal beugte sich steif zu ihrer Banknachbarin. »Will er nicht mit einem Gebet anfangen?« brummte sie.

Ein junges Mädchen mit einem rosafarbenen Kleid und einem schwarzen Sammetband im blonden Haar flüsterte zu einer Kameradin: »Wie häßlich er ist!«

»Ja, er ist so häßlich, daß er irgendwie schön ist«, flüsterte das Mädchen zurück. Die Mädchen steckten ihre Köpfe zusammen und kicherten.

»Liebe Brüder und Schwestern!« begann der Prediger noch einmal.

»Ja, das haben wir jetzt gehört«, murmelte ein alter Schiffer und nahm die Schnupftabakdose hervor, stopfte sie aber gleich wieder in die Tasche, voller Angst, es könnte sie jemand gesehen haben.

»Liebe Brüder und Schwestern!«

»Zum dritten Mal!« flüsterte das Mädchen im rosafarbenen Kleid. »Er muß sehr verliebt sein.« Die Mädchen kicherten wieder.

»Ich weiß wirklich nicht, wie ich anfangen soll. Denn ich bin so überrascht. Ebenso überrascht wie Jesus einmal war, als er mit dem Boot fuhr. Erinnert ihr euch, wie es geschrieben steht? Er und seine Jünger hatten so viel zu tun, daß sie nicht einmal Zeit hatten zum Essen. Da sagte er: ›Kommt mit mir an einen öden Ort und ruht ein wenig!‹ Und dann stieg er ins Boot und fuhr mit ihnen ans andere Ufer. Aber als er dorthin kam, was sah er da? Ja, was hatte er erwartet? Er hatte erwartet, einen öden Strand zu sehen. Kahle Felsen. Kleine Grasflecken da und dort. Vielleicht ein paar Bäume, die Schatten gaben. Einen kleinen klaren Bach mit frischem Wasser. Und dort würden sie das Boot an Land ziehen und sich im Grase ausstrecken und am Wasser Feuer anmachen und ihren Proviantsack hervorholen. Vielleicht hatten Johannes und Petrus ihre Angelruten bei sich, und nun würden sie den ganzen Tag sitzen und angeln dürfen und manch herrlichen Fang tun.

Ja, so hatten sie sich die Sache gedacht.

Aber als sie ankamen, was sahen sie? Leute, Leute und noch einmal Leute.

Die Menschen hatten gesehen, daß sie aufbrachen. Und vielleicht ging kein rechter Wind an jenem Tage. Kaum so viel, daß sich das Boot bewegte. Aber sie wollten sich ja ausruhen, und sie hatten gut Zeit. Hatten den ganzen Tag für sich. Es ist eine Erholung, auf dem See zu sein. Wie habe ich selbst heute gestanden und habe die Bootsfahrt hierher genossen! Ferien! dachte ich. Und so dachten auch Jesus und die Jünger. Wir haben Ferien. Wir haben gut Zeit.

Aber von den Menschen, von denen sie weggefahren waren, wurden sie immer gesehen. Die Menschen sehen einen immer. Man kommt nicht los von ihnen. Und man soll auch nicht versuchen, von ihnen loszukommen. Wir Menschen brauchen einander. Wir brauchen vor allem Jesus und alle, die mit ihm sind. Und das brauchten auch jene Leute. Es war so leer, als Jesus von ihnen fuhr. Es ist immer leer ohne Jesus.

Darum machten sie sich auf den Weg. Rundum den See. Sie hatten Zeit. Und die im Boot sahen sie nicht. Die lagen auf den Bänken oder über dem Schiffsraum und schauten geradewegs in den Himmel hinauf. Ihr wißt, wie merkwürdig der Himmel über dem See ist. Er ist gar nicht wie auf dem festen Lande. Der Himmel ist auf dem See viel näher.

Und dann kamen sie an.

Doch die Leute waren ihnen zuvorgekommen. Denn das Boot fuhr sehr langsam.

Und dort saßen sie auf den Felsen und lagen sie auf den Grasflecken, und dort tranken sie aus der Quelle. Und vielleicht hatten sie auch Feuer angemacht gegen die Mücken.

Waren die im Boot nicht enttäuscht? Sicher waren sie enttäuscht. Sie wünschten gewiß alle jene Menschen ins Pfefferland. Die Jünger wenigstens. Am liebsten wären sie vorbeigesegelt. Aber damit wären sie die Menschen nicht losgewesen. Man wird die Menschen nie los. So gingen sie an Land. Könnt ihr euch vorstellen, wie mürrisch sie waren? Die Jünger. Jesu Jünger sind bisweilen mürrisch. Obschon sie den Meister bei sich haben. Denn der alte Mensch sitzt tief in ihnen drin. Habt ihr noch nie bemerkt, wie schwer es uns fällt, Enttäuschungen zu überwinden? Wir erwarten etwas, und dann kommt es nicht so, wie wir erwartet hatten. Und dann werden wir mürrisch. Ein Mann wird mürrisch gegen seine Frau. Und die Frau gegen den Mann. Und Kinder werden mürrisch gegen ihre Eltern.

Jesus aber, er war nicht mürrisch. Was tat er? Ja, es heißt, er habe sie mit vielen Worten gelehrt. Er entledigte sich der Sache nicht mit einer Pfuscherei und dachte: Das ist bald erledigt, nachher können wir uns ausstrecken.

Nein! Er lehrte sie mit vielen Worten. Der, der das geschrieben hat, behielt wohl gerade jene vielen Worte im Gedächtnis. Er fand, das wolle auch gar kein Ende nehmen. So, wie manchmal der Prediger predigt und jemand denkt: Nimmt das auch gar kein Ende? Denn man hat etwas anderes im Sinn. Jesus aber, er hat die Seelen der Menschen in seinem Sinn. Und er gab diesen Menschen, was sie brauchten. Reichlich, ohne Knausern und Feilschen.

Aber als er endlich aufhörte, was geschah da? Ja, eben das, was man erwarten konnte. Die Jünger kamen zu ihm, todmüde und erschöpft und sagten: ›Laß die Leute von dir, daß sie in die Dörfer gehen und sich Speise kaufen.‹ Sie wollten sie ganz einfach loswerden. Denn sie sollten ja Ferien haben. Es ist manchmal merkwürdig mit Menschen, die Ferien haben. Da können sie sogar die Liebe zu den Mitmenschen, ja zu Gott selbst, liegenlassen. ›Willst du heute nicht ins Bethaus gehen, es ist ja Sonntag‹, sagte eine Predigerfrau zu ihrem Mann. ›Nein, ich habe ja Ferien‹, sagte der Prediger.

Aber was sagte Jesus? ›Gebt ihnen zu essen‹, sagte er. Die Jünger fanden, das gehe nun doch zuweit. Sollten sie arbeiten während der Ferien? Aber obwohl Jesus sah, wie unwillig sie waren, gab er nicht nach. Denn eine Antwort erhielt er wenigstens. ›Auch wenn wir zweihundert Kronen hätten‹, sagte einer, ›so würde es nicht reichen für so viele.‹

Da kam ein anderer und sagte: ›Hier ist ein kleiner Bub, der hat fünf Gerstenbrote und zwei Fische. Aber das reicht wohl nicht für so viele?‹

Jesus aber winkte das Büblein zu sich und fragte: ›Wo hast du das gefunden?‹

›Dort ist unser Proviant‹, sagte der Knabe.

›Glaubst du, das reicht für so viele?‹ fragte Jesus.

›Ja, gewiß‹, antwortete der Knabe.

Seht die Kinder, die haben Glauben! Die kleinen Kinder, die ihren Jesus lieben.

Und Jesus nahm die fünf Brote und die zwei Fische, und er sah auf zum Himmel und dankte Gott und segnete die wenige Speise, die er in den Händen hielt. Und er gab sie den Jüngern und sagte: ›Teilt das aus!‹ Aber als er aufschaute, hatte er neue Fische und neue Brote in den Händen. ›Seht da, teilt nur aus!‹ Und es kam mehr. Es strömte in seinen Händen und aus seinen Händen, und die Jünger teilten aus, und die Menschen teilten miteinander.

Wie das zuging? Ja, das ist ein Wunder Gottes, und das kann keiner erklären.

Aber wenn einer daran zweifeln sollte, daß Jesus mit Brot und Fischen ein Wunder getan hat, so will ich ihm sagen, daß er auf alle Fälle Wunder tun kann mit den Menschenherzen.

Vielleicht war es so, daß viele in jener großen Schar Proviant bei sich hatten. Man geht im Morgenland nicht auf eine weite Reise ohne Proviant. Und ihr wißt, wie es geht mit dem Proviant. Den hütet man ängstlich. Denn da geht es ans Leben. Und das Leben hütet man ängstlich. Ja, sie waren fest zugeknotet, jene Proviantsäcke, ebenso fest zugeknotet, wie Menschenherzen es sein können. Aber jener kleine Junge, der löste seinen Proviantsack auf. Er hatte den Glauben. Er hatte ein freigebiges Herz, wie Kinder es oft haben, die gesegneten Kleinen, denen das Himmelreich gehört. Und es sei denn, daß ihr werdet wie die Kinder ...

Und als nun der Kleine seinen Proviantsack und sein Herz auftat für Jesus, da geschah jenes merkwürdige Wunder, das von allen Wundern das größte ist, daß der Mensch sein Herz auftut. Sein verschlossenes, zugeriegeltes, fest zugeknotetes Herz auftut. Oh, wie fest zugeknotet es sein kann, ja, das wißt ihr alle zusammen, wie erlöst ihr auch sein mögt oder wenigstens zu sein glaubt.

Jenes große Speisungswunder war wohl nicht so, als würde ein Zauberdoktor Brot und Fisch aus einem Hut herausholen. Nein! Sondern es *kann* ganz einfach so gewesen sein, daß Jesus die Herzen der Menschen auftat. Und wenn das Herz aufgetan ist, dann tut sich auch der Proviantsack auf, und dann ist die Not des einen auch die Not des andern und das Brot des einen das Brot des andern.

Und nun, liebe Brüder und Schwestern. Nun stehe ich hier wie ein einfältiger Jünger Jesu. Einer von jenen verkehrten, widerspenstigen Fischern, die er bei sich hatte. Und ich stehe hier auf seinen Befehl, der lautet: ›Gebt ihr ihnen zu essen!‹ Aber das, was ich euch zu geben habe, das ist Gottes Wort, das Menschenherzen verwandelt — das Wort, das harte Herzen schmilzt, verschlossene Herzen auftut und das feste Band des Geizes löst, das um unsere Proviantsäcke und Geldbeutel geschnürt ist.

Möge dieses Wort meine Speise und mein Trank werden, und möge mir die Gnade zuteil werden, daß ich von dieser Speise und diesem Trank willig und gern mit all denen teile, die ihrer bedürfen. Amen. Nun singen wir das Lied: ›Herr, sammle uns nun alle.‹«

Die Gemeinde hatte dagesessen und atemlos Oemarks Worten gelauscht. Die Menschen hatten vergessen, daß sie sich im Missionshaus von Allerö befanden. Sie waren draußen auf dem See Genezareth im Boot mit Jesus und den Jüngern. Sie saßen auf den Felsen und lagen im Gras unter den fünftausend Mann, die Jesus speiste. Sie waren durchwärmt von den Worten aus dem Munde des häßlichen Predigers, erbaut von dem, was er vom lieben Heiland gesagt hatte. Unkritisch hatten sie seine einfache Deutung des Speisungswunders angenommen. Sie sangen mit in dem jubelnden Lied mit der fröhlichen Melodie. Sie umschwärmten ihn beim Kaffee-Buffet und begleiteten ihn in einem Triumphzug zur mächtigen Großkaufmannsvilla von Direktor Alsing, wo er zu Abend essen und die erste Nacht schlafen sollte.

2

Die Predigerwohnung im Missionshaus war äußerst ärmlich. Sie lag im ersten Stock unter dem Giebel über dem Eingang und bestand aus zwei kleinen Zimmern und einer Küche. Darin gab es weder Wasser noch einen Wasserablauf. Einzig die Küche war möbliert. In einem der Zimmer stand ein wackeliges Feldbett, das jemand dagelassen hatte.

Als Direktor Alsing nach dem Abendessen Oemark in seine Wohnung hinaufbegleitete, bat er um Entschuldigung wegen des betrüblichen Zustandes, in dem sie sich befand.

Aber Oemark unterbrach ihn. »Keine Entschuldigung. Sie ist gut genug für mich.«

»Aber wir dachten, einen Ablauf und eine Wasserleitung einzurichten.«

»Gut gedacht«, sagte Oemark, »aber bis es soweit ist, trage ich meine Eimer hinauf und hinunter. Ich sehe, hier sind zwei Eimer: einer für Wasser und einer für Spülwasser.«

»Wann bekommen Sie Ihre Möbel?«

»Ich habe keine Möbel«, sagte Oemark.

»Aber Ihr Bettzeug und Ihre Kleider?«

»Habe weder das eine noch das andere. Ich habe nicht mehr, als im Handkoffer dort Platz hat.«

»Dann dürfen wir Ihnen etwas leihen?«

»Das nehme ich mit Dank an, bis ich mir eigene Sachen verschaffen kann.«

Oemark lieh eine Matratze, ein Kissen, Kissenbezug und Leintücher und ein paar Handtücher. Als er seinen ersten Monatslohn bekam, kaufte er eigene und gab das Geliehene zurück, gelüftet, gewaschen und gebügelt. Das hatte er selbst besorgt. In der Gemeinde wurde das bekannt und trug dazu bei, seinen guten Ruf und den guten Eindruck zu festigen, den er bei seiner Antrittspredigt gemacht hatte, von der freilich ein alter Fischer sagte: »Na ja, eine Predigt war es ja nicht, aber es war trotzdem gut.«

Oemark predigte. Und er leitete Versammlungen, Bibelstunden, Jugendtreffen, Zusammenkünfte für Alte, Zusammenkünfte für Männer, Nähvereine. Die Insel war groß, und es gab darauf noch eine kleine Kapelle, die der Gemeinde gehörte. Die befand sich auf der nördlichen, jetzt ziemlich unbewohnten Seite der Insel, wo auch die Kirche lag. Man konnte doch die Gemeindeglieder, die nahe bei der Kirche wohnten, nicht ohne geistliche Nahrung lassen; darum hatte man dort eine Kapelle gebaut, und Oemark predigte dort manchmal am Sonntagnachmittag.

Nach einer solchen Nachmittagspredigt lehnte er die Einladung eines Gemeindegliedes zum Kaffee mit den Worten ab: »Heute möchte ich zum Pfarrer gehen und ihn besuchen.«

Der Pfarrhof lag nicht weit von der Kirche entfernt. Ein niedriges, rotgestrichenes Haus mit weißen Eckbalken und grünen Fensterläden. Ein gewaltiger Ahorn überschattete einen Tisch und einige Gartenstühle. Der Pfarrer saß da und las seine Zeitung.

Oemark trat hinzu und grüßte. Verwundert sah der Pfarrer auf. Er war ein kleiner Mann, ziemlich korpulent, mit herabhängendem grauem Schnauz- und Spitzbart, hatte einen glänzenden weiten Rock umgeworfen und auf dem Kopf einen weichen Strohhut.

»Nein, welche Ehre!« sagte er, als Oemark erklärt hatte, wer er sei. »Das ist das erste Mal, daß ein Prediger zu mir kommt und mich hier auf der Insel besucht.«

»Dann ist es nicht zu früh«, sagte Oemark und ließ sich nieder.

»Darf ich Ihnen etwas zum Rauchen anbieten?« Der Pfarrer schob ein Kistchen Havannazigarren hin.

»Danke für das Angebot!« sagte Oemark. »Ich rauche selten, aber wenn ich rauche, so will ich eine gute Zigarre haben. Ich kann mit Zigaretten nichts anfangen.«

»Dann haben wir denselben Geschmack«, sagte der Pfarrer. »Das freut mich. — Aber wie ist das eigentlich, *dürft* ihr Prediger rauchen?«

»Darüber steht wohl nichts in der Schrift«, sagte Oemark, »und nach etwas anderem frage ich nicht.«

»Na, das sind frische Töne«, sagte der Pfarrer. »Sonst sind wohl die meisten Prediger der Meinung, das Rauchen sei eine Sünde.«

»Dürfen sie denn nicht dieser Meinung sein?« fragte Oemark.

»Doch, gewiß«, entgegnete der Pfarrer. »Aber wie wäre es mit einer Tasse Kaffee? Würde Ihnen das schmecken?«

»Ich kam gewissermaßen in dieser Hoffnung hierher«, sagte Oemark lächelnd. »Ich lehnte die Einladung zu Lotse Jansson — oder wie er heißt — mit Dank ab und erwähnte, ich wolle zu Ihnen gehen.«

»Das würde ich an Ihrer Stelle nie gewagt haben«, sagte der Pfarrer. »Aber warten Sie einen Augenblick. — Ina!«

»Ich komme«, hörte man eine Stimme aus dem Innern des Pfarrhauses rufen. Heraus kam eine kleine Frau, noch gedrungener als der Pfarrer und noch runder. Sie bewegte sich erstaunlich leicht über den ebenen Hof.

»Nein, Theodor, hast du Besuch bekommen?«

»Ja, und kannst du raten, wer das ist?« (Zu Oemark: »Pst, still, lassen Sie sie raten!«)

»Das ist wohl wieder ein Reisender? Einer, der Schreibmaschinen verkaufen will. Oder Nähmaschinen.«

»Nein, liebe Ina, heute ist ja Sonntag. O nein, du mußt schon ein bißchen besser raten!«

»Sagen Sie, es sei einer, der gern Kaffee hätte, dann raten Sie richtig«, sagte Oemark. »Man hat mir nämlich Kirchenkaffee* versprochen, denn ich komme direkt vom Bethaus, in das der Herr Pfarrer nie geht.«

»Das ist doch nicht etwa der neue Prediger, von dem alle reden?«

»Ja, mögen sie von ihm reden oder nicht, der ist es auf alle Fälle. Oemark. Gustaf Oemark heiße ich. Und das ist wohl die Frau Kirchenhirtin Eriksson, denke ich.«

Frau Ina lachte so, daß sie fast erstickte. »Frau Kirchenhirtin! Das habe ich noch nie gehört. Ein so lustiger Titel! So will ich heißen, oder nicht, Theodor?« Sie tätschelte ihrem Mann die Wange. »Sind Sie selbst darauf gekommen, Herr Pastor Oemark?«

»Das fiel mir ein, als ich Frau Eriksson erblickte.«

»Sehe ich vielleicht aus wie eine Hirtin, ich?« Sie strich mit den Händen über ihre runden Hüften.

»Präzis wie ich mir eine Hirtin vorgestellt habe«, sagte Oemark. »Klein und rund und nett und so weiter.«

»Nein, nun werde ich aber geradezu verlegen und gehe meiner Wege. Aber ich komme wieder mit dem Kaffee.«

Als Frau Ina mit dem Kaffee zurückkehrte, hatten der Pfarrer und sein Gast sich inzwischen das »Du« angeboten und waren in ein lebhaftes Gespräch über Allerö und seine Bevölkerung verwickelt.

»Ich habe dreißig Jahre hier gelebt und glaube, die Leute außen und innen zu kennen. Und ich sage: Bessere Leute gibt es nicht; wenn sie nur nicht so klatschsüchtig wären. Hier wissen die Leute alles über alle. Und meistens *wissen* sie noch mehr als sie wissen. Ich möchte wetten, daß die halbe Insel jetzt schon weiß, daß der freikirchliche Pastor hier sitzt und mit mir raucht und mit meiner Frau scherzt, und Gott weiß, ob du nicht auch schon betrunken bist und mit einem Fuhrwerk heimgeführt werden mußt heute abend. Ich würde dich übrigens gerne zu einem kleinen Grog einladen, aber ich wage es wirklich nicht wegen deines Rufes.«

»Danke, aber in dieser Sache bin ich konsequenter Abstinent.«

»Ja, ich dachte es mir, und das ist wohl am vernünftigsten so. Ich selber

---

* Nach dem Gottesdienst pflegen die Schweden einander zum sog. Kirchenkaffee einzuladen.

rechne mich zu den Fressern und Weintrinkern, aber ich tröste mich damit, daß ich in guter Gesellschaft bin. Und ich bin tatsächlich noch nie von irgendeinem Festschmaus auf dem Fuhrwerk heimgebracht worden.«

»Ich hoffe, es sind nicht meine Leute, die am ärgsten klatschen«, sagte Oemark.

»Ja, wir müssen auf Hoffnung hin leben«, sagte der Pfarrer. »Aber nun wollen wir Kaffee haben. — Ina!«

»Aber lieber Theodor, ich sitze ja hier. Bin schon eine ganze Weile hier gewesen.«

»Liebe Ina, willst du diesem ehrenwerten Gast bezeugen, daß du mich niemals berauscht gesehen hast?«

»Was in aller Welt sagst du da, Theodor?«

»Ja, er wird so viel Böses über mich zu hören bekommen, besonders nachdem er es gewagt hat, mich zu besuchen, daß er es nötig hat, auch etwas Gutes zu hören!«

Frau Ina legte ihre runden Arme um den Hals ihres Mannes. »Du bist der liebste, gütigste und beste Mann, den es gibt auf dieser Welt. Und nie, nie hast du je von etwas zuviel gekostet.«

»Liebe Ina, du bist unsachlich. Dein Zeugnis gilt nicht. Aber nun wollen wir Kaffee haben.«

Oemark blieb den ganzen Abend beim Pfarrer. Je mehr sie miteinander plauderten, um so lieber wurden sie sich. Der Pfarrer war von einer etwas mürrischen und herben Gutmütigkeit, hatte einen gewissen spitzen Humor und die Fähigkeit, Menschen auf eine Weise zu charakterisieren, die den Nagel auf den Kopf traf.

Als aber Oemark fragte, was er von Direktor Alsing halte, wurde der Pfarrer schweigsam. »Er ist dein Vorgesetzter«, war die kurze Antwort. »Über ihn diskutieren wir nicht.«

»Ich habe keinen andern Vorgesetzten als Gott«, sagte Oemark.

»Das wirst du wohl mit der Zeit sehen.«

Oemark ging an diesem Abend so aufgeräumt und fröhlich heim, wie er sich noch nie gefühlt hatte, seit er auf die Insel gekommen war. Und Pfarrer Eriksson und seine Frau Ina lagen lange wach und plauderten in ihrem großen Bett über ihn, als die Lampe gelöscht war und in der hellen Augustnacht der Mond unter dem Ahorn im stillen Hof runde Schatten zeichnete.

3

Oemarks Popularität wuchs ständig. Direktor Alsing, der bei aller Freundlichkeit, die er nach außen zeigte, doch vor den Menschen stets auf der Hut war, wurde mehr und mehr für den gutmütigen Mann eingenommen, der seine Arbeit mit einem fast bedrückenden Eifer besorgte. Aber wenn er ihn seine Eimer hinauf- und hinuntertragen sah und wenn er ihn einmal in seiner äußerst ärmlichen Wohnung besuchte, schämte er sich — für sich und für die Gemeinde. Nun war ein halbes Jahr vergangen, ohne daß Oemark angefangen hätte, von einem Stellenwechsel zu reden, was noch bei keinem Prediger vorgekommen war, soweit sich Direktor Alsing zurückerinnern konnte.

Eines Tages sagte ein Gemeindeglied ein Wort, das in Direktor Alsings Gedächtnis haftenblieb: »Ich wünschte mir, daß Oemark für immer dabliebe. Pfarrer Eriksson ist nun schon dreißig Jahre in der Gemeinde. Ist vielleicht die schlechte Wohnung der Grund dafür, daß unsere Prediger sich hier nicht wohlfühlen?«

Da kam Alsing eine Idee. »Warten Sie bis zu Oemarks Geburtstag«, sagte er.

Der Tag fiel dieses Jahr auf einen Sonntag, und die Gemeinde dachte, ihren Pastor am Nachmittag mit einem Fest zu ehren. Das Lokal war voll. Oemark predigte, und nachher hielt Direktor Alsing eine Rede.

»Die Gemeinde und ich«, begann er, »gedachten, unseren Pastor mit einem Geschenk zu überraschen. Leider sind unsere Prediger richtige Zugvögel, und wir fangen an zu glauben, daß der Grund dafür in der schlechten Wohnung liegt. Wie ihr alle wißt, ist es so, daß die erste Villa, die ich mir hier auf der Insel gebaut habe, leer steht. Und da dachten wir, sie Herrn Pastor Oemark zu schenken, nicht als Predigerwohnung, sondern als persönliche Gabe für ihn, in der Hoffnung, daß er sich für den Rest seines Lebens dort niederlassen möge. Denn ich denke, es ist wohl niemand hier, der wünscht, daß er uns verläßt.«

Da gab es ein gewaltiges Rufen und ein Hurra im Saal, einige klatschten in die Hände, wurden aber zum Schweigen gebracht, denn das Klatschen war im Lokal ebenso streng verboten wie das Rauchen.

»Bitte sehen Sie, hier ist ein Gutschein für die Villa.«

Oemark erhob sich zögernd.

»Kommen Sie nur nach vorn, Herr Pastor!« Direktor Alsing winkte vom Rednerpult aus mit dem Gutschein.

Oemark nahm ihn in Empfang. *Gutschein für eine Villa* stand darauf.

»Bevor ich das annehme«, sagte Oemark, »muß ich wissen, ob ich mich damit verpflichte, mein ganzes Leben auf der Insel zu bleiben.«

»Nein, nein, so ist das nicht unbedingt gemeint. Wir hoffen es bloß.«

»Ferner«, sagte Oemark, »ist dieser Gutschein keine Schenkungsurkunde.«

»Nein, genaugenommen nicht«, antwortete der Direktor, »aber er gilt ebenso fest und sicher.«

»Nun«, sagte Oemark, »wenn es darum geht, mir etwas zu schenken, was ich als mein persönliches Eigentum besitzen soll, so hoffe ich, dafür eine richtige Schenkungsurkunde zu bekommen.«

»Die soll geschrieben werden«, sagte der Direktor.

»Eine richtige Schenkungsurkunde, ins Grundbuch eingetragen, alles wie es sein soll, sonst lassen wir es bleiben. Und wie ist das, gehört der Grund und Boden mit zum Geschenk?«

»Natürlich, natürlich.«

»Ist das Grundstück abgesteckt?«

»Nein, aber das ist eine leichte Sache.«

»Das ist keine leichte Sache«, wandte Oemark ein, »das ist eine Sache der Landvermessung, und das weiß jeder, wie leicht eine solche Sache ist! Aber wenn der Herr Direktor nun wirklich ein Grundstück durch das Vermessungsamt abstecken lassen und mir mitsamt der Villa darauf und allem, was dazugehört, schenken will, und zwar mit einer richtigen Schenkungsurkunde, ja, dann kann ich nicht anders als mit Dank annehmen.«

Die Stimmung im Saal war während Oemarks Worten beträchtlich abgesunken. Die Gemeinde blickte abwechselnd bald auf Oemark, bald auf den Direktor. Alsing hatte die gefährlichen roten Flecken auf den Wangen, und der Blick hinter seinen Brillengläsern war stechend und scharf. Oemark ging zu ihm hin, als er von der Estrade herunterkam, und streckte ihm seine Hand entgegen. Aber der Direktor sah die Hand nicht, denn er mußte seine Brillengläser trocknen.

Aber Oemark war nicht der Mann, der die Mißstimmung anderer auf sein Gemüt einwirken ließ. Er schwenkte den Gutschein vor der Gemeinde.

»Das ist nun gerade wie bei einer Missionsversteigerung. Da kommt einer und drückt einem einen Zettel in die Hand. Und wenn man den Zettel liest, so steht da: ›Ein Sack Kartoffeln‹. Hier steht nun statt dessen: ›Eine Villa‹. Ich wäre nicht abgeneigt, die Villa noch einmal zu versteigern. Eine Villa! Wer bietet etwas? Dreißigtausend. Zum ersten, zum zweiten und zum dritten! Das wäre ein schöner Batzen für die Mission!«

Der ganze Saal lachte, und der Direktor, der die Brille wieder aufgesetzt hatte, lachte mit. Er war zu sehr Diplomat, als daß er gezeigt hätte, wie unzufrieden er mit seinem Prediger war, der ihn überlistet hatte. Er trat vor und schlug Oemark auf die Schulter. »Nun weiß ich, daß diese Villa in guten Händen ist«, sagte er.

»Ja, das kann ich Ihnen versichern«, sagte Oemark. »Sie ist, wie ich selber, in Gottes Händen!«

Es dauerte ein halbes Jahr, bis alle Formalitäten mit der Überlassung der Villa erledigt waren. Oemark hatte die ganze Geschichte fast vergessen, als er eines Tages von einem Rechtsanwaltsbüro in Stockholm ein dickes Kuvert erhielt, das mit 30 000 Kronen versichert war.

Da er selbst keinen sicheren Aufbewahrungsort für Wertsachen hatte, ging er von der Post, wo er den Wertbrief abgeholt hatte, direkt zum Pfarrer. Gegen eine Quittung konnte er das Kuvert im Kirchenarchiv deponieren.

»Aber du hast es ja nicht einmal geöffnet«, sagte der Pfarrer.

»Wozu sollte ich«, sagte Oemark, »ich werde diese Schenkung doch nie gebrauchen.«

»Aber die Villa gehört ja dir«, sagte der Pfarrer.

»Nicht mehr als dieses Pfarrhaus dir gehört«, sagte Oemark.

»Dann weißt du ja nicht einmal, wie es sich mit dieser Transaktion verhält.«

»Nein«, sagte Oemark, »und ich will es auch nicht wissen. Aber ich ahnte etwas, als ich hörte, das Geschenk sei vom Herrn Direktor *und* der Gemeinde.«

»Es wird gemunkelt …«, begann der Pfarrer.

»Laß sie munkeln«, sagte Oemark. »*Wir* werden uns jedenfalls nicht dazu herablassen.«

Der Pfarrer streckte ihm seine Hand entgegen. »Ich habe dich gern, Oemark«, sagte er.

»Es steht ebenso schlimm auch auf meiner Seite«, sagte Oemark und schlug ein.

4

So verging noch ein Sommer. Oemark predigte. Leitete Zirkel, Tagungen, Nähvereine, war Ausrufer bei Missionsversteigerungen, machte Hausbesuche. Fühlte sich wohl. Zog aber nicht in seine Villa. Ab und zu nahm er sie in Augenschein. Wanderte im ungepflegten Park. Schloß die Tür auf und lief durch die leeren Räume. Es war eine altmodische Villa mit hohen Fenstern und Decken. So recht im Stil der achtziger Jahre. Es würde eine riesige Menge Geld kosten, dieses Krähennest wieder instandzusetzen. Wenn die Gemeinde das Geld, das sie wahrscheinlich dem Herrn Direktor bezahlt hatte, doch nur gebraucht hätte, um statt dessen die kleine Predigerwohnung herzurichten! Oemark beschloß, ein paar Monatslöhne dranzusetzen, um die Wohnung neu herauszuputzen, so gut er konnte. Er ging in den Laden und bestellte Karton, Tapeten, Farbe, Gardinen, Gardinenstangen und genügend Aufwaschmittel. Weil die Sachen gleich gebracht werden sollten, ging er heim und kochte Kleister.

Einige Tage war er in der Gemeinde unsichtbar. Man sah ihn noch eifriger als bisher seine Eimer hinauf- und hinuntertragen, angetan mit einem nagelneuen blauen Kittel, der von Tag zu Tag mehr mit Kleister und Farbe bekleckert war. Am Samstagabend firnißte er alle Böden und wachte am Sonntagmorgen wegen des starken Geruchs mit schwerem Kopf auf. Aber nun war auch alles so gut wie fertig – bis auf die Vorhänge.

Nach dem Gottesdienst lud er die Gemeindevorsteher und das Frauenkomitee zum Kirchenkaffee ein. Die Damen waren über alle Maßen entzückt und konnten ihre Bewunderung gar nicht genug zum Ausdruck bringen. Der Herr Direktor aber war nachdenklich. »Hätte der Herr Pastor sich nicht mit den Gemeindevorstehern besprechen sollen, bevor er der Gemeinde solche Kosten verursachte?« fragte er. »Wir haben doch erst neulich große Ausgaben gehabt für die Villa, und warum ist der Herr Pastor nicht dort eingezogen?«

»Kosten«, erklärte Oemark, »die gedenke ich selber zu übernehmen, als Dank für die feine Villa. Und dort kann man nicht einziehen, ohne daß viel repariert wird, das weiß der Herr Direktor gewiß selber. Ich dachte, ich sollte zuerst hier angreifen und mich üben. Denn wer mit dem Kleinen zurechtkommt, kann sich vielleicht nachher an das Größere wagen. Aber nun wollen wir Kaffee trinken. Und nachher wollte ich die Damen bitten, mir mit einer Sache zu helfen.«

Die Damen wollten sofort wissen, worum es sich handelte; da zeigte Oemark auf die leeren Vorhangstangen. »Ich habe im Volkskunstladen vorgesprochen, daß Sie auf meine Rechnung das Nötige beziehen können. Aber ich weiß nicht, was am besten paßt, und kann sie nicht selber säumen.«

»Nein, die werden *wir* Ihnen schenken«, riefen die Damen im Chor.

Früh am Montagmorgen waren die Damen im Volkskunstladen, aber noch früher war Oemark dortgewesen und hatte für die Vorhänge eine ausreichende Summe deponiert. Die Vorhänge kamen an ihren Platz, und Oemark dankte und fühlte sich ungemein wohl. Die Damen seufzten und deuteten an, es sei doch sicher mühsam, selbst zu kochen und abzuwaschen und die Zimmer zu machen, worauf Oemark entgegnete, wenn alles im Leben so lustig wäre wie das Abwaschen, Zimmermachen und Kochen, so wäre er der glücklichste Mensch auf Erden.

»Aber fühlen Sie sich nicht einsam?«

»Hm, daran habe ich wirklich noch nie gedacht. Ich habe gar keine Zeit dazu.«

»Er ist *unmöglich*!« sagten die Damen, als sie die Treppe hinunterstiegen, so laut, daß der Herr Pastor es hören mußte, wenn er noch oben stand und horchte; denn daß er das nicht tun würde, war kaum anzunehmen.

Der Herbst kam. Der Winter kam und ging vorüber. An einem Vorfrühlingsabend erschien der Pfarrer bei Oemark auf Besuch. »Ich komme wie Nikodemus des Nachts zu dir«, sagte er.

»Nimm Platz«, sagte Oemark, »und mach dir's bequem. Ich will Kaffee aufsetzen.«

»Darf ich rauchen?«

»Gerne.«

»Aber wenn jemand den Geruch wittert?«

»Ich rauche selbst hie und da«, gestand Oemark. »Wenn ich mich *einsam* fühle, wie das Frauenkomitee bei jeder Gelegenheit sagt. Ich habe noch ein Stück der Zigarre, die ich das letzte Mal bei dir bekam.«

»Ja«, fuhr der Pfarrer fort, »ich komme, um dich in Versuchung zu führen.«

»Nur los!« sagte Oemark. »Ich bin bereit.«

»Ja, ich möchte dich morgen gerne ins Theater mitnehmen.«

»Ins Theater?«

»Ja. Bist du noch nie im Theater gewesen?«

»Noch nie.«

»Dann hast du ›Meister Olof‹ noch nie gesehen.«

»Wer ist denn das?«

»›Meister Olof‹ von Strindberg mit Lars Hansson in der Hauptrolle. Ein herrlicher Schauspieler. Ich sah das Stück vor zwei Wochen, und ich muß es noch einmal sehen.«

»Aber wer ist ›Meister Olof‹?«

Der Pfarrer sperrte die Augen auf. »Mensch, liest du nie etwas? Meister Olof, Olavus Petri. Das größte Drama von Strindberg. Hast du nie etwas von Strindberg gelesen?«

»Nicht eine Zeile.«

»Du *willst* ihn vielleicht nicht lesen.«

»Es hat mich noch keiner gefragt. Aber geht es wirklich um Olavus Petri, unsern Reformator?«

»Ja, um ihn und keinen andern. Kommst du mit?«

»Abgemacht! Kannst *du* dorthin gehen, so kann *ich* es auch.«

»Aber was, denkst du, wird die Gemeinde sagen?«

»Das wird sich dann zeigen. Ich habe nicht vor, um Erlaubnis zu bitten.«

»Dann fahren wir morgen mit dem Mittagsboot. Aber wir müssen über Nacht bleiben. Ich werde Quartier besorgen und alle Kosten übernehmen.«

»Danke, ich habe mich nämlich gerade jetzt beim Bauen ein wenig übernommen.«

»Ich höre, du hast selbst repariert. Es wird wild darüber geschwatzt. Und der Direktor ist verärgert, weil du nicht in der Villa wohnst.«

»Laß sie schwatzen, laß sie verärgert sein. Jetzt wollen wir fröhlich sein und Kaffee trinken.«

»Du hast es richtig gemütlich hier, Oemark. Hast du nie ans Heiraten gedacht?«

»Gedacht schon. Aber damit ist es nicht getan. Ich gehöre zu den Häßlichen, von denen ein Gedicht von Karlfeldt handelt.«

»Soo, Karlfeldt hast du also doch gelesen?«

»Ich bekam sein Werk ›Fridolins Poesie‹ von einer unbekannten Verehrerin zum Geburtstag.«

»Dann sollst du von mir ›Meister Olof‹ bekommen. Mit diesem Stück ist man nicht fertig, wenn man es einmal im Theater gesehen hat.«

Am nächsten Tag fuhren der Pfarrer und Oemark mit dem Mittagsboot nach Stockholm. In der Stadt angekommen, gingen sie direkt in eine Buchhandlung, und dort verehrte der Pfarrer Oemark ein gebundenes Exemplar von »Meister Olof« mit Widmung und Datum. Dann besorgten sie sich Billette für die Abendvorstellung im »Dramatischen Theater«. Sie schlenderten in der Stadt umher, nahmen in einem einfachen Restaurant das Abendessen ein und saßen im Theater frühzeitig auf ihren Plätzen.

Das war eine neue Welt für Oemark. Er schaute alles an und fragte alles mögliche. Er war neugierig wie ein Kind.

Einer, der kleinlicher und um sein Ansehen besorgter gewesen wäre als der Pfarrer, hätte den Theaterabend, der nun folgte, wohl kaum ausgehalten. Denn von dem Augenblick an, als der Vorhang aufging, bis zu dem, wo er wieder fiel, spielte Oemark im Drama mit. Es war, als wäre er in einem antiken Theaterchor engagiert, der das, was auf der Bühne geschah, mit Worten und Gebärden zu begleiten hatte.

»Nein, so etwas!« rief er laut, zum Ergötzen oder Ärger derer, die in der Nähe saßen. Bei einer scharfen Antwort auf der Bühne hörte man eine Stimme aus dem Dunkel:

»Der hat dir's aber gegeben! Nun bist du still, du Schlingel!«

Einmal legte der Pfarrer vorsichtig seine Hand auf Oemarks Arm, aber Oemark lebte so in seiner Rolle, daß er es nicht merkte.

»Los! Nur drauf!«

»Pst! Ruhe im Publikum!« zischte eine Stimme verärgert. Aber Oemark gab keine Ruhe. Wenn in den Pausen das Licht angezündet wurde, sahen die in seiner Nähe Sitzenden einen großen kräftigen Mann mit tränenüberströmtem Gesicht, die Haare in wilder Unordnung, als wäre er an einer Schlägerei beteiligt gewesen.

»So etwas habe ich noch nie erlebt«, sagte er, als er aus dem Theater kam.

»Nun wollen wir diesen Tag damit abschließen, daß wir in den Opernkeller gehen«, sagte der Pfarrer. »Einmal im Leben sollst du mit mir dorthin.«

Oemark ging mit. An einem kleinen Tisch in einem Seitenraum wurde ein gutes Souper serviert. Oemark sprach nur von Meister Olof. »Das war ja er selber«, sagte er. »Quicklebendig! Von den Toten auferstanden!«

»Sprich etwas leiser!« flüsterte der Pfarrer. »Die andern könnten sonst meinen, du seiest betrunken. Ich sah eben Direktor Alsing hier vorbeigehen.«

»Kommt *er* hierher?« fragte Oemark verwundert. »Wo sitzt er? Sollen wir nicht zu ihm gehen?«

»Es ist wohl am besten, wenn du *nicht* zu ihm gehst, am besten, wenn er dich nicht sieht. Er sitzt da hinten im langen Saal. Du kannst ihn im Spiegel sehen, wenn du dich ein bißchen streckst.«

Oemark erhob sich. »Das ist sicher nicht Alsing. Nein, er ist es gewiß nicht. Der Mann dort raucht ja. Und Alsing raucht nicht. Das hat er mir versichert. Er findet, das sei eine Sünde.«

»Er raucht hie und da, wie du. Aber er will nicht, daß es jemand sieht. In dieser Beziehung ist er nicht wie du.«

Oemark schaute noch einmal hin. »Es *ist* Alsing. Und er raucht. Na, mich geht es ja nichts an. Für sich muß jeder selbst die Verantwortung übernehmen.«

Der Pfarrer und sein Gast brachen auf, sobald sie mit dem Essen fertig waren. Der Pfarrer bezahlte, sie gingen in ihr Quartier, schliefen gut und nahmen am Morgen das erste Boot nach Allerö. Oemark saß die ganze Zeit und las »Meister Olof«. Sie nahmen auf dem Schiff Abschied voneinander. Der Pfarrer mußte ja noch bis zum nördlichsten Landungssteg weiterfahren.

5

Es wurde bald bekannt, daß Oemark im Theater gewesen war. Er erzählte es selbst. Und er sprach am kommenden Sonntag in seiner Predigt davon. Diese Predigt handelte von Olavus Petri, und als Text hatte Oemark die Paulusworte genommen: »Gottes Wort ist nicht gebunden.« Es war eine herrliche Predigt, die überall hingepaßt hätte, nur nicht in das Missionshaus von Allerö. Da war mehr als einer, der an jenem Tage nachdenklich heimging. Nicht wegen der Predigt. Aber weil Oemark gesagt hatte, er sei im Theater gewesen.

Das Frauenkomitee war an jenem Sonntag bei Frau Alsing zum Kirchenkaffee. Alsing schloß sich in seinem Arbeitszimmer ein und ließ sich den Kaffee dorthin bringen, und das war ein unglückverheißendes Zeichen; das wußten alle, und Frau Alsing am besten von allen. Sie war eine sanfte und stille, einer Märtyrerin gleichende kleine Frau, die im Gegensatz zu den anderen im Frauenkomitee sehr wenig sprach und nie über andere. Nicht einmal jetzt, da der Theaterbesuch des Pastors auf dem Tapet war, sagte sie etwas. Einige von den jungen Damen weinten.

»Ihr werdet sehen, sie werden ihn uns wegnehmen. Und doch ist keiner gewesen wie er.«

Aber niemand sagte etwas — zu Oemark. Bis dieser, als es auf Pfingsten ging, eines Abends eine schriftliche Mitteilung in seinem Briefkasten fand, er solle sich am folgenden Tag um sieben Uhr abends zu einer Sitzung der Gemeindevorsteher einfinden.

Als er den Brief gelesen hatte, nahm er Mantel und Hut und ging fort zum Pfarrer.

»Morgen knallt es«, sagte er, als er sich im Arbeitszimmer des Pfarrers in einem bequemen Stuhl zurechtsetzte. Er streckte ihm den Brief entgegen.

»Das ist meine Schuld«, sagte der Pfarrer. »Was ich da angerichtet habe, tut mir wirklich leid.«

»Das braucht dir keineswegs leid zu tun«, sagte Oemark. »Es ist schön, daß ich mich einmal mit den Brüdern aussprechen kann. Ich habe das schon lange gewünscht.«

»Glaubst du, daß der Distriktsvorsteher kommen wird?« fragte der Pfarrer. »Das ist einer der nobelsten Männer, die ich je getroffen habe.

Aber ich glaube nicht, daß sie ihn eingeladen haben. Der Direktor ist nicht gut auf ihn zu sprechen.«

»Wenn ich ihn nun einladen würde?« schlug Oemark vor.

Der Pfarrer schaute Oemark an. »Du bist wahrhaftig ein Mann mit Ideen«, sagte er anerkennend. »Ich wünschte mir, wir hätten dich in der Kirche.«

»Wenn ich reden darf, wie ich denke«, sagte Oemark, »so haben sich meine Gedanken in der letzten Zeit oft mit dir und deiner Kirche beschäftigt. Wir nennen uns Freikirche, aber die einzige wirklich freie Kirche, die ich kenne, ist *deine* Kirche. Gewiß, ihr habt den Staat über euch. Aber ihr habt dennoch eine Freiheit, die wir nicht haben. Wir sind gebunden durch unsere Vorsteherschaften, durch unsere Direktoren und Komitees und Tanten und Onkel. Wir sind wie von Spionen bewacht. Wir können nicht einen Schritt gehen, ohne daß alle es wissen, nichts tun, ohne daß es auf die Goldwaage gelegt wird. Wir dürfen nicht für richtig halten, was uns richtig scheint, und dürfen nicht sagen, was wir für richtig halten. Aber das ärgste ist diese verstockte Selbstsicherheit und Selbstzufriedenheit, das ärgste sind diese Neunundneunzig, die der Buße nicht bedürfen, obwohl sie die Buße mehr brauchten als der ärgste Sünder. Habe ich nicht Sonntag für Sonntag gerade darüber gepredigt, und dann sitzen sie da und nehmen das alles entgegen und sind entzückt, je mehr ich auf sie schimpfe. Schönen Dank, *lieber* Herr Pastor, das war eine *so* schöne Predigt! Es ist so *schön,* wenn der Herr Pastor zupackt und uns züchtigt. Das beißt so wohltuend! Aber eine Besserung? Nein. Und das schlimmste ist, daß ich weiß, wie anders es hinter dem Rücken tönt.«

»Na na, beruhige dich, Bruder!« Der Pfarrer war so ernst, wie Oemark ihn nie zuvor gesehen hatte. »Alles, was du da sagst, gilt für jede Religion. Für alle Kirchen. Und es hat einmal für die Kirche noch mehr gegolten als für die Freikirche. Die Freikirche war einmal die Zuchtrute für die Kirche. Jetzt muß vielleicht die Kirche für die Freikirche zur Zuchtrute werden. Wir rudern im gleichen Boot. Und man soll nicht mit Steinen werfen, wenn man im Glashaus sitzt. Und wir sind alle gleichermaßen kleine Menschen, alle gleich große Sünder. Du und ich, wir gehören auch dazu.«

»Dann findest du also, ich solle den Distriktsvorsteher nicht herbitten?« fragte Oemark.

»Du kannst ihn ja anläuten, wenn du wirklich weißt, worum es morgen gehen wird. Er kann dann immer noch tun, was er will. Er ist ein kluger Mann, aber vor allem ein guter Mann. Oder soll ich ihn anrufen?«

»Ich wäre dir dankbar dafür.«

Der Distriktsvorsteher war wirklich zu Hause. Der Pfarrer sprach mit ihm. Oemark wunderte sich über den vertraulichen Ton und darüber, daß der Pfarrer und der Distriktsvorsteher einander mit dem brüderlichen Du anredeten.

Der Distriktsvorsteher versprach, mit dem Abendboot zum Pfarrer zu kommen. Er würde sich dann etwa um acht Uhr im Missionshaus einfinden, wenn die Sitzung bereits eine Weile im Gange war. Auf jeden Fall wollte er am nächsten Tag Oemark treffen. Er lasse den Prediger grüßen.

Der Pfarrer hängte ein.

Am Abend des nächsten Tages um sieben Uhr versammelten sich die Vorsteher im kleinen Saal des Missionshauses. Der Direktor war Präsident dieses Gremiums, Lotse Jansson Vizepräsident. Der Direktor eröffnete wie immer mit dem ersten Psalm. Er betete darum, daß Gott sie alle über den Weg der Wahrheit erleuchten möge.

Zuerst wurden einige gewöhnliche Vereinsangelegenheiten behandelt. Das dauerte eine gute halbe Stunde. Als das erledigt war, räusperte sich der Präsident.

»Ja, eigentlich wäre diese Sitzung nie nötig gewesen«, sagte er, »wenn sich nicht gewisse Dinge ereignet hätten, die es erforderlich machen, daß wir miteinander und mit dem Prediger Rat halten.

Um die Fragen der Reihe nach zu behandeln und uns an die Hauptsache zu halten: Es hat in der Gemeinde eine gewisse Beunruhigung hervorgerufen, daß Pastor Oemark unbiblisch predigt. Schon in der ersten Predigt wurden Zweifel vorgebracht, ob Jesus Wunder tun konnte. Wir erinnern uns an die Geschichte von den Proviantsäcken und anderes. Wie verhält es sich nun: Glauben Sie, Herr Pastor Oemark, daß Jesus Wunder tun konnte?«

»Absolut.«

»Wie konnten Sie dann leugnen, daß Jesus mit dem Brot und den Fischen ein Wunder getan habe?«

Oemark lächelte. »Das habe ich nie geleugnet. Ich sagte ungefähr: Wenn jemand, beachten Sie das, *wenn jemand* nun glauben sollte, Jesus habe mit Brot und Fischen keine Wunder tun können, so will ich ihm auf alle Fälle sagen, daß er an den Menschenherzen Wunder tun kann. Und dazu stehe ich. Und das halte ich für das allergrößte Wunder. Daß er zum Beispiel Wunder tun kann an Menschen wie Direktor Alsing und mir.«

»Ich bitte, mich aus dem Spiel zu lassen«, sagte der Präsident. »*Jetzt* reden wir vom Herrn Pastor.«

»Bis auf weiteres«, sagte Oemark.

»Sie glauben also an Wunder?«

»Absolut.«

»Schreiben Sie das auf, Bruder Jansson, und dann soll Pastor Oemark in seiner nächsten Predigt die übereilten Worte in seiner Antrittspredigt zurücknehmen und seinen Glauben an die Macht Jesu, Wunder zu tun, bekennen.«

»Wir werden sehen«, sagte Oemark.

»Aber da sind noch andere und schlimmere Dinge«, fuhr der Präsident fort. »Die Gemeinde hat mit Unruhe bemerkt, daß der Herr Pastor fleißigen Umgang mit Pfarrer Eriksson pflegt.«

»Ich verkehre, mit wem ich will«, sagte Oemark ruhig.

»Nicht, wenn die Gemeinde es für unpassend hält«, entgegnete der Direktor und richtete einen Blick auf Oemark, der jeden anderen niedergeschmettert hätte.

Oemark angelte wieder seinen Zahnstocher aus der Tasche und lächelte ihn an wie einen verständnisvollen Kameraden. »Bitte weiter!« sagte er.

»Weiter«, sagte der Präsident, »wurde gerüchteweise behauptet, der Herr Pastor laufe ins Theater...«

»Das ist keineswegs gerüchteweise behauptet worden«, sagte Oemark, »davon habe ich selber in meiner Predigt gesprochen, bevor jemand anderes das ausgeschnüffelt hatte.«

»Ja, das ist das Schlimme«, sagte der Präsident. »Ist das die rechte Art, ungefestigten Seelen zu predigen, daß der Prediger selbst ins Theater geht?«

»Ich erzählte, daß ich ›Meister Olof‹ gesehen habe, und dieses Stück darf jedermann ansehen, das täte selbst den Gemeindevorstehern gut.«

»Der Herr Pastor wird nächsten Sonntag vor der Gemeinde Abbitte leisten und versprechen, daß so etwas nicht wieder vorkommen wird.«

»Niemals!« sagte Oemark.

»Dann ist da noch eine Sache. Der Herr Pastor raucht.«

»Ist das eine Sünde?« fragte Oemark.

»Das *ist* eine Sünde.« Das sagte nicht der Präsident, sondern der Vizepräsident, Lotse Jansson vom Kirchdorf. »Eine Sünde und Schande ist es, was der Herr Pastor sich erlaubt: mit dem Pfarrer zusammenzusitzen und öffentlich zu rauchen, mitten im Garten, vor aller Welt Augen. Und wer weiß, ob Sie nicht auch trinken.«

»Ich habe ein Abstinenzgelübde abgelegt«, sagte Oemark, »aus praktischen und sozialen Rücksichten. Aber in bezug auf das Rauchen habe ich nie ein Gelübde abgelegt. Und ich bin nicht der Meinung, es sei eine Sünde, zu rauchen; es ist auch keine Sünde, ein Glas Wein zu trinken, und es ist keine Sünde, ins Theater zu gehen. Aber das ist eine Sünde: zu rauchen und nachher zu bestreiten, daß man raucht, zu trinken und nachher zu bestreiten, daß man trinkt, ins Theater zu gehen und nachher zu bestreiten, daß man ins Theater gegangen ist. Oder nicht? Will zum Beispiel Herr Direktor Alsing bestreiten, daß er neulich im ›Opernkeller‹ saß und rauchte?«

Der Schlag kam so plötzlich, daß der Direktor feuerrot wurde. Aber seine Überraschung verwandelte sich bald in heftige Entrüstung. »Ich bin nie im ›Opernkeller‹ gewesen.«

»Nie? Wie merkwürdig! Da muß ich falsch gesehen haben. Ich sah den Herrn Direktor im ›Opernkeller‹ sitzen und rauchen. Der Herr Pfarrer sah ihn auch.«

Der Direktor war bleich vor Zorn und Entrüstung. »Ja so, der Herr Pastor gibt also zu, daß *er* im ›Opernkeller‹ gewesen ist.«

»Gewiß gebe ich das zu. Ist *das* auch eine Sünde?«

»Es *ist* eine Sünde, solche Stätten zu besuchen.« Wieder hatte Lotse Jansson gesprochen.

»Merkwürdig«, sagte Oemark. »Sind die Menschen dort nicht auch Menschen? Liebt Gott nicht auch die, die im ›Opernkeller‹ sitzen? Und *wenn* es dort Zöllner und Sünder sind, könnte man sich nicht denken, daß Jesus selbst...« Der Hammer des Direktors[*] schlug hart auf den Tisch. »Lästern Sie nicht, Herr Pastor!«

---

[*] In Schweden hat der Leiter einer Sitzung nicht eine Glocke, sondern einen Hammer.

»Noch ein Wort«, sagte Oemark, »dann will ich schweigen. Ich frage bloß: Sind Sie, Herr Direktor, nie im ›Opernkeller‹ gewesen?«

»Ich bin nie dort gewesen.«

Oemark griff mit der Hand in die Brusttasche und erwischte seinen Füllfederhalter. Er nahm einen Schreibblock. »Hier, Herr Direktor«, sagte er. »Nehmen Sie dieses Papier und schreiben Sie: Ich bin nie im ›Opernkeller‹ gewesen, und setzen Sie Ihre Unterschrift darunter. Ich werde mich freuen, wenn ich nicht richtig gesehen habe. Aber *wenn* Sie dort *gewesen* sind, so sage ich Ihnen: Bevor Sie unterschrieben haben, wird Ihre Hand so zittern, daß Sie Ihren Namen nicht mehr schreiben können.«

»Ich habe meine eigene Feder«, sagte der Direktor. Er nahm eine elegante Feder mit Goldstift zur Hand und schrieb mit ruhiger Hand: »Ich bin ...« Weiter kam er nicht.

»Nein!« schrie Oemark. »Schreiben Sie nicht weiter!« Er griff nach dem Papier und zerriß es in Stücke. »Ich will Gott nicht versuchen. Ich kann mich getäuscht haben.«

In diesem Augenblick wurde die Tür geöffnet, und es kam jemand herein. Es war der Distriktsvorsteher. Aber Pastor Oemark lag ohnmächtig am Boden.

6

Das war nicht das erste Mal, daß sein Herz versagte. Die Ärzte meinten, der Herzfehler sei angeboren. Oemark selbst glaubte, er habe ihn sich durch Überanstrengung in der Zeit zugezogen, als er als Holzflößer gearbeitet hatte.

Als er zu sich kam, lag er auf seinem Feldbett, das man in den kleinen Saal hinuntergetragen hatte. Niemand war mehr da als der Distriktsvorsteher, der bekümmert Oemarks Hand hielt und ihm den Puls fühlte.

»Wie fühlst du dich, Bruder?«

Bei den freundlichen Worten fing Oemark an zu weinen. Der Distriktsvorsteher zog ihm das Taschentuch aus der Brusttasche und gab es ihm. »Weine nur, Bruder. Das erleichtert.«

Oemark versuchte zu sprechen, aber das Schluchzen ließ ihn immer wieder abbrechen. Endlich wurde er Herr über seine Stimme.

»Mit mir ist es vorbei. Ich habe Gott versucht. Man soll sich nicht zum Richter machen. Ich hätte nichts sagen sollen. Ich bin selber ein so großer Sünder. Glaubte an meine eigene Gerechtigkeit. Sah den Balken in meinem Auge nicht. Aber ich werde mein Amt niederlegen. Ich habe nichts ausgerichtet. Nur niedergerissen. Das Vertrauen der Menschen enttäuscht. Sie vielleicht irregeführt. Ich hatte im Sinn, zur Kirche überzutreten, aber was sollte ich dort tun? Nichts. Ich wollte frei werden. Aber niemand wird frei von sich selber.«

Der Distriktsvorsteher saß schweigend da und ließ Oemark reden.

»Sage mir«, meinte Oemark plötzlich, »was ist eigentlich geschehen? Es ist so still. Sie sind alle fort.«

Der Distriktsvorsteher sprach. Seine Stimme war leise – so wie einer spricht, der immer die Nähe eines Vorgesetzten spürt.

»Ja, es ist etwas geschehen. Gott hat gesprochen. Du riefst Gott zum Zeugen an, und er kam. Ein Mann hat seine Sünde bekannt und liegt nun zerknirscht da wie David, und die Brüder beten für ihn. Und du durftest das Werkzeug sein. Armer, glücklicher Bruder.«

»Wer hat bekannt? Ich verstehe nicht.«

»Der Direktor. Er legte ein vollständiges Bekenntnis ab, als du zu Boden sankst und ich hereinkam. Er bekannte, daß er im ›Opernkeller‹ gewesen war, daß er dort gegessen und geraucht hatte, daß er Schnaps getrunken hatte mit seinen Geschäftsfreunden. Und das war nicht das erste Mal gewesen. Er hat sich selbst und andere hinters Licht geführt. Ich habe es schon lange gewußt, konnte aber nichts unternehmen. Da war einer nötig, der stärker ist als ich und du.«

»Aber wie konnte er bloß?« sagte Oemark. »Er wollte doch schreiben.«

»Er bekannte, er habe an die Notwendigkeit der Notlüge geglaubt, um nicht eine ganze Gemeinde zu Fall zu bringen. Ein falscher Opfergedanke. Man kann das verstehen. Es war viel, das mit ihm hätte fallen können.«

»Und was passiert nun? Die Gemeinde und alles?«

»Es geht, wie es gehen muß. Durch Erniedrigung zur Erhöhung. Durch Zerknirschung zur Neuwerdung. Sünde, die bekannt wird, kann vergeben werden. Wunden, die geschlagen werden, können heilen. Aber er bat mich, dich zu grüßen und dir zu danken.«

»Mir?«
»Ja, dir. Und dich um Verzeihung zu bitten.«
»Ich muß zu ihm gehen. Ich bin es, der um Verzeihung bitten muß.«
»Du bleibst hier schön still liegen. Ich bleibe bei dir heute nacht. Man wird mir bald ein Bett herbringen.«
»Dann darf ich noch über etwas mit dir reden?«
»Gern.«
»Ich habe beschlossen, meine Predigertätigkeit zu beenden, und will versuchen, Pfarrer zu werden.«
»Ich verstehe das nach allem, was ich über dich gehört habe.«
»Wirst du mir nicht böse sein, wenn ich das tue?«
»Ich werde nicht böse auf dich sein, aber es tut mir leid. Solche wie dich brauchten wir noch viele.«
»Ich hörte, daß du und der Pfarrer gute Freunde seid.«
»Ich bin einer von den wenigen, die ihn verstehen und an seine Ehrlichkeit glauben.«
»Ja, ehrlich ist er. Das ist das Größte.«
»Das Größte ist die Liebe.«
»Ist die Liebe größer als die Wahrheit?«
»Die Liebe freut sich mit der Wahrheit. Ohne Liebe ist die Wahrheit tot und kalt.«
»Du meinst, so sei es bei mir gewesen?«
Der Distriktsvorsteher schwieg. Oemark fuhr fort.
»Ich glaube es selbst. Das ist meine Sünde. Meine spezielle Sünde. Meine Sünde von heute, als ich den Direktor zum Schreiben bringen wollte. Aber wenn ich nun zur Kirche übertrete?«
»Dann kann ich nur die Kirche beglückwünschen und dir meinen Segen geben.«
»Du bist wirklich frei von Vorurteilen!«
»Das wird man mit den Jahren. Man lernt mit der Zeit immer mehr von den Wegen Gottes mit uns Menschen verstehen. Es muß viele Wege geben, die zum Reich Gottes führen. Die Kirche ist einer. Die Freikirche ist ein anderer. Sie treffen sich und scheiden sich, nähern sich aber einander doch mit der Zeit, je mehr sie sich dem Ziel nähern. Unsere Jugendverbände werden oft von den besten Konfirmanden der Pfarrer bevölkert. Und Predigersöhne werden oft Pfarrer. Ich habe selber einen Sohn, der Pfarrer werden will.«

»Dann wirst du mich nicht so hart verurteilen?«

»Ich verurteile überhaupt nicht. Ich danke Gott für jeden, der ihm dienen will, in welcher Gemeinschaft er auch stehen mag.«

»Gott sei Dank!« Oemark faltete seine Hände.

In diesem Augenblick kamen einige Leute aus der Gemeinde mit einem Bett und Bettzeug herein. Sie gingen still ihres Weges, verwundert, ihren Pastor auf einem Bett im kleinen Saal liegen zu sehen.

Der Distriktsvorsteher machte selbst sein Bett und half Oemark aus den Kleidern. Kaum hatte sich Oemark hingelegt, als die Tür aufging und der Doktor hereinkam. Er untersuchte ihn sorgfältig.

»Der Herzfehler ist wohl angeboren. Dagegen kann man nichts machen. Sie können lange leben, sollten aber zu schwere Arbeit und heftige Aufregung vermeiden.«

»Das ist leichter gesagt als getan, Herr Doktor«, sagte Oemark und lächelte.

»Liegen Sie ein paar Tage lang still und erholen Sie sich. Nachher können Sie weitermachen wie bisher.«

»Nein, ich werde nicht weitermachen wie bisher. Ich werde nach Amerika reisen.«

»Nach Amerika?« Der Arzt und der Distriktsvorsteher riefen es in einem Ton und schauten einander erstaunt an.

»Ja, ich machte kürzlich eine unerwartete Erbschaft. Und ich habe immer gesagt: Wenn ich einmal erben kann, reise ich nach Amerika. Ich muß einfach ein wenig fortkommen und über allerlei nachdenken.

»Dann wünsche ich Ihnen viel Glück«, sagte der Doktor.

»Hier!« Oemark zog seine Brieftasche hervor. »Willst du für mich den Doktor bezahlen, Bruder?«

Der Distriktsvorsteher bezahlte, und der Doktor ging.

In den Tagen seiner Krankheit durfte Oemark reichlich erfahren, wie sehr er in der Gemeinde geschätzt war. Sein Zimmer füllte sich mit Blumen und Geschenken aller Art. Der Pfarrer kam ihn täglich besuchen. Und eines Tages kam Lotse Jansson, der Direktor Alsing vertrat, seit der für einige Zeit ins Ausland verreist war. Jansson hatte eine Flasche bei sich, in der sich ein vollständig aufgetakeltes Segelschiff befand.

»Das sollst du als Andenken haben von einem, der deine Aufrichtigkeit hochachten lernte.«

Rauh und trocken klangen die wenigen Worte, aber es lag Wärme darin.

Während Jansson noch da war, bat Oemark, er möge den Distriktsvorsteher hereinrufen.

»Ich muß mein Testament machen«, sagte Oemark. »Nimm Papier. Eine Feder habe ich.«

Er holte seinen Füllfederhalter hervor.

Mit fester Hand schrieb Oemark eine Schenkungsurkunde, in welcher er die Villa, die er als Geschenk bekommen hatte, der freien Missionsgemeinde von Allerö vermachte. Die Schenkungsurkunde wurde unterzeichnet und beglaubigt. Oemark schrieb auch eine Bevollmächtigungserklärung auf die Quittung, die er vom Pfarrer erhalten hatte, und übergab diese mit der Schenkungsurkunde an den Lotsen Jansson.

»Sorge dafür, daß die Sache nach Gesetz und Recht geregelt wird«, sagte er. »Und mit der Villa könnt ihr machen, was ihr wollt. Eine Predigerwohnung oder ein Erholungsheim für übermüdete Prediger, oder ihr könnt sie verkaufen und das Geld der Mission geben.«

»Nun bin ich frei«, sagte er zum Distriktsvorsteher, seinem Freund, als Lotse Jansson gegangen war.

7

Die Kapelle war zum Bersten voll, als Oemark seine Abschiedspredigt hielt. Auch der Pfarrer war dort. Als Lotse Jansson erfahren hatte, daß der Distriktsvorsteher mit dem Pfarrer verkehren konnte, meinte er, dann könne er das auch. Direktor Alsing war noch immer im Ausland.

Der Chor sang ohne einen Dirigenten, und er sang wie nie zuvor.

Als Oemark sich erhob, um zu sprechen, war er kaum wiederzuerkennen. Er sah bleich und abgezehrt aus. Die Kleider hingen weit und formlos an ihm, und die Sonne in seinem Blick schien erloschen zu sein.

Er schlug das Buch des Propheten Amos auf und las gleichsam für sich selbst die Worte: »Ich bin kein Prophet und kein Prophetenjünger, sondern ein Viehhirt bin ich und ziehe Maulbeerfeigen. Aber der Herr hat mich von der Herde weggenommen, und der Herr hat zu mir gesprochen: ›Gehe hin und predige meinem Volk Israel.‹«

»Ist es möglich«, begann er, »daß man nicht richtig hört? Wenn man glaubt, man höre Gottes Stimme, und es ist nicht Gottes Stimme. Amos glaubte gewiß hie und da, er habe nicht richtig gehört. Als er vom Priester Amazja fortgejagt wurde wegen seiner respektlosen Predigt gegen die Mächtigen in Israel. Ja, er glaubte gewiß hie und da, er habe nicht richtig gehört. Und ich habe es auch hie und da geglaubt und glaube es jetzt. Ich habe gewiß nicht richtig gehört. Ich habe mein Amt so verwaltet, daß ich jetzt gehen muß.«

Es gab viele in der Gemeinde, die hier hätten rufen mögen: »Nein! Nein!« Aber niemand wagte etwas zu sagen.

Oemark setzte seine Predigt fort. »Ich will euch auf alle Fälle davon erzählen, wie es war, als ich Gottes Stimme zu hören glaubte. Ihr wißt vielleicht, daß ich der Sohn eines armen Waldarbeiters und Holzflößers von Norrland bin. Die kleine Hütte, in der ich geboren wurde, gehörte der Aktiengesellschaft. Die Mutter war kränklich, und ich war das einzige Kind. Ich hatte eine fromme Mutter. Jeden Morgen las sie laut einen Abschnitt aus der Bibel. Und jeden Abend fiel sie neben ihrem Bett auf die Knie, und ich kniete neben ihr. Und wir beteten laut zu Gott für den Vater, der im Winter im Wald arbeitete und im Sommer bei der Flößerei half. Er war fast nie zu Hause. Ich kann mich nicht erinnern, daß ich ihn je eines Abends in unserer Hütte hätte zu Bett gehen sehen, höchstens vielleicht einmal zu Weihnachten. Sein Zuhause war die Baracke, und seine Gesellschaft waren wilde Männer und der Branntwein. Aber als ich so groß war, daß ich mit ihm gehen durfte — ich war damals dreizehnjährig und hatte die Schule abgeschlossen —, da hörte er auf zu trinken. Am ersten Abend, an dem ich mit ihm in der Baracke übernachtete, fiel ich neben der Pritsche auf die Knie und betete laut zu Gott für die Mutter, die allein zu Hause war. Da fingen alle Männer an zu lachen, denn sie waren schon angeheitert vom Branntwein. Der Vater schlug nach dem nächsten, und es gab eine gewaltige Schlägerei in der Baracke. Der Vater wurde entsetzlich geschlagen und konnte am nächsten Tag nicht zur Arbeit gehen. Statt dessen mußte ich gehen, und einer der Männer nahm sich meiner an. Sie waren alle nett zu mir, und alle schämten sich, daß sie den Vater geschlagen hatten.

›Verstehst du‹, sagten sie, ›das war nur der Branntwein. Wir sind sonst nicht so.‹

›Dann laßt doch das Branntweintrinken!‹ sagte ich.

Da lachten sie mir ins Gesicht. ›Laß du es selbst, kleiner Mann!‹ sagten sie.

›Ich werde nie einen Schluck trinken‹, sagte ich. Und dieses Versprechen habe ich gehalten.

Der Vater kam wieder zu Kräften, und wir gingen an die Arbeit. Und Vater trank nie mehr Branntwein. So ging es Jahr für Jahr, bis ich siebzehn Jahre alt war. Es war immer dieselbe Arbeit, Tag und Nacht. Denn als die Nächte hell wurden, hatten wir Nachtschicht beim Flößen. Ich war groß und stark geworden und konnte den längsten Kerl in ehrlichem Ringkampf zu Boden strecken, worin wir uns in freien Stunden übten. Es war aber auch nötig, daß man beim Flößen stark war. Wir standen in einer langen Kette am Fluß entlang, etwa fünfzig bis hundert Meter weit auseinander, und paßten auf die Stämme auf. An den gefährlichsten Stellen waren wir zu zweit. Dort kamen die Stämme mit einer Schnelligkeit wie kleine Lokomotiven! Und sie durften nicht an den Steinen hängenbleiben, denn sonst gab es eine Stauung. Ich sah meinen Vater etwas weiter oben stehen in jener Nacht, als er plötzlich schwankte und einen Stamm verfehlte. Er war auf einem Stein ausgeglitten. Wir standen bis zu den Hüften im kalten Wasser. Wir hatten damals noch keine Gummihosen wie heute.

Der Stamm schoß gegen einen Stein und legte sich quer. Der Vater konnte ihn nicht wieder in Fahrt bringen, bevor der nächste Stamm kam. Der Vater rief mich, aber es war zu spät. Die Stämme saßen festgekeilt, als ob sie angegossen gewesen wären. Stamm folgte auf Stamm. Wir riefen nach den Männern, die weiter unten standen. Schließlich waren wir acht oder zehn Mann, die stießen und stemmten, aber es war zu spät. Da sprang der Vater auf die aufgestauten Stämme. Alle wußten, das war lebensgefährlich.

›Du darfst nicht, Vater!‹ schrie ich. ›Laß mich das machen!‹

Aber der Vater hatte bereits den obersten Stamm gelöst. Der zweite folgte. Der Vater sank zwischen die Stämme, aber er arbeitete weiter. Es war, als stemme und zerre ein Riese — rasend — zwischen den Stämmen. Unversehens kenterten die aufgestauten Stämme. Der Vater verschwand im Strudel. Wir fanden ihn gegen Morgen mit zertrümmertem Schädel.

Wir hatten keine Zeit, früher nach ihm zu suchen, denn wir mußten nun doppelt so viel arbeiten, nachdem ein Mann weg war.

In dieser Nacht fühlte ich, wie meine junge Lebenskraft gebrochen wurde. Ich überanstrengte mich vielleicht. Die Ärzte behaupteten, ich hätte einen angeborenen Herzfehler. Aber ich weiß besser als sie, was in jener Nacht geschah. Ich fühlte des Menschen Vergänglichkeit. Fühlte die Grenzen der Lebenskraft. Fühlte, wie kurz das Leben ist und wie eine Flamme ausgelöscht wird, so wie das Leben des Vaters ausgelöscht wurde. Aber der Wasserfall stürzte weiter hinab, der Wald wuchs nach wie vor, und die Erde drehte sich weiter – Tag und Nacht, Jahr für Jahr. Aber nicht in Ewigkeit.

In dieser Nacht, in der ein einziger bleicher Stern leuchtete wie ein Leuchtturm auf dem Meer der Ewigkeit, begegnete ich Gott. Und Gott sprach: ›Geh weg von hier. Geh hin und predige den Menschen. Sage ihnen, wie kurz das Leben, die Seele aber ewig ist. Rette ihre Seelen, so daß sie vom Tod und der Ewigkeit nichts zu fürchten haben.‹

Als wir den Vater begraben hatten, ging ich heim zum Pfarrer und sagte ihm, daß ich Pfarrer werden möchte. Er sah mich an und sagte: ›Das ist zu spät, und wenn es auch nicht zu spät wäre, so hättest du keine Mittel. Du hast deine Mutter, für die du sorgen mußt. Das ist deine Pflicht.‹

Ich kehrte zur Arbeit zurück und sorgte für die Mutter. Aber sie mochte nicht länger leben, als der Vater tot war. Ich war einmal die ganze Woche zur Arbeit im Wald gewesen. Es ging gegen Weihnachten. Als ich heimkam, stieg kein Rauch aus dem Schornstein. Es war eiskalt in der Hütte. Die Mutter war gestorben.

Als wir die Mutter begraben hatten, redete ich wieder mit dem Pfarrer.

›Nun habe ich niemanden mehr, für den ich sorgen müßte‹, sagte ich. ›Nun *will* ich Pfarrer werden.‹

›Warum willst du Pfarrer werden?‹

›Gott hat es befohlen.‹

›Du kannst ja erst mal Prediger werden‹, sagte er, und so schickte er mich in die Predigerschule.

Dort war ich zwei Jahre. Und dort mußte ich die Bibel studieren und allerlei anderes. Und dort sollte ich predigen lernen. Aber ich konnte nie so gut predigen wie die anderen. Mein Lehrer sagte manchmal zu mir:

›Lieber Gustaf, du kannst nie Prediger werden, denn du kannst nicht predigen, wie sehr du dich auch anstrengst.‹

›Merkwürdig! Gott sprach zu mir, ich solle hingehen und den Menschen predigen.‹

›Du hast vielleicht nicht richtig gehört‹, sagte mein Lehrer.

Das gab mir einen Stoß. Ärger als von einem Baumstamm im Fluß. In jener Nacht wäre ich beinahe gekentert. Ich lag wach, bis es hell wurde, und betete zu Gott. Ich würde mich wohl wieder beruhigen, dachte ich. Aber es kommt wieder, einmal über das andere, jenes Wort: Vielleicht habe ich nicht richtig gehört in jener Nacht, als ich bis zum Gürtel im kalten Wasser stand, die Stämme kommen sah, das ewige Brausen des Flusses hörte und den kleinen Stern am Himmel leuchten sah.

Aber wie dem auch sei, ich kann nicht anders. Ich kann nicht zurück an den Fluß und in den Wald. Ich muß predigen, so gut ich es eben kann, für mich und für andere. Von Gott, von der Ewigkeit, von der Erlösung der Seele, vom Bösen, vom Frieden in Gott, der über uns kommt, wenn wir uns in seiner Nähe geborgen fühlen.

Und wenn ich nun hier zum letzten Mal vor euch stehe, meine Brüder und Schwestern, so weiß ich nur eines: daß ich euch allen wohlwollte, euch von dem geben wollte, was ich selber gefunden habe – von der Freude in Gott, der Wahrheit in Gott, der Liebe in Gott.

Habe ich unklug gehandelt und bin ich zu streng oder zu milde gewesen, so habe ich doch immer in guter Absicht gehandelt. Das ist keine Prahlerei. Gott segne euch alle! Amen.«

Während dieser Predigt gab es Tränen, und es wurde überall im Saal geschluchzt. Aber als Lotse Jansson zum Rednerpult hinaufstieg, um zu sprechen, verstummte das Weinen, und die Tränen wurden getrocknet. Er war nicht der Mann, der einen zu Tränen rührte.

Auch Lotse Jansson war heute nicht derselbe wie sonst. Er stand da und hielt mit beiden Händen das Kanzelbrett, als sei es das Steuerrad eines Schiffes und als gelte es, den rechten Kurs einzuhalten. Als er zu sprechen begann, war es, als hätte er Mühe, etwas zurückzuhalten, was die Stimme weich und warm machen wollte.

»Wir haben soeben ein Bekenntnis gehört«, sagte er. »Bruder Oemark hat gesagt, er könne nicht predigen. Das war ein ehrliches Bekenntnis. Denn er predigt nicht so, wie wir gewohnt sind, daß gepredigt werden soll. So hat er das, was er unter uns ausgerichtet hat, nicht durch seine Predigt ausgerichtet. Er hat uns auch nicht durch seinen Wandel gepredigt. Denn er lebt nicht in allen Dingen so — ich meine das rein äußerlich —, wie nach unserer Meinung Gottes Kinder leben sollen. Gottes Kinder rauchen nicht und gehen nicht ins Theater, wenigstens nicht Gottes Kinder auf Allerö. Dennoch hat er etwas ausgerichtet, woran wir uns immer erinnern und woraus wir eine Lehre ziehen werden. Er hat uns gepredigt durch seine Ehrlichkeit. Seine Lebensführung und sein Bekenntnis waren ohne Heuchelei. Er hat durch und durch ehrlich unter uns gelebt. Was er getan hat, hat er im Licht getan, ohne Menschenfurcht. Bei ihm gibt es keine Falschheit. Nichts hinter dem Rükken. Keinen Klatsch und kein Geschwätz« — hier hielt Jansson lange inne und ließ seinen Blick wie den Lichtkegel eines Leuchtturms durch die Bankreihen schweifen —, »keinen Klatsch und kein Geschwätz, was vielleicht die allerschlimmste Sünde der Kinder Gottes ist, mindestens hier auf Allerö. Er ist ein unerschrockener Mann, unser Bruder Oemark. Und all das ist er deshalb, weil er in all seiner Schwachheit in Gottes Nähe lebt. Und darum ist Gott auch uns nahegekommen durch ihn. Er hat in einem ganz besonderen Fall Gottes Brenneisen sein und zu Zerknirschung, Buße und Besserung führen dürfen. Es gereicht uns alles zu heilsamer Demütigung, daß dies geschehen ist. Das soll jedem von uns eine Warnung sein.

Noch etwas hat Bruder Oemark ausgerichtet. Der Pfarrer auf Allerö ist heute hier. Es ist das erste Mal, daß ein Diener der Staatskirche seinen Fuß über diese Schwelle gesetzt hat. Das hat Oemark zustandegebracht. Was das für die Zukunft bedeuten wird, weiß ich nicht. Aber heute danke ich Gott, daß es geschehen ist. Weil damit eine Scheidewand zwischen zwei Lagern abgebrochen worden ist, die — jedes auf seiner Seite und mit seinen Methoden und nach seinen Richtlinien — für das Reich Gottes arbeiten. Ich heiße Herrn Pfarrer Eriksson willkommen und danke ihm, daß er hierher gekommen ist. Pfarrer Eriksson ist Bruder Oemark in einer für ihn schweren Zeit eine Stütze und Hilfe gewesen. Das ahne ich, und ich möchte nun den Herrn Pfarrer bitten, diese Zusammenkunft abzuschließen.«

Oemark hatte Eriksson noch nie öffentlich reden hören. Er war — wie noch mancher in der Gemeinde, der den Pfarrer auch noch nie gehört hatte — erstaunt über die Einfachheit und Wärme, mit der er zu reden verstand.

»Es ist wahr«, sagte Pfarrer Eriksson, nachdem er ans Rednerpult getreten war, »daß ich bis jetzt noch nie meinen Fuß über diese Schwelle gesetzt habe, so wie viele von euch selten ihren Fuß über die Schwelle der

Kirche setzen. Wir fragen so viel nach den verschiedenen Kirchen und Gemeinschaften. Aber glaubt ihr, Gott tut das auch? Er fragt nicht nach den Kirchen, er fragt nach den Menschen. Wenn du auf dem Wege einen Mann triffst, der gestürzt ist und ein Bein gebrochen hat, dann gehst du nicht an ihm vorbei, wenn er zu einer andern Gemeinschaft gehört als du. Dann denkst du nicht daran, ob er Kirchen- oder Freikirchenmann ist, Baptist oder Pfingstler oder ein Zeuge Jehovas. Du gehst nicht vorüber wie der Priester oder Levit im Gleichnis. Du hilfst ihm sicher, so gut du kannst.

So sieht Gott auch die Menschen. Und wer Gottes Sinnesart hat, der hat auch Mitgefühl mit den Menschen. Er hat nicht nur Mitgefühl mit den Seinen, die vielleicht im eigenen Pferch wohlgeborgen und beschützt sind. Er hat Mitgefühl mit denen draußen auf den Landstraßen, auch mit denen, die auf falschem Wege sind. Gott will keine Schranken zwischen den Menschen. Er will, daß wir über den Zaun hinweg dem Nachbarn die Hand reichen, auch wenn er nicht zu unserer eigenen Gemeinschaft gehört.

Besonders danken möchte ich nun für jeden Sonntagnachmittag, an dem euer Pastor nach der Predigt in der Kapelle mich besuchen kam. Er ›sprang über den Zaun‹ und kam brüderlich zu mir. Vielleicht sah der eine oder andere das nicht gern. Aber ich habe mich kaum über etwas so gefreut in all den dreißig Jahren, in denen ich euer Pfarrer gewesen bin, ja, denn ich bin wirklich euer Pfarrer« — sein Blick wanderte mit einem ansteckenden Lächeln durch die Bankreihen —, »wie darüber, daß Bruder Oemark kam und mich besuchte. Ich werde ihn sehr vermissen, vielleicht mehr als sonst jemanden, wenn er nun abreist. Sollte jedoch irgendein anderer von euch an seiner Statt zu mir kommen und mich besuchen wollen, so kann ich vielleicht für meinen Verlust ein wenig Ersatz bekommen. Wenn ich mit einem Bibelwort schließen soll, so weiß ich nichts, was meine Gefühle in diesem Augenblick so zum Ausdruck brächte, wie die Worte Davids über seinen Freund: ›Ich traure um dich, mein Bruder Jonathan, denn du bist mir sehr lieb gewesen.‹ Amen.«

Am folgenden Tag, als das Mittagsboot stadtwärts fuhr, stand eine kleine, treue Schar auf dem Landungssteg von Allerö und sang: »Wenn wir einst jenseits des Stromes...«

AMERIKANISCHES INTERMEZZO

8

Der Transatlantik-Dampfer von Schweden legte langsam an einem der New Yorker Kais an. Die Laufstege wurden heruntergelassen, und Hunderte und Aberhunderte von Passagieren strömten aus dem Schiff. Winden setzten sich kreischend in Bewegung, und gewaltige Drahtnetze mit Koffern und Ballen baumelten wie Markttaschen einer Riesendame in der Luft und wurden mit Schwung auf dem Kai abgesetzt. Rundherum war ein Gerassel und Gekreische von Ketten, Winden, Sirenen, Rufen und Schreien, ein Lachen und Schwatzen in allen Sprachen der Welt. Ein hochgewachsener, barhäuptiger, rotgelockter Mann in schwarzem Gehrock blieb lange auf dem Deck der dritten Klasse stehen und ging als letzter über den Laufsteg hinunter.

Ein schlanker Herr in großkariertem Anzug war lange suchend auf dem Kai auf und ab gegangen. Er stürzte sich jetzt auf den Mann im schwarzen Gehrock.

»Ist das wirklich der Herr Pastor?«
»Ja, gewiß bin ich Pastor.«
Der Großkarierte umschloß mit seinen beiden Händen Oemarks Hand und schüttelte sie.
»Willkommen, willkommen! Aber lassen Sie mich das Gepäck nehmen.«
Oemark, der auf dem Schiff gelernt hatte, gegenüber wohlwollenden Fremden vorsichtig zu sein, ließ den Koffer nicht los.
»Entschuldigen Sie«, sagte er, »aber wer sind Sie eigentlich?«
Der Großkarierte starrte Oemark verdutzt an. »Pastor Andersson natürlich, wir haben uns doch geschrieben.«
»Ich kenne keinen Pastor Andersson.«
»Dann sind Sie also nicht Pastor Ågren?«

»Nein, gewiß nicht, ich heiße Oemark. Gustaf Oemark. Aber Pastor bin ich.«

»Sorry! Excuse! Dann ist mir ein Irrtum unterlaufen, und ich muß sehen, daß ich den richtigen erwische.«

Der Großkarierte eilte zum nächsten Laufsteg, auf dem noch einige Leute herunterkamen. Er fragte jeden Herrn, der auch nur einigermaßen einem Prediger ähnlich sah, ob er Ågren heiße. Aber da war kein Ågren. Zuletzt stieg er auf das Schiff und bat, die Passagierliste einsehen zu dürfen. Sie enthielt keinen Pastor Ågren, und sowohl der Kapitän als auch der Steuermann versicherten, sie hätten keinen Mann mit diesem Namen auf dem Schiff gehabt.

»Sofern er nicht noch als blinder Passagier beim Frachtgut zum Vorschein kommt«, scherzte der Kapitän.

Der Großkarierte kam verwundert und enttäuscht wieder über den Laufsteg herab. Auf dem Kai stand Gustaf Oemark und wartete.

»Sie fanden den Mann nicht?«

»Nein, ich verstehe das nicht. Er schrieb, er werde mit diesem Schiff kommen.«

»Er ist wohl verhindert worden.«

»Dann hätte er mich aber unterrichten sollen. Das sind second class manners.«

»Vielleicht kommt mit dem Schiff ein Brief an?«

»Das könnte sein.«

Der Großkarierte sprang wieder den Laufsteg hinauf und hinein ins Postbüro des Schiffes. Der Postmeister hatte es rasend eilig. Aber er suchte auf alle Fälle ein paar gewaltige Briefstöße durch.

»Hier«, sagte er, »ist das an Sie? Pastor Manne Andersson ... Absender Anders Ågren, Göteborg.«

Der Großkarierte riß den Brief an sich und las: »Wurde im letzten Augenblick verhindert. Muß in das Krankenhaus zu einer Operation. Muß auf den Auftrag verzichten.«

Mit dem Brief in der Hand ging Pastor Andersson gedankenschwer den Laufsteg hinunter. Währenddessen musterte er verstohlen den schwarzgekleideten Mann, der behauptete, er sei Prediger. Vielleicht lag darin ein verborgener Sinn.

»Hören Sie mal«, sagte er. »Wo wollen Sie jetzt hin?«

»Ja, darum wollte ich Sie um Rat fragen«, sagte Oemark.

»Wie soll ich Ihnen raten können?«

»Mit einem Hotel oder so, wo ich wohnen kann.«

»Warum sind Sie herübergekommen?«

»Weil ich eine kleine Erbschaft gemacht habe. Ja, ja, nicht viel«, sagte er, als er sah, daß der andere interessiert aufmerkte. »Es reicht für die Reise hin und zurück und ein wenig dazu. Ich habe immer gesagt, wenn ich je würde erben können, dann will ich nach Amerika reisen.«

»Hören Sie, Sie sind nun wirklich ein komischer Kauz!«

»Sicher, einen komischeren gibt es gewiß nicht auf dieser Seite. Aber es gibt komischere auf der andern, you see.«

»Können Sie Englisch?«

»Keinen Deut, ich habe bloß auf dem Schiff ein paar Worte gelernt. Man soll ja ziemlich weit kommen mit ›you see‹.«

»Hören Sie, sind Sie wirklich Prediger?«

»Ja, Missionsprediger. Ich habe die entsprechenden Papiere. Aber ich werde damit aufhören und versuchen, Pfarrer zu werden. Wenn ich Dispens bekomme. Aber zuerst wollte ich mir ein wenig Amerika anschauen. Ich bleibe, solange es mir gefällt und ich mich durchbringen kann.«

»Sie wollen sich also Arbeit suchen?«

»Ja, was ich bekommen kann. Predigen, Malen, Bauen, Mauern, Tapezieren, Holzflößen. Ich kann von allem ein bißchen.«

»Sie wollen vielleicht, daß ich Ihnen helfe?«

»Ja, etwas Besseres könnte ich mir gerade jetzt nicht wünschen.«

»Darf ich Ihren Koffer nehmen?«

»Warum das?«

»Haben Sie kein Vertrauen zu mir?«

»Doch, unbedingt. Sie dürfen den Koffer gerne nehmen und damit durchbrennen, wenn Sie ihn nötiger haben als ich. Aber Sie brauchen ihn mir nicht zu tragen. Jeder wird seine eigene Bürde zu tragen haben, heißt es in der Schrift.«

»Wo steht das?«

»Galaterbrief, Kapitel sechs, Vers fünf.«

»Ich fange an zu glauben, daß Sie Pfarrer sind.«

»Dann darf ich wohl auch Sie auf die Probe stellen. Wo steht dieses Wort: ›Ihr sollt den Fremdling lieben, denn ihr seid ja selbst Fremdlinge gewesen im Lande Ägypten‹?«

»Das steht im zehnten Kapitel des fünften Mosebuches, im neunzehnten Vers.«

»Nun fange ich an zu glauben, daß auch Sie Pfarrer sind.«

»Darf ich jetzt den Koffer nehmen?«

»Das darfst du.«

»Bist du Dalekarlier, daß du mich duzt?«

»Nein, das kam ganz von selbst.«

Die zwei Prediger waren während dieses Gesprächs über den Kai gegangen und warteten jetzt auf einen Bus.

»Wohin fahren wir?« fragte Oemark, als sie sich einen Stehplatz ergattert hatten.

»Heim zu mir«, sagte Andersson.

Endlos, so dünkte es Oemark, fuhren sie durch Straßen, in denen es von Menschen und Fahrzeugen wimmelte. Sie wurden im Bus immer weiter nach vorn gestoßen, Leute stiegen aus und Leute stiegen ein. Sie fuhren immer weiter. Bald wurden die Häuser niedriger. Die Straßen verkehrsärmer. Sie fuhren durch endlose Fabrikviertel, zwischen Schrotthaufen und Lagerplätzen hindurch. Das Land begann sich wieder zu zeigen. Sie fuhren an grünen Feldern mit weidenden Kühen vorbei. Bauern begannen ein- und auszusteigen. In einiger Entfernung zeigte sich eine kleine Stadt oder ein Dorf mit einem Kirchturm.

»Ist das dort der Ort, wo wir hinmüssen?«

Andersson schüttelte den Kopf. »Viel weiter.«

Sie fuhren in die Stadt hinein und wieder hinaus. Fuhren durch neue, stadtähnliche Dörfer. Durch Straßen und Alleen, die mit schönen, weißen Häusern im Villenstil flankiert waren. Hier war alles wohlgepflegt und schön. Als ob es Sonntag wäre, dachte Oemark. Sie mußten über eine Stunde gefahren sein, mehrere schwedische Meilen. Oemark saß da und döste vor sich hin, müde von der Wärme, als Pastor Andersson ihm einen leichten Puff gab.

»Nun müssen wir aussteigen. Spute dich! Hier hat man nicht soviel Zeit wie in Schweden.«

Sie waren kaum ausgestiegen, als der Bus schon in einer Staubwolke verschwunden war.

Im selben Augenblick war Pastor Andersson von drei Jungen und zwei Mädchen verschiedenen Alters umgeben, die um ihn herum hüpften und hopsten und auf amerikanisch drauflos plapperten, was sie konnten.

Eine junge Frau in blaugetüpfeltem Musselinkleid kam aus einem Gartentor.

»Meine Frau«, stellte Andersson vor.

»Willkommen Herr Pastor Ågren!« Die Frau machte mit dem Kopf eine leichte Verbeugung.

»Danke, aber ich heiße Oemark.«

»Wie hängt denn das zusammen?« Die Frau sah fragend ihren Mann an.

»Das hängt so zusammen«, sagte Andersson und schwenkte den Brief in der Luft. »Ågren kam nicht, aber dafür Oemark.«

»Willkommen also, Pastor Oemark!«

»Danke.«

In der schönen Villa war der Tisch zu einer Mahlzeit gedeckt. Oemark ließ es sich wohlschmecken. Während Frau Andersson abwusch, folgte Oemark seinem Gastgeber in sein Arbeitszimmer.

»Ja, was fangen wir nun mit dir an? Du mußt zuerst ein wenig von dir erzählen. Und dann — entschuldige bitte — muß ich wohl auch deine Papiere sehen.«

Oemark holte das wenige, das er hatte, hervor. Paß und Visum, Heimatschein. Das Volksschulzeugnis. Die Zeugnisse von der Missionsschule und von Gemeinden, wo er gewirkt hatte. Ein Zeugnis von Pfarrer Eriksson. Das war alles.

»Und du willst also nach Schweden zurück und versuchen, Pfarrer zu werden?«

»Gewiß, das habe ich vor. Ich bin nur hier, um mich ein wenig umzusehen.«

»Ja, weißt du, ich frage deshalb, weil Ågren, der ein paarmal herübergekommen war, sich entschlossen hatte, Augustana-Pfarrer[*] in Amerika zu werden. Ich habe ihm einen Platz in einem College verschafft. Ich glaube, du könntest diesen Platz bekommen, wenn du bleiben und dich für den Dienst in unserer Gemeinschaft ausbilden wolltest.«

»Ich glaube, darauf kann ich nicht eingehen, wenn das bedeutet, daß ich mich für die Zukunft binden muß.«

»Das muß man in unserem College. Das heißt, wenn man reuig wird, muß man die Kosten für die Ausbildung zurückzahlen.«

---

[*] Die Lutherischen Kirchen in Amerika sind in der Augustana-Synode zusammengeschlossen. Sie gründen sich auf das Augsburger Bekenntnis (Confessio Augustana).

»Dann ist die Sache klar. Dann muß ich sagen: Nein, danke.«
Andersson überlegte eine Weile. »Dann bleibt eine andere Möglichkeit übrig. Du kannst eine Anstellung bekommen als Predigergehilfe auf einem Missionsfeld.«
»Unter den Heiden?«
»Na, ja. Es kommt drauf an, was du meinst mit dem Wort Heiden. Wir haben überall in den Staaten Massen von schwedischen Einwanderern. Hier gibt es, wie du weißt, keine Staatskirche. Alle sind konfessionslos, bis sie sich einer anerkannten Gemeinschaft anschließen. Unter diesen treiben alle Arten von Religionen und Kirchen Mission: Katholiken, Baptisten, Anglikaner, Methodisten, Jehovas Zeugen. Auch wir treiben Mission. Mit was für Leuten hast du am meisten zusammengelebt?«
»Ich war Waldarbeiter und Flößer, bis ich achtzehn war. Nachher habe ich alle möglichen Leute getroffen.«
»Ausgezeichnet. Da werde ich dich nach Minnesota schicken. Du kannst dort unter der guten Leitung eines unserer Missionspfarrer missionierender Prediger werden. Ich werde versuchen, die Sache in Ordnung zu bringen. Das dauert ein paar Tage. Bis dahin bleibst du hier, dann kann ich dich ein wenig mit den amerikanischen Verhältnissen bekannt machen. Aber zuallererst mußt du die Sprache lernen.«
»Wie denn das?«
»Das besorgen meine Kinder. Die können sehr wenig Schwedisch, sprechen aber ganz ausgezeichnet Amerikanisch. Die werden hell begeistert sein, wenn sie einem großen Onkel ihre eigene Sprache beibringen dürfen. Ich versichere dir, daß ihr sehr viel Spaß haben werdet. Ich rede Schwedisch mit ihnen, und sie antworten mir auf englisch. Warte, du sollst es gleich mal hören.« Er öffnete das Fenster und pfiff ein Signal.
Augenblicklich kamen die fünf Geschwister ins Zimmer gestürmt.
»Das ist Onkel Gustaf aus Schweden.«
»Yes, Sir«, erklang es im Chor.
»Er kann kein Wort Amerikanisch. Aber ihr sollt ihm das beibringen.«
»Yes, Sir.«
»Aber in drei Tagen.«
»Yes, Sir.«
»Und ihr fangt morgen früh damit an, wenn ich nach New York fahre.«
»Yes, Sir.«

»Verschwindet!«

»Yes, Sir.«

Fünf Paar Kinderfüße eilten um die Wette in den Park hinaus.

»Nun kann ich wenigstens diese Worte«, lachte Oemark. »Yes, Sir!«

Drei Tage hintereinander plapperten fünf Kinder Amerikanisch mit Oemark. Er fühlte sich wie Gulliver im Land der Liliputaner. Am ersten Tag verstand er gar nichts. Am zweiten entdeckte er, daß er eine Menge Wörter kannte. Am dritten Tag konnte er die Wörter anwenden und kleine Sätze bilden. Die Kinder lachten und verbesserten ihn.

»Du hast großartige Fortschritte gemacht«, sagte Andersson, als er am Samstagabend heimkam.

»Ja, das war eine ausgezeichnete Methode«, antwortete Oemark. »Viel besser als der Fernkurs, den ich auf dem Schiff studierte – wenigstens an den Tagen, an denen ich nicht seekrank war.«

»Ach, du warst seekrank«, sagte Andersson teilnehmend.

»Und ob«, sagte Oemark. »Nun kann ich allerdings auch das zweite Kapitel des Propheten Jona auswendig. Drei Tage und drei Nächte war ich im Bauch der Seekrankheit. Das Buch Jona war mein einziger Trost. Kam er wieder ans Land, so werde wohl auch ich wieder ans Land kommen, dachte ich. Aber apropos Sprache, könnte ich noch ein paar Tage darauf verwenden?«

»Ja, die bekommst du«, sagte Pastor Andersson. »Unser Gewährsmann in Minnesota hat versprochen, dich aufzunehmen, aber nicht vor Ende nächster Woche. Wenn du es mit unserer Jungmannschaft so gut aushältst wie sie mir dir, so wirst du auf der Reise dorthin allein zurechtkommen.«

Am Sonntag war Oemark in der Messe[*] in Anderssons Kirche. Es war eine große helle Holzkirche. Der Gottesdienst erinnerte stark an einen schwedischen Gottesdienst, wurde aber auf englisch gehalten. Andersson sprach wie ein richtiger Amerikaner (so kam es wenigstens Oemark vor). Viel verstand er nicht. Aber als die Anzeigen verlesen wurden, hörte Oemark plötzlich seinen Namen. Andersson las bewußt so langsam und deutlich, daß Oemark den Sinn verstand. Abends um sieben Uhr werde ein Gottesdienst in schwedischer Sprache stattfinden – unter

---

[*] Die Schweden sind Lutheraner und nennen ihren Hauptgottesdienst am Sonntag noch *högmässa*, d. h. hohe Messe.

Mitwirkung eines Predigers aus Schweden, Gustaf Oemark, angestellt als Hilfs-Missionsprediger in Minnesota. – Der Schlaumeier! dachte Oemark. Das sind also amerikanische Methoden.

Im Abendgottesdienst waren ebenso viele Leute wie in der Messe. Das Ritual war einfach. Einige Kirchenlieder, ausgezeichneter Chorgesang. Einleitende Worte von Andersson und »Zeugnis und Gruß aus Schweden« von Oemark.

Oemark sprach von dem, was für ihn gerade jetzt aktuell war. Von der Seekrankheit und dem zweiten Kapitel des Propheten Jona.

»Ich denke«, begann er, »daß ein Großteil von euch wie ich hat über das Meer fahren müssen, um hierherzukommen. Vielleicht die meisten.« (Er sah die Köpfe nicken. Einige Zuhörer streckten sogar die Hand auf.)

»Ja, seht«, sagte Oemark, »hebt mal alle die Hand, die über das Meer hierhergefahren sind!« (Alle fanden, das sei lustig. Eine Menge Hände gingen in die Höhe.) »Ich hätte Lust, euch zu zählen; aber ich sehe, es sind auf alle Fälle mehr als die Hälfte. – Nun sollen alle die ihre Hände heben, die seekrank waren.«

Allgemeines Gelächter im Saal. Der eine und andere von den Zuhörern hob zögernd die Hand.

»Oh, seid nur nicht so zimperlich!« sagte Oemark.

»Nur hinauf mit den Händen, alle die seekrank waren!«

Nun hoben eine Menge ihre Hände in die Luft. Mehrere Kinder winkten eifrig. Oemark sah ein kleines Mädchen aufstehen und winken. Er wandte sich zu ihm.

»Warst du auch seekrank?«

»O ja, ganz gewaltig. Ich glaubte, ich müsse sterben. Und ich mußte auch brechen.«

Die Leute krümmten sich in den Bänken vor Lachen. Oemark lachte selber so, daß ihm die Tränen in die Augen traten.

»Habe ich es nicht gewußt?! So war es auch mit mir. Es heißt im Buche Jona, Jona habe sich den Tod gewünscht und gesprochen: ›Ich wollte lieber tot sein als leben‹.«

Da und dort hörte man einen Seufzer in den Bänken.

»Aber nun ist es überstanden.«

»Ja, Gott sei Dank!« hörte man eine alte Frau sagen.

»Und wir kamen wieder ans Land. Alle. Aber denkt daran, wie es war, als es am ärgsten war. Da glaubten wir nicht, daß wir wieder ans Land kommen würden. Als wir die Wellenberge um uns herum sahen, die sich auftürmten. Und wenn das Schiff in die Wellentäler hinabtauchte, so glaubte man, es werde weiter sinken bis auf den Meeresgrund. Und es kehrte sich alles um in einem. Nein, man glaubte, nie werde man wieder ans Land kommen. So hat Jona es erlebt, und so haben wir alle es erlebt: ›Wasser umgaben mich bis an mein Leben, die Tiefe umringte mich. Ich sank hinunter zu der Berge Gründen, die Erde hatte mich verriegelt ewiglich.‹ Die Erde hatte mich verriegelt! Welch anschauliches Wort! Wir waren ausgesperrt von der Erde. Würden wir je wieder ans Land kommen? Würden wir je wieder sicheren, festen Boden unter die Füße bekommen?

Aber was tat Jona in seiner Seenot? Er betete zu dem Herrn, seinem Gott, im Bauche des Fisches. ›Ich rief zu dem Herrn in meiner Angst, und er antwortete mir. Ich schrie aus dem Bauche der Hölle, und du hörtest meine Stimme.‹ — Laßt mich nun sehen! Wie viele von euch waren es, die wie ich zu Gott riefen, als die Seekrankheit am ärgsten war?«

Viele Hände flogen in die Luft.

»Seht ihr. You see. Das waren viele, aber es hätten noch mehr sein können. — Was sagt nun Jona? ›Da meine Seele bei mir verzagte, gedachte ich an den Herrn.‹ Erinnern wir uns daran! Es gibt noch andere Krankheiten als die Seekrankheit. Und es gibt noch andere Not als die Seenot. Erinnern wir uns daran, wenn wir in andere Not kommen, daß wir dann, wenn die Seele uns verzagt, an den Herrn gedenken! Man kann ausharren, wenn man an den Herrn denkt! Man kommt in Wassernot, aber man hat ein Tau, an dem man sich festhalten kann.

Denkt daran, wie wir nun in dieser schönen Kirche sitzen und singen und uns freuen in brüderlicher Gemeinschaft und Gott loben. Es ist hell heute. So hell, wie es an jenem Tage dunkel war, von welchem Jona sagt: ›Du warfst mich in die Tiefe mitten im Meer, daß die Fluten mich umgaben, alle deine Wogen und Wellen gingen über mich.‹ Beachte die Worte *du* und *deine*. Gott hatte das über Jona kommen lassen. Es liegt etwas Tröstliches darin, zu wissen, daß Gott im Unglück seine Hand über uns hält. Es ist tröstlich, das zu wissen. Daran wollen wir uns erinnern, wenn wir Schweres zu tragen haben. Vergeßt das zweite Kapitel des Propheten Jona nicht! Amen.«

Nachdem Oemark ein Gebet gesprochen hatte, wollte er von der Kanzel heruntersteigen. Aber Pastor Andersson bedeutete ihm, er solle oben bleiben und schritt nach vorn in den Chor.

»Pastor Oemark wird uns nun einen Gruß bringen aus Schweden. Er sagt es auf englisch! —«

Oemark war so erschreckt, daß er keinen Ton herausbrachte. Aber dann entdeckte er die fünf Pfarrerskinder, die in der vordersten Bank saßen und ihm aufmunternd zunickten. Oemark zwinkerte ihnen schelmisch zu und sagte:

»Many greetings from old Sweden!«

Und nun erlebte er seine erste große Überraschung in Amerika. Ein Beifallssturm brach los und hörte nicht auf, bis der Chor zu singen begann. Ja, die kleinen Pfarrerskinder klatschten noch ein gutes Stück in den Chorgesang hinein.

In der Sakristei klopfte Andersson seinem Freund auf die Schultern. »Ich bedaure, daß ich dich nicht in unser College schicken kann. Dort würdest du sofort eine Anstellung bekommen, nicht als Schüler, sondern als Lehrer in der Kunst des Predigens. Gerade so soll man in Amerika predigen. Und das mit dem Handhochheben... Charming!«

9

In einer Lichtung im Hochwald hatte sich eine Gruppe Waldarbeiter zum Mittagsmahl niedergelassen. Die Herbstsonne stand tief. Die Luft war rein und kühl. Durch die Stämme hindurch schimmerte im Süden ein Tal, in dem da und dort das Wasser glitzerte. Dahinter verloren sich die Höhen in blauen Farbtönen.

»Da ist es einem doch gerade, als sei man zu Hause in Dalarna«, hörte man eine Stimme im singenden Daladialekt sagen.

»Ist es wirklich so schön in Dalarna?« fragte ein rothaariger Arbeiter mit groben Gliedern, der eben eine dreibeinige Kaffeekanne aufs Feuer setzte.

»Du kannst ja hinreisen und selber sehen.«

»Ich hoffe, daß ich einmal dorthin kommen werde.«

»Hast du vor, dort Pfarrer zu werden?«

»Vielleicht.«

Mehr wurde während der Mittagspause nicht geredet. Einige der Männer zündeten ihre Pfeifen an oder legten sich auf den Rücken. Der Rothaarige nahm eine Feile aus seinem Rucksack und fing an, an einem Sägeblatt zu feilen. Der scharfe Ton schnitt die Stille entzwei.

»Zum Teufel damit!« rief eine unwirsche Stimme.

Der Rothaarige steckte die Feile gutmütig wieder in den Sack und legte sich beim Feuer auf den Rücken.

Wieder hörte man die unwirsche Stimme: »Warum feilst du nicht?«

»Du hattest es ja nicht gern.«

»Warum feiltest du denn vorher?«

»Weil die Säge stumpf war.«

»Also, feile zu! Hier draußen kümmert sich keiner darum, was ein anderer gern oder nicht gern hat. Wir sind jetzt in einem freien Land.«

»Von sich selber wird man nie frei.«

»Pfaffengeschwätz! Soll man *da*von nie frei werden?«

»Gott geht überallhin mit einem.«

»*Du* bist doch wohl kein Gott.«

»Nein, aber man kann ja Gott bei sich haben.«

»Hast du das etwa?«

»Ja, gewiß.«

»Ich merke nichts davon.«

»Doch, das merkt man.«

»Suchst du Streit?«

»Nein.«

»Doch, das tust du, und das kann ich nicht leiden.«

»So laß es bleiben.«

»Du wagst dich ja nicht an mich heran.«

»Wenn du dich an mich heranwagst, so komm schon. Aber ein ehrlicher Ringkampf soll es sein, nach allen Regeln der Kunst.«

»Äh, Jungens, macht keinen Radau!« rief der mit dem Daladialekt.

Aber der Unwirsche war schon auf dem Rothaarigen. Er war geschmeidig wie eine Katze, schmal, hatte aber starke Arme. Der Rothaarige war gedrungener, aber breit über die Schultern. Sie rollten zusammen auf dem Boden. Man merkte, daß sie beide geschickte Ringkämpfer waren. Sie rangen schweigend und hartnäckig. Der Unwirsche mit verbissener, aber beherrschter Wut, der Rothaarige mit gutmütiger, zäher Hartnäckigkeit. – Lange war der Kampf unentschieden. Der Rothaarige hatte den Unwirschen mehrere Male unter sich, aber er wand sich immer wieder los. – Schließlich lag der Rothaarige und konnte sich nicht mehr erheben.

»Na, ergibst du dich?«

»Gerne. Ich gratuliere. Mich hat seit langem keiner auf den Rücken gelegt.«

»Ja, du warst zäher, als ich geglaubt hatte.«

»Laß uns Freunde werden!«

Der Unwirsche streckte seine Hand aus, um dem Besiegten auf die Füße zu helfen, aber er sank plötzlich zusammen, ganz weiß im Gesicht.

»Er ist ohnmächtig geworden. Wasser her!«

Die Arbeiter bildeten einen Ring um den Ohnmächtigen.

»Du warst zu grob«, sagte der mit dem Daladialekt.

»Ein Pfarrer ist doch kein gewöhnlicher Ringkämpfer.«

»Nein, er war ein ziemlich ungewöhnlicher Ringkämpfer«, sagte der Unwirsche. »Er hielt sich streng an die Regeln. Sonst wäre es für einen solchen Riesen eine kleine Sache gewesen, mich zu Brei zu machen.« Er rieb seine Ellenbogen und Kniegelenke.

Nach einer Weile erwachte der Rothaarige.

»Wie fühlst du dich?«

»Ich muß wohl ein wenig fort gewesen sein. Es war schön. Ich glaubte, ich sei im Himmel. Ich hörte einen Chor singen und sah ein schönes Mädchen mit braunen Augen und einem weißen Kleid auf mich zukommen. Warum habt ihr mich geweckt?«

»Er fiebert.«

»Nein, zum Kuckuck. Ich habe bloß einen dummen Herzfehler. Ich sollte mich hüten vor starken körperlichen Anstrengungen und Gemütsbewegungen, sagte der Doktor. Und gerade das hat man ja wohl beim Ringkampf.«

»Warum bist du denn Waldarbeiter?«

»Weil ich mich dabei wohlfühle, weil ich mich bei euch wohlfühle. So wohl habe ich mich nicht mehr gefühlt, seit ich als Bub mit dem Vater zusammen im Hochwald gearbeitet habe.«

Die Männer wurden still. Jeder von ihnen erinnerte sich daran, wie er selbst angefangen hatte. Im Hochwald mit dem Vater zusammen. Zu Hause in Schweden.

»Heute darfst du nicht mehr arbeiten.« Es war der Unwirsche, der sprach.

»Das bestimme ich wohl selbst. Wir sind ja in einem freien Land.« Die Männer lachten.

»Dann gehen wir.«

Und in einer langen Reihe zog die Schar in den Wald, wo der Gesang der Sägen und die Musik der Äxte wieder begann.

Am Sonntag brachte der Rothaarige die ganze Gruppe dazu, mit ihm in die Kirche zu kommen. Sogar der Unwirsche war dabei. Er wäre sonst allein in der Baracke zurückgeblieben. Und merkwürdigerweise hatte er in der Nacht Angst vor dem Dunkel und am Tag vor dem Alleinsein. Sie hatten eine halbe schwedische Meile – das sind etwa fünf Kilometer – zu gehen. Der Frost lag noch auf dem schattigen Waldweg, aber der Himmel war klar, und die Luft duftete nach Tannennadeln und Harz.

Die Kirche lag in einem großen neugerodeten Gebiet auf der Nordseite eines Tales. Durch den Talgrund schlängelte sich ein Fluß, der auf den Namen »Dalälv« getauft worden war. Die meisten Bewohner der Neusiedlung waren Dalekarlier. Der Rest bestand aus Värmländern. Die ersten Pioniere, fromme Engländer, hatten den Ort Salem getauft, aber die Schweden nannten ihn ›Dalem‹. Sie hatten gleichzeitig mit ihren eigenen Häusern auch die Kirche gebaut. Sie war von einigen Schreinern aus Uddarbo gebaut worden und eine treue Kopie der Heimatkirche in Uddarbo. Die Gemeinde hatte sich der Augustana-Synode angeschlossen, der schwedischen evangelisch-lutherischen Kirche in Amerika. Der dortige Pfarrer, Leif Rönngård, war es, der sich Gustaf Oemarks hätte annehmen sollen. Aber Oemark war es bald müde geworden, die ganze Woche im Pfarrhaus zu sitzen und auf die Leute aus den vielen Holzhauerlagern zu warten, die schließlich auch am Sonntag nicht kamen. Deshalb war er mit Werkzeug und Arbeitskleidern in den Wald hinausgegangen, war von Lager zu Lager gewandert und hatte mit den Waldarbeitern zusammengelebt wie einer von ihnen, und doch als der, der er war, als Gustaf Oemark, schlicht und recht, welcher arbeitete wie der geringste von ihnen und welcher jeden Abend neben seiner Pritsche auf die Knie fiel und zu Gott betete. Zuweilen laut. Er wurde ausgelacht und verhöhnt. Aber die am ärgsten lachten und am eifrigsten höhnten, waren oft diejenigen, welche ihn heimlich am meisten bewunderten. Und sie gingen mit ihm zur Kirche, wenn auch vielleicht nur aus dem Grund, weil ihr Leben sonst so wenig Abwechslung zu bieten hatte.

Nur selten predigte er.

»Ich bewege mehr, wenn ich als Zuhörer unter ihnen sitze, als daß ich von ihnen Abstand nehme und mich auf die Kanzel stelle«, pflegte er zu sagen.

Pastor Rönngård fand, er habe da schon einen eigentümlichen Hilfsprediger bekommen, und diese »Hilfe« habe wenig Anrecht auf Lohn. Das fand Oemark übrigens auch. Denn als Rönngård ihm den ersten Monatslohn geben wollte, schob er das Geld von sich.

»Darauf habe ich kein Anrecht. Verwenden Sie das für etwas anderes. Ich verdiene mir meinen Unterhalt selbst im Wald.«

Rönngård schaute verwundert auf den merkwürdigen Hilfspfarrer und steckte die Banknoten in ein Kuvert, das er in seinen Kassenschrank einschloß.

Das Glöcklein bimmelte im Turm, als die Waldarbeiter den Waldrand erreichten. Sie setzten sich ganz hinten in die Kirche, die ziemlich voll war. Der Kirchenchor stellte sich eben im Chor vorne auf, und Rönngård hob die Stimmgabel. Oemark hatte mit gesenktem Kopf gebetet. Als er aufblickte, starrte er zum Chor hin, als sähe er ein Gesicht.

»Nein, aber schau mal«, sagte jemand laut in der Kirche, »dort steht sie ja. Bei lebendigem Leib!«

Die ganze Gemeinde wandte sich um. Der Unwirsche, der neben Oemark saß, stieß ihn in die Seite.

»Bist du verrückt? Schwätzt in der Kirche?«

Aber Oemark hob seine Hand und zeigte nach vorn. »Siehst du sie nicht? Die im weißen Kleid und mit den braunen Augen. Sie, die ich im Traum gesehen habe.«

Der Unwirsche sah sie sofort, und sein leicht entzündliches Herz fing augenblicklich Feuer.

»Ein hübsches Kind«, flüsterte er.

»Mehr als hübsch«, flüsterte Oemark zurück. »Siehst du nicht, daß sie ein Engel ist?«

»Nein, das sehe ich nicht. Und hoffentlich ist sie auch keiner.«

»Tu nicht dumm!« sagte Oemark.

»*Du* bist vielleicht dumm.«

Ja. Das war ein wahres Wort. Das fühlte Oemark. Nun war er dumm. Nun war das geschehen, was noch nie zuvor geschehen war. Nun war er gefangen. Jenes Mädchen dort, das er im Traum gesehen hatte, das war *sein* Mädchen.

Das junge Mädchen mit den braunen Augen und dem weißen Kleid stand dort und sang – ohne zu ahnen, daß zwei Männerherzen in diesem Augenblick für sie brannten. Vielleicht waren es noch mehr. Niemand weiß, wo es brennt in dieser Welt. Sie stand da mit ihren ehrlichen Augen, die ständig auf die Stimmgabel des Pfarrers gerichtet waren. Ihr Kopf bewegte sich sachte im Takt mit der Musik, und – mag das nun Einbildung gewesen sein oder nicht – Oemark meinte, ihre Stimme erhebe sich über den ganzen Chor und schwimme wie ein Schwan auf den Wellen oder steige wie eine Lerche hoch über alle Singvögel in Wald und Feld und gehe geradewegs in sein Herz hinein, als sänge sie für ihn allein. Er hörte kein Wort von der Predigt. Er faltete die Hände nicht und senkte den Kopf nicht beim Gebet. Er sah nach der weißgekleideten Braunäugigen, die im Chor auf den Querbänken saß und ohne ihren Blick vom Prediger zu wenden, auf sein Wort hörte.

»Wenn ich doch heute dort auf der Kanzel gestanden hätte!« seufzte Oemark. »Wenn ich der Chorleiter gewesen wäre! Aber ich kann nicht singen. Ich bin ganz unmusikalisch. Und ich bin häßlich. Grob, rothaarig, sommersprossig, plump.«

Er fühlte Eifersucht in sich aufsteigen gegen den Pfarrer und gegen den Unwirschen. Verstohlen sah er ihn von der Seite an. Auch er saß da und schaute nach der Braunäugigen. Hätte er bloß das Aussehen dieses Mannes gehabt! Und eine feine Art hatte der Kerl auch, trotz seines unwirschen Wesens. Die Eifersucht in ihm wuchs. Ein schrecklich nagendes, schmerzendes Gefühl im ganzen Körper, daß ihm fast übel wurde. Oh, hätte er doch den Unwirschen zu Brei zerquetscht bei jener Schlägerei vor ein paar Tagen! Ihm einen Denkzettel gegeben! Ihm die Nase krumm gedrückt, auf die er so stolz war!

Oemark fuhr auf, als der Pfarrer »Amen« sagte. War er schon fertig? So kurz war ihm noch nie eine Predigt erschienen. Oh, hätte sie ewig gedauert. Oh, daß er immer so hätte dasitzen und jenes Mädchen anschauen dürfen! Mehr würde er in Ewigkeit nicht begehren. Doch eines noch: daß die Kameraden an seiner Seite nicht da wären und er mit ihr allein sein dürfte!

»Lasset uns beten!« Die Worte gaben Oemark einen Stich, als hätte ein Arzt in ein Geschwür geschnitten. Beten! Zu wem? Worum? Da fiel ihm ein, wer er war. Ein Diener des Herrn; ausgesandt, um sich der Seelen der Menschen anzunehmen, und nun hatte der Versucher ihn in seine Klauen bekommen, hier im Hause des Herrn. Er erinnerte sich an den Wortwechsel mit dem Unwirschen vor ein paar Tagen.

»Gott geht überallhin mit einem.«

»Du bist doch wohl kein Gott.«

»Nein, aber man kann ja Gott bei sich haben.«

»Hast du das etwa?«

»Ich glaube es.«

Zum ersten Mal in seinem Leben hatte Oemark das Gefühl, Gott sei nicht mehr da. Da war statt dessen jemand anderes. Das Mädchen dort vorn. War es so leicht, von Gott wegzukommen? Ein Paar braune Augen, ein weißes Kleid, ein Mädchen, das er im Traum gesehen hatte. Der Versucher kam oft im Traum, das hatte er gemerkt. Aber wenn er wach wurde, war der Versucher weg, und Gott stand neben seinem Kopfkissen. Doch jetzt war er wach. Und Gott war weg. Und der Versucher stand dort in Gestalt eines Mädchens. Sie ging eben mit den anderen in den Chor, um zu singen. Nein, das war kein geistlicher Gesang. Das war Sirenengesang. Sie würde ihn weiter und weiter weg von Gott singen.

»Ich muß hinaus. Mir ... ist schlecht.«

Die Männer rückten ihre Knie zurecht, so daß er aus der Bank kam. Er merkte nicht, daß er ging. Er sah nur den Chor.

Oemark lief aus der Kirche. Er rannte in den Wald. Sobald er im Waldesdunkel war, stürzte er auf die Knie. Er rief zu Gott, er solle wiederkommen. Aber es kam kein Gott. Er sah nur ein weißes Mädchen mit braunen Augen vor seinen Augen tanzen. Sie tanzte und sang. Aber nicht geistliche Lieder, sondern Walzer und Polka; solche, wie Gössa-Jerk von Orsa sie am Abend in der Waldbaracke spielte. Und sie kam näher und näher. Sie tanzte um ihn herum und streckte ihm ihre Arme entgegen, herrliche, runde, weiche, weiße Arme. Oemark lag ausgestreckt im Moos und krallte die Hände ins Grün. Er versuchte, seinen brennenden Kopf in der frischen Feuchtigkeit zu kühlen. Stunden und Stunden lag er dort und kämpfte mit Gott, um ihn zurückzubekommen, und mit sich selbst, um nicht zur Kirche zurückzukehren, wo sie nun im kleinen Saal die schönste Kaffeestunde hatten. Zuweilen gab es sogar Spiel und Tanz für die, die zum Abendessen blieben, zu dem die Gemeinde von weither gekommene Gäste einlud.

Als Oemarks Kameraden gegen Abend zu ihrer Baracke zurückkamen, fanden sie zu ihrer Verwunderung dort keinen Oemark. Sie waren überzeugt gewesen, daß er vor ihnen nach Hause gegangen war. Sein Rucksack und Werkzeug waren fort. Aber der Vorarbeiter fand ein Stück Karton, das an seinen Rucksack gebunden war. Darauf stand etwas geschrieben.

»Ich bin zu einer anderen Arbeitsgruppe aufgebrochen. Du kannst meinen Lohn gegen Quittung bei Pastor Rönngård abgeben. Wir treffen uns nächsten Sonntag in der Kirche. Gustaf.«

Die Kameraden kamen am nächsten Sonntag vollzählig zur Kirche. Oemark war mit einer neuen Arbeitsgruppe dort. Er war kaum wiederzuerkennen. Es schien, als sei er wirklich krank gewesen. Er war abgemagert und hatte im Blick etwas seltsam nach innen Gewendetes. Der Sonnenschein in den Augen war verschwunden. Er hielt lange den Kopf zum Gebet gesenkt, und als der Chor anstimmte, saß er mit niedergeschlagenen Augen da. Er hätte gerne Wachs in die Ohren gestopft, wie er es von einem gehört hatte, der an der Küste der Sirenen vorübergefahren war. Aber der Chor klang nicht wie am vorigen Sonntag. Jener weiße Singschwan, jene Frühlingslerche war nicht zu hören. Oder war es bloß sein Inneres, das sie nicht hörte? Hatte jene Stimme bloß *in seinem Innern* so verführerisch schön geklungen? Schließlich wagte er aufzuschauen. Er hatte sich ermannt. Die ganze Woche hatte er sich gestählt für diesen Augenblick, wo er sie sehen und doch nicht sehen sollte.

Sie war nicht im Chor. Da entfuhr ihm ein Seufzer der Erleichterung. Und gleichzeitig fühlte er eine schmerzhafte Leere. In dieser Leere hallte das Wort des Predigers in der stillen Kirche wider. Es ging um den dreiundsiebzigsten Psalm, den er so oft gelesen hatte, den er auswendig konnte; aber ihm war, als hörte er ihn zum ersten Mal in seiner überwältigenden Schönheit: »Wenn ich nur dich habe, so frage ich nichts nach Himmel und Erde. Wenn mir gleich Leib und Seele verschmachtet, so bist du doch, Gott, allezeit meines Herzens Trost und mein Teil.«

»Ja, ja«, seufzte Oemark, »nun verschmachtet mir Leib und Seele. Mit dem Leibe ist es nicht so schlimm. Aber mit der Seele. Kein Mädchen in der ganzen Welt kann meine Seele retten. Aber Gott kann es. Rette meine Seele, o Gott! Rette meine Seele!«

Und langsam, langsam füllte sich die schreckliche Leere. Langsam kehrte der Friede ins Herz zurück, wie das Wasser in einer ausgetrockneten Quelle nach dem Regen wieder rinnt.

Beim Kaffee fragte dann Leif Rönngård, was Oemark im vorigen Gottesdienst gefehlt habe.

»Bist du krank geworden?«

»Ja, man kann es so sagen«, sagte Oemark.

Er lächelte wieder, zum ersten Mal seit einer Woche.

»Es war wieder einmal ... hm ... das Herz, das streikte.«

Rönngård sah ihn an. Ein wenig forschend. Es war, als glaube er ihm nicht recht.

Oemark hörte auf Umwegen von jenem Mädchen mit den braunen Augen und dem weißen Kleid. Sie war aus Uddarbo in Dalarna. Sie fuhr von einer schwedischen Kirche zur andern und sang in den Kirchenchören Solo. Im Frühling würde sie nach Dalem zurückkommen.

»Dann bin ich fort«, dachte Oemark.

10

Die Sommerhitze zitterte über der weiten Ebene von Östergötland. Es war unerträglich schwül im Coupé, als der Zug endlich dampfend auf der Station Linköping einfuhr.

Ein rothaariger Mann ohne Kopfbedeckung mit einem amerikanischen Regenmantel über dem Arm und einem Lederkoffer in der Hand ging zum Stationsvorstand und fragte ihn, wo der Bischof wohne. Der Stationsvorsteher starrte den Mann an.

»Das ist nicht meine Sache«, sagte er. »Da müssen Sie einen Polizisten in der Stadt oben fragen. Gehen Sie auf den Dom zu.«

Gustaf Oemark schaute in die Höhe und wurde die schlanke, gen Himmel weisende Spitze gewahr.

Eine Stunde später saß er im Wartezimmer des Bischofs. Dort waren schon viele, die vor ihm drankamen. Bleiche junge Pfarrer und rotwangige ältere. Sie saßen alle schweigend da und starrten auf die Tür, welche Leute heraus- und andere hineinließ. Oemark wurde es müde, noch länger zu sitzen. Er hatte schon die ganze Nacht im Zug von Göteborg gesessen, und er war hungrig. Nach ihm kam keiner mehr. Er war also der letzte Besucher und würde noch eine gute Weile zu warten haben. Er stand auf und begann im Zimmer herumzuwandern. Alle Wände waren mit Büchergestellen bedeckt. Es standen Büchergestelle über den Türpfosten, sogar über den Fensternischen. Oemark hatte noch nie so viele Bücher beisammen gesehen — außer in einer Buchhandlung.

»Armer Kerl, wenn er das alles gelesen hat!« Vier jüngere und drei ältere Pfarrherrn fuhren von ihren Stühlen auf und richteten den Blick auf den rothaarigen Mann, der das gesagt hatte. Oemark starrte einen der älteren Herren an, der ein bißchen jovial zu sein schien.

»Was hat doch Festus zu Paulus gesagt: ›Die große Gelehrsamkeit bringt dich von Sinnen.‹ Kann ein Bischof so viel lesen und trotzdem seinen Verstand behalten, so muß er allerdings die Engel zum Geleit haben.«

Der Mann, der jovial aussah, lächelte und sagte in reinem Östgötadialekt: »Oh, er wird wohl noch viel mehr gelesen haben.«

»Ja?« wunderte sich Oemark. »Und wenn man dann erst an die denkt, die all das geschrieben haben! Was hätte wohl der Prediger Salomo bemerkt, wenn er ein solches Zimmer zu sehen bekommen hätte — er, der schon zu jener Zeit sagte: ›Des vielen Büchermachens ist kein Ende.‹ Ein vernünftiger Kerl war er auf alle Fälle: ›Mein Sohn, laß dich warnen, viel Studieren macht den Leib müde‹.«

»Ganz meine Meinung«, sagte der Joviale. »Maß soll man in allem halten, auch in den Studien. Aber der Bischof da drin ...«

Im selben Augenblick öffnete sich die Tür, und der Joviale war an der Reihe. Er nickte aufmunternd, und Oemark nahm seine »Arbeit« wieder auf, im Zimmer herumzugehen und die Buchrücken zu lesen.

Es dauerte fast zwei Stunden, bis Oemark endlich zum Bischof hineinkam. Der sah eher wie eine barsche Militärperson aus als ein milder Hirt und fragte ziemlich brüsk, was »der Herr« für ein Anliegen habe.

»Ja«, sagte Oemark, »ich habe gehört, es herrsche schwerer Pfarrermangel in dieser Diözese, und ich dachte mir, da wäre es vielleicht möglich, Dispens von den akademischen Examina zu bekommen. Ich bin Prediger, möchte aber Pfarrer werden.«

»Ich könnte nach den Motiven für Ihr Begehren fragen und mich nach Ihrer Vorbildung erkundigen. Aber das wäre bloß Zeitverschwendung, und ich bin sehr beschäftigt. Ich habe nämlich bereits so viele Prediger dispensiert, daß ich alle Stellen besetzt habe. Ich kann also nichts tun für den Herrn Pastor.« Der Bischof nahm einen Brief vom Schreibtisch und öffnete ihn mit einem Papiermesser, deutlich als Zeichen, daß die Audienz beendet sei

»Darf ich noch zwei Dinge fragen?« fragte Oemark.

»Bitte«, sagte der Bischof.

Das klang wie: »Bitte gehen Sie!« dachte Oemark. »Das erste, was ich fragen wollte, ist: Weiß der Herr Bischof, ob in irgendeiner andern Diözese Pfarrermangel herrscht und ob irgendein anderer Bischof...«

»Es herrscht gerade jetzt in allen Diözesen Pfarrermangel«, sagte der Bischof. »Aber am schlimmsten ist es in der Diözese von Västerås. Ich denke, daß Sie Aussichten haben, wenn Sie sich an den Bischof von Västerås wenden.«

»Västerås, ist es weit dorthin?«

Erst jetzt sah der Bischof Oemark richtig an. Er hob die Augenbrauen, als hätte ihm das helfen können, besser zu sehen. »Warum fragen Sie, wie weit es nach Västerås ist?«

»Oh, das interessiert mich aus einem bestimmten Grund. Ich muß nämlich zu Fuß gehen wie Paulus. Mein Geld reichte gerade für das Schiff von Amerika und den Zug von Göteborg. Und ich glaubte, ich würde hier in der Diözese von Linköping grad von neuem anfangen können.«

»Wenn Sie ohne Geld sind, so kann ich wohl...« Der Bischof griff nach der Brieftasche.

»Kommt nicht in Frage«, sagte Oemark. »Ich meine: Vielen Dank für die Freundlichkeit! Aber ich komme schon durch. Dann mache ich mich also auf den Weg nach Västerås.« Er erhob sich.

»Sie hatten noch eine Frage«, sagte der Bischof.

»Stimmt«, sagte Oemark. »Aber die ist geradezu beschämend. Ich bin nämlich sehr hungrig. Habe nichts gegessen, seit ich auf dem Schiff war. Ich dachte, ein Bischofshof habe wohl auch eine Speisekammer.«

»Die Sache läßt sich leicht in Ordnung bringen«, sagte der Bischof und erhob sich. »Ich werde gerade noch zu Mittag essen, bevor ich ins Domkapitel hinaufgehe. Meine Frau ist auf dem Lande, aber die Haushälterin besorgt das sicher.«

Er drückte auf einen Klingelknopf, und eine dicke Frau in Schwarz und Weiß kam herein und knickste.

»Dieser Herr Pastor wird mit mir zu Mittag essen. Besorgen Sie zwei Gedecke und beeilen Sie sich.«

»Es ist schon serviert«, sagte die kleine Dicke und knickste.

Oemark nickte ihr freundlich zu, aber sie tat, als sähe sie es nicht.

Beim Essen im schönen Speisesaal war der Bischof ein ganz anderer Mann als in seinem Sprechzimmer. Mit wirklichem Interesse fragte er Oemark aus über sein Leben und Treiben. Über seine Erfahrungen als Prediger und vor allem über die Beweggründe für seinen Wunsch, in den Dienst der schwedischen Kirche zu treten. Aber er war auch ein höflicher Gastgeber, der es verstand, auf feinfühlige Weise den Wolfshunger zu stillen, den Oemark kaum verbergen konnte.

Als sie gegessen hatten, bat er Oemark, ihm in sein Sprechzimmer zu folgen.

»Ich habe einen Brief zu schreiben. Setzen Sie sich, Herr Pastor.«

Oemark setzte sich bequem in einen weichen Ledersessel und suchte seinen lieben Zahnstocher hervor, den er nach einem so nahrhaften Mittagessen wohl brauchen konnte.

»Hier!« Der Bischof steckte das, was er geschrieben hatte, in ein Kuvert, versiegelte es und schrieb die Adresse. »Das ist ein Brief an den Bischof von Västerås. Ich habe Sie empfohlen, Herr Pastor. Ich habe guten Grund, das zu tun, seit ich mit Ihnen gesprochen habe. Ich hätte selbst einen Mann wie Sie brauchen können in meiner Diözese, wenn ich eine Möglichkeit gehabt hätte, ihn unterzubringen.«

»Da muß ich Ihnen wirklich danken. Das sind Sachen, das.« Oemark streckte ihm seine Hand entgegen.

»Einen Augenblick!« Der Bischof nahm seine Brieftasche. »Nun bezahle ich die Reise nach Västerås.«

»Nein, danke«, sagte Oemark. »Der Herr Bischof hat schon mehr als genug für mich getan.«

»Na, seien Sie nicht dumm!«

»Entschuldigen Sie, aber ich habe meine Prinzipien. Wer nur den lieben Gott läßt walten ... Und ich denke auch an ein Wort in der Schrift: ›So oft ich euch ausgesandt habe ohne Schuhe, Tasche und Geldbeutel ...‹«

»Sie zitieren falsch, Herr Pastor«, sagte der Bischof. »Geldbeutel, Tasche und Schuhe ...«

»Na ja.« Oemark lächelte. »Ich habe alle drei Dinge. Ich habe auch einen Geldbeutel, aber es ist nichts drin. Aber das wird schon in Ordnung kommen. Es ist jetzt die Zeit der Heuernte, da kann ich unterwegs arbeiten. Nein, nein, keinen Pfennig«, fügte er hinzu, als der Bischof darauf beharrte. »Ich habe genug und übergenug bekommen. So satt bin ich seit langem nicht mehr gewesen.«

»Nun, wie Sie wollen«, sagte der Bischof. »Hier ist meine Hand. Und Gott sei mit Ihnen!«

»Er *ist* mit mir«, sagte Oemark, »das ist dann etwas, das sicher ist.«

»Ich fange an, es zu glauben«, sagte der Bischof und lächelte. Er stand noch am Fenster und sah Oemark über die Straße und den Platz gehen. Die Sonne schien, und die Dohlen kreisten um den Kirchturm. Es war Sommer.

»Beinahe beneide ich ihn«, sagte der Bischof und ging mit einem Seufzer zur Sitzung im Domkapitel.

II

Sobald Oemark auf die Landstraße hinauskam, zog er Rock, Schuhe und Strümpfe aus. Er rollte diese Kleidungsstücke in den Regenmantel und trug das Bündel in der einen Hand. In der andern Hand hatte er den Koffer. Gegen Abend hatte er anderthalb Meilen zurückgelegt. Er trank Wasser aus einem Bach und legte sich hin, um ein wenig zu schlafen. Er erwachte, als ein Karren auf der Landstraße anhielt. Die Sonne hatte schon zu sinken begonnen.[*] Er hatte mehrere Stunden geschlafen.

Der Mann auf dem Karren starrte ihn eine Weile an. Dann fuhr er wieder los.

»Hallo!« rief Oemark.

Aber der Mann auf dem Karren gab dem Pferd die Peitsche und fuhr weiter, so schnell er konnte.

»Donnerskerl«, sagte Oemark. Er zog Schuhe und Strümpfe an, nachdem er die Füße im Bach gewaschen hatte, und wanderte weiter. Gegen Sonnenuntergang war er bei einem Bauernhof. Gewaltige Strohhaufen umzäunten eine Reihe von Ställen. Die Kühe wurden draußen auf der Anhöhe vor den Ställen gemolken. Ein Mann kam ihm mit zwei Eimern entgegen. Oemark erkannte den Bauern wieder, der ihm davongefahren war.

»Guten Abend«, sagte Oemark.

Der Bauer antwortete nicht.

»Wie heißt dieser Hof?« fragte Oemark.

---

[*] Im Norden beschreibt die Sonne einen flacheren und weiteren Bogen als bei uns und geht im Sommer auch bedeutend später unter.

Der Bauer schwieg. Er nahm den einen Eimer und einen Melkstuhl und begann eine Kuh mit prallem Euter zu melken. Eine andere Kuh drängte heran, die es eilig hatte, gemolken zu werden.

Oemark nahm den anderen Eimer, den der Bauer neben sich gestellt hatte, wusch sich die Hände in einem Wasserkübel, setzte sich auf seinen Lederkoffer und begann, die andere Kuh zu melken. Der Bauer schaute ihn von der Seite an. Die Milch strömte mit einem klingenden Ton in die beiden Eimer.

»Ach, du kannst melken«, fing der Bauer an. »Ich dachte, du bist ein gewöhnlicher Landstreicher.«

»Das sind auch Menschen«, sagte Oemark.

»Kaum«, erwiderte der Bauer.

»Du könntest auch ein Landstreicher sein«, sagte Oemark, »wenn nicht Gott in seiner unbegreiflichen Güte dich als Erben eines so schönen Hofes hätte zur Welt kommen lassen. Doch nicht alle werden so geboren. Denk daran. Aber Gott ist auch ihnen gegenüber gütig, wenn er nur ein bißchen Hilfe von denen bekommt, denen er ein besseres Los gegeben hat.«

»Bist du etwa Sozialist, du?«

»Etwas Schlimmeres als das«, sagte Oemark. »Ich bin Prediger.«

»Bist du ein Wanderprediger?«

»Etwas Ähnliches.«

»Warum melkst du dann?«

»Weil ich mir einen Bissen Brot verdienen wollte auf den Abend. Es heißt in der Schrift: ›Du sollst dem Ochsen, wenn er drischt, das Maul nicht verbinden.‹ Da soll man wohl auch dem, der melkt, den Mund nicht zuhalten.«

»Du bist allerdings ein merkwürdiger Prediger, du«, sagte der Bauer.

»Sicher«, sagte Oemark. »Aber nun ist diese Kuh fertig. Hast du noch mehr Kühe und mehr Eimer?«

»Natürlich«, sagte der Bauer. »Die eine Stallmagd ist krank, das heißt, sie erwartet ein Kind und soll jetzt gebären. Wenn du also helfen willst, sollst du auch zu essen bekommen.«

»Und ein Nachtlager?«

»Vielleicht«, sagte der Bauer.

Oemark bekam zu essen und ein Bett in der Knechtekammer. Und so arbeitete er sich durch bis nach Västerås. Das brauchte Zeit, und es war schon Hochsommer, als er wieder im Warteraum eines Bischofs saß. Es war alles wie in Linköping. Magere Pfarrer und rundliche Pfarrer, und die meisten sahen ernst und bekümmert aus. Und Gestelle mit einer Menge Bücher. — Merkwürdig, wie gelehrt alle Bischöfe sind und wie ernst alle Pfarrer aussehen! dachte Oemark. Schließlich kam er an die Reihe.

Die beiden, die einander nun im Empfangszimmer des Bischofs begrüßten, bildeten einen seltsamen Kontrast. Der eine lang und grob, mit sonnengebräuntem Gesicht und groben Arbeiterhänden, rothaarig und sommersprossig und mit spielenden Sonnenfunken in den Augenwinkeln und mit einem Mund, der die unberechenbarsten Dinge sagen konnte. Der andere eine aufrechte, aber schmächtige Gestalt mit einem unbeweglichen, wie aus Holz geschnittenen Gesicht. Ein gepflegter Bart verdeckte beinahe das Bischofskreuz auf seiner Brust. Die kritische Schärfe des eisgrauen Augenpaares wurde noch verstärkt durch große Brillengläser mit goldener Fassung.

»Bitte!« Der Bischof wies mit einer abgemessenen Bewegung auf einen harten Lehnstuhl. Oemark bemerkte sofort die fast spartanische Einrichtung des Zimmers, die sich so sehr unterschied vom gediegenen Luxus beim Bischof in Linköping. — Oemark setzte sich und begann gleich über sein Anliegen zu sprechen. Er erzählte von seinen Jahren in der Missionsschule, seiner Arbeit als freikirchlicher Pastor und Reiseprediger.

»Nun komme ich aus Amerika.«

»Amerika auch noch?« Der Bischof hatte Mühe, sein Erstaunen zu verbergen.

»Ja, Amerika auch noch«, sagte Oemark und schwieg.

»Was taten Sie in Amerika?«

»Ein Augustana-Pfarrer nahm sich meiner an, infolge eines Irrtums. Aber Gott läßt auch unsere Irrtümer seinen Zwecken dienen — sofern er sie nicht gar selbst anordnet, wie alles andere.«

»Nun, was hat *Er* dann in Amerika für Anordnungen getroffen?«

»Ausgezeichnete«, sagte Oemark und machte eine Handbewegung. »Ich wäre drüben geblieben, wenn mir nicht ein Frauenzimmer in den Weg gekommen wäre.«

»Das war doch wohl hoffentlich keine peinliche Affäre?«

»Im Gegenteil. Klar wie Kristall. Aber ich fuhr nach Hause.«

»Und nun möchten Sie in der schwedischen Kirche Pfarrer werden?«

»Das ist mein einziger Wunsch.«

»Haben Sie Papiere, Herr Pastor?«

»Sehr wenig. Aber ich habe mein Zeugnis von der Missionsschule und ein paar Zeugnisse von den Gemeinden, in denen ich gewirkt habe. Und dann natürlich den Geburtsschein. Der ist das allerbeste.«

Der Bischof unterdrückte ein Lächeln, während Oemark eine abgenutzte Brieftasche rauszog und einige Papiere hervorklaubte. Der Bischof sah flüchtig drauf.

»Ja, das ist nicht viel.«

»Nein, zum Glück!« sagte Oemark.

»Wie bitte?« fragte der Bischof.

»Ich meine, diese Sache muß Gott in Ordnung bringen und nicht die Menschen. Ist es sein Wille, daß ich Pfarrer werde, so werde ich es, wenn nicht, so lassen wir es halt bleiben.«

»Ich will mit Ihnen einen Versuch machen«, sagte der Bischof. »Sie bekommen zwei Jahre Zeit.«

»Zwei Jahre? Kann ich nicht sofort beginnen?«

»Sie müssen noch eine Ausbildung haben«, sagte der Bischof, »und Sie können selber wählen. Entweder gehen Sie zu einem Pfarrer in eine Landgemeinde, wo Sie unter seiner Leitung einerseits studieren, andererseits ihm in der Gemeindekanzlei helfen, ihm etwa eine Predigt abnehmen und anderes, oder Sie reisen nach Uppsala und bleiben zwei Jahre dort, gehen in die Vorlesungen und studieren nach einem Plan, den ich aufstelle. In zwei Jahren müssen Sie dann im Domkapitel das Pfarrexamen ablegen, und ich hoffe, daß Sie die Zeit dann gut genutzt haben werden und die Prüfung bestehen.«

Oemark angelte seinen Zahnstocher aus der Westentasche und schaute ihn an, als könnte dieser ihm eine Antwort geben.

»Zwei Jahre«, sagte er langsam und nachdenklich, »wovon soll ich da leben?«

»Im Pfarrhof wird man für Ihren Unterhalt sorgen, Sie bekommen Kost und Logis.«

»Ich soll also Gnadenbrot essen?«

»Das kann man nicht sagen, das hängt von Ihnen selbst ab, ob Sie etwas dafür leisten.«

»Und auf dem Land«, fuhr Oemark fort, als hätte er die Worte des Bischofs nicht gehört, »auf dem Land bin ich mein ganzes Leben lang gewesen und werde wohl auch in Zukunft dort sein, solange ich leben werde. Nein, ich fahre nach Uppsala.«

Er nickte dem Zahnstocher zu und steckte ihn wieder in die Tasche.

»Die Sache ist klar, Herr Bischof. Ich fahre nach Uppsala.«

Aber nun stellte der Bischof die Frage: »Wovon wollen Sie da leben?«

Oemark streckte ihm seine kräftigen Hände entgegen. »Diese da haben mich ernährt, all die Tage, die ich brauchte, um von Linköping hierherzukommen...« Er unterbrach seine Worte, und es blitzte in seinen Augen. »Denken Sie, nun habe ich ganz vergessen, daß ich einen Brief für den Herrn Bischof bei mir habe.«

Er suchte in den Taschen und brachte einen ziemlich beschmutzten und zerknitterten Brief zum Vorschein. Der Bischof ergiff ihn mit den äußersten Fingerspitzen und öffnete ihn mit einem Papiermesser.

»Warum haben Sie mir den hier nicht gleich gezeigt?« fragte er, als er den Brief gelesen hatte.

»Wahrhaftig«, sagte Oemark, »ich habe ihn ganz vergessen seit dem Augenblick, als ich ihn vom Bischof in Linköping bekommen und in meine Tasche gesteckt habe.«

»Man kann nicht sagen, daß Sie mit Papieren besonders sorgfältig umgehen«, sagte der Bischof ein bißchen säuerlich. »Ein Pfarrer muß aber vor allem mit Papieren sorgfältig umgehen.«

»Ich werde es mir merken«, sagte Oemark.

Der Bischof nahm Papier und Feder und schrieb ein langes Merkblatt über die Vorschriften, denen Oemark während der beiden Jahre in Uppsala nachzukommen hatte.

»Heben Sie das nun gut auf«, sagte er, während er sich erhob und Oemark die Hand reichte. »Und auf Wiedersehen in zwei Jahren, sofern Sie die nötige Ausdauer haben.«

»Mit Gottes Hilfe«, sagte Oemark. »Und vielen Dank und leben Sie wohl. Gott sei mit Ihnen, Herr Bischof!«

»Et cum spiritu tuo«, sagte der Bischof und erhob die Hand.

»Das war Latein für mich«, sagte Oemark. »Hören Sie nun, Herr Bischof, ich muß doch nicht etwa Latein lernen in Uppsala?«

»Es steht auf dem Papier, was Sie lernen müssen. Das Latein ist Ihnen erlassen, aber Sie müssen Griechisch lernen und das Johannesevangelium übersetzen können, wenn Sie wiederkommen.«

»Das ist nicht wenig«, wendete Oemark ein.

»Das ist sehr wenig«, sagte der Bischof. »Ein gewöhnlicher Pfarrer muß das ganze Novum auf griechisch gelesen haben.«

»Novum, was ist das?«

»Das ist der lateinische Name für das Neue Testament.«

»Novum, novum! Nun kann ich es. Das ist der erste Meilenstein auf dem Weg der Gelehrsamkeit. Kann ich nun gehen?«

»Ja, aber wohin soll Ihr Weg nun führen?«

»Nach Uppsala natürlich.«

»Aber dort beginnt das Semester nicht vor dem September.«

»Der Weg dorthin ist weit, und ich muß mich einrichten können.«

»Sie wollen doch nicht etwa zu Fuß gehen?«

»Wie soll ich denn sonst dorthin kommen?«

»Haben Sie kein Geld?«

»Doch, doch, ich habe ein paar Kronen, das reicht für mehrere Tage.«

»Wenn Sie Hilfe brauchen, Herr Pastor, so kann ich ...«

»Wie lustig, daß Bischöfe so freigebig sind«, sagte Oemark. »Noch mehr als selbst die Bergpredigt. Dort heißt es: ›Gib dem, der dich bittet.‹ Aber Sie geben auch dem, der nicht bittet. Der in Linköping wollte mir auch Moneten aufschwatzen ...«

Oemark wich noch zur rechten Zeit zurück vor einem strengen Blick aus den Augen des Bischofs.

»Entschuldigen Sie«, sagte er, »ich sollte vielleicht etwas gewählter sein mit meinen Worten. Gegenüber einem Bischof.«

»Das soll ein Pfarrer gegenüber jedermann«, sagte der Bischof nachsichtig. »Aber das werden Sie in Uppsala schon lernen. Leben Sie wohl!«

»Leben Sie wohl!«

»Ich bin mir da nicht so sicher — was das gewählte Sprechen anbelangt«, sagte Oemark halblaut, während seine Schritte auf der Steintreppe im Bischofshof widerhallten.

12

Einen ganzen Monat hatte Oemark bei Dozent Naamann Griechischstunden genommen, aber er hatte es noch nicht über die ersten fünf Verse des Johannesevangeliums hinausgebracht. Während dieses Monats war eine solche Veränderung mit dem einst so fröhlichen und freimütigen Prediger vor sich gegangen, daß nicht einmal seine eigenen Verwandten, wenn er welche gehabt hätte, ihn wiedererkannt hätten. Die einfachen und abgetragenen Kleider hingen wie Sacktuch an seinem mager gewordenen Körper herunter. Ein schwermütiger, grübelnder Ausdruck war über die früher so sonnige Stirne gekommen, und die Augen hatten ein nach innen gekehrtes, gefährliches Dunkel, wie man es zuweilen bei Menschen im Irrenhaus sieht.

Nicht einmal dem von sich selbst eingenommenen, an der Außenwelt wenig interessierten Dozenten konnte die Veränderung entgehen. Aber er zuckte nur mit seinen hageren, ein wenig schiefen Schultern und widmete sich weiter der unmöglichen Aufgabe, diesem Holzschädel ein Pensum Griechisch einzuhämmern.

»Wie heißt das Wort: ›keiner‹?«
»Oudeís.«
»Deklinieren Sie das Wort!«
»Oudeís, oudemía, oudén. Oudenós, oudemías, oudenós. Oudení, oude... Nein. Ich kann nicht mehr weiter. Sagen Sie mir, Herr Dozent, wozu soll das gut sein?«
»Das soll dazu dienen, daß man Griechisch lernt.«
»Und wozu soll das gut sein?«
»Das soll dazu dienen, daß man Pfarrer werden kann.«
»Und wozu soll das gut sein?«
»Ja, das können Sie sich ja selber fragen. Für mich ist die Antwort klar.«
»Ich weiß es. Ich habe genug davon gehört. Hören Sie nun! Wissen Sie, Herr Dozent, daß Ihnen das gelungen ist, was bisher kein Mensch und keine Schwierigkeiten zustandegebracht haben: mich dahin zu bringen, daß ich an Gott zweifle?«
»Das freut mich.«
»Hören Sie, was für ein Mensch sind Sie eigentlich?«
»Ich bin Dozent für Griechisch an der Universität Uppsala. Und ich

habe grad jetzt die Aufgabe, einen Holzbock Griechisch zu lehren, und wenn Sie das nicht wollen ...«

»Sie haben mehr als das getan. Sie haben sich über Dinge lustig gemacht, die mir heilig sind. Sie haben die historische Wahrheit aus dem Neuen Testament wegerklärt. Gottes einfaches und klares Wort in kleine Stücke zerpflückt und diese verstreut wie ein Puzzle, das ich nicht zusammensetzen kann. Sie haben mich dazu gebracht, an allem zu zweifeln, an Gott und der Ewigkeit und der Auferstehung, ja, sogar daran, daß der Mensch eine Seele hat. Nur ein Hirn, das sich im Tode auflöst, und dann löst sich alles auf, was man gedacht und gefühlt und woran man geglaubt hat.«

»Das freut mich.«

Dozent Naaman warf einen zynischen und prüfenden Blick auf Oemark. Aber er zuckte zusammen vor dem gefährlichen Funkeln in dessen Augen, als Oemark sich erhob und auf ihn zuging. Der Dozent glich einem Vogel, der von einer Schlange hypnotisiert wurde. Er wollte sich erheben, aber er blieb sitzen, wohl wissend, daß es jetzt nichts Gefährlicheres gab, als seine Ruhe zu verlieren. Oemark trat dicht vor ihn hin. Seine Finger krümmten sich wie Krallen, als wollte er kratzen, sein Gesicht verzerrte sich in Mordlust. Er beugte sich über den Dozenten im Ledersessel und zischte: »Zum Teufel mit deiner Freude!«

Der Dozent nahm sein Zigarettenetui und den Anzünder. »Aha«, sagte er, indem er das Flämmchen entzündete, »der Herr Kandidat duzt sich mit dem Dozenten! Na, meinetwegen. Ich hatte selbst im Sinn, das eines Tages vorzuschlagen. Ich danke dir.«

Er streckte ihm nach Studentenmanier seine Hand entgegen. Oemark ergriff sie, widerwillig, entwaffnet.

»Angst hast du offenbar nicht, du ...«

»Angst?« sagte der Dozent und zuckte die Achseln. »Wer das Leben für wertlos hält, hat keine Angst.«

»Ich hätte dich eben totschlagen können, und ich danke Gott ...«

»Danke ihm nicht. Du hättest mir bloß einen Dienst erwiesen.«

»Ich hätte dich töten können«, wiederholte Oemark. »Ich fand, es sei ein kleineres Verbrechen, einen Körper zu töten als eine Seele. Und du warst nahe daran, meine Seele zu töten.«

»Und du meinen Körper. Dann sind wir also quitt. Ich muß mich wohl noch eine Zeitlang weiterschleppen mit meinem Körper, wie du mit deiner Seele. Aber setz dich, dann können wir weitermachen. Wir haben noch eine Viertelstunde Zeit. Willst du eine Zigarette?«

»Wenn ich rauche, dann rauche ich Zigarren.«

»Dann sollst du eine Zigarre bekommen. Bitte.« Aus einem goldenen Kästchen nahm der Dozent ein Paket heraus. »Behalte das ganze«, sagte er, »als eine kleine Bußleistung dafür, daß ich deiner christlichen Seele einen Hinterhalt gelegt habe.«

Oemark lächelte über das ganze Gesicht. »Diese Geschichte endet besser, als sie anfing«, sagte er. »Ich glaube, ich werde wiederkommen.«

»Wiederkommen? Was meinst du damit?« sagte der Dozent und schlug die Zigarettenasche in einen kleinen silbernen Aschenbecher, der an der Armstütze des Stuhles festgemacht war.

Oemark sog etwas linkisch an seiner Zigarre.

»Um die Wahrheit zu sagen, so hatte ich vor, heute aufzustecken. Mit dem Griechischen und allem zusammen.«

»Du meinst mit dem Pfarrerwerden und all dem?«

»Ja, gewiß. Es ging nicht mehr.«

»Das wäre schade gewesen.«

»Wie?«

Der Dozent setzte sich im Lehnstuhl auf. »Ich will dir etwas sagen. Du findest wohl, und das mit Recht, ich sei — verzeih den Ausdruck — ein wenig teuflisch gegen dich gewesen. Aber glaube mir, das war nicht nur Bosheit. Ich wollte einen Menschen auf die Probe stellen, der glaubte, den Glauben zu haben. Du meinst vielleicht, wir hätten es leicht, die wir keinen Glauben haben. Wir wären ungläubig aus reiner Bosheit, aus Aufruhr und Feindschaft gegen Gott. Es gibt gewiß auch solchen Unglauben. Aber die meisten von uns haben ganz tief innen eine Sehnsucht nach Glauben. Wir möchten glauben können, kindlich, einfach, aufrichtig, ohne Zweifel. Und wenn wir hie und da jemanden treffen, der so glaubt, ohne daß etwas ihn davon abbringen kann, so freuen wir uns — vielleicht unbewußt — darüber. Wir sonnen uns im Glauben anderer, so wie ein heimatloser, armer Kerl am Eingangstor zum Garten eines reichen Menschen steht und sich über die Blumen freut, die nicht ihm gehören und ihm nie gehören werden, die ihn aber trotzdem glücklich machen mit ihrer Schönheit und ihrem Duft. Ahnen wir aber einen falschen Glauben, einen Scheinglauben, einen Glauben, der als Aushängeschild dient, dann reißen wir ihn nieder, so wie man eine schöne Verkleidung von einer häßlichen Sache abreißt.«

Oemark ließ den Kopf in die Hände sinken und stöhnte. Der Dozent sah verwundert auf, aber in die Verwunderung mischte sich ein Funken Wohlwollen, fast Bruderschaft.

»Was ist mit dir, Oemark?«

»Ich habe versagt«, stöhnte Oemark, »gegenüber Gott, gegenüber meinem Glauben, gegenüber allem.«

Der Dozent sagte nichts. Er lehnte sich im Sessel zurück und beobachtete halb neugierig, halb mitleidig die zusammengesunkene Gestalt. Er sah, wie die Hände sich falteten. Wie die Zigarre zerbröckelte und die Glut Oemark in die Hände brannte. Aber er schien es nicht zu merken. Er war weit weg. Von irgendwoher aus der Ferne flüsterte dem Dozenten eine Stimme im Unterbewußtsein zu:

»Das ist Gethsemane.«

Er hörte auf zu rauchen und saß still, beinahe andachtsvoll. Er sah, wie Oemarks gefaltete Hände schlaff wurden, die Krümel der Zigarre erloschen zu Boden fielen. Langsam hoben sich die zusammengesunkenen Schultern, als würde ein Schmetterling aus seiner Puppe kriechen und seine Flügelsäcke mit Luft füllen. Schließlich hob Oemark den Kopf. Tränen glänzten in seinen Augen, das rote Haar kräuselte sich in schweißgetränkte Locken, aber das gefährliche Funkeln in seinem Blick war verschwunden.

»Ich bin hindurch«, sagte er. »Aber wo ist meine Zigarre hingeraten?«

Beschämt las er die Tabakreste auf dem dicken Brüsseler Teppich zusammen.

»Ich habe mich sehr schlecht benommen«, sagte er. »Ich benehme mich immer schlecht.«

Der Dozent war wieder er selbst. Keine Miene verriet die Spannung und das warme Interesse, mit dem er vorher Oemark beobachtet hatte. Er zog seine Uhr heraus.

»Leider ist die Zeit um. Wir machen übermorgen weiter. Bis dahin kannst du das Wort Oudeís deklinieren.«

Oemark packte seine Bücher und stolperte hinaus. Der Dozent folgte ihm in den Korridor.

»Höre« — er zögerte ein wenig, dann kam es wie im Vorbeigehen heraus: »Du ißt doch hoffentlich ausreichend? Ich finde, du bist abgemagert.«

»Die Seele ist magerer geworden«, scherzte Oemark. »Wenn es der besser geht, kommt auch der Körper wieder in Ordnung.«

Der Dozent ging wieder hinein und las ein wenig Zigarrenasche vom Boden auf, die noch glühte, so daß es im Teppich rauchte. Er löschte die Glut mit dem Fuße, hielt dann aber die heiße Asche in der Hand und ließ sie brennen: »Glut vom Altar«, murmelte er.

13

Oemark ging vom Haus, wo der Dozent wohnte, wie ein Schlafwandler die Järnbrogatan hinunter. Ganz seltsam sauste es ihm im Kopf. Er traf Studenten und Studentinnen, die zum Universitätsgebäude hinaufwanderten. Es fiel ihm schwer, geradeaus zu gehen und den Leuten auszuweichen. So geschah es leider, daß er mit einer Studentin zusammenstieß und deren Bücher auf die Straße fielen. Ein junger Student in ihrer Begleitung war gleich zur Hand, um seine Dame zu verteidigen, aber das war nicht nötig. Oemark fiel von selbst hin und schlug mit dem Kopf auf den Rand des Gehsteiges.

»Laß ihn liegen, er ist betrunken«, sagte der Student.

»Ich kenne ihn«, sagte die Studentin, »er geht in meine Vorlesungen.«

Im selben Augenblick kam ein Polizist dazu. Der Student gab Auskunft über das, was geschehen war, und erbot sich, mit auf den Polizeiposten zu kommen.

»Ist nicht nötig«, sagte der Polizist, nachdem er den Namen aufgeschrieben hatte. »Dieser Mann gehört ins Krankenhaus.«

Der Polizist hielt ein Taxi an und trug Oemark mit Hilfe des Chauffeurs ins Auto. Das Auto fuhr weg, und der Polizist setzte seine Patrouille fort.

»Am Schädel fehlt nichts«, sagte der Doktor zur Schwester, »aber der arme Kerl ist ja vollkommen unterernährt. Fühlen Sie hier!«

Er nahm die Hand der Schwester und führte sie unter Oemarks Hemd auf die Brust. »Die Haut sitzt ja fast eingetrocknet auf den Rippen.«

Aber es stand schlimmer mit Oemarks Kopf, als der Doktor glaubte. Nach einer vorsichtigen Diätkur von einer Woche schickte man ihn nach Ulleråker in die Anstalt für Geisteskranke.

Drei Wochen lang wartete der Dozent vergeblich auf seinen Schüler. Da Oemark nicht an der Universität eingeschrieben war, stand er in keinem Studentenverzeichnis. Nicht einmal der Dozent hatte seine Adresse. Drei Wochen lang fragte man sich auch in einer kleinen Behausung an der Dragarbrunnsgatan, wo wohl ihr Mieter, der Pastor, hingeraten sei. Drei Wochen lang lag auch ein Mann in einem kleinen weißen Isolierzimmer und fragte sich, wer er sei. Bald war er Pastor, bald Dozent. Bald war er draußen zwischen den Strömen und Wäldern von Norrland, bald war er auf dem Amerikadampfer. Lange Zeit konjugierte er griechische Verben, und zuweilen weinte er und fragte, was aus seiner kleinen Lisbeth geworden sei. Er hatte keine Identitätspapiere bei sich, und so stand auf dem Journal: Unbekannter Mann, etwa 30 Jahre alt, mit Schädelverletzung. Wahrscheinlich Schwerarbeiter.

Aber eines Morgens, als die Schwester mit ihrem Instrumententablett hereinkam, saß Oemark in eine Wolldecke gewickelt am Fenster und schaute in den Hof hinaus.

»Guten Morgen«, sagte die Schwester.

»Guten Morgen«, antwortete Oemark. »Was für ein Tag ist heute?«

»Freitag«, sagte die Schwester.

»Dann muß ich um ein Uhr beim Dozenten sein. Wo sind meine Kleider?«

»Da müssen wir zuerst mit dem Doktor sprechen.«

»Ich verstehe, daß ich in einem Krankenhaus bin«, sagte Oemark. »Ich bekam vorgestern einen Klaps auf den Schädel, und mir wurde ein wenig schwindlig. Aber nun geht es mir wieder gut. Seien Sie nun so freundlich und geben Sie mir meine Kleider, daß ich wieder an die frische Luft komme.«

»Ab ins Bett!« sagte die Schwester. »Wir müssen zuerst die Temperatur messen. Das wissen Sie wohl, daß man das immer tun muß in einem Krankenhaus, wie gesund man auch sein mag.«

»Wie heißen Sie, Schwester?«

»Ich heiße Lisen. Und wie heißen Sie?«

»Oh, ich dachte, Sie wüßten das. Ich heiße Gustaf Oemark.«

»Und was haben Sie für einen Beruf?«

Die Schwester hatte unbemerkt das Journal genommen und schrieb auf.

»Gerade jetzt studiere ich. Aber ich bin alles mögliche gewesen: Waldarbeiter, Flößer, Stallknecht, Prediger. Reicht das?«

»Das reicht. Und wie alt sind Sie?«

»Nein, jetzt fangen Sie aber an, unartig zu werden, Schwester. Wie alt sind Sie selbst?«

»Ich bin neunundzwanzig Jahre alt. Leider.«

»Und ich bin dreißig. Leider.«

»Warum leider?«

»Ja, wenn ich Lust hätte, mich mit Ihnen zu verheiraten, so müßte ich ein wenig älter sein. Und verständiger.«

»Sie haben ja schon ein Mädchen.«

»Habe ich? Da wissen Sie mehr als ich. Wie heißt sie denn?«

»Lisbeth.«

»Oh, Lisbeth. Wissen Sie, wer das ist?«

»Ihre kleine Braut natürlich.«

»Ja, gewiß, klein ist sie. Sie ist ein Krüppel, die Lisbeth. Ich traf sie am ersten Tag, den ich in Uppsala war. Ich war unterwegs, um ein Zimmer zu suchen. Aber alle, die es gab, waren zu teuer für mich und zu fein...«

»Hören Sie, Gustaf, werden Sie nicht müde vom vielen Sprechen?«

»Nein. Ich bin ganz gesund. Ja, ich fand also kein Zimmer. Und dann kam ich in eine Gasse, wo die Häuser niedrig und dürftig waren und wo allem Anschein nach arme Leute wohnten.«

»Das war wohl die Dragarbrunnsgatan, vermute ich.«

»Präzis. Und wie ich da durchging, sah ich eine alte Frau, die einen Rollstuhl vor sich herschob. Und darin saß ein kleines Mädchen, das nicht älter als zehn Jahre aussah; in Wirklichkeit war es fünfundzwanzig. Es hatte einen unnatürlich großen Kopf, der saß auf einem so schmalen Hals, daß man glaubte, er könnte abbrechen. Und sie hatte verdrehte Arme mit verkrüppelten Händen. Der Oberkörper war wie bei einer erwachsenen Frau, aber was darunter war, schien einfach nicht da zu sein. Man sah nur einen Schal, der um etwas Verkrüppeltes gewickelt war. Und das wäre ein schrecklicher Anblick gewesen, wenn jenes Mädchen nicht so innerlich fröhlich und gütig ausgesehen hätte. Sie mögen mir glauben oder nicht, Schwester, sie hatte ein Gesicht wie ein Engel.«

»Davon brauchen Sie mir nichts zu erzählen«, sagte Schwester Lisen. »Ich kenne Lisbeth, denn ich habe die Gemeindeschwester in jenem Quartier vertreten. Und ich kenne auch ihre Mutter.«

»Oh, Sie kennen Lisbeth?« sagte Oemark. »Das freut mich.«

»Na, wie ging es dann weiter?« fragte Schwester Lisen.

»Wie es ging? Es ging wie es sollte. Es war wohl so bestimmt, daß ich Lisbeth begegnen mußte. Als ich sah, wie müde die Alte war, bot ich ihr an, den Rollstuhl zu stoßen.

›Ich habe es nicht mehr weit‹, sagte die Alte.

›Lassen Sie mich Ihnen trotzdem helfen‹, sagte ich. Und so schob ich den Rollstuhl heim. Und als wir in den Hof kamen – Sie wissen, Schwester, es ist ein großer Hof, ein holpriger Hof –, da nahm ich Lisbeth ganz einfach, hob sie auf und trug sie hinein. Zum Dank lud mich die Alte zum Kaffee ein, und ich sagte nicht nein. Und dann fragten sie, wer ich sei und wo ich wohne und so weiter, und ich erzählte ihnen, wie es war, daß ich nirgends wohne, weil mir alles zu teuer sei. Und dann sagten sie, es sei drinnen im Hof im oberen Stock eben erst ein Kämmerchen freigeworden, weil ein alter Mann gestorben war. Und noch am gleichen Abend hatte ich mich dort eingemietet, und zwar billiger, als ich zu hoffen gewagt hatte. Und dann ...«

»Und dann?«

»Und dann sind Lisbeth und ich und ihre Mutter gute Freunde geworden. Aber nun, liebe Schwester, ist es schon lange soweit mit dem Thermometer. Da, wieviel habe ich?«

»Sechsunddreißig sieben, genau wie es sein soll. Und der Puls ist normal. Und der Appetit gut. Und um elf Uhr kommt der Doktor.«

»Um elf Uhr? Was denken Sie! Um ein Uhr muß ich beim Dozenten sein.«

»Mit dem Dozenten lassen wir es gut sein für heute. Wir werden ihn anrufen. Wie heißt er?«

»Dozent Ruben Naaman, Järnbrogatan 10 B.«

Die Schwester schrieb es auf. »Können Sie nicht auch Lisbeth anrufen? Ich hatte ihr versprochen, sie am ersten schönen Tag auf den Schloßhügel hinaufzuschieben. Und heute scheint die Sonne.«

»Ich werde mit der Gemeindeschwester telefonieren, dann kann sie es ausrichten. Ich glaube kaum, daß Sie heute schon hinausdürfen.«

»Darüber kann's noch Streit geben zwischen uns.«

Der Doktor hatte ein anstrengendes Gespräch mit seinem eigensinnigen Patienten. Aber er war ein geduldiger Mann. Es war der längste Kerl, den Oemark je gesehen hatte. Er hatte ein Gesicht, das merkwürdig anzusehen war. Länglich, mit hoher Stirn und kahlem Scheitel. Auf beiden Seiten neben der Schläfe stand ein graues Büschel krauses Haar vom Kopf ab. Die Augen waren blau, allerdings irgendwie verschwommen, und schauten nie den an, mit dem der Doktor sprach. Es war aber, als ob er einen trotzdem sähe, wie in einem Spiegel.

Er setzte sich und nahm sich ausgiebig Zeit. »Das erste, was ich Ihnen zu sagen habe, ist, daß Sie in einem Haus für Geisteskranke sind.«

»Das weiß ich bereits«, sagte Oemark. »Ich saß heute morgen am Fenster und schaute in den Hof hinunter.«

»Dann waren Sie früh auf«, sagte der Doktor. »Wir haben einige Patienten, mit denen wir Turnübungen machen, während die anderen noch in ihren Betten liegen.«

»Ich verstehe«, sagte Oemark, »und ich ahne, daß ich schon längere Zeit hier sein muß.«

»Wie wollen Sie das wissen?«

»Ich habe auf den Sonnenbogen geachtet. Der nimmt rasch ab in dieser Jahreszeit. Ich tippe auf zwei bis drei Wochen.«

»Ganz richtig«, sagte der Doktor. »Zwei Wochen hier und eine Woche im Universitätshospital. Wegen der Schädelverletzung.«

»Ach, hatte ich eine Schädelverletzung?«

»Ja, eine kleine, unbedeutende Fraktur. Aber schlimmer war, daß Sie völlig ausgehungert waren. Die Sache ging Ihnen auf die Nerven.«

»Oh nein, das war etwas anderes.«

»Wollen Sie davon sprechen?«

»Nein, wenn es nicht unbedingt nötig ist.«

»Vielleicht dreht sich die Sache um Sie und Ihren Lehrer, Dozent Naaman?«

»Kennen Sie ihn?«

»Ich habe ihn angerufen. Er macht sich Sorgen Ihretwegen. Er sagt, er sei an allem schuld.«

»Der gute Junge. Aber er ist keineswegs schuld. Sagen Sie, Herr Doktor, wann komme ich hier heraus?«

»Hinaus kommen Sie schon heute. Sie dürfen mit der Schwester im Park spazierengehen. Aber entlassen werden Sie erst in ein paar Tagen.

Sonst würde ich es an der Umsicht fehlen lassen, die ich Ihnen als meinem Patienten schuldig bin. Es geht Ihnen heute gut, könnte aber schon morgen wieder schlechter gehen. Und vor allem: Wenn Sie wieder draußen sind, dürfen Sie sich nicht noch einmal so aushungern. Das ist der gefährlichste Feind für einen solchen Körper, wie Sie ihn haben.«

»Ich habe auch eine Seele, Herr Doktor. Glauben Sie an die Seele, Herr Doktor?«

»Ob ich an die Seele glaube? Allerdings, das kann ich versichern. Daran lernt man glauben an einem solchen Ort.«

»Ich dachte, es wäre gerade umgekehrt. Wissen Sie, Herr Doktor, was man bei uns zu Hause in Norrland von den Geisteskranken sagt? Man sagt, Gott habe ihre Seele heim zu sich genommen.«

»Ja, ja«, sagte der Doktor, »was die Seele eines Menschen ist, weiß man erst, wenn er sie zu verlieren scheint.«

Drei Tage spazierte Oemark mit der Schwester im Park. In dieser Zeit wurden sie gute Freunde, und die Schwester versprach, Lisbeth und ihren Freund einmal in der Dragarbrunnsgatan zu besuchen. — Am Samstagnachmittag fuhr Oemark mit der Straßenbahn in die Stadt. Schwester Lisen begleitete ihn ans Parktor und blieb dann stehen und winkte ihm. Bei der Post stieg Oemark aus und rannte beinahe nach Hause in die Dragarbrunnsgatan. Dort saßen sie und erwarteten ihn, von Schwester Lisen benachrichtigt. Es gab Kaffee und Brötchen und eine kleine Torte, auf welcher geschrieben stand: »Willkommen daheim!«

14

Es war ein schöner Herbst in diesem Jahr. Wenn die Tage sonnig waren, konnte man sehen, wie ein langer und breitschultriger, rothaariger Mann einen Rollstuhl, in dem ein Mädchen mit einem Engelsgesicht saß, die Drottninggatan hinauf zum Schloßpark schob. An einem der besonnten Abhänge wurde der Rollstuhl abgestellt. Lisbeth nahm ihre

Handarbeit hervor. Sie häkelte aus Perlseide Futterale für Kleiderbügel, die ihre Mutter in den Läden verkaufte.

Oemark legte sich auf seinen amerikanischen Regenmantel ins Gras und nahm seine Bücher hervor. Stunde um Stunde lernte er griechische Sätze, flektierte Substantive und Adjektive, Pronomina und Verben. Bisweilen las er Lisbeth laut Griechisch vor, und sie wurde nicht müde, die Sprache zu hören, »die Jesus selbst gesprochen hat«. Die Leute bemerkten das ungewöhnliche und ungleiche Paar, das doch *eines* gemeinsam hatte: daß es um sie herum immer leuchtete wie Sonnenglanz. Eines Tages, als Oemark eine Ruhepause machte und eine Thermosflasche und ein paar Brötchen auspackte — die Luft fing an herbstlich kühl zu werden —, sagte er, während er den Kaffee in eine billige Plastiktasse einschenkte: »Weißt du, Lisbeth, daß ich einen ganz feinen Namen für dich gefunden habe?«

Lisbeth legte ihren Kopf schief, damit sie zu dem langen Manne neben ihr aufsehen konnte. »Was ist das für ein Name?«

»Ja, ich gebe dir den Familiennamen Sonne. Lisbeth Sonne, ist das nicht schön?«

Lisbeth stieß einen kleinen Seufzer aus. »Das ist *zu* schön. *Du* bist eine Sonne. Ich bin nur ein kleiner Schatten. Aber auch in einen schattigen Winkel kann einmal eine Sonne kommen. Und seit du gekommen bist, scheint die Sonne.«

Aber der November kam. Und damit Dunkel und Nebel, Kälte und Nässe. Lisbeth saß in der kleinen Wohnung in ihrem fensterlosen Raum neben der Küche, mit der einzigen Aussicht auf zwei Putzkästen an einer schadhaften Wand voller Flecken. Und Oemark ging in die Vorlesungen. Er hörte Stave im Alten Testament und genoß die markigen Schilderungen, die dieser Dalekarlier vom Propheten Amos gab. Er hörte Kolmodin die Korintherbriefe erklären und von den Verhältnissen in den ersten Christengemeinden unseres Erdteils sprechen. Er freute sich an Nathan Söderbloms frohgemuter Offenbarung und saß und schaute wie verhext auf Einar Billing, der sich meistens im Profil zeigte, das so schön war, daß man die Augen nicht davon wenden konnte. Es steckte etwas von einem Künstler in Oemark, obgleich er selbst nichts davon wußte. Er hörte Göransson über Origenes lesen und Lundström über Olavus Petri.

Dort geschah eines Tages das, was ganz Uppsala auf den Straßen nach dem Gesicht eines Mannes fahnden ließ, der ein in Uppsala ziemlich ungewohntes homerisches Gelächter ausgelöst hatte. Göransson, der gelehrte, milde, radikale Dogmatikprofessor war bei der Lebensgeschichte des Origenes. Oemark saß da und zeichnete in sein Notizbuch: Häuser, Züge, Brücken, Deichschleusen. Er konnte besser zuhören, wenn er etwas unter den Händen hatte. Plötzlich hörte er den Professor sagen: »In mißverstandenem Gehorsam gegen die Worte Jesu in Matthäus neunzehn, Vers zwölf ließ Origenes sich entmannen.«

Oemark schaute auf. Die Studenten schrieben, aber Oemarks Feder stand still. »Dummkopf!« sagte er laut.

Nun stockten die Federn der Studenten, und alle wandten sich um nach der hintersten, obersten Bank, wo Oemark saß. Allein. Auch der Professor schaute auf. In der Meinung, es habe jemand eine Frage gestellt, äußerte er freundlich:

»Wie bitte?«

»Ich sagte: Dummkopf!« sagte Oemark. »Ich meinte natürlich nicht Sie, Herr Professor, sondern Origenes.«

»Jaha, jaha«, sagte der Professor. Und dann setzte er seine Vorlesung fort, als wäre nichts geschehen.

Oemark kam nie wieder in Göranssons Vorlesungen. Aber die Studenten machten die Entdeckung, daß er eine seltsame Leere zurückließ. Doch was Oemark während Göranssons Vorlesung gesagt hatte, zog weite Kreise, und die Geschichte drang bis zum Domkapitel von Västerås, wo man mit Neugier die Konfrontation mit dem zukünftigen Pfarrkandidaten erwartete.

Oemark wurde eine bekannte Gestalt in der Stadt, auf die man jedoch selten das Augenmerk richtete. Es konnten ja nur wenige ahnen, daß ein grob gebauter Arbeiter in blauem Überkleid, der bald im Hafen, bald bei der Müllabfuhr, bald — im nachfolgenden harten Winter — als Schneeschipper auf den Straßen schuftete, der freimütige Arbeiterprediger war, der es gewagt hatte, eine akademische Vorlesung zu unterbrechen. Oemark hatte Mühe, sein dem Doktor gegebenes Versprechen, er werde nicht wieder hungern, zu halten. Jeden Tag ging ein großer Teil der Zeit mit körperlicher Arbeit drauf, um Geld zu verdienen für die Miete, das Essen, die Bücher, die Griechischstunden und verschiedene Kurse, die er belegen mußte. Die Vorlesungen waren zu seiner großen Verwunderung kostenlos und zugänglich für jedermann in der ganzen Welt, der hingehen und zuhören wollte.

Aber an manchen Tagen war keine Arbeit zu bekommen, und er brauchte viel Zeit, da- und dorthin zu laufen, um etwas zu erwischen, was Verdienst einbringen konnte.

Während dieser Zeit lernte Oemark eine Menge Leute kennen und war bei allen möglichen Arbeiten dabei. Er war Schreiner, Maurerhandlanger, Rohrputzer, Gipsanrührer und Walzmühlenarbeiter. Eine Zeitlang spülte er Flaschen in der Brauerei, was eigentlich Frauenarbeit gewesen wäre. Er wurde mit einem Dienstmann bekannt und sprang einige Wochen als Ferienaushilfe ein. Stolz trug er seine Dienstmannsmütze mit der Nummer darauf. Schließlich fand er eine feste Halbtagsstelle als Lagerarbeiter, und das enthob ihn der Sorge, viele Stunden auf der Suche nach Arbeit herumzulaufen. Der Lohn war sehr niedrig, reichte aber doch für das Nötigste. Jetzt konnte er endlich ernsthaft zu studieren anfangen.

Das Verhältnis zwischen Oemark und Dozent Naaman entwickelte sich allmählich zu einer stillen, auf beiden Seiten schamhaft zurückhaltenden Freundschaft. Der Dozent war unerbittlich streng, wenn es um die Anfangsgründe in der griechischen Formenlehre ging, aber als das Allerschlimmste bewältigt war, ging es im Text schneller vorwärts. Der Dozent ließ sich nie mehr in irgendeine Kritik der Religion oder des Christentums ein, und wenn Oemark einmal vorsichtig nach der Bedeutung des Textes fragte, gab er respektvolle Antworten, sofern er es nicht überhaupt vermied, sich in eine Diskussion einzulassen.

Die vier Semester an der Universität gingen schneller vorbei, als Oemark zu hoffen gewagt hatte. Er hatte begonnen, sich in Uppsala wohlzufühlen, und wenn er die jungen, dem Anschein nach so sorglosen Studenten sah, fühlte er einen Stich im Herzen und litt darunter, daß er nicht selbst als Junger hatte studieren dürfen; richtig, von Anfang an, mit einem soliden Fundament an Wissen, auf dem man hätte weiterbauen können. Nun würde er ein Leben lang mit einem intellektuellen Unsicherheitsgefühl herumlaufen müssen wegen seiner lückenhaften Bildung, die das unvermeidliche Los des vom akademischen Examen Dispensierten war.

In der letzten Zeit fühlte Oemark mit heimlicher Unruhe, wie das Verhältnis zu der kleinen Familie an der Dragarbrunnsgatan sich mehr und mehr zu einer intimen Freundschaft entwickelte. Lisbeths Mutter konnte die Entlastung in der Pflege ihrer verkrüppelten Tochter wohl brauchen. Sie hatte sie außerehelich bekommen, als Zimmermädchen in einem Hotel, und war der Meinung, die Invalidität des Mädchens sei eine Strafe für ihre Sünde.

Oemark hatte mit Lisbeths Mutter endlose Diskussionen über diese Frage. Sie fanden gewöhnlich oben in seiner kleinen Bude statt; denn am Sonntagmorgen kam die Mutter mit einem Kaffeetablett in sein Zimmer. Oemark versuchte ihr klarzumachen, daß Leiden nicht immer eine Strafe sei, sondern sehr oft eine Prüfung, und er erzählte vom frommen Hiob, der mehr leiden mußte als andere Menschen, obwohl er nichts Böses getan hatte. Aber die Mutter ließ sich nie überreden oder trösten.

»Wenn ich bloß selber hätte leiden müssen! Aber daß jemand anderes, ein unschuldiges Kind, an meiner Stelle leiden muß...«

Da versuchte es Oemark mit dem Hinweis, daß Jesus auch unschuldig gelitten habe für die Sünden der Menschen. Aber auch das konnte die Alte nicht verstehen. »Wenn ich Gott Vater wäre...«, sagte sie.

»Pst! Lästern Sie nicht«, sagte Oemark, »dazu würden Sie, glaub' ich, doch nicht ganz taugen.« Dann lachte die *kleine Frau*, wie Oemark sie stets titulierte.

Lisbeth hatte sich in den zwei Jahren in auffälliger Weise entwickelt. Sie war vorher noch ein Kind gewesen. Nun war sie plötzlich zur Frau geworden. Sie setzte Oemark — und übrigens alle, die sie trafen — in Erstaunen, nicht nur durch ihre engelgleiche Geduld, sondern auch durch ihre Klugheit, ihre treffenden Urteile, ihre fröhlichen Einfälle und ihre Belesenheit. Jeden Samstag holte die Mutter in der Stadtbibliothek Bücher für sie, und Oemark konstruierte ein handliches Bücherbrett, das an ihren Rollstuhl oder ihr Bett montiert werden konnte, so daß sie die schweren Bücher nicht halten mußte.

An den langen, dunklen Wintertagen zog Oemark mit seinen Büchern hinunter und leistete Lisbeth Gesellschaft, so daß die Mutter auswärts arbeiten und mehr verdienen konnte als vorher. Er kochte für sie, wenn die Mutter fort war, und trug sie auf die Toilette hinaus. Er hatte noch einige von den guten Zigarren des Dozenten, und die einzige Gelegenheit, bei der er rauchte, war, wenn er draußen auf dem Hof umherging und wartete, bis Lisbeth fertig war. Wenn sie dann an die Tür klopfte, löschte er die Zigarre sorgfältig und steckte sie in die Tasche, wo sie bis zum nächsten Mal liegen mochte. Er dachte manchmal leise lächelnd, was wohl der Dozent sagen würde, wenn er wüßte, wie er seine feinen Zigarren aus dem goldenen Kästchen verwendete.

Je mehr sich für Oemark die Tage des Abschieds von Uppsala näherten, desto unmöglicher kam es ihm vor, die kleine Familie zu verlassen. Er fühlte, daß er für sie fast unentbehrlich geworden war. Niemand sagte etwas. Aber er sah es an Lisbeths Augen. Diese waren tiefer und dunkler geworden. Zuweilen brannten sie mit einem seltsamen Glanz, wenn sie glaubte, er sehe sie nicht. Und wenn er sie aufhob, um sie hinauszutragen und in den Rollstuhl zu setzen, schloß sie die Arme so fest um ihn, als ob sie ihn nie mehr loslassen wollte. Oemark fühlte, nicht ohne Unruhe, daß er in diesem armen, verkrüppelten Körper das Weib zum Leben erweckt hatte, daß auch dieses arme Wesen von Fleisch und Blut war und ein Herz hatte wie gewöhnliche Menschen. Er machte sich Vorwürfe, daß er zu intim geworden sei mit der Familie, daß er es nicht verstanden habe, sie mit mehr Vorsicht zu behandeln. Aber nun war es zu spät. Was geweckt war, war geweckt, und wenn das, was sie für ihn empfand, Liebe war, so mußte sie nun zu aller anderen Pein auch noch dieses Leides Schmerzen tragen.

Die arme Mama merkte nichts, tat auf alle Fälle so, als ob sie nichts merkte. Aber auch sie war ja Frau. Und als Mutter mußte sie schon die Veränderung wahrnehmen, die mit Lisbeth vor sich gegangen war, und die Ursache wissen.

So kam der Frühling nach Uppsala, wie er nur in diese Stadt kommen kann. Er kam mit heller werdenden Abenden und knospenden Bäumen, mit dem Walpurgisabend[*] auf dem Schloßhügel und dem lichten Strom der weißen Mützen am Carolinabacken. Er kam mit Serenaden und Frühlingsfesten. Gustaf Oemark ging in seinen abgetragenen Kleidern, denen kein Bügeleisen mehr Schneid verleihen konnte, wie ein Abschied nehmender Fremdling durch all diese Herrlichkeit. Er empfand es fast als schön, von all dieser Jugend zu scheiden, der er entwachsen war. Seine besten Stunden waren die, in denen er Lisbeth in ihrem Rollstuhl ausfuhr, damit sie soviel wie möglich von der Frühlingsfreude zu sehen bekam. Sie durfte dabeisein am Walpurgisabend, zuerst auf dem Carolinabacken, wo freundliche Menschen den Rollstuhl auf den obersten Absatz der Treppe zur Bibliothek heben halfen. Ihre Mutter

---

[*] 30. April. An diesem Tag feiern die schwedischen Studenten den Frühlingsanfang. Sie setzen nachmittags 3 Uhr zum ersten Mal die weiße Studentenmütze auf, die nur im Sommer getragen wird.

war auch dabei, und Gustaf Oemark hatte seinen alten Predigerrock angezogen und sah recht stattlich aus, das Haar frisch geschnitten und frisch rasiert, mit tadellosem Kragen und einer geblümten Krawatte. Nachher leistete er sich den großen Luxus, Lisbeth und ihre Mutter ins »Fluster«* zum Kaffee einzuladen. Der Rollstuhl bewirkte, daß sie hineinkamen und Platz fanden, obschon alle Tische besetzt waren. Aber zwei Gesellschaften rückten zusammen an einen Tisch. Einer der Studenten an einem der Tische war in der Origenes-Vorlesung dabeigewesen, und Oemark war, ohne es zu wissen, das Ziel vieler interessierter Blicke.

Im Laufe des Monats Mai wurde die Stadt stiller. Die Studenten reisten nach Hause oder zu einer anderen Arbeit. Oemark stand im Endspurt für das Examen vor dem Domkapitel in Västerås. Als er für die letzte Lektion zu Dozent Naaman kam und die Stunden des vergangenen Monats bezahlen wollte, schob der Dozent seine Hand mit dem Geld zurück.

»Bruder«, sagte er, »keinen Öre mehr. Ich habe zuviel bekommen. Sollte eigentlich alles zurückbezahlen, was du hier gelassen hast — für das Vergnügen, daß ich dich kennenlernen durfte. Ich weiß viel mehr von dir, als du ahnst.«

Oemark bekam etwas Feuchtes in die Augen. Er suchte nach einem Taschentuch, das nicht da war. Der Dozent ging in sein Schlafzimmer und kam mit einem ganzen Stapel schöner Leinentaschentücher zurück, die er in Oemarks Tasche stopfte. Dann ging er zum goldenen Kästchen.

»Nun sollst du alle Zigarren mitnehmen, die ich habe«, sagte er. »Ich weiß sogar, wie du sie verwendet hast.«

»Kannst du Gedanken lesen, oder bist du ein Spion?« fragte Oemark.

»Beides«, sagte der Dozent und lachte. »Aber geh jetzt, bevor ich auch zu heulen anfange. Und hier bekommst du den Abschieds-Fußtritt, damit du im Domkapitel zurechtkommst, denn mit dem Lektor für klassische Sprachen ist nicht zu spaßen.« Er drehte Oemark in Richtung Tür und gab ihm einen kräftigen Fußtritt unterhalb des Rückens.

»Ja, dann sage ich vielen Dank für alles, und am meisten für den Fußtritt«, sagte Oemark.

---

* »Flugloch« — Name eines Restaurants.

Als er in die Wohnung kam, um seinen Wirtsleuten Lebewohl zu sagen, war Lisbeth allein zu Hause. Oemark stellte den Koffer vor die Tür.

»Ich muß jetzt gehen, Lisbeth«, sagte er. »Gott sei mit dir und deiner Mutter. Ich werde für euch beten, und ich werde euch schreiben. Ich werde dich nie vergessen, liebe kleine Lisbeth.« Er beugte sich zu ihr hinunter. Im selben Augenblick spürte er, wie Lisbeth ihre Arme um ihn legte, fester als je. Oemark konnte kaum denken: »Sie ist närrisch, sie bringt mich zum Ersticken«, als sich der kleine Körper schon zu ihm emporhob. Die kleinen verwachsenen Arme hatten eine unglaubliche Kraft. Als er sich aufrichtete, um sich von ihrer Umarmung freizumachen, fühlte er, daß sie die Bewegung mitmachte, als ob sie an ihm festgewachsen wäre. Er konnte unter dem dünnen Kleid ihre kleinen runden Brüste fühlen. Ihre Augen brannten sich gleichsam in seine ein, ihr Mund näherte sich dem seinen, und sie flüsterte mit einer Stimme, die er nicht wiedererkannte: »Geliebter, Geliebter!«

Im selben Moment spürte er, wie ihre knochenharten Arme sich um ihn schlangen, daß er fast erstickte. Er hob seine Hände, um sich freizumachen. Aber das war nicht mehr nötig. Denn im selben Moment hörten ihre Arme auf, ihn zu umklammern. Sie glitt auf den Boden, bevor Oemark sie halten konnte. Dort lag sie, ein kleiner unförmiger Klumpen, der sich halb lachend, halb weinend am Boden wand.

»Oh, wie dumm ich bin«, keuchte sie. »Lieber, lieber Gustaf, verzeih mir. Ich meinte es nicht so...«

»Mitunter ist es am besten, wenn wir Dinge tun, die wir nicht meinen«, sagte Oemark und rieb sich den Hals.

»Dann bist du mir also nicht böse, Gustaf?«

»Ich bin froh, kleine Lisbeth. Um deinetwillen. Es war schön für dich, daß du es sagen konntest. Es wäre für dich sonst sicher schwer gewesen.«

Lisbeth schaute auf und lächelte ihn dankbar an.

»Was für schöne Zähne sie hat«, dachte Oemark, »und ein so schönes Lächeln.«

Lisbeth streckte ihm ihre Hände entgegen.

»Willst du nun so freundlich sein und mich aufheben und in den Rollstuhl setzen? Zum letzten Mal.«

Oemark tat es.

15

Ein Junimorgen in Västerås. Auf dem dreieckigen Platz, der von der Turmfassade des ehrwürdigen Doms, vom Bischofshof und vom Domkapitelhaus begrenzt wird, sah man kurz vor zehn Uhr einige Gestalten einherschreiten.

Die kleine Piazza lag schweigend und still im Morgenlicht, das vom Schatten unter den schweren Kronen mächtiger Ahornbäume gedämpft wurde. Man hörte die Tür zum Bischofshof hinter einer kleinen, schmächtigen Gestalt mit großem Doktorhut und einem glänzenden Goldkreuz auf dem schwarzen Lutherrock dumpf ins Schloß fallen. Eine wie aus Holz geschnittene Gestalt bewegte sich mit den kantigen Bewegungen einer Holzpuppe über den Platz und verschwand in der Tür zum alten Collegium pietatis.

Von Westen her kam aus einem Gäßchen der Lektor für klassische Sprachen. Er hatte die Hände auf dem Rücken und schwang am Rückenende einen Stock, der aussah wie der Schwanz einer nervösen Katze. Ein Kneifer hing auf der Nasenspitze und war glücklicherweise mit einer Schnur am Rockaufschlag befestigt. Denn immer wieder glitt er von seiner unbeständigen Feste herab. Der Lektor hatte ein intelligenteres Gesicht als der Bischof, sah aber zerstreuter aus.

Auf der Gasse, die zur Stadt hinunterführt, kam der Lektor für Dogmatik und Ethik gewandert. Er ging mit leisen, zögernden Schritten, als wäre er auf einem Spaziergang. Als er bei der Pforte angelangt war, in die alle anderen eingetreten waren, hielt er an und wandte sich um. Er schaute an der mächtigen Fassade des Doms hinauf, als ob er sie noch nie gesehen hätte, und als er sah, daß die Uhr erst zehn Minuten vor zehn zeigte, ging er in den Schatten der Ahornbäume auf dem Schulplatz gerade daneben und näherte sich einem Grüpplein von drei jungen Männern, die dort standen und offenbar auch auf den Stundenschlag warteten.

Er zog seine Melone und fragte mit einer leisen Stimme in värmländischem Akzent:

»Soso, das sind die Herren, die heute ihr Pfarrerexamen ablegen wollen.«

Die drei »Herren« zogen ihrerseits ihre Hüte, und zwei von ihnen verbeugten sich. Der sich am tiefsten verbeugte, war der Gotländer.

»Mein Name ist Sandgren, komme von Gotland«, sagte er. »Bin früher Ingenieur gewesen. Zivil«, fügte er mit einem leisen Lachen hinzu.

»Und werden jetzt Pfarrer?« fragte der Lektor.

»Ich hoffe es«, sagte der Gotländer und verbeugte sich noch einmal. Der Lektor reichte seine Hand dem zweiten, der sich verbeugt hatte. Das war ein langer, magerer Mann in einem Methodistenpredigerrock. Man hätte ihn für einen Jesuitenpater halten können. Er war südländisch dunkel, hatte eine gebogene Nase, feinfühlige Nasenflügel und etwas scharf Beobachtendes im Blick.

»Barkman, bis jetzt Methodistenpastor«, sagte er mit einem Lächeln, das verbindlich gewirkt hätte, wenn es nicht von einem gewissen stolzen Selbstgefühl begleitet gewesen wäre.

Aber als der Lektor seine Hand dem dritten in der Schar entgegenstreckte, stellte sich niemand vor.

»Ich glaube, die Turmuhr wird gleich schlagen«, sagte eine sachliche Stimme. »Ist es nicht am besten, wenn wir hineingehen?«

»Ganz richtig«, antwortete der Lektor, nicht im mindesten überrascht. »Ganz richtig. Wir gehen hinein.«

Das wurde fast eine Art Prozession. Einige Kinder waren auf den Domplatz gekommen, zwei Kleine mit nackten Beinen, ein Junge mit einem Wägelchen und ein Mädchen mit einer Puppe. Die standen da und schauten auf die vier »Onkel«, die aus dem Schatten der Bäume hervortraten. Ganz vorn ging der Lektor mit einem hochgewachsenen, barhäuptigen, rothaarigen Mann zu seiner Rechten. Der Rothaarige ging mit ruhigen Schritten wie ein angesehener Ehrengast.

Als der Rothaarige zur Pforte kam, komplimentierte er die anderen mit einer Handbewegung hinein, als ob er der Gastgeber wäre, und sagte:

»Tretet ein, tretet ein, Väter und Brüder, nun haben wir es hier wie in einer kleinen Schachtel.«

Der Methodist und der Ingenieur lächelten, als sie sahen, daß der Lektor lächelte.

Im Vestibül war es dunkel und kalt wie in einem Keller. Man ging eine abgewetzte Kalksteintreppe hinauf und kam in ein niedriges und kaltes Zimmer mit Fenstern nach Süden und Osten.

Der Bischof erhob sich aus einem Lehnstuhl am Ende eines langen Tisches, der Lektor für klassische Sprachen saß da und blätterte in einigen Papieren mit den »Zeugnissen und Meriten« der drei Kandidaten.

Der Dogmatiklektor wies den drei Prüfungskandidaten ihre Plätze an und stellte sie den Experten — einigen Laienmitgliedern des Domkapitels — vor.

Der Bischof begann mit einem kurzen Gebet, an dessen Ende der Methodistenprediger ein lautes »Amen« sprach.

»Dieser Seufzer kam von Herzen«, sagte eine Stimme halblaut. Der Bischof, die Lektoren und die Laienbrüder schauten hastig von der Andacht auf, verwundert, daß jemand sich zu äußern wagte, ehe der Bischof gesprochen hatte. Sie schauten alle einen Augenblick lang auf Gustaf Oemark, und er begegnete ihrem Blick froh und unbeschwert, als ob er Lust gehabt hätte, das, was er eben gesagt hatte, zu bekräftigen.

»Setzen Sie sich, meine Herren«, sagte der Bischof.

Der Notar des Konsistoriums kam nun aus einem Nebenzimmer herein. Er tat im Domkapitel, was er wollte, auch was die Andacht betraf. Ein alter Geographielehrer, das größte Lehreroriginal des Gymnasiums, war er geliebt, gefürchtet und doch wieder geliebt.

»Der Herr Notar wird nun die Meriten der drei Pfarrkandidaten vorlesen«, sagte der Bischof.

Der Lektor für klassische Sprachen rückte seinen Zwicker zurecht, als wolle er eine antike Komödie betrachten, und forschte in den Gesichtern der drei Männer neugierig nach der Wirkung dessen, was der Notar las. Aber am neugierigsten schaute er auf Gustaf Oemark.

»Der wird nicht gut«, flüsterte Oemark ziemlich laut seinem Nachbarn zu, dem Methodisten. Der Bischof hob einen Hammer, der mit rotem Samt überzogen und mit abgeschabtem Goldgarn bestickt war. Oemark winkte kameradschaftlich und abwehrend mit der Hand. Auf den bischöflichen Wangen, die von einem grauen Bocksbart bedeckt waren, erschien eine flüchtige Röte.

»Das schrieb der Alte sich auf«, sagte Oemark zu sich selber und nahm seinen Freund, den Zahnstocher, hervor, brauchte ihn aber nicht.

Als die Vorlesung beendet war, sprach wieder der Bischof.

»Wir werden nun die Herren Barkman, Sandgren und Oemark prüfen. Sie werden geprüft über ihre Kenntnisse in Kirchengeschichte, Exegetik, Dogmatik verbunden mit Moraltheologie und praktischer Theologie. Der Lektor für klassische Sprachen wird in Exegetik prüfen, der Christentumslehrer in Dogmatik, ich selbst werde in Kirchengeschichte und praktischer Theologie prüfen. Da alle diese Herren Dispens von der

Ablegung theologischer Examina erhalten haben, können nicht die gewöhnlichen Forderungen gestellt werden, aber ein bestimmtes Maß an Wissen wird zum Bestehen dieses Examens doch verlangt werden. Ich bitte nun, beginnen zu dürfen, und nehme meine beiden Fächer gleich nacheinander.«

Es zeigte sich, daß der Methodist und der Ingenieur erstaunliche Kenntnisse besaßen. Barkman durfte zu seiner Freude über die Geschichte des Methodismus referieren, in der er zu Hause war. Geschickt lenkte der Bischof die Prüfung auf die Gegensätze zwischen den Lehrmeinungen von Luther und Calvin und vergewisserte sich, daß der einstige Methodist ein guter Lutheraner geworden war.

Sandgren, bisher Ingenieur, gehörte zu der kleinen Zahl von Menschen, die mit einem phänomenalen Gedächtnis ausgerüstet sind. Er deutete schüchtern an, er habe sich auf Jahreszahlen spezialisiert, und das Verhör mit ihm entwickelte sich zu einer Art Fragesport. Er versagte bei keiner einzigen Jahreszahl, war jedoch ein wenig unsicher, auf welcher Seite von Christi Geburt er sich halten sollte. Als er das Auftreten Mohammeds in das siebente Jahrhundert vor Christus verlegte, hörte man vom Lektor für klassische Sprachen ein Grunzen.

Dann kam Oemark an die Reihe. Der Bischof fragte höflich, was der »Herr Pastor« gelesen habe, und Oemark antwortete sofort:

»Das vorgeschriebene Lehrbuch der Kirchengeschichte... Von A bis Z«, fügte er überzeugend hinzu. Aber bevor der Bischof eine Frage stellen konnte, sagte Oemark: »Haben wirklich *Sie* es geschrieben, Herr Bischof?«

»Ja, das soll tatsächlich der Fall sein«, sagte der Bischof mit einem Blitzen hinter der Brille.

»Das ist das tollste Buch, das ich je gelesen habe«, sagte Oemark. »Ja, glauben Sie mir, das ist keine Schmeichelei. Noch toller als Strindbergs ›Meister Olof‹. Ich las es nachts, wie man einen Roman liest.«

Nun stieg eine gefährliche Röte auf die Wangen des Bischofs unter dem grauen Bart.

»Vielleicht gehen wir jetzt zur Prüfung über«, sagte er kurz.

»Legen Sie los«, sagte Oemark, »aber ob mir noch etwas einfällt, das kann ich nicht versprechen.«

Der Christentumslehrer sah merkwürdig unergründlich aus. Der Lektor für klassische Sprachen rieb sich vergnügt die Hände, und der Notar nahm eine größere Prise Schnupftabak als je in seinem ganzen Leben.

»Naa«, sagte der Bischof, und seine Stimme klang wirklich unheilverheißend. »Wissen Sie etwas über Origenes?«

»Ob ich etwas über Origenes weiß?« sagte Oemark. »Allerdings! Ich weiß das Allerschlimmste.«

»Naa, was ist denn das?« fragte der Bischof.

»Er machte sich selbst zum Wallach.«

Nun prustete der Notar all seinen Schnupftabak heraus, bekam einen feuerroten Kopf und stürzte in sein Büro. Der Bischof saß ruhig. Eiskalt. Die Röte war einer gefährlichen Blässe gewichen.

»Das steht nicht in meinem Buch.«

»Nein, aber ein Professor in Uppsala erzählte es in einer Vorlesung.«

»Aber Sie wissen hoffentlich noch etwas mehr über Origenes«, nahm der Bischof mit würdiger Selbstbeherrschung wieder das Wort.

»Nicht viel«, sagte Oemark. »Mit dem Mann war ich fertig, als ich das hörte. Ein Mensch, der es wagt, in Gottes Schöpfungsordnung einzugreifen, sollte keinen Platz haben in der Kirchengeschichte.«

»Dann sind Sie auch nicht für das Zölibat, Herr Pastor, wenn ich recht verstehe?«

»Nein, wirklich nicht«, sagte Oemark. »Hätte ich bloß eine gefunden, die mich heiraten möchte, so wäre diese Sache schon lange in Ordnung.«

»Wir müssen zur Prüfung zurückkehren«, erinnerte der Bischof.

»Machen Sie nur weiter«, sagte Oemark. »Fragen Sie mich doch über Luther. *Der* Mann gefällt mir.«

Der Bischof fragte über Luther. Da war es, als hätte man den Spund aus einem Faß geschlagen.

»Sie haben die Prüfung in Kirchengeschichte bestanden«, sagte der Bischof.

»Danke«, sagte Oemark, »nun ist *das* vorbei.«

»Einen Augenblick«, sagte der Bischof. »Wir sollten vielleicht noch etwas praktische Theologie hören. Wissen Sie etwas von den liturgischen Farben?«

»Keinen Deut«, sagte Oemark. »Doch, warten Sie! Ich weiß, daß am Karfreitag schwarz gebraucht wird. Und rot ...«

»Ja ... rot?« fragte der Bischof.

»Ja, rot an allen andern. Ich habe nie etwas anderes gesehen.«

»Dann sind Sie offenbar nicht oft in der Kirche gewesen?«

»Nein, das kann ich nicht gerade behaupten. Aber das wird jetzt wohl anders werden. Vorausgesetzt natürlich, daß es heute geht, wie es soll.«
Der Notar stand in der Tür zum Büro und schnupfte. Er wippte auf und ab, indem er sich abwechselnd mal auf die Zehen, mal auf die Absätze stellte. Es sah aus, als ob ihm Oemark gefiele.
»Wir gehen nun zur Exegetik über«, sagte der Bischof.
»Bitte, Herr Lektor.«
Der Lektor zog sein griechisches Testament aus der Tasche. Dasselbe taten die drei Pfarrkandidaten.
»Nun«, sagte er zu Barkman, »Sie haben früher schon Griechisch gelernt.«
»Das gehört zu unserer Ausbildung«, sagte Barkman.
»Haben Sie auch das klassische Griechisch kennengelernt?«
»Ja.«
»Homer?«
»Ein wenig. Sechs Gesänge in der Odyssee und drei aus der Ilias.«
»Ist das lange her?«
»O ja, recht lange.«
»Sitzt da noch etwas davon?«
»Vielleicht.«
Der Lektor zog zwei dünne Hefte aus seiner Tasche.
»Sehen Sie hier. Es wird uns ein willkommenes Vergnügen sein, einige Zeilen aus dem siebenten Gesang der Odyssee zu lesen.«
Der Bischof berührte sanft den Arm des Lektors und sagte mit einem leisen Anflug von Humor:
»Aber, gehört das zur Exegetik?«
»Gewissermaßen schon«, sagte der Lektor. »Hier, legen Sie los.«
Barkman skandierte tadellos etwa zehn Verse im schönen Gesang über Nausikaa und übersetzte sie ebenso tadellos.
»Gefällt Ihnen Homer?« fragte der Lektor.
»Sehr«, sagte Barkman und verbeugte sich, als ob der Lektor Homer selbst gewesen wäre.
»Gut, dann machen wir mit Lukas weiter, dem einzigen Griechen im Novum. Aber warten Sie einen Augenblick, bevor Sie das Evangelium aufschlagen. Wieviele Verse umfaßt der erste Satz bei Lukas?«
»Vier«, antwortete Barkman, ohne mit den Wimpern zu zucken.
»Gut. Dann lesen wir. Aber wir übersetzen nicht. Die schwedische

Bibel können alle Pfarrer und Prediger auswendig. Na, wird Lukas im Neuen Testament außer in den Paulusbriefen sonst noch irgendwo erwähnt?«

»Nicht oft. Aber er redet von sich selbst in den sogenannten Wir-Stükken in Apostelgeschichte sechzehn und folgende. Und dann kommt im dreizehnten Kapitel ein Lucius von Cyrene vor, der möglicherweise mit Lukas identisch sein könnte.«

»Möglicherweise«, sagte der Lektor, »aber wenig wahrscheinlich. Nun, warum glaubt man eigentlich, Lukas sei Arzt gewesen?«

»Paulus schreibt in Kolosser vier, vierzehn: Lukas, der Arzt, der geliebte Bruder, grüßt euch.«

»Es gibt eine Theorie, wonach Lukas ein christlicher Sklave gewesen sein soll. Was hat zu dieser Theorie Anlaß gegeben?«

»Daß er seine beiden Schriften, das Evangelium und die Apostelgeschichte, an seinen Herrn adressiert hat, den er im Evangelium als edler Theophilus und in der Apostelgeschichte als guter Theophilus anredet.«

»Kennen Sie einen großen griechischen Schriftsteller, der auch Sklave gewesen sein soll?«

»Platon.«

»Haben Sie etwas von ihm gelesen?«

»Ja, Phaidon und das Symposion.«

»Schön. Dazu reicht es heute nicht.«

Nach einigen weiteren Fragen ging der Lektor dazu über, Ingenieur Sandgren zu prüfen. Der Ingenieur hatte es seinem guten Gedächtnis und seiner Sprachbegabung zu verdanken, daß er trotz seines Alters dem Griechischkurs für Studenten hatte folgen können, was ein Ergänzungszeugnis zu seiner Reifeprüfung bezeugte. Dagegen kannte er die schwedische Bibel ziemlich schlecht, was den Lektor zur Frage veranlaßte, warum er eigentlich auf den Gedanken gekommen sei, Pfarrer zu werden.

»Das ist eine heikle Frage ganz privater Natur«, antwortete der Ingenieur, »und ich möchte am liebsten nicht darauf eingehen.«

»Na ja, wir haben ja hier keinen Beichtstuhl«, sagte der Lektor. »Sie haben auf alle Fälle die Prüfung bestanden, Herr Ingenieur.«

Nun war Oemark an der Reihe. Der Lektor für klassische Sprachen, der die Liste von Oemarks Meriten sehr genau studiert hatte, war entschlossen, ihn durchfallen zu lassen und sich mit aller Macht dagegen zu wehren, daß ein Mann mit so wenig Schulbildung in der schwedischen Kirche Pfarrer werden könne. Aber als er Oemark bat, das neunzehnte Kapitel des Matthäusevangeliums aufzuschlagen, antwortete Oemark:

»Ich habe nur das Johannesevangelium gelesen. Ich muß bitten, in dem geprüft zu werden, was ich gelesen habe.«

»Das kann ich nicht anerkennen«, antwortete der Lektor. »Schlagen Sie Matthäus neunzehn auf!«

Oemark schlug sein Novum zu und stand auf.

»Dann kann ich gehen«, sagte er. »Ich kann doch nicht über etwas Auskunft geben, was ich nicht kann. Ich kann Johannes. Und es wurde mir versprochen, daß ich nur Johannes auf Griechisch können müsse. Bleibt es nicht bei dieser Abmachung, so gehe ich meiner Wege.«

Der Bischof beugte sich zum Lektor hinüber und sagte ihm einige Worte; dieser schüttelte bedenklich den Kopf.

»Setzen Sie sich, Herr Oemark«, sagte er. »Ich kannte diese Abmachung nicht. Natürlich gilt sie. Schlagen Sie Johannes auf. Kapitel eins. Lesen Sie den griechischen Text.«

Oemark las. Schnell ging es nicht, aber es ging. Auch die Übersetzung ging gut, obwohl der Lektor einzelne Verse oder Wörter aus dem Zusammenhang riß. Oemark mußte Verben, Substantive, Adjektive und Pronomina flektieren, und er beschloß im stillen, seinem Lehrer, Dozent Naaman, zu schreiben und ihm zu danken, daß er ihn gezwungen hatte, es mit den Anfangsgründen genauzunehmen.

»Das war ja nicht einmal so schlecht, wie ich glaubte«, sagte der Lektor. »Nun aber, was bedeutet eigentlich jenes Wort logos, das in den ersten Versen steht?«

»Das bedeutet das Wort, und das Wort ist Jesus.«

»Bedeutet es nicht noch etwas anderes als das Wort?«

»Es bedeutet auch Vernunft, und davon kommt das Wort Logik.«

»Nun, was für eine Rolle hat der Begriff logos in der antiken Welt zur Zeit des aufkommenden Christentums gespielt?«

»Davon habe ich keine Ahnung.«

»Haben Sie nie etwas von den Neuplatonikern gehört?«

»Ich weiß bloß, was platonische Liebe ist. Das ist die einzige Liebe, die ich bis jetzt kenne.«

Der Lektor biß sich in den weißen Schnurrbart, und der Notar bekam unter der Bürotür einen Hustenanfall. Der Lektor wandte sich zum

Bischof. Seine weißen Wangen hatten sich hochrot gefärbt. Es sah fast aus, als sollte er einen Schlaganfall bekommen.

»Es ist empörend, ganz einfach empörend, daß Menschen ohne die geringste humanistische Bildung Pfarrer werden sollen. Ich kann diesen Mann über nichts anderes fragen als das Johannesevangelium, und dieses hat als schlechte Übersetzung sehr wenig mit klassischem Griechisch zu tun. — Wissen Sie nicht«, er wandte sich nun an Oemark, »wissen Sie nicht einmal, was diese Worte bedeuten: Dos-moi pou sto, kai kinásso?«

»Lassen Sie mich versuchen«, sagte Oemark. »›Kai‹ bedeutet ›und‹, so heißt es auch auf Esperanto, das ich einmal zu lernen versuchte, denn ich fand, ich sollte noch irgendeine Fremdsprache können. Und das sollte ja so leicht sein. Ja, danke schön! Und ›dos‹ kommt von ›didomi‹, ›geben‹. ›Dos-moi‹ bedeutet ›gibt mir‹. Und ›sto‹, das klingt wie das schwedische ›stå‹ (stehen). Aber ›pinasso‹...«

»Kinasso«, verbesserte der Lektor.

»›Kinasso‹, das tönt wie Kinematograph, das ist wohl etwas, was sich bewegt. Warten Sie, warten Sie, es gab einen Herrn, der sagte so etwas wie, daß er die Erde erschüttern könnte, wenn er einen festen Punkt hätte. Ich glaube, er hieß Ar... Aristoteles.«

»Nein«, sagte der Lektor, »der war Philosoph.«

»Dann war es Aristophanes.«

»Der war Komödiendichter und hätte jetzt dabei sein sollen!«

»Ja, dann war es halt ein anderer.«

»Es war Archimedes.«

»Gewiß, ja, jene Worte sind wohl das archimedische Prinzip, denke ich. Übrigens könnten sie in der Bibel stehen. Der feste Punkt, das ist Golgatha und das offene Grab. Die Welt wurde wahrhaftig nicht wenig erschüttert, als Jesus aus seinem Grabe stieg.«

»Sie glauben also an die Auferstehung, Herr Pastor?«

»Klar. Das steht ja in der Bibel. Alles dort ist Wahrheit.«

»Ist alles Wahrheit, was in der Bibel steht?«

»Klar. Natürlich auf seine Weise. Alles ist wahr, obgleich man nicht immer verstehen kann, *wie* es wahr ist. Unser Erkennen ist Stückwerk, wie der Apostel sagt.«

»Dann glauben Sie auch, daß der folgende Satz wahr ist, der in der Bibel steht: ›Deine Nase ist wie der Turm auf dem Libanon, der gen Damaskus sieht‹?«

»Nein«, fragte Oemark, wirklich interessiert, »steht das in der Bibel? Wo denn?«

»Das steht im Hohelied. – Und Sie glauben, auch das sei wahr?«

»Gewiß, glaube ich das. Der Mann hatte wohl einen solchen Zinken.«

»Der Mann? Es handelt sich um ein Frauenzimmer.«

»Armes Mädchen! Die hatte gewiß große Mühe, einen Mann zu finden.«

Nun endlich lachte der Lektor.

»Mensch!« Beinahe schrie er das Wort. »Ich möchte Ihnen die Hand drücken, wenn Sie auch noch so ein schlechter Grieche sind. Denn Sie haben doch wahrhaftig keine Angst.«

»Wer Gott fürchtet, hat vor niemand sonst Angst!« sagte Oemark ganz schlicht.

»Ja, das ist die Hauptsache«, sagte der Lektor. »Ich muß Sie wohl durchkommen lassen, Herr Pastor, mehr um dieses Wortes als um Ihrer Griechischkenntnisse willen.«

»Das wußte ich schon«, sagte Oemark. Erst jetzt steckte er den Zahnstocher wieder in die Tasche.

Nun war der Christentumslektor an der Reihe. Er stellte den Prüflingen der Reihe nach ein paar Fragen über die Vorlesung, die sie gehört hatten. Danach saß er eine Weile schweigend da, sich gleichsam sammelnd. Dann sagte er:

»Ich möchte von jenem Wort ausgehen, das einer von Ihnen eben gesagt hat: ›Wer Gott fürchtet, hat vor niemand sonst Angst.‹ Und ich möchte, ohne indiskret sein zu wollen und ohne eigentlich eine Antwort zu erwarten, sämtlichen Kandidaten eine persönliche Frage stellen: ›Was hat es Sie eigentlich gekostet, meine Herren, aus einem anderen Lebensweg und einem andern Milieu heraus umzusatteln, um in der schwedischen Kirche Pfarrer zu werden? Wir hörten vorhin von Ingenieur Sandgren eine halbe Beichte über eine heikle Frage ganz privater Natur. Ich ahne hinter diesen Worten einen Menschen, der in seinen Anschauungen eine ernste Krise durchgemacht hat. Und ich frage mich, ob diese Krise ihren Grund nicht im Erlebnis von etwas Gewaltigem hat, das – wie Erik der Heilige gesagt haben soll – so groß ist, daß es uns teurer geworden ist als unser Leben.«

Der Ingenieur – sichtlich ergriffen von den Worten des Christentumslektors – hob die Hand zum Zeichen, daß er etwas sagen möchte.

»Ich kann ja immerhin so viel sagen«, antwortete er, »daß ich ein Mensch bin, der in einem atheistischen Milieu aufgewachsen ist. Mein Vater war Philosophie-Dozent und meine Mutter eine säkularisierte Jüdin. Meine Kinder wurden in meinem alten Glauben, oder besser ›Unglauben‹, erzogen. Aber Gott ist mir in vorgerückten Jahren auf so überzeugende Weise begegnet, daß ich ein gläubiger Christ geworden bin. Aber was mich das gekostet hat? Ja, es schmerzt mich, das zu sagen. Ich bin ein Fremdling geworden für meine alten Eltern und für meine bald erwachsenen Kinder. Meine Frau — und das ist das schwerste — steht meinem neuen Glauben auch sehr fragend gegenüber. Aber ich glaube, sie befindet sich in derselben Krise wie ich.«

Der Ingenieur schwieg. Der Lektor saß eine Weile schweigend da, dann sprach er ebenso ruhig wie zuvor weiter. »Religion im allgemeinen und Christentum im besonderen bedeutet immer eine Krise. Man kann nicht dem Feuer nahekommen, ohne Wärme zu spüren oder sich vielleicht gar zu verbrennen. Das ist die heilige Nähe, die uns überzeugt. Wer einmal die Nähe Gottes erlebt hat, der ist bis in sein Innerstes erschüttert. Aber was erschüttert wurde, das ist seine Verankerung in dem, worauf er bisher sein Vertrauen setzte. Unsere ärgsten Feinde sind unsere falschen Stützen. Wir merken das nicht, bis wir uns von ihnen losreißen. Auf diese Weise können für einen Christen die eigenen Hausgenossen zu Feinden werden.«

»Genau so ist es!« hörte man halblaut von Oemark. Der Methodistenprediger sah den Christentumslektor mit einem dankbaren Blick an.

»Gerade so steht's bei uns dreien«, sagte er.

Der Christentumslektor saß eine Weile schweigend da. Dann wandte er sich an den Bischof.

»Meine Herren, die Prüfung ist zu Ende«, sagte er. »Die Herren haben die Prüfung bestanden.«

Der Bischof schrieb einige Worte ins Protokoll. Der Lektor für klassische Sprachen seufzte tief. Der Notar aber stand unter der Tür mit einer Prise Schnupftabak zwischen den Fingern.

»Das war das kurioseste Pfarrerexamen, bei dem ich je in meinem Leben dabeigewesen bin«, sagte er. Die Experten aber sagten, wie das bei den Experten immer zu sein pflegt, nichts.

16

Etwa eine Stunde später wanderten ein paar Pfarrkandidaten die Köpmansgatan hinunter. Sie glichen am ehesten drei verwirrten, halbblinden Hühnern, die aus einem dunklen Käfig plötzlich in Freiheit gesetzt worden waren. Oemark blieb mitten auf dem Marktplatz stehen.

»Wohin wollen wir eigentlich?« Die zwei anderen sahen ein bißchen verlegen zu ihm auf. Sie hatten sich ja nicht gekannt, bevor sie sich vor ein paar Stunden im Schulhof getroffen hatten.

»Halt, nun weiß ich's!« Es war stets Oemark, der die Führung übernahm. »Ich sah heute morgen eine Konditorei. Das war an dieser Straße. Ich lade euch ein.«

»Er scheint bei Kasse zu sein«, dachten der Methodist und der Ingenieur gleichzeitig. Sie fanden bald die Konditorei Andersson und sanken in drei bequeme Stühle.

»Drei Kaffee bitte«, sagte Oemark und zwinkerte dem Mädchen hinter dem Schanktisch zu. »Guten Kaffee. Und Wiener Brötchen. Und zwei Törtchen für jeden. Mandeltörtchen und Rahmtörtchen. – Ja, nun ist das überstanden«, sagte Oemark. »Und es war nicht einmal so gefährlich. Wir sind auch alle drei durchgekommen. Nun soll der Sieg gefeiert werden.«

»Ich schäme mich eigentlich ein bißchen«, sagte der Ingenieur. »Ich hätte Lust, mit Dexippos zu sagen:

›Nicht auf des Sieges stolzem Altar
sei gefeiert dieses Tages Streit,
den Opferkranz legt schüchtern
auf den Altar der Barmherzigkeit!‹«

»Ja, der Christentumslektor wirkte wie die Barmherzigkeit selber«, sagte der Methodist.

»Den Mann mochte ich gern«, sagte Oemark. »Eigentlich mochte ich sie alle gern. Auch den Lektor für klassische Sprachen. Er war streng, aber er hatte Humor. Das konnte man vom Bischof kaum sagen.«

»Sag das nicht«, meinte der Ingenieur. »Ich sah ab und zu einen Funken hinter den Brillengläsern. Aber er gehört wohl zu denen, die sich fürchten, der Freude zu viel Raum geben zu können.«

»Die Freude«, sagte Oemark, »die ist Nummer eins unter Gottes Gaben. Und der Kaffee ist Nummer zwei. Seht, da kommt er ja. Nehmt, Jünglinge und Brüder! – Die Engel haben wohl nie einen besseren Appetit gesehen«, sagte Oemark. »Ich bestelle noch eine Portion.«

»Nein, danke, nicht für mich«, sagte der Methodist.

»Danke, ich mag auch nicht mehr«, sagte der Ingenieur.

»Aber ich muß noch mehr haben. Kleines Fräulein!« Er klingelte mit dem Löffel an der Tasse. »Noch eine Portion!«

»Was wünscht der Herr?«

»Noch eine Ladung wünsche ich. Ein Wiener Brötchen und ein Törtchen. Mit Schlagrahm. Petraschuh oder wie es heißt.«

»Sie meinen petit-chou?«

»Vielleicht. Her damit, gleichgültig, wie es heißt.« Zu den Kameraden gewendet: »Wißt ihr, ich habe heute noch keinen Bissen gegessen. Ich war zu nervös. Ich bekomme Durchfall, wenn ich nervös bin. Zum Glück ist das selten der Fall. Jetzt aber, wo das vorbei ist, glaube ich, werde ich nie wieder in meinem Leben nervös werden.«

Während Oemark seine Portion vertilgte, begannen seine Kameraden von der Ordination zu reden.

»Was muß man da anziehen?« fragte Oemark mit vollem Munde. Die beiden starrten ihn an.

»Natürlich den Lutherrock.«

»Lutherrock!« Oemark zog sein Taschentuch heraus und wischte sich den Mund ab. »Sagtet ihr *Lutherrock?*«

»Gewiß! Man kann doch nicht Pfarrer werden ohne Lutherrock. Hast du dir keinen Lutherrock besorgt?«

»Nein. Habt ihr das?«

»Natürlich.«

»Ihr wollt also sagen, ihr habt im voraus einen Lutherrock und Beffchen und so weiter bestellt?«

»Gewiß.«

»Aber ihr wußtet doch gar nicht, ob ihr durchkommen würdet.«

»Dieses Risiko muß man halt auf sich nehmen«, sagte der Ingenieur.

»Wo kann man denn einen Lutherrock kaufen, und was kostet so etwas?«

Der Ingenieur und der Methodist schauten einander an und brachen in ein Gelächter aus. Oemark lachte mit, bis ihm die Tränen kamen.

»Das ist zu dumm«, sagte er. »Wir sollen morgen ordiniert werden, und heute ist Samstag. Sagt mir, *wo* kauft man Lutherröcke?«

Nun wurden die beiden anderen ernst. »Lutherröcke kauft man nicht. Die muß man bestellen. Und das braucht Zeit. Und teuer sind sie. Ich habe dreihundert für meinen bezahlt«, sagte der Ingenieur.

»Und ich ließ meinen besten Methodistenpredigerrock ändern. Das kostete einhundert.«

»Einhundert, dreihundert«, sagte Oemark. »Jungens, ich hab nicht einmal fünfzig Kronen.«

»Wenn wir dir etwas leihen könnten!« sagte der Ingenieur. »Aber selbst, wenn wir es könnten, so würde er doch nicht mehr rechtzeitig fertig.«

»Kann ich nicht meinen Predigerrock tragen? Man soll doch bei der Ordination eine Art Stola übergezogen bekommen. In einem weißen Chorhemd hinein- und prächtig wie der Hohepriester in Israel wieder hinausgehen. Ich war einmal dabei und sah das in Uppsala.«

»Unmöglich«, sagte der Methodist. »Wir müssen ja nachher zum Mittagessen in den Bischofshof.«

»Das auch noch«, sagte Oemark. »Man muß wirklich einen hohen Preis zahlen, um in der schwedischen Kirche Pfarrer zu werden.«

»Dafür mußt du das Mittagessen nicht bezahlen«, scherzte der Ingenieur.

»Zuallererst werde ich nun diesen Schmaus bezahlen. Hallo, kleines Fräulein!«

»Laß uns repartisieren!«

»Repatri... wie bitte?«

»Repartisieren sagte ich. Das bedeutet: Wir teilen die Kosten gleichmäßig unter alle drei.«

»Unter keinen Umständen«, sagte Oemark. »Ich habe ja allein gegessen. Hier, und Trinkgeld. Zehn Prozent und noch was drauf. Vielen Dank, das war guter Kaffee!«

»Und nun gehen wir und beschaffen einen Lutherrock. Vielleicht hat es einen im Pfandhaus...«

Das war eine schwache Hoffnung. Mit Hilfe der Polizei fanden sie das Pfandhaus. Dort hatten sie keinen Lutherrock. Aber einen alten Regenschirm, den Oemark erstand. Für zwei Kronen.

»Hast du einen Zylinder?« fragte der Methodist.

»Du meinst so einen Schornstein? Muß man so was auch haben?«

»Nötig für einen Pfarrer. Für Beerdigungen und so weiter«, sagte der Ingenieur.

»Das will ja kein Ende nehmen mit diesen Dummheiten«, lachte Oemark. Zum Pfandleiher: »Kommen Sie mit einem Zylinder angerudert, wenn Sie einen haben!«

Zylinder gab es in Mengen. Der einzige, der aber paßte, war ein alter Chapeau claque, den man mit einem Knall aufschlagen und wieder zusammenklappen konnte.

»Wie lange hält die Mechanik?« fragte Oemark.

»Länger als der Hut.«

»Alle Wetter«, sagte Oemark. »Und billig ist er.«

»Wir müssen billig sein. Zehn Kronen.«

»Sagten Sie zwei?« fragte Oemark und streckte zwei Finger hoch.

»Zehn«, sagte der Pfandleiher und streckte alle zehn Finger hoch.

»Wenn wir zwei heruntehandeln, macht es gerade ein Zehnernötchen für die ganze Garderobe.«

»Meinetwegen«, sagte der Pfandleiher. »Sollen wir die Sachen einpacken?«

»Nicht nötig«, sagte Oemark. Er überließ seinen Schirm dem Ingenieur und klappte seinen Chapeau claque vergnügt auseinander und wieder zusammen, daß es knallte. Als sie zu einem Schaufenster mit einem Spiegel kamen, blieb er stehen und probierte den Hut.

»Ich sehe ja beinahe wie ein Pfarrer aus«, sagte er und wandte sich entzückt zu den Kameraden, die vor Lachen fast bersten wollten.

»Denkt bloß, bei wieviel Beerdigungen dieser arme Hut noch dabeisein muß«, sagte Oemark, als er ihn wieder zusammengeklappt hatte. »Aber nun müssen wir wieder an den Lutherrock denken.«

Die drei gingen gerade am Fenster einer Buchhandlung vorbei, und dort sahen sie den Christentumslektor stehen und die Bücher anschauen. Da kam Oemark eine Idee.

»Wartet hier einen Augenblick«, sagte er.

Er ging zum Fenster und stellte sich zu den beiden anderen, um auch hineinzuschauen. »Viele Bücher«, sagte er. »Und teure.«

Der Lektor wandte sich um.

»Nein, sieh da!« sagte er. »Das ist ja einer von den Pfarrkandidaten.«

»Stimmt«, sagte Oemark. »Aber was leider nicht stimmt, das ist der Lutherrock.«

»Wie?« sagte der Lektor teilnehmend. »Paßt er Ihnen nicht?«

»Er ist ganz einfach nicht vorhanden«, sagte Oemark. »Sehen Sie, wenn ich die Wahrheit sagen soll, so habe ich ganz vergessen, daß ich einen Lutherrock haben sollte. Da war so viel anderes, an das ich denken mußte für das Examen: Griechisch und Kirchengeschichte und liturgische Farben und so weiter.«

Der Lektor schaute Oemark forschend an. Dann kam ein freundlicher Funke in seine Augen.

»Ja, ich muß schon sagen, das sind Sorgen. Was wollen Sie nun machen?«

»Ja, sehen Sie, gerade davon wollte ich mit Ihnen sprechen. Wollen wir ein paar Schritte zusammen gehen? Am Fluß entlang und uns dann in den Park setzen oder so etwas?«

»Gerne.«

Sie gingen am Fluß entlang und setzten sich im Park auf eine Bank. Die zwei Kameraden folgten ihnen wie Detektive und setzten sich auf eine andere Bank.

»Ich würde Ihnen gerne einen Lutherrock leihen«, sagte der Lektor. »Aber der würde Ihnen nie passen. Sie sind um die Taille doppelt so breit wie ich, nicht zu reden von den Schultern. Und die Länge!«

»Ja, alles«, sagte Oemark. »Unsere Figuren sind sozusagen inkongruent, wie es in der Geometrie heißt.«

Der Lektor sah unergründlich aus. Dann schnalzte er mit den Fingern.

»Jetzt weiß ich's«, sagte er. »Wir gehen zum Domkirchenamtmann. Er hat genau Ihre Maße. Und das ist ein sehr liebenswürdiger Mann. Ich werde mit Ihnen kommen.«

»Darf ich meine Kumpane mitnehmen?«

»Natürlich.«

Oemark winkte den Detektiven mit seinem Clapeau claque, und alle vier schritten die Stora Nygatan hinauf, bogen dann ab, den Djäkneberg hinauf, und stiegen in einem alten Mietshaus die Treppe hoch.

Der Domkirchenamtmann war ein älterer gemütlicher Herr, den die Lutherrock-Geschichte sehr belustigte.

»Ich habe viele alte Lutherröcke im Schrank hängen«, sagte er. »Und ich habe verschiedene Maße gehabt – um den Bauch«, setzte er hinzu, »je nachdem, ob die Zeiten gut oder böse waren. Aber da sie meistens gut waren, glaube ich, wir werden einen finden, der weit genug ist. –

Mütterchen, komm und hilf mir! Hole alle meine alten Lutherröcke hervor!«

Das Mütterchen, das mindestens ebenso fröhlich war wie sein Mann, kam mit einem ganzen Arm voller Lutherröcke.

»Nennen Sie die alt?« fragte Oemark. »Die sind ja nagelneu.«

»Ein Stadtpfarrer muß immer fein daherkommen«, sagte der Domkirchenamtmann. »Da, probieren Sie den!«

Oemark schlüpfte aus seinem Gehrock und zog einen Lutherrock an. Der saß wie angegossen.

»Den nehmen wir«, sagte Oemark und lächelte.

»Wir werden wohl noch einen anderen probieren.«

»Kommt nicht in Frage. Wir haben einander bereits gefunden, ich und der Rock. Ich fühle mich beinahe so, als ob ich Bischof geworden wäre. Aber was kostet er?«

»Wir schließen am besten den Handel erst ab, wenn wir alle Bestellungen gemacht haben. Wir brauchen noch Beffchen. Sie haben noch keine gekauft?«

»Nein, leider...«

»Gut, ich habe Beffchen jede Menge. Was wollen Sie: kurze oder lange?«

»Nehmen Sie kurze. Ich bin selber lang genug.«

»Wie Sie wollen. Mütterchen, nimm ein Dutzend von den kurzen heraus. Und was haben Sie für eine Kragennummer?«

»Dreiundvierzig«, sagte Oemark.

»Präzis meine Nummer. Mütterchen, hol auch ein Dutzend Kragen. Und Manschetten?«

»Ich komme ohne die aus.«

»Nicht beim Bischofsessen. Mütterchen, auch ein halbes Dutzend Manschetten!«

Das Mütterchen kam mit allem.

»Zieh nun den Rock aus, dann packen wir alles zusammen ein.«

Als die drei unten auf der Kristinegatan dem Lektor Adieu gesagt hatten, blieb Oemark eine Weile stehen und sah am Haus hinauf.

»Ein so häßliches Haus«, sagte er. »Eine so kahle, nackte Wand. Und hinter dieser Wand wohnen so liebe Menschen. — Wißt ihr, was er sagte, als ich bat, mit ihm allein sprechen zu dürfen und den Handel abzuschließen? Ich fragte, ob ich innerhalb eines Jahres bezahlen dürfe. Da sagte er: ›Bruder‹ — denkt euch: ›Bruder‹! sagte er — ›Bruder, wenn wir uns im Himmel treffen, du und ich, so kannst du mir's dort bezahlen. Nicht vorher!‹ Der kommt sicher in den Himmel. Ebenso sicher wie ich. Wenn es solche Menschen gibt wie diesen goldigen Mann, wie muß dann erst Gott sein!«

17

Die Eisenbahn führte zu jener Zeit noch nicht durch Uddarbo. Darum hatte der Pfarrer seinen Gutsverwalter geschickt, um den Hilfsprediger an der nächsten Station abzuholen, zu der man zwei Meilen zurückzulegen hatte. Im zweirädrigen Karren wurden Oemark und der Gutsverwalter ziemlich unsanft gegeneinander geschüttelt.

»Ich habe noch nie ein Land gesehen, das Amerika so ähnlich ist, wie Dalarna«, sagte Oemark, als sie in die breite Talsohle hinauskamen, in der der Västerdalälv dahinfloß.

»Na, sowas, du bist auch drüben gewesen?« fragte der Gutsverwalter. »Wo warst du?«

»In Minnesota.«

»Ich war in Nebraska. Drei Jahre. Warst du Pfarrer in Amerika?«

»Das auch. Sonst war ich meistens im Wald.«

»Als Prediger?«

»Nein, als Waldarbeiter.«

»Du siehst auch nicht wie ein Pfarrer aus.«

»Ist das ein Kompliment?«

»Gewiß, du bist jedenfalls anders als unser Pfarrer.«

»Wie sieht er denn aus?«

»Es ist nicht mehr viel von ihm übrig. Klein war er schon vorher und zusammengeschrumpft. Und jetzt ist er noch kleiner. Aber ein verdammt gelehrter Kerl ist er. In einen Stein im Park hat er etwas Lateinisches einhauen lassen, das niemand lesen kann. So gelehrt ist er.«

»Ist er auch ein netter Mann?«

»Mir hat er noch nichts zuleide getan. Ich mache meine Sache und er die seine. Übrigens ist es bald aus mit ihm. Du wirst schon sehen, wie er ist.«

Oemark sah es bald. Er fühlte tiefes Mitleid mit dem armen Mann, der – von Kissen gestützt – im Bett saß und wegen seines schrecklichen

Asthmaleidens nur mit Mühe atmen konnte. Sein Blick war der Blick eines gequälten Gefangenen.

»Ich sehne mich nach Erlösung«, sagte er, »Erlösung.«

Er stieß die Worte mühsam hervor, eines nach dem andern.

»Danke, daß du gekommen bist, um mir zu helfen. Du darfst alles übernehmen. Ich habe genug gearbeitet. Du bekommst die Ernennung zum Hilfsprediger in ein paar Tagen ... in ein paar Tagen...«

Der alte Mann verlor das Bewußtsein. Und lag wie tot da. Dann kam ein Röcheln aus seiner Brust.

Die kleine Pfarrfrau war voller Sorge, sowohl um ihren Mann als auch um den Hilfspfarrer.

»Sie sollten Kost und Logis hier haben, Herr Pastor«, sagte sie. »Dann ist es billiger für uns. Aber es ist so schwer, Hilfe zu bekommen. Junge Mädchen wollen keine alten gebrechlichen Leute pflegen. So muß ich halt versuchen, die Sache selbst zu besorgen, so gut ich kann.«

»Machen Sie sich keinen Kummer deswegen, kleine Frau«, sagte der lange Oemark und klopfte der Alten auf die Schulter. »Ich hatte sowieso nicht vor, im Pfarrhof zu wohnen, und auch nicht, hier zu essen.«

»Aber dann müssen wir Ihnen eine Entschädigung für Kost und Logis zahlen«, sagte die Pfarrfrau, »und ich weiß nicht, wie wir das aufbringen können.«

»Ich brauche keine Entschädigung für Kost und Logis. Ich habe ja mein Gehalt als Hilfsprediger, 75 Kronen im Monat, und ich bekomme wohl auch noch etwas dazu als Vizepastor. Was sollte ich da noch mit einer Entschädigung für Kost und Logis?«

»Damit wird sich mein Mann nie einverstanden erklären«, sagte die Pfarrfrau verzweifelt.

»*Die* Sache werden wir schon in Ordnung bringen.«

»Aber wo wollen Sie denn wohnen, Herr Pastor?«

»Bis auf weiteres schlafe ich auf dem Kanzleisofa, bis ich ein Zimmer gefunden habe.«

»Aber wir haben doch ein Gastzimmer.«

»Sparen Sie das für die Gäste, ich bin Pfarrer, nicht Gast.«

»Aber Kaffee müssen Sie haben, Herr Pastor. Den habe ich schon im Wohnzimmer bereitgestellt.«

Oemark trank seinen Kaffee und ging dann in die Kanzlei, um sie in Besitz zu nehmen. Er hatte einige Wochen nach der Ordination in einer

Pastorskanzlei in der Nähe von Västerås Dienst tun müssen, um sich mit der Kanzleiarbeit vertraut zu machen. Praktisch, wie er war, und interessiert an allem, was mit Buchführung zu tun hat, war er erstaunlich rasch vertraut mit allen Verordnungen. Schlimmer stand es mit den Sitzungen des Gemeindekirchenrates und den Gemeindeversammlungen. Aber er hatte gute Helfer in den beiden verantwortlichen Gemeindeältesten.

Als er seine Antrittspredigt hielt, war die Kirche voll besetzt. Am nächsten Sonntag saßen dort nur ein paar Dutzend Leute.

»Das sind aber wenig Leute heute!« sagte er zum Küster, als er in die Kirche kam.

»O, heute ist es normal«, war die Antwort.

Es zeigte sich, daß die Besucherzahl ungefähr »normal« blieb. Aber allmählich kamen wieder mehr Leute. Der Grund dafür waren vielleicht nicht so sehr Oemarks Predigten, eher sein Leben und Treiben an den sechs Arbeitstagen der Woche. Die Leute gingen in die Kirche, um einen Mann zu sehen, der nicht so war wie ein *gewöhnlicher* Pfarrer. Einen Pfarrer, der in einem Bauernhaus eine Kammer hinter der Küche mietete. Der sein Essen selber kochte und seine Wäsche selber besorgte und sogar gestärkte Wäsche bügeln konnte! Der in einem abgelegenen Dorf ein Haus besuchen und dort sitzen und lange plaudern konnte, ehe man darauf kam, daß er der neue Pfarrer war.

Es gab außer Oemark nur zwei Honoratioren im Kirchdorf Uddarbo. Der eine war Kaufmann und der andere Bankverwalter. Eine Stockholmer Bank hatte in der Gemeinde eine kleine Filiale mit einem einzigen Angestellten eingerichtet. Und die Handelsgenossenschaft der Bauern hatte einen Handelsvorsteher engagiert, der von Västergötland stammte. Er hieß Angerd und hatte diesen Namen von seinem Heimatdorf Angerdshestra angenommen. Der Bankverwalter hieß Ragnarsson. Diese drei — Oemark, Ragnarsson und Angerd — schlossen sich zusammen. Drei Junggesellen, die bisher alle irgendwo ein möbliertes Zimmer hatten und die Annehmlichkeiten eines gepflegten Heims entbehren mußten. Am schlechtesten war für sie die Lösung mit dem Essen.

Eines Tages kam Oemark in das Bankkontor, in dem Ragnarsson einsam saß und auf Kunden wartete.

»Ich habe etwas gefunden«, sagte er. »Ich habe einen ganzen Hof gemietet.«

»Einen Hof gemietet?«
»Ja, einen Hof gemietet.«
»Was willst du damit anfangen?«
»Wir werden dorthin ziehen.«
»Wer: Wir? Willst du heiraten?«
»*Wir* werden dort einziehen, du und ich und Angerd.«
Ragnarsson starrte ihn fassungslos an. »Was in aller Welt meinst du?«
»Ich meine bloß, daß wir drei uns zusammentun und es ein wenig gemütlich bekommen sollen. Ich habe ganz billig mieten können. Es kostet nicht mehr als das, was wir alle drei zusammen für unser Zimmer bezahlen. Ich glaube, ich hätte den Hof geschenkt bekommen können. Die Leute, denen er gehörte, sind nach Amerika gezogen, und die Verwandten sagen, es sei besser, wenn jemand darin wohnt, als daß er leer steht. Häuser, in denen niemand wohnt, verlottern bald.«
»Aber du hast uns ja gar nicht gefragt, ob wir umziehen wollen.«
»Das halte ich für selbstverständlich, daß ihr wollt.«
»Hast du mit Angerd gesprochen?«
»Nein, aber das ist wohl bald geschehen.«
»Und wann könnten wir einziehen?«
»Wir könnten nicht. Wir werden! Noch heute! Heute abend.«
»Aber ich habe meine Miete bis Ende des Monats im voraus bezahlt.«
»Das habe ich auch. Und das sagte ich denen, von denen ich den Hof gemietet habe: Ihr bekommt keine Miete bis zum nächsten Monat. — ›Das macht nichts‹, sagten sie, ›ihr könnt trotzdem einziehen.‹«

Noch am selben Abend brachte Oemark auf einem Schubkarren seine eigenen Sachen und die Habseligkeiten seiner Kameraden nach Råglindan, einem kleinen, halb verlassenen Weiler. Der Hof hieß Saroshof. Er war blank und sauber, wie es ein im Viereck angelegter Hof in Dalarna oft ist. Das Haupthaus bestand aus einer großen Küche, die auch Wohnstube war, und einer kleinen Kammer. In der Stube waren zwei Schrankbetten, und in der Ecke bei der Tür stand ein kleiner bemalter Schrank für allerlei Hausgerät, außerdem Gestelle für Teller und für Messer, Gabeln und Löffel. Ein Backtisch stand vor dem einen Fenster. Ein Großvaterstuhl vor dem offenen Kamin. In der Kammer war ein Ausziehsofa und ein kleiner Tisch mit zwei Stühlen.

»Wer zuerst heiratet, darf in der Kammer wohnen«, sagte Oemark. »Im übrigen dachte ich, daß du, Ragnarsson, bis auf weiteres darin wohnen solltest. Du nimmst auf der Stufenleiter von uns allen den höchsten Rang ein. Du bist Kämmerer und hast die Bank hinter dir.«

»Ich finde, *du* solltest dort wohnen. Es können Leute kommen, die zu dir wollen, und du brauchst einen Ort, an dem du deine Predigten schreiben kannst.«

»Ich schreibe meine Predigten nie«, sagte Oemark, »sie sind *so* schon schlecht genug. Nein, du sollst dort wohnen, Angerd, du mit deinen Rechnungen.«

»Die mache ich auf dem Büro«, antwortete Angerd.

»Dann ziehen wir das Los«, riet Oemark. Das Los wurde gezogen, und das Los fiel auf Ragnarsson. »Seht ihr«, sagte Oemark. »Gott wußte wohl, was ich wollte.«

»Könnte man das nicht auch umgekehrt sagen?« scherzte Ragnarsson.

»Vielleicht«, meinte Oemark nachdenklich. »Ich war wohl ein wenig unartig gegen ihn.«

»Du hast wirklich einen persönlichen Gottesbegriff«, sagte Ragnarsson.

»Ja, den habe ich«, stimmte Oemark zu. »Wie könnte es auch anders sein!«

Die drei jungen Herren waren wie Kinder in ihrem Eifer, ihre Puppenstube, wie Ragnarsson sagte, fein herzurichten. Eine Zeitlang ging alles gut. Oemark sorgte für das Essen. Aber die Kost wurde auf die Dauer etwas einförmig, da man nur den offenen Kamin zur Verfügung hatte.

»Wenn wir einen Kochherd hätten«, sagte Angerd eines Tages, »könnten wir viel von den Speisen, die wir jetzt fortwerfen oder als Schweinefutter holen lassen müssen, noch verwenden.«

Die drei Männer hielten Rat. Aber wie man auch überlegte, ihre »Genossenschaft« hatte kein Geld, um einen Kochherd zu kaufen.

»Wir müssen auf die Suche gehen«, sagte Oemark. Es dauerte nicht lang, bis er mit einem kleinen Kochherd auf einem Schubkarren angerückt kam.

»Wo hast du denn den aufgetrieben?«

»In einem andern leerstehenden Hof«, sagte Oemark. »Das Haus soll abgerissen und zu Brennholz gemacht werden. Da schenkte man mir den Herd, die Blechrohre und alles, was man sonst noch braucht.«

»Der sieht noch recht ordentlich aus.«

»Kein Fehler daran. Warte nur, bis wir den mit Ofenschwärze blank gemacht haben und den Rost wegbrennen können.«

Oemark bog das Blechrohr zurecht und zog es durch den Kamin zum Backofen. Aber der Herd qualmte und qualmte.

»Ja, das hat man dann mit Kochherden«, sagte Oemark und rieb sich die Augen.

»Du verdirbst uns die ganze Puppenstube«, schimpfte Ragnarsson und hustete. »Das Rohr muß senkrecht stehen«, sagte Angerd. Oemark versuchte es mit einem neuen Rohr, senkrecht hinauf durch den Schornstein über dem offenen Kamin. Nun zog der Rauch sofort ab.

»Aber jetzt können wir den Rauchfang nicht gegen die Stechmücken abdichten«, sage Ragnarsson, der sichtlich Erfahrung hatte mit einer Ofenklappe in seiner Kammer, die man nicht schließen konnte. Er war übersät mit Mückenstichen.

»Wir müssen ein Loch in eine Blechplatte schneiden und damit den Rauchabzug verschließen.«

»Dann können wir im offenen Kamin kein Feuer mehr machen«, sagte Angerd, der trotz seines merkantilen Berufes ein bißchen romantisch war.

»Wir können bis zum Herbst eine neue Lösung finden«, sagte Oemark. »Bis auf weiteres müssen wir es nun so lassen.«

Er schnitt mit einer geliehenen Blechschere eine Platte zurecht und kletterte in den Rauchfang. Kam herunter schwarz wie ein Kaminfeger. Aber die Platte saß fest. Der Rauch zog ab, und die Mücken kamen nicht herein. Nun war es eine Freude, das Essen zu kochen.

18

Aber wie man auch sparte und rechnete und rechnete und sparte – der Haushalt blieb doch recht teuer. Und der neue Vizepastor konnte die Kocherei nicht immer mit seinen Amtsverpflichtungen in Einklang bringen.

»Wir müssen uns eine Haushälterin anschaffen«, sagte Oemark eines Tages.

»Eine Haushälterin? Wie sollten wir das Geld dafür aufbringen können?«

»Wir müssen nachdenken und einen Weg suchen.«

Oemark dachte nach, das merkte man. Ein paar Tage lief er umher und sagte gar nichts. Lachte hie und da vor sich hin. Verschwand an den Abenden, sobald das Abendessen besorgt war.

Eines Abends kam er früher als gewöhnlich nach Hause.

»Alles in Ordnung«, sagte er, »und der Zettel ist angeschlagen. Wenn wir jetzt nur jemanden bekommen, der melken kann!«

Am nächsten Tag, als Angerd in sein Geschäft und Ragnarsson in seine Bank kamen, sahen sie dort Leute stehen und den Zettel lesen, der mit Reißnägeln auf die Balken ihrer Häuser geheftet war.

Ordentliches, einigermaßen erwachsenes Mädchen, das bereit ist, drei Junggesellen den Haushalt zu besorgen, tüchtig ist im Kochen und allem, was zur Besorgung eines Heims gehört, vor allem auch im Melken, kann sich vorstellen im Saroshof in Råglindan zwischen sechs und sieben Uhr abends.

Ein Tag verging, zwei Tage, drei Tage.

Niemand kam. Aber viele lachten über den Anschlag, und wo immer einer der drei Junggesellen sich zeigte, war die Heiterkeit groß, hinter ihrem Rücken natürlich. Denn man wagte nicht, sich mit so mächtigen Herren wie dem Pfarrer, dem Handelsmann und dem Bankverwalter zu überwerfen.

Am vierten Tag war das Abendessen nicht fertig, als Angerd und Ragnarsson um sechs Uhr nach Hause kamen. Auf dem Tisch lag ein Zettel: »Ich bin fort in Geschäften. Falls ich nicht daheim bin, wenn ihr kommt, so macht euch das Abendessen selber.«

»Fort in Geschäften? Was können das für Geschäfte sein?«

Die beiden Männer waren beim Abwaschen, als sie im Hof plötzlich eine Kuh muhen hörten. Da stand Oemark draußen, verschwitzt und atemlos, und hielt die Halfterleine einer Kuh, die im Gras weidete und mit dem Schwanz gegen die Fliegen ausschlug. Die beiden Herren schauten erschreckt durch die Scheiben.

»Was für Narrheiten sind ihm jetzt wieder eingefallen?«

Oemark winkte sie zu sich. Sie gingen kopfschüttelnd auf den Hof hinaus.

»Hier ist unsere Haushälterin«, sagte Oemark.

»Da kein Frauenzimmer freiwillig kommen wollte, mußte ich hingehen und uns eins kaufen.«

»Du willst doch nicht etwa sagen, du hättest...«

»...diese Kuh gekauft? – Doch, natürlich! Auf Kosten unserer Genossenschaft.«

Angerd schaute Ragnarsson an und tippte sich dabei auf die Stirn: »Wundere mich, wie es da drin wohl aussieht.«

»Oh, was dich anbelangt, kannst du da ganz beruhigt sein. Komm und schau dir unsern ›Stern‹ einmal ein wenig an. Oder hast du Angst vor Frauenzimmern?«

Angerd und Ragnarsson gingen um Oemark und die Kuh herum, die sie keines Blickes würdigte.

Angerd erholte sich zuerst.

»Gustaf!« sagte er. Und er war so böse, wie es nur ein Västergötländer werden kann. »Was in Gottes Namen meinst du mit dem da?«

»Treibe keinen Mißbrauch mit dem Namen Gottes wegen einer Kuh, Angerd. Die Kuh gehört uns, und du kannst Gott und mir danken, daß wir sie so billig bekommen haben.«

»Woher hast du das Geld dafür?«

»Das Geld? Das ist eine Frage, die später an die Reihe kommt, das weißt du wohl als Geschäftsmann.«

»Aber wer soll die Kuh melken? Und womit sollen wir sie füttern?«

»Das Melken besorge ich selber, bis wir eine Haushälterin bekommen. Wenn nichts anderes hilft, so rufe ich am Sonntag in der Kirche aus, daß wir eine suchen. Und was das Futter betrifft, so ist *die* Sache in Ordnung. Ich bin durch die ganze Gemeinde gegangen und habe gesehen, wieviel ungemähtes Brachland es hat, denn es ist niemand da, der es abmäht, weil so viele Leute nach Amerika ausgewandert sind. Und ich habe so viel Grasland gepachtet, daß wir vier Kühe füttern könnten. Wir haben also dreimal mehr Heu, als wir brauchen. Wenn wir das alles verkaufen, ist die Kuh damit bezahlt.«

»Und wer soll das Gras mähen und heuen, wenn ich fragen darf?« fragte Angerd.

»Wir, du und ich und Ragnarsson.«

»Habe noch nie eine Sense in den Händen gehabt«, sagte Ragnarsson, »und ich habe auch nicht vor, das je zu tun.«

»Dann ist es Zeit, daß du jetzt anfängst«, erwiderte Oemark. »Du bekommst keinen Tropfen Milch von dieser Kuh, bevor du Gras für sie mähst. ›Im Schweiße deines Angesichts sollst du dein Brot essen‹, heißt es in der Schrift. Und das gilt wohl auch vom Milchtrinken.«

»Aber...«, meinte Angerd.

»Kein Aber! Los, geh hinein, und hole hinter der Tür einen Eisenpflock, damit wir den ›Stern‹ hier auf der Wiese anbinden können.* Dann schließen wir das Gatter, und dann kommt ihr mit mir auf unsere Felder hinaus.«

»Höre«, sagte Ragnarsson, »hast du die Felder, von denen du redest, auch auf Kredit gekauft?«

»Gepachtet«, sagte Oemark. »Und auch bezahlt. Fast das ganze Hilfspredigergehalt. Eine Krone hier und eine Krone dort. Da!« Er zog ein längliches Papier aus der Brieftasche. »Hier drauf ist jedes einzelne Stückchen Land aufgeführt.«

Sie schauten ihm über die Schulter. »So was wie diese Quittung habe ich noch nie gesehen«, sagte Ragnarsson.

»Dann mußt du aber unser Gras sehen. Come along, wie der Amerikaner sagt, you see. Ich habe vom Kirchengemeinderat Hansson drei feine Sensen gekauft. Wir werden Ragnarsson schon heute abend eine Lektion erteilen.«

An jenem Abend mähten sie zu dritt Brachwiesen. »Wir legen es morgen früh auf die Heureiter, ehe wir an unsere Arbeit gehen«, sagte Oemark. »Es gibt in diesem pflichtvergessenen Land genug ungenutzte Heureiter, deren Holz verfault.«

Am nächsten Sonntag fuhren sowohl Angerd als auch Ragnarsson und manche andere in der Kirche erschreckt auf, als Oemark bei den Bekanntmachungen ankündigte: »Gesucht wird ein beherztes Frauenzimmer, das sich traut, sich ins Zeug zu legen und drei Junggesellen und einer Milchkuh bei ihren Nahrungssorgen zu helfen.«

Oemark war an jenem Sonntag bei bester Laune. Er predigte über den Text, daß man sich nicht um den morgigen Tag sorgen solle, so daß sogar Ragnarsson seine schmerzenden Armmuskeln und Schwielen an den

---

* In Schweden läßt man das Vieh nicht frei laufen, sondern bindet es an einen Pflock, so daß es nur in einem bestimmten Umkreis weiden kann. Ist der abgeweidet, versetzt man den Pflock.

Händen vergaß. Es waren viele Leute in der Kirche, und der Gesang war unvergleichlich schön. Da war jemand auf der Empore, der sang, als wäre ein Engel vom Himmel gestiegen, um Oemark zu helfen, ein »beherztes Frauenzimmer« zu erweichen.

Oemark und seine Kameraden aßen ihr Sonntagsessen »nach Bauernart«, d. h. nach ein Uhr, so daß sie den Sonntagnachmittag frei hatten. Sie hatten eben fertig abgewaschen und es sich bei einer Tasse Kaffee gemütlich gemacht, als es plötzlich an die Tür klopfte.

»Herein!«

Die Tür ging auf, und da stand jemand, bei dessen Anblick Oemark aufsprang, ganz weiß im Gesicht wurde. Er stand eine ganze Weile da und starrte auf die seltsame Erscheinung. Dann machte er einen Satz, stürzte an ihr vorbei ins Freie und schlug die Tür hinter sich zu.

»Was zum Kuckuck ist in den Pfarrer gefahren?« fragte eine ruhige und klare Stimme.

»Ja, das begreifen wir auch nicht«, sagte Angerd, »aber bitte, kommen Sie herein und nehmen Sie Platz. Dürfen wir Ihnen eine Tasse Kaffee anbieten?«

»Die wird mir gut schmecken«, sagte die Frauensperson. Sie kam herein und setzte sich ungeniert auf den Stuhl, auf dem eben noch Oemark gesessen hatte.

»Wie heißen Sie?« Es war Ragnarsson, der das fragte.

»Hanna. Gabriels Hanna. Ich komme direkt aus Amerika.«

»Von Amerika? Vielleicht haben Sie Pastor Oemark in Amerika getroffen?«

»Nicht, daß ich wüßte. Aber als ich ihn heute in der Kirche sah, war es mir, als hätte ich ihn in Amerika schon mal gesehen, sicher in einer Kirche, wo ich im Chor mitsang.«

»Er hat von einem Mädchen erzählt, das in Amerika in einem Chor Solo gesungen hat. Sie hatte braune Augen und ein weißes Kleid. Sie haben braune Augen...«

»Und ein weißes Kleid hatte ich damals an, das stimmt. Hat er noch mehr über mich gesagt?«

»Ja, daß Sie gesungen hätten wie ein Schwan oder eine Lerche. Waren Sie es vielleicht, die heute auf der Empore saß und sang?«

»Ja, aber ich saß hinter der Orgel. Und dann hörte ich die Bekanntmachung wegen der Haushälterin.«

»Und lachten wie alle andern über drei dumme Junggesellen?«
»Nein, ich lachte keineswegs. Ich hatte vielmehr vor, hierherzukommen und euch den Haushalt zu führen.«
»Können Sie melken?«
Hanna lachte. »Ob ich melken kann? Sollte ich das nicht können, wo ich doch auf einem Bauernhof in Uddarbo aufgewachsen bin?«
»Aber Sie wollen wohl gut bezahlt sein? In Amerika fordern die Leute ja hohe Löhne.«
»Ich bin zufrieden mit dem, was ihr mir bezahlen könnt. Das Geld ist mir nicht die Hauptsache. Das Dienen ist mir wichtiger als das Verdienen.«
»Sie sind ein ungewöhnliches Frauenzimmer.«
»Keineswegs. Alle Frauenzimmer sind ungewöhnlich. Bloß die Männer sind gewöhnlich.«
»Es gibt eine Ausnahme«, sagte Ragnarsson. »Oemark.«
Er erzählte die Geschichte von der Kuh und dem gepachteten Brachland. Er zeigte seine Handflächen, überzeugt, daß er ein teilnehmendes Wort zu hören bekäme.
Aber Hanna sagte bloß: »Es ist nicht zu früh, daß diese feinen Hände mit Sense und Rechen umzugehen lernen.«
»Sie würden wirklich gut zu Oemark passen. Er gibt auch solche Antworten.«
»Na, wo ist denn dieser Narr hingelaufen?« fragte Hanna. »Kommt, wir gehen ihn holen.«
Sie gingen alle drei hinaus, um nach Oemark zu suchen. Aber er war nirgends zu finden. Da gingen sie wieder in die Stube.
»Na, wie ist es nun?« fragte Hanna. »Kann ich morgen beginnen oder nicht? Ich will Bescheid haben.«
Angerd und Ragnarsson schauten einander an. Sie waren es nicht gewohnt, Entscheidungen zu fällen. Das pflegte Oemark zu tun — auf Grund eines Rechtes, das er sich selbst genommen hatte.
»Wir sind zwei gegen einen«, sagte Angerd. Ragnarsson nickte. »Sie sind angestellt«, sagte er.
»Gut, dann komme ich morgen um sieben Uhr.«
»Ja, dann werden wir wohl ... vielleicht ... bereits auf sein.«
»Ich komme, ob ihr aufgestanden seid oder nicht.«
Hanna ging.
Oemark kam spät heim.

»Wo bist du gewesen?«

Oemark antwortete nicht.

»Willst du nicht die Kuh melken?«

»Sie ist schon gemolken. Als ich vorhin in den Stall kam, stand die Milch in einem Eimer vor der Tür zum Abkühlen. In einem schönen neuen Eimer, der wegen der Fliegen mit einer Mora-Zeitung zugedeckt war. Wo dieser Eimer herkommt, weiß ich nicht. Jemand, der das versteht, soll mir bitte mal den Puls fühlen und nachschauen, ob ich recht gesehen habe. Vielleicht ist die Kuh gar nicht gemolken. Aber sagt mir zuerst« — Oemark sah unsicher und verlegen aus —, »war heute jemand in dieser Stube? Ich meine: jemand abgesehen von uns. Ein Mädchen mit braunen Augen und einem weißen Kleid?«

Angerd und Ragnarsson brachen in ein Gelächter aus.

»Ja, ihr habt gut lachen«, sagte Oemark. »Ich saß gestern in der Kanzlei und schrieb das Formular B für einen geisteskranken Mann, den zwei Angehörige führen mußten. Dieser Mann sah Gestalten, die wir nicht sehen, und beschrieb sie auch. Und, was noch schlimmer war, er hatte Angst vor ihnen. Da dachte ich: Wohl dem, der noch bei Verstand ist. Aber heute meinte ich selber, ein Gespenst zu sehen. Geht hinaus und überzeugt euch, wie es sich mit der Kuh verhält, und bringt den Eimer herein, wenn wirklich ein Eimer dort steht.«

Angerd ging und kam mit dem Eimer wieder herein. Unterdessen fühlte Ragnarsson Oemark den Puls.

»Zur Sicherheit«, sagte Oemark.

Allmählich erfuhr Oemark die ganze Wahrheit. Es mußte wirklich so sein, daß dieses Mädchen mit den braunen Augen und dem weißen Kleid, das im Chor gesungen hatte, von Amerika heimgekommen war. Hatte übrigens nicht Pastor Rönngård gesagt, sie sei von Uddarbo in Dalekarlien? Aber daß sie nun hierherkam! Das Mädchen, das er im Traum gesehen hatte. Um dessentwillen er mit Gott gekämpft hatte, um es zu vergessen... Vielleicht lag in dem allem ein höherer Sinn. Gottes unerforschliche Ratschlüsse. Was hatte es für einen Sinn, sich zu beunruhigen und gar davonzulaufen? Niemand kann Gott davonlaufen. Was geschehen muß, geschieht. Des Herrn Wille geschehe!

Oemark ging zeitig zu Bett. Aber als Hanna um sieben Uhr kam, war er schon draußen und mähte mit Angerd. Er überließ es Ragnarsson, die neue Haushälterin zu empfangen.

19

Der Hilfsprediger in Uddarbo, Gustaf Oemark, war nach dem ersten Frühstück, das Gabriels Hanna, die Haushälterin, bereitet hatte, unterwegs zu seiner Kanzlei. Er fühlte sich auf seltsame Weise aus dem Gleichgewicht geworfen. Es war so ungewohnt, eine fertige Mahlzeit vorzufinden, wenn man heimkam, auch an einem Tisch mit einem weißen Tischtuch zu sitzen — Hanna hatte allerlei neue Sitten mitgebracht —, bedient zu werden und vor allem so feines, gut gekochtes Essen zu bekommen. Aber es war etwas anderes, was Oemark aus dem Gleichgewicht gebracht hatte. Er versuchte herauszufinden, was es war. Er fühlte sich wie ein Mann, der plötzlich auf einen ihm wohlbekannten Platz herunterplumpst, sich aber nicht mehr zurechtfinden kann. Er mußte Klarheit haben, was es war. Seine Schritte wurden immer langsamer. Schließlich blieb er stehen und zog den Rock aus, denn der Tag war warm. Er fand seinen Zahnstocher und brachte seine Zähne in Ordnung, während er über das Land hinaussah, das nun seine Heimat geworden war. Er sah ein großes, breites Tal mit fruchtbaren Äckern und Wiesen und Grüppchen von grauen oder roten Häusern, wo die Dörfer lagen. Die Leute waren auf den Wiesen draußen und mähten und holten das Gras auf die Heureiter. Wie eine riesengroße Ringmauer erhoben sich rundherum die dunklen Berge, die sich im Norden in die blauen Fernen des Grenzgebirges verloren. Im Westen streckte der Finnfjäll seine kantige Silhouette wie ein paar Treppenstufen zum Himmel hinauf.

Oemark war in feierlicher Stimmung. Dort drüben lag die Kirche, klein und grau, mit ihrem Spielzeugturm. Auch der erhob sich zum Himmel. Oemark begann, ohne es zu merken, die ersten Worte aufzusagen, die er auf Griechisch gelernt hatte. Die ersten vierzehn Verse des Johannesevangeliums waren sein Glaubensbekenntnis geworden. Er konnte sie auswendig:

»En archā än ho logos ... Am Anfang war das Wort ... « Aber als er zum vierzehnten Vers kam, hielt er inne: »Kai ho logos sarx egéneto. Und das Wort ward Fleisch ... Ist das vielleicht ein gotteslästerlicher Gedanke?« fragte Oemark sich selbst. »Aber ich weiß wirklich nicht, ob ich das je so gut begriffen habe wie heute. Denn habe ich dieses Wunder nicht gerade vor meinen Augen gesehen? Ich sah in jener Kirche in Amerika einen Engel vom Himmel. Eine Heilige, ein Geistwesen, etwas, das nicht von dieser Welt war. Und ich sah sie gestern, als sie hereinkam und wir Kaffee tranken. Die Jungens behaupten, sie habe kein weißes Kleid angehabt, sondern sei grau angezogen gewesen. Grau angezogen! Zum Kukkuck! Ein Engel grau angezogen! Nein, weiß gekleidet war sie, wenn ich nicht von Sinnen gewesen bin.

Und heute! Das Wort ward Fleisch. Der Engel ist ein gewöhnlicher Mensch, der Kühe melkt und Haferbrei kocht und bei Tisch bedient und Geschirr spült und heute die Wäsche besorgen will und auch die Strümpfe waschen.

Nein, wahrhaftig, wenn ich das, was sie die Inkarnation nennen, früher nicht verstanden habe, so verstehe ich es jetzt. Lieber Herr Jesus, wie mußt du dich verwandelt haben, wenn Hanna sich so verwandeln konnte. Und dennoch warst du auf deine Weise ebenso schön in deiner Erniedrigung wie Hanna in der ihrigen.«

Oemark steckte den Zahnstocher in die Tasche. Lächelte einigen kleinen Kindern zu, die er auf dem Wege sah und die so schüchtern waren, daß sie die Augen zukniffen, ehe sie sich an ihm vorbeiwagten. Dann liefen sie so schnell davon, daß der Staub um sie wirbelte. Er beschleunigte seine Schritte. Nun war das Rätsel gelöst. Nun wußte er, was ihn umgetrieben hatte. Es war ihm schwergefallen, den singenden Engel, den Singschwan, Gottes kleine Lerche auf der Erde unterzubringen. Aber wenn Jesus seine göttliche Natur nicht verlor, obwohl er ein gewöhnlicher Mensch wurde, und an Gebärden als ein Mensch erfunden – welch prächtiges Wort –, so könnte es wohl auch mit Hanna so gehen.

Oemark langte in seiner Kanzlei an. Dort saß ein junger Bursche im Wartezimmer, der nach Amerika wollte, bevor er ins wehrpflichtige Alter kam. Draußen ging ein Mädchen unruhig auf und ab. Oemark füllte ein Abmeldeformular für das Ausland aus und gab dem jungen Mann die Adresse des Pfarrers in New York und des Missionspastors in Dalem.

»Richte Grüße von mir aus, dann werden sie dir sicher helfen.«

»Ich will aber nach Kanada«, sagte der Bursche.

»Bewahre die Adresse trotzdem auf! Niemand weiß, was dir passieren kann.«

Dann kam das Mädchen herein. Es war ein hochgewachsenes, kräftiges und recht schönes Mädchen. Sie hatte Sorgen. Oemark versuchte vergeblich dahinterzukommen, was für Sorgen das waren. Ein Formular für die Beilage B lag vom Samstag her noch auf dem Tisch. Oemark las es geistesabwesend, während das Mädchen drauflos redete: fehlgeschlagene Hoffnungen, unglückliche Liebe ... Er nahm seinen Zahnstocher hervor und fixierte das Mädchen, während es immer weiter plapperte. Plötzlich durchzuckte ihn der Gedanke: Die Arme ist nicht recht bei Verstand.

Komisches Land das, dachte er. Entweder reisen sie nach Amerika oder fahren ins Irrenhaus. Die Höfe veröden. Kann ein Volk sich selbst überleben? Überaltern, verbraucht werden? Er dachte an Amerika, wo alles so jung und neu schien, so überschäumend von Leben, im Gegensatz zu diesem schläfrigen Land. Natürlich war es nicht überall gleich. Nein, gottlob! Man denke bloß an ihn selber! Und an Ragnarsson und Angerd und Hanna ...

Das Mädchen plapperte und plapperte. Ihr Wortschwall war ohne Ende und ohne irgendwelche Ordnung.

»Wo wohnst du, Mädchen?«

Die Worte kamen so plötzlich, daß es einen Augenblick verstummte.

»Ich wohne bei Gott. Aber ich finde mein Bett nicht. Und ich bin doch so müde. Ich möchte schlafen.«

»Ich will dir das Bett suchen helfen«, sagte Oemark. »Komm, kleines Kind!«

Das Mädchen streckte ihm vertrauensvoll seine Hand entgegen, und Oemark ergriff sie. Sie war heiß und unruhig, wurde aber in der seinen auf einmal still und kühl. Er ging mit dem Mädchen an der Hand über den Hof, die Allee hinunter, auf die Landstraße. Er wußte nicht, wohin er gehen sollte. Gott muß mich leiten, dachte er. Das Mädchen ging an seiner Seite, schweigend und innerlich ruhig. Oemark fühlte plötzlich, daß *sie ihn* führte. Es war der Weg zu einem großen Bauernhof mit einem weißen, zweistöckigen Wohnhaus und einer Reihe roter Schuppen und Ställe, die miteinander ein Viereck bildeten. Es war niemand daheim. Alle waren draußen auf den Wiesen, ließen aber Sensen und Rechen ruhen, als sie den Pfarrer mit Elin an der Hand daherkommen sahen. Sie sahen, wie beide durch das Hoftor gingen. Ein paar Augenblicke standen die Leute auf den Wiesen schweigend da, als lauschten sie dem Geläut einer Feierabendglocke. Dann nahm der Bauer mit hartem Griff die Sense wieder zur Hand und fing zu mähen an. Rechen und Sensen setzten sich überall wieder in Bewegung, Knechte riefen, Wagen rasselten. Das Leben ging weiter.

Drinnen aber, auf dem kühlen Hofplatz, der im Schatten der Ställe und Schuppen lag, schritt das Mädchen wie eine Schlafwandlerin mit Oemark an der Hand voran. Sie stieg eine Treppe zu einem kleinen Nebengebäude hoch, in dem die Meistersleute im Sommer wohnten. Oemark öffnete ihr die Tür. Sie ging auf eine kleine Kammer zu, deren Tür bloß angelehnt war, eine Mädchenkammer mit weißen Möbeln und einer Kommode mit einem großen Spiegel und einigen Nippsachen, alles hübsch geordnet.

»Sieh, da ist dein Bett, Kleine. Lege dich nun hin und schlafe!«

Das Mädchen gehorchte. Mit einem Seufzer drehte sie sich gegen die Wand und schlief ein. Oemark breitete eine Wolldecke über sie und zog leise den Vorhang zu. Dann schlich er hinaus und schloß die Tür hinter sich.

Als er herauskam, begegnete er im Hoftor dem Bauern und seiner Frau.

»Wir waren wieder in Sorge wegen des Mädchens. Wir hatten nicht gemerkt, daß sie fortgelaufen war. Wie haben Sie Elin erwischt, Herr Pastor?«

»Sie kam zu mir in die Kanzlei. Was fehlt ihr?«

»Sie kann nicht schlafen. Niemand kann sie zum Schlafen bringen. Und keine Medizin hilft.«

»Jetzt schläft sie!«

»Schläft sie?«

Die Mutter wollte in das Nebengebäude gehen, um zu sehen, ob es wirklich wahr sei. Aber Oemark streckte warnend die Hand aus.

»Sie schläft«, sagte er. »Aber wie lange ist es her, daß sie keinen Schlaf mehr gefunden hat?«

»Ein halbes Jahr.«

»Und was habt Ihr für sie getan?«

»Wir sind zum Doktor gegangen. Er kommt einmal in der Woche in diese Gegend. Wir waren dort, und er gab uns ein Schlafmittel für sie, aber es hilft nichts.«

»Hat der Doktor sie nicht untersucht?«

»Nein, *ich* war dort und holte die Medizin«, sagte die Mutter.

»Seltsamer Doktor! Versteht Ihr«, sagte Oemark und lächelte bei diesen Worten über sich selbst, weil er den Eindruck hatte, er begreife selbst nichts mehr, »versteht Ihr, hier liegt ein Spezialfall vor, und Ihr müßt für sie einen Nervenarzt suchen. Das Mädchen ist ganz einfach geisteskrank.«

Die Frau nahm die Schürze vor das Gesicht und brach in heftiges Weinen aus. Der Mann aber sah aus, als ob er Lust hätte, mit der Sense auf den Pfarrer loszugehen.

»Können wir nicht hineingehen und darüber sprechen?«

»Wir gehen in die Winterstube«, sagte der Bauer.

Oemark beruhigte die arme Mutter, so gut er konnte. Er hatte das Formular B noch im Kopf und fragte die Eltern genau aus.

»Ist in der Familie früher schon eine Geisteskrankheit aufgetreten? Alkoholismus? Schwere Verbrechen? Vernachlässigte Erziehung?«

»Nein, so etwas hat es in der Familie bisher nie gegeben«, sagte der Bauer in beleidigtem Tone.

»Gut«, meinte Oemark. »Dann könnt Ihr die Sache bedeutend ruhiger nehmen. Trocknet Eure Tränen, Mütterchen, das Mädchen wird gesund werden. Wenn es seine Krankheit nicht ererbt hat, kann es sicher geheilt werden. Man hat ja so viel feine neue Methoden dafür in den Irrenhäusern.«

»Sie meinen doch nicht etwa, Herr Pastor«, unterbrach ihn der Bauer, »das Mädchen müsse in ein Irrenhaus?«

Oemark richtete seine Augen fest auf den Bauern. Er sah merkwürdig streng und gefaßt aus.

»Ich fange an zu glauben«, sagte er, »daß Ihr selber an der Krankheit Eures Kindes schuld seid.«

»Wie können Sie so etwas behaupten, Herr Pastor?«

»Sagt mir ehrlich«, fragte Oemark, »was plagt Euch am meisten: daß Euer Mädchen krank ist oder daß es im Kirchspiel vielleicht bekannt wird, daß Ihr es nach Säter[*] schicken mußtet?«

»Ja, das ist gewiß eine Schande«, murmelte die Frau.

»Das wird niemals geschehen«, sagte der Bauer.

»Das *wird* geschehen«, sagte Oemark, »und wenn ich selber mit ihr dorthin fahren muß. Aber eine Sünd und Schand ist es, daß Ihr die Sache so lange hinausgeschoben habt, ohne daß die Arme Hilfe bekam.

---

[*] Ort, an dem sich eine bekannte Nervenheilanstalt befindet.

Und ich kann nicht verstehen, daß ein Arzt Rezepte schreibt, bevor er den Patienten gesehen hat.«

»Er wollte sie schon sehen«, sagte die Mutter, »aber...«

»Ihr habt es nicht zugelassen.«

»Ich wagte es nicht.«

»Ihr habt es nicht gewagt, Eurem Kind zu helfen? Aber Ihr habt gewagt, zu riskieren, daß es unheilbar krank wird.«

»Man ist halt um seine Ehre besorgt«, versuchte der Bauer einzuwenden.

»Auf diese Ehre gebe ich nicht viel«, sagte Oemark. »Na, was soll nun werden?«

»Nichts soll werden. Säter aber auf keinen Fall. Das Mädchen schläft ja.«

»Ja, es schläft, weil es so übermüdet ist, daß es einfach nicht mehr kann. Wenn es aber wieder wach ist, beginnt die Geschichte von neuem. Aber ich will nun wissen: Werdet Ihr oder ich das Mädchen nach Säter begleiten?«

»Keiner von uns beiden.«

»Dann melde ich die Sache beim Staatlichen Gesundheitsamt.« Oemark wußte wirklich nicht, wie das hätte zugehen sollen und ob es überhaupt möglich war. Aber er folgte seiner Eingebung.

Der Bauer wurde nachdenklich. »Will wirklich der Herr Pastor selbst das Mädchen begleiten?«

»Gewiß will ich das.«

Der Bauer brachte mit Mühe die Worte hervor: »Es würde vielleicht etwas weniger beschämend aussehen, wenn der Pfarrer in eigener Person diese Mühe auf sich nähme.«

»Dann ist die Sache klar«, sagte Oemark. »Wir reisen morgen. Morgen ist Dienstag und keine Sprechstunde auf meiner Kanzlei. Ihr könnt uns zur Station fahren. Wir gehen ganz früh, wenn noch niemand auf ist, dann wird die Sache ein bißchen weniger beschämend.«

Der Bauer und seine Frau fühlten bestimmt die kleine Spitze in Oemarks Worten. Aber sie wirkten sichtlich erleichtert, als sie Oemark die Hand reichten und dankten. Die Frau sagte:

»Wir dürfen Sie wohl kaum zum Kaffee einladen?«

»Nichts wäre mir willkommener«, sagte Oemark. »Das könnten wir alle drei jetzt brauchen.«

Am nächsten Morgen war Oemark schon um fünf Uhr auf. Beim Rasieren und Ankleiden war er so leise, daß Angerd, der in der Küche schlief, nicht wach wurde. Er trank einen Becher Milch und steckte ein paar Butterbrote in die Tasche. Schrieb auf einen Zettel: »Bin den ganzen Tag fort. Und die halbe Nacht. Gustaf.«

Als er zum Thomas-Hof kam — so hieß der Hof, auf dem das kranke Mädchen wohnte —, war der Bauer eben dabei, das Pferd vor das Fuhrwerk zu spannen. Er war unausgeschlafen und mürrisch.

»Das ist ja alles gar nicht nötig. Das Mädchen hat die ganze Nacht geschlafen und ist ganz gesund.«

»Aber wie willst du sie wieder zum Schlafen bringen? Wie willst du das bewerkstelligen?«

Der Bauer schwieg. Aus der Sommerwohnung kam die Frau mit dem Mädchen an der Hand. Elin erkannte den Pfarrer sofort wieder. Oemark grüßte freundlich.

»Wir gehen heute fort und machen eine Reise miteinander, du und ich.«

Das Mädchen nickte. Sie stiegen auf den Wagen.

20

Die Gerüchte breiteten sich in Uddarbo nicht so schnell aus wie seinerzeit in Allerö. Sie wurden auch nicht so aufgebläht und übertrieben. Aber als Oemark am nächsten Sonntag predigte, waren viele hergekommen, die sonst nicht in die Kirche gingen, um einen Pfarrer zu sehen, der den reichsten und geizigsten Bauern im Kirchspiel dazu gebracht hatte, sein krankes Kind nach Säter zu schicken. Der Bauer und seine Frau saßen selbst dort, befreit von dem quälenden Gefühl, ständig über ihr armes einziges Kind wachen zu müssen.

Gabriels Hanna saß auf der Empore und sang. Niemand in Uddarbo hatte früher gewußt, daß Gabriels Hanna eine so bemerkenswerte Stimme hatte. In Uddarbo sangen ja alle Frauen, sangen auf der Weide, sangen beim Spinnrocken, sangen in der Kirche und in den Kapellen. Aber in Amerika hatte Pastor Rönngård sie aus dem Chor herausgenommen und gesagt: »Du kannst Solo singen.« Sie hatte von Amerika Hultmans Sonnenscheinlieder mitgebracht, und das waren Lieder, die den Menschen zu Herzen gingen. Oemark war so unmusikalisch wie ein Mensch nur sein kann. Er pflegte zu sagen, Musik sei für ihn nur ein mehr oder weniger angenehmer Lärm. Aber wenn Hanna sang, fand er, das sei ein sehr angenehmer Wohlklang. Nicht zu reden von den strahlenden fröhlichen Texten. Es verging kein Sonntag, ohne daß er sie bat, mindestens einen Hultman zu singen.

Sonst bat er sie selten um etwas. Er redete überhaupt ganz wenig mit ihr und fürchtete sich, mit ihr allein zu sein. Er überließ es Angerd und Ragnarsson, die Konversation zu bestreiten. Die waren beide von ihr begeistert und wetteiferten sichtlich um ihre Gunst, und Hanna sagte nicht nein, wenn sie ihr den Hof machten, besonders, wenn es galt, ihr zur Hand zu gehen. Sie brachte sie dazu, die große Stube und die kleine Kammer zu streichen und zu tapezieren. Sie ließ sich den Eisenherd beiseite schieben und einen eigenen Rauchabzug anbringen, so daß der offene Kamin und der Backofen wieder gebraucht werden konnten. Sie ließ den Flur gegen die Kälte abdichten und den Keller unter dem Boden wieder instandsetzen. Sie brachte von ihrem wohlversehenen elterlichen Hof, wo mehrere ledige Schwestern den alternden Eltern den Haushalt besorgten, alte Restenteppiche mit, die dann gewaschen und geflickt wurden. Sie nähte Vorhänge für die Fenster und beschaffte schöne Rollvorhänge für die Zeit des Winterdunkels. Sie wollte sogar eine Leitung hineinziehen und elektrisches Licht einrichten, aber da sagte Oemark nein.

»Bedenke«, sagte er, »daß ich keinen Tag weiß, wann ich hier fortgehen muß. Und Angerd und Ragnarsson werden gewiß bald heiraten. Mindestens der eine von ihnen.«

»Wen werden sie heiraten?« fragte Hanna mehr so im Vorbeigehen.

»Oh, das wird sich wohl bald herausstellen«, sagte Oemark.

Seltsam war, daß sie sowohl mit Angerd als auch mit Ragnarsson spaßen und scherzen konnte, aber nie mit Oemark. Sie hatte eine rasche Zunge, wie die Leute sie in Dalarna oft haben, und gab nicht selten flinke und schnippische Antworten. Oemark wand sich oft inwendig vor Schmerz. Wie ganz anders sie ist, als ich bei der ersten Begegnung geglaubt habe! Und wieder zitierte er sein griechisches Testament: »Kai ho logos sarx egéneto. Sie ist dennoch ganz Fleisch und Blut.«

Nein. Hanna scherzte nie mit Oemark. Mit ihm beratschlagte sie klug und sachlich alles über den kleinen Haushalt. Es ging nun auf den Herbst zu. Da sagte Hanna eines Tages:

»Was wollen wir im Winter mit der Kuh machen?«

»Wie meinst du das?«

»Mit einer einzigen Kuh können wir den Stall nicht warm bekommen. Wir müssen entweder noch eine Kuh haben oder ein Schwein, oder wir müssen halt einen Ofen hineintun.«

»Dann verschaffen wir uns ein Schwein«, sagte Oemark.

»Womit sollen wir das kaufen?« sagte Hanna.

»Hanna hat recht«, sagte Oemark. »Aber können wir es nicht auf Kredit kaufen und es dann mit einem Teil des Specks bezahlen, wenn wir es schlachten?«

»Das wird kaum gehen«, sagte Hanna.

»Aber es ging doch mit der Kuh. Die ist bis auf die letzte Öre bezahlt, und nun gehört sie uns.«

»Aber ihr könnt im Winter nicht mähen gehn«, sagte Hanna.

»Hanna hat recht«, sagte Oemark. »Wie gewöhnlich. Aber können wir die Kuh nicht auf die Bank bringen über den Winter?«

Hanna verstand sofort und lächelte. »Es gibt noch einen Ausweg«, sagte sie. »Wir können die Kuh zu mir heimnehmen, und ich kann sie morgens zu Hause melken, bevor ich hierhergehe, und am Abend, wenn ich heimkomme. Ich brauche vielleicht nicht mehr so lange hierzubleiben, wenn es Winter wird.«

»Hat Hanna vor, auch im Winter bei uns zu bleiben?« fragte Gustaf.

»Klar«, sagte Hanna, »ich bleibe, solange ihr mich braucht.«

»Wenn das aber auf Lebenszeit wäre?« sagte Gustaf.

»Es gibt schlimmere Gefängnisse auf Lebenszeit«, erwiderte Hanna.

Oemark schwieg. Er hatte oft an Hannas ruhige Antworten denken müssen, die einen stets entwaffneten. Eines Tages war er unter der Haustür mit ihr zusammengestoßen. Sie kam herein mit einer Schüssel Milch, und er stürmte im Lutherrock hinaus, um zu einer Beerdigung zu eilen. Im dunklen Hausgang prallten sie zusammen und bekamen beide die Hälfte des Inhalts der Schüssel auf die Kleider. Gustaf Oemark wollte etwas zur Entschuldigung sagen, als ihm Hanna ruhig mit dem Sprichwort zuvorkam: »Wer etwas hat, kann etwas verschütten.« Solche Augenblicke ließen ihn Hanna noch mehr bewundern.

Am Tag nach dem Gespräch über die Kuh sagte Oemark: »Ich wäre doch eher für das Schwein.«

»Das Schwein?« Hanna schaute verwundert auf. Dann fiel es ihr wieder ein.

»Freilich, das Schwein. Ja, natürlich hat der Hausherr zu befehlen. Ich bin hier bloß das Mädchen.«

»Schönes Mädchen!« dachte Oemark laut.

»Es wird immer so, wie du es willst!«

»Das war das erste Mal, daß er ›Du‹ zu mir sagte«, dachte Hanna.

Als die Frostnächte kamen, führte Hanna die Kuh nach Hause. Angerd und Ragnarsson waren im stillen froh, am Morgen eine Stunde länger schlafen zu können. Aber Oemark war zeitig auf wie bisher und hatte bereits den Kaffee gekocht, wenn Hanna kam. Gewöhnlich saßen sie dann am Küchentisch und tranken Kaffee beim Schein einiger Kienspäne im offenen Kamin, während Angerd und Ragnarsson ihren Kaffee im Bett bekamen. Die Tür zur kleinen Kammer stand dann offen, und die beiden Männer scherzten miteinander und mit Hanna. Wenn der Kaffee getrunken war, stieg Angerd in seinem Pyjama aus dem Bett, nahm seine Kleider und sein Rasierzeug und ging zu Ragnarsson hinein, wo in einem norwegischen Eisenkachelofen ein Feuer angefacht wurde, während die beiden ihre Morgentoilette machten. Oemark zündete dann die Petroleumlampe an, und Hanna begann das Frühstück vorzubereiten, während Oemark las oder schrieb.

Und der Winter kam. Es wurde Allerheiligen und Advent und Weihnacht. Oemark wollte seinen Weihnachtsbaum schlagen, aber er kam ohne einen heim.

»Wo hast du den Baum?« fragte Hanna. »Hast du keinen gefunden?«

»Natürlich fand ich einen«, sagte Oemark. »Ich fand sogar hundert, einen schöner als den anderen. Aber als ich den besten gefunden hatte, war der so schön, daß ich es nicht über mich brachte, ihn zu nehmen.«

»Dann werde ich einen umhauen«, sagte Hanna.

Sie band sich einen Schal um, nahm die Axt und ging hinaus.

»Er ist der stärkste Mann, den ich je gesehen habe«, dachte sie, »und dennoch zart wie ein Kind.« Sie erinnerte sich, wie sie einmal die Fliegenklappe genommen hatte, um eine Wespe totzuschlagen, die letzten

Sommer surrend an die Fensterscheibe gestoßen war. Oemark hatte sie am Arm gepackt, so hart, daß es schmerzte.

»Laß das arme Vieh leben! Es liebt das Leben genauso wie du und ich.«

Dann hatte er ein Trinkglas und ein Papier genommen, denn das Fenster konnte man nicht öffnen, hatte die Wespe in das Glas gefangen, das Papier darunter geschoben und die Wespe hinausgetragen, das Papier fest ans Glas gedrückt. Ins Freie gelangt, hatte er die Wespe auf dem Hof hinausgelassen. Die Wespe war zornig und hätte ihn beinahe gestochen, aber Oemark hatte da gestanden und gelächelt, als er sah, wie sich das kleine Ding schließlich von seinen Flügeln gen Himmel tragen ließ.

Nach jenem Tag sorgte Hanna dafür, daß an den Fenstern Scharniere und Riegel angebracht wurden.

»Ja, solche Menschen sind wir, er und ich«, dachte Hanna, als sie in Oemarks Spur durch den Schnee stapfte. Sie fand das Tännchen, das schönste von allen. Aber sie nahm es nicht, sondern stand nur eine Weile davor und schaute es an. Dann hieb sie in den Stamm eines anderen Tännchens.

Als sie heimkam, war Gustaf daran, einen Christbaumfuß zu schreinern. »Es war nicht dieses Tännchen«, sagte er.

»Nein«, sagte Hanna. »Ich habe es auch stehenlassen.«

Oemark warf ihr verstohlen einen dankbaren Blick zu, aber Hanna tat, als sähe sie ihn nicht.

In der Weihnachtszeit gab es so viele Feiertage, daß Ragnarsson und Angerd freimachten. Ragnarsson fuhr nach Falun zu seinen Eltern und Angerd zu seinem Schwager nach Karlstad.

»Das wird trostlos für dich, über Weihnachten hier einsam sitzen zu müssen und nur mich zur Gesellschaft zu haben«, sagte Hanna. »Ich habe mit Vater und Mutter besprochen, daß du zu uns kommen kannst. Wir haben unter dem Dach eine schöne Kammer.«

»Danke«, sagte Gustaf. »Auch die Seligkeit darf ein gewisses Maß nicht überschreiten.«

Hanna verkniff sich die Erwiderung, die ihr auf der Zunge lag.

Am Heiligen Abend zog Gustaf den Lutherrock an, legte das Werktagskleid und das Rasierzeug in seinen amerikanischen Lederkoffer und wanderte zum Gabrielshof. Er stellte den Koffer dort ab und setzte seinen Weg fort zum Pfarrhof.

Dem alten Pfarrer ging es immer schlechter. Er konnte kaum noch sprechen. Nur die kleine Pfarrfrau konnte die paar röchelnden Laute, die er mit Mühe hervorpreßte, noch verstehen. Einige von den Kindern waren heimgekommen, teils um Weihnachten zu feiern, teils um vom alten Vater Abschied zu nehmen, dessen Tage gezählt zu sein schienen.

Oemark begrüßte die Frau Pfarrer und ihre Gäste und bat dann, zum alten Pfarrer hinaufgehen zu dürfen. »Soll ich vielleicht mitkommen?« fragte die Frau Pfarrer.

»Das ist nicht nötig, wenn Sie nicht wollen«, sagte Oemark.

Sie sah, daß er das alte Abendmahlsgerät der Gemeinde mit dem Kelch in der Hand trug.

Es war schwül im großen Schlafzimmer unter dem Dach. Ein schwacher Widerschein von draußen, wo das Tageslicht langsam erstarb, lag über dem Raum. Leuchtete auf den altmodischen Tapeten und dem grünen Kachelofen. Im großen Doppelbett lag, oder besser gesagt, saß der Pfarrer, von Kissen umringt. In seinen Augen leuchtete es auf, als er seinen Hilfspfarrer erblickte.

»Ich bin gekommen, um Ihnen gute Weihnachten zu wünschen, Onkel«[*], sagte Oemark. »Und wenn Sie wünschen und mögen, werde ich Ihnen ein Weihnachtslied und das Weihnachtsevangelium vorlesen. Vielleicht verlangen Sie auch nach dem Abendmahl.«

Bei den letzten Worten faltete der Pfarrer die Hände und hob sie mit einer dankbaren Gebärde gegen Oemark. Der zog einen Stuhl ans Bett heran. Nahm die Agende, die Bibel und das Gesangbuch hervor. Stellte die Abendmahlsgeräte zurecht und zündete endlich auf dem Nachttisch eine Kerze an.

»Wenn einer jetzt singen könnte!« dachte Oemark, mußte sich aber damit begnügen, ein Lied vorzulesen. Er wählte das schöne Lied von Wallin: »Willkommen, schöne Morgenstund«. Als er zu den Schlußzeilen der zweitletzten Strophe gelangte, »daß Frieden unser Herz gewinne und den Himmel offen finde«, strömten dem alten Pfarrer die Tränen über die Wangen. Dann las Oemark die Weihnachtsepistel und das Weihnachtsevangelium. Hierauf ging er zum Sündenbekenntnis über: »Ich armer, sündiger Mensch...« Noch nie hatte er jemanden vor diesen ergreifenden Worten des Olavus Petri sein Haupt so demütig beugen sehen, wie nun der Pfarrer sein Haupt neigte. Oemark erhob sich, als

---

[*] So nennt man in Schweden alle älteren Männer, mit denen man irgendwie vertrauten Umgang pflegt. So nennen u. a. die Kinder alle Freunde der Familie, wenn sie auf Besuch kommen.

er die Worte der Absolution las. Nun war ein anderer mit im Zimmer. Oemark las die Einsetzungsworte des Abendmahls. Nachdem er dem alten Pfarrer das Abendmahl gereicht hatte, fiel er vor dem Bett auf die Knie und nahm selbst das Sakrament. Beim Segen legte er dem Pfarrer die Hände auf das Haupt. Dann kniete er erneut vor dem Bett nieder, nahm des Pfarrers rechte Hand und legte sie auf sein eigenes Haupt. Mit seinem sechsten Sinn verstand er, was die röchelnden Worte bedeuteten, die der alte Mann mit letzter Kraftanstrengung hervorpreßte. Ein solches Beben vor dem Heiligen hatte er nicht einmal bei seiner Ordination erlebt, als er beim Altar auf den Knien gelegen und der Bischof und seine Assistenten ihm die Hände aufs Haupt gelegt und das Vaterunser gebetet hatten. Das damals war eine Zeremonie gewesen. Dieses aber war des Geistes höchsteigene Stunde. Jetzt war er Pfarrer. Ja, jetzt erst war er recht eigentlich Pfarrer.

Er war kaum in den Gabrielshof zurückgekehrt und hatte es sich hinter dem gedeckten Kaffeetisch bequem gemacht, als er erneut in den Pfarrhof gerufen wurde.

Sobald er in das große Zimmer trat, verstand er alles. Alle saßen schweigend und still da. Die älteste Tochter hatte den Arm um die Mutter gelegt, die mit einem Taschentuch vor den Augen dasaß.

»Entschuldigen Sie, daß wir Sie noch einmal herbemühten«, sagte die Tochter leise. »Aber wir müssen beizeiten daran denken, unsere Anordnungen für das Begräbnis zu treffen. Vater ist gestorben. Haben Sie Dank, daß Sie noch zu ihm gekommen sind.«

21

Angerd und Ragnarsson waren zurückgekehrt. Der Winter war nun tatsächlich eingezogen. Oemark schaufelte Schnee bis hoch an die Hauswände hinauf, um in der schlecht heizbaren Stube die Wärme besser zu halten. Die Tage fingen langsam an, wieder etwas heller zu werden, und nach dem Epiphaniastag begann der Unterricht für die Konfirmanden.

Es war keine große Schar, die im alten Gemeindehaus in den Bänken saß, wo ein Eisenofen bald Kohlendunst verbreitete, bald eine einschläfernde Wärme aussandte.

Oemark hatte sich auf diese Unterweisung vorbereitet, indem er eine Menge jener Konfirmandenleitfäden mit nach Hause genommen hatte, mit deren Abfassung sich so viele Pfarrer selbstbewußt und mit der Pädagogik als Steckenpferd versucht haben. Aber je mehr er las, desto mehr verzweifelte er an der Möglichkeit, einen davon brauchen zu können. Er schlug sich schließlich die Lehrbücher aus dem Kopf und dachte: »Gelingt es mir, ihnen beizubringen, daß sie in der Bibel und im Gesangbuch etwas finden, und ihnen Luthers Kleinen Katechismus einzuprägen, so muß ich froh sein. Das aber schlug gut ein. Da er von Natur die Kinder sehr gern hatte und selbst im Grunde ein großes Kind war, wurde der Unterricht für ihn und die Kinder eine glückliche Zeit. Es zeigte sich auch, daß ihre Kenntnisse aufs Ganze gesehen größer waren, als man hätte glauben können und als Oemark selbst zu hoffen gewagt hatte.

Aber die Arbeit gedieh auch auf anderen Gebieten. Der Gemeindekirchenrat und die Kirchgemeindeversammlungen nahmen Zeit in Anspruch. Die Kirche sollte renoviert, eine neue Orgel angeschafft werden. Der Pfarrhof mußte vollständig renoviert werden, bevor ein neuer Pfarrer sein Amt antrat. Die Witwe sollte vom ersten Mai an noch ein Jahr im Hause wohnen dürfen; so hatte es das Domkapitel nicht eilig mit der Ausschreibung der Stelle.

Oemark war auch Präsident der Schulpflege und des Kinderfürsorgeamtes. Auf diesen beiden Gebieten kamen ständig neue Gesetze und Verordnungen heraus. Er hatte auch die Kirchenkasse und die Schulkasse zu verwalten. Je mehr er in die Arbeit hineinwuchs, desto mehr wuchs ihm die Arbeit über den Kopf. Er hatte früher nie geahnt, daß ein Pfarramt eine solche Bürde von Aufgaben mit sich bringt. Er dachte an seine relativ sorglosen Tage als Missionspastor auf Allerö. An die viele Zeit, die er dort den Hausbesuchen und der Seelsorge hatte widmen können.

Dazu kam, daß seine Kenntnisse nicht ausreichten. Besonders die Kassen bereiteten ihm Sorgen. Der alte Pfarrer hatte sie — seltsam genug — bis zuletzt mit Geschick und Sorgfalt verwaltet. Nun lastete die ganze Bürde plötzlich auf ihm, und er war ziemlich unvorbereitet. Er klagte Angerd und Ragnarsson seine Not. Die nahmen sich vor, ihm zu helfen. Angerd gab ihm einen richtigen Kurs in Buchhaltung, und Ragnarsson half ihm, Gesetzestexte zu lesen und zu interpretieren. Beide wunderten sich über Oemarks große Gelehrigkeit. Was er mit seinem klaren Verstand einmal begriffen hatte, das vergaß er nie mehr, denn er hatte ein gutes Gedächtnis. Bald besorgte er seine Buchführung und seine Kassen allein, und seine Rechenschaftsberichte an diverse Amtsstellen wurden nie beanstandet.

Die größte Sorge war das neue Kinderfürsorgegesetz. Das war dem alten Pfarrer völlig entgangen. Das Verzeichnis, das über außerehelich geborene Kinder hätte angelegt werden sollen, war nicht vorhanden. Es war keine Kinderaufsichtsbehörde bestellt, und die Mütter, die von den Vätern ihrer Kinder keine freiwillige Unterstützung erhielten – und das waren viele –, waren ohne jede Hilfe für den Unterhalt ihrer Kinder sich selbst überlassen. Es war nun Oemarks Sache, Ordnung in diese Verhältnisse zu bringen. Er setzte eine Aufsichtsbehörde ein, merkte jedoch bald, daß die wenig ausrichtete. Oft ergriffen deren Mitglieder einseitig Partei, und immer wenn ein junges Mädchen in der Kanzlei saß, wartete Oemark nur darauf, daß sie sagte, sie sei gekommen, um zu melden, daß »er die Alimente nicht bezahlen wolle«. So mußte Oemark selbst den säumigen Vätern zu Leibe rücken. Wenn diese freilich merkten, daß man hinter ihnen her war, fingen sie an, das Feld zu räumen. Solange sie aber innerhalb der Landesgrenzen blieben, entgingen sie Oemarks langem Arm nicht. Es kam vor, daß er selbst ab und zu lange Reisen unternahm und mit der schriftlichen Anerkennung der Vaterschaft und der Abmachung, einen Beitrag zum Unterhalt zu zahlen, nach Hause kam. Aber wenn es dann galt, das Geld herauszurücken, konnten oft selbst gutsituierte Bauernsöhne sich ein Zeugnis verschaffen, daß sie mittellos und ohne Arbeit seien, und dann standen die armen Mädchen wieder da. Viele Väter unehelicher Kinder, die etwas zu befürchten hatten, verschwanden nach Amerika. Oft waren sie noch nicht einmal im dienstpflichtigen Alter. Während der Jahre nach dem ersten Weltkrieg schien es eine Zeitlang, als wären alle alten Vorstellungen von Ehre, Moral und Verantwortungsgefühl im Schwinden begriffen. So kam Oemark eines Tages dazu, kein Blatt mehr vor den Mund zu nehmen, und hielt eine Predigt über diese Sache.

Die Idee kam ihm eines Abends, als die drei Junggesellen miteinander beim Kaffee und einer guten Zigarre saßen. Sie begannen, von verschiedenen Pfarrern und ihren Predigten zu sprechen.

»Mein Religionslehrer in Falun«, sagte Ragnarsson, »war ein lustiger Kerl. Tatsächlich waren seine Stunden die allerlustigsten. Als er einmal von den Pfarrern sprach, sagte er: ›Ein guter Pfarrer soll, wann immer und wo immer es sei, ohne Vorbereitung über welchen Text oder worüber sonst immer predigen können‹.«

Da kam Oemark auf eine Idee, behielt sie aber für sich: »Dann werde ich am Sonntag über die säumigen Väter predigen.«

Wenn Oemark eine Idee hatte, dann war er oft nicht mehr davon abzubringen. Der für diesen Passionssonntag vorgeschriebene Text war einer jener alten Berichte von der Austreibung unreiner Geister, der den Taufkandidaten, die an Ostern in die Gemeinde aufgenommen werden sollten, die Macht Jesu über die Dämonen vor Augen stellen sollte.

An jenem Sonntag war noch ein Begräbnis. Die Trauerfeier fand im Winter vor dem Hauptgottesdienst in der Kirche statt und wurde im Chor abgehalten, wo dann der Sarg während des Gottesdienstes stehenblieb, um erst nachher hinausgetragen zu werden. Die Leidtragenden und Beerdigungsgäste aus dem Dorfe — wer irgend konnte, war selbstredend dabei — füllten die vordersten Bänke, und es gehörte zur Sitte, daß niemand, der Trauer trug, sich erhob — weder bei der Textverlesung noch beim Glaubensbekenntnis, noch bei den Lobgesängen. Die Kirche war voller Leute, denn es war ein Vertrauensmann der Gemeinde, der verschieden war. Aber weder der Text noch die ernste Gemeinde, noch der Sarg im Chor konnten Oemark davon abhalten, heute das zu sagen, was zu sagen er sich vorgenommen hatte.

Er begann von der armen kanaanäischen Frau zu sprechen, deren Tochter schwer von einem bösen Geist geplagt wurde.

»Ich habe in dieser Gemeinde viele Mädchen getroffen, die auch schwer von bösen Geistern geplagt werden«, begann Oemark. »Und die bösen Geister, die sie plagen, sind die säumigen Väter ihrer unehelichen Kinder. Denkt euch selbst, wie es einem Mädchen zumute sein muß, wenn es mit einem Burschen geht und glaubt, er meine es ehrlich, wenn er sagt, er liebe es herzlich. Und dann werden Küsse und Zärtlichkeiten ausgetauscht, wird auf dem Tanzboden getanzt und in frühlingsfrischen Hainen gegurrt, und es werden zärtliche Briefe geschrieben, wenn man eine ganze Woche voneinander getrennt ist. Und dann gilt es, ein Stelldichein zu vereinbaren, voneinander zu scheiden und sich wieder zu treffen, sich zu treffen und wieder voneinander zu scheiden und sich wieder zu treffen. Bis das bezaubernde und bezauberte Mädchen kommt und seinem Burschen zuflüstert: ›Weißt du, daß wir ein Kind miteinander haben werden? Hast du daran gedacht, was wir nun tun sollen und wie wir unsere Verhältnisse gestalten wollen?‹ Aber jetzt wird der Jüngling nachdenklich und überlegt, wie er sich aus der Affäre ziehen könne. Und wenn das Mädchen das merkt, fängt es an, sich an ihn zu hängen. Ja, nun ist sie es, die sich an ihn hängt; vorher war es umgekehrt. Nun muß er erleben, wie es ist, wenn einem jemand nachläuft. Das ist vielleicht angenehm für ein Mädchen, aber weniger angenehm für einen Burschen, wenn die Dinge so liegen. Und dann verschwindet er auf irgendeine Weise. In die Wälder oder in das benachbarte Kirchspiel oder in die Stadt oder im schlimmsten Fall nach Amerika. Ich habe mit der Zeit gemerkt, daß die meisten Jungen, die aus diesem Kirchspiel nach Amerika flüchten, ein solches Kind haben, vor dem sie die Flucht ergreifen. Hasenfüße! Kuckucksväter! Ich will nur das eine sagen: Wenn ich ein Kind hätte, sei es in oder außer der Ehe, so wäre ich so stolz darauf, Vater zu sein, daß mich niemand von der trennen könnte, die meines Kindes Mutter geworden ist. Weshalb fürchten sie sich übrigens? Weshalb haben sie eigentlich Angst? Wegen der paar Kronen? Oder davor, sie könnten sich in einer Ehe binden müssen? Aber das schlimmste ist, wie es ab und zu ein leichtfertiges Mädchen gibt, das nicht ganz sicher weiß, wer der Vater seines Kindes ist, ebenso gibt es auch Burschen, die sind wie richtige Gemeindestiere, obwohl sie kaum mehr sind als halbwüchsige Kälber. Das muß aufhören. Die Kinderfrage muß in Ordnung gebracht werden. Ein Kind ist eine wichtige Sache, mit der man nicht einfach umgehen darf, wie es einem gerade paßt. Ein Kind darf man nicht bloß aus Schlamperei in die Welt setzen. Gott liebt die kleinen Kinder, und ihr könnt sicher sein, daß er auch ein Auge auf die Väter hat, ebenso wie auf die Mütter. Und man kann Gott nicht entfliehen, indem man in die Stadt zieht und sich in dem Ameisenhaufen verbirgt, der Stockholm heißt, oder indem man nach Amerika entweicht. Sich selbst entflieht man nie und noch weniger Gott.

Ein Kind hat ein Anrecht darauf, in geordneten Verhältnissen geboren zu werden. Es braucht ein Heim, eine Mutter und einen Vater, die zusammenleben, bis der Tod sie scheidet. Und man kann nicht mit dem ersten besten glücklich leben. Darum gilt es auch ein wenig an die Zukunft zu denken, bevor man hingeht und sich verheiratet.«

Nach dieser Predigt war es schwer, in eine richtige Begräbnisstimmung zu kommen. Die Leute waren begeistert oder verärgert, aber sogar auf dem Hof der Trauerfamilie, wo es zuerst Kaffee mit allen vierzehn Gebäcksorten gab und später ein Abendessen, bei dem noch bis tief in die Nacht hinein getrunken wurde, sprach man nur von Oemarks Predigt. Und in der Woche darauf verschwanden verschiedene Burschen aus dem Kirchspiel, unter ihnen auch der jüngste Sohn des Dorfgewaltigen, der an jenem Sonntag begraben worden war.

Mitunter geschah es indessen, daß es Oemark gelang, eine Unterschrift unter die Anerkennung der Vaterschaft und eine schriftliche Abmachung über den Unterhaltsbeitrag zu bekommen.

Aber eines Tages saß wieder ein Mädchen in der Kanzlei und weinte und sagte das Altgewohnte. »Er will nicht bezahlen.«

»Aber er hat doch unterschrieben«, sagte Oemark.

»Gewiß«, erwiderte das Mädchen.

»Dann wollen wir ihn unter Druck setzen«, sagte Oemark. Er stand auf und ging zum Schrank, in dem er die Kinderfürsorgeakten hatte.

»Warte einen Augenblick, ich will das Papier hervorholen, und dann gehst du damit zu dem Fürsorger.«

»Der unternimmt nichts, er ist mit dem Burschen verwandt.«

»Dann gehst du zum Landjäger.«

»Der ist verwandt mit mir und wagt nicht, sich mit den Eltern des Jungen zu überwerfen. Denn die sind reich, und wir sind arm.«

»Dann werde ich die Sache selber in die Hand nehmen.«

Oemark suchte, aber soviel er auch suchte, er konnte das Papier nicht finden. Da fiel ihm ein, was der Bischof in Västerås gesagt hatte: »Ein Pfarrer muß vor allem mit seinen Papieren sorgfältig umgehen.« Er hatte geglaubt, er habe das gelernt. Und Kinderfürsorgeakten hatte er stets gut aufbewahrt.

»Ich weiß, daß dieses Papier da sein muß«, sagte er. »Ich erinnere mich genau, daß er es unterschrieb und daß ich das bestätigte und in der Pfarrwohnung war und auch die Unterschrift der Frau Pfarrer bekam. So werde ich es gewiß wieder finden. Du kannst ruhig heimgehen, kleines Mädchen. Ich werde die Sache in Ordnung bringen.«

Am Nachmittag machte sich Oemark auf den Weg, um den Burschen aufzusuchen, um den es sich handelte. Auf dem Hof draußen traf er den Bauern.

»Worum handelt es sich?«
»Ich möchte deinen Jungen sprechen.«
»Welchen?«
»Natürlich, du hast ja mehrere. Es handelt sich um Karl.«
»Was willst du von ihm?«
»Es handelt sich um eine Sache zwischen ihm und mir.«
»Er ist nicht daheim.«
»Lüge nicht! Ich sah ihn in den Stall schleichen, als ich kam.«
»Handelt es sich um den Unterhaltsbeitrag für jenes Mädchen?«
»Darum geht es.«
»Er hat keine Mittel, mit denen er bezahlen könnte.«
»Natürlich, ich verstehe das. Und du hast auch keine Mittel, um ihm einen Lohn dafür zu geben, daß er den lieben langen Tag auf deinem Hof wie ein Knecht schuftet. Kein Wunder, daß sie sich ein wenig Freude stehlen, wenn sie so wenig bekommen, um sich welche zu kaufen. Aber jetzt gehst du den Burschen holen, oder ich gehe selbst.«
»*Ich* gehe nicht. Er ist mündig.«
»Ja, ich weiß es schon.«

Oemark fand den Jungen im Stall. Der Junge sah frech und zugleich ängstlich aus.

»Höre«, sagte Oemark, »ich habe ein Schriftstück bei mir, das du unterschreiben sollst.«
»Was für ein Schriftstück?«
»Ein Papier wegen des Unterhaltsbeitrags.«
»Um wen handelt es sich denn?«
»Das hätte ich mir eigentlich denken können«, sagte Oemark, »daß es mehrere sind. Aber die Sache kommt wohl mit der Zeit ans Licht. Doch jetzt wollen wir bloß eine Sache in Ordnung bringen. Es handelt sich um jene Erklärung, die du im letzten Herbst unterschrieben hast. Sie ist verschwunden. Nun muß ich auf einem neuen Schriftstück deine Unterschrift haben.«

Im Gesicht des Jungen blitzte etwas auf. Aber es war ein häßliches Licht, das ihm da plötzlich aus den Augen funkelte.

»Ich habe kein Papier unterschrieben«, sagte er.
»Was?« fragte Oemark.
»Erinnerst du dich nicht, daß du im letzten Herbst bei mir in der Kanzlei warst — ich habe den Tag notiert in Kolumne 14 im Kirchenbuch —

und unterschriftlich bestätigt hast, daß du der Vater von Haga Ellens Kind bist?«

»Nein, daran erinnere ich mich nicht.«

»Kannst du das durch einen Eid bekräftigen?«

»Das kann ich. Man kann nicht etwas eingestehen, was man nicht getan hat.«

Oemark stand eine Weile da und schaute den Burschen an. Dieser hielt ihm mit triumphierendem Blick stand. Das war kein kleiner Glücksfall, daß ein Aktenstück verschwand, das einen für viele Jahre zu einem verhaßten Unterhaltsbeitrag verpflichtet hätte.

»Nun, gut«, sagte Oemark. »Dann treffen wir uns vor Gericht.«

Der Bursche nahm das Wort auf, ohne mit den Augen zu zwinkern.

»Gut«, sagte er und griff wieder nach seiner Mistgabel.

Oemark ging in die Kanzlei zurück und schlug die entsprechende Seite im Kirchenbuch auf. Dort stand es: »Hat am 27. November 19... seine Vaterschaft gegenüber Haga Ellen Anderssons Tochter Ina Matilda, geb. den..., anerkannt.«

Es war seine eigene Handschrift, und er erinnerte sich an den Tag. Aber würde er selbst durch einen Eid bekräftigen können, daß der Bursche die Vaterschaftsanerkennung und die Abmachung wegen des Unterhalts unterschrieben hatte? Die Mutter des Kindes, Haga Ellen, hatte es bescheinigt, und er und die Frau Pfarrer hatten die Unterschriften beglaubigt. Sie würden alle zusammen vielleicht gezwungen werden, das durch einen Eid zu bekräftigen. Ellen hatte in dieser Sache sicher größere Gewißheit als er. Eine Mutter vergißt so etwas nicht.

Oemark ging zu dem Mädchen.

»Kannst du dich erinnern, ob du jenes Aktenstück unterschrieben hast, das auch Ris Karl Olsson unterschrieben hatte?«

»Gewiß kann ich das.«

»Könntest du das durch einen Eid bekräftigen?«

»Ja, bei Gott.«

Da erzählte Oemark, daß dieses Aktenstück verschwunden war. Das Mädchen bekam Angst.

»Dann werde ich also kein Geld von ihm bekommen?«

»Noch nicht. Wir müssen ihn halt vor Gericht verklagen. Wir werden schwören müssen. Und er hat das Recht, einen Gegeneid zu leisten.

Dann kommt es darauf an, wessen Eid der Richter mehr Gewißheit beimißt. Wir sind zwei gegen einen.«

»Aber du bist Pfarrer.«

»Darauf wird keine Rücksicht genommen. Vor dem Gesetz sind alle gleich. Das Recht des einen ist genauso groß wie das des andern.«

Langsam, wie die Gerichtsverfahren damals waren, wurde es Herbst, bis die Sache vor Gericht kam. Haga Ellen Andersson hatte durch einen Mittelsmann die Vorladung des Ris Karl Olsson verlangt zwecks Ausbezahlung des Unterhaltsbeitrages von dreißig Kronen im Monat für das Kind Ina Matilda von dem Tage an, da er vor dem Pfarrer seine Vaterschaft anerkannt hatte, d. h. vom 27. November des vergangenen Jahres an. Als Zeuge war in erster Linie der Hilfsprediger Gustaf Oemark aufgeboten.

Das Aufgebot zur Gerichtssitzung wurde auf der Anschlagtafel für öffentliche Bekanntmachungen angeheftet und den Parteien und Zeugen zur Kenntnis gegeben.

22

Uddarbo gehörte zum Gerichtsbezirk Skinnarbo. Bis zum Gerichtsgebäude beim Kirchplatz in der großen Gemeinde im Norden waren es zwei Meilen.

Der Gerichtstag kam. Oemark schlief unruhig in der Nacht. Um drei Uhr erwachte er. Um halb vier stand er auf, und um vier Uhr war er in seiner Kanzlei. Er hatte sich vorgenommen, noch jede Ecke seines Büros zu durchstöbern. Aber soviel er auch suchte, er fand kein Papier. Konnte der Bursche es möglicherweise gestohlen haben?

Oemark pflegte sonst nicht leicht jemanden zu verdächtigen, aber seine Erfahrungen mit den Menschen hatten ihn allmählich mißtrauisch gemacht. Schließlich kam ihm noch der Einfall, aus allen Schränken alle Schubladen herauszuziehen und noch einmal alle Papiere durchzublättern. Als er die zehnte Schublade herauszog, wirbelte ein

Papier auf den Boden. Mit zitternden Händen las er es auf. Es war das vermißte Aktenstück, das auf irgendeine Weise hinter und unter die Schublade geraten war.

Mit klopfendem Herzen las er das Schriftstück durch, verglich Datum und Namen mit dem Eintrag im Kirchenbuch. Alles stimmte. Aber als er das Schriftstück in seine Brieftasche gesteckt hatte, sank er über dem Schreibtisch zusammen. Alles um ihn war auf einmal dunkel.

Er erwachte, als das Telefon klingelte. Es war Angerd. »Wir fragen uns, wo du abgeblieben bist, und machen uns Sorgen deinetwegen. Hanna hat mit dem Frühstück gewartet, und draußen steht der Fuhrmann bereit.«

»Ich komme sofort. Nein, halt! Bitte den Fuhrmann, er soll mich abholen, so... geht es schneller. Ich gehe ihm entgegen und treffe ihn dann unterwegs.«

Hanna schaute Oemark forschend an, als er in die Küche trat. Er sah übernächtigt aus und war weiß im Gesicht. Aber er war bei bester Laune, und sein guter Appetit und das feine Essen gaben seinem Gesicht bald wieder die wohlbekannte rötliche Farbe. Er faltete die Hände und dankte Gott für das Essen.

»Vielen Dank, Hanna.«

»Bitte.«

Sie gab ihm ein kleines Paket. »Das ist Proviant«, sagte sie. »Beim Gericht muß man gewöhnlich warten.«

»Oh, ich gehe zum Pfarrhelfer Lundbergs, wenn ich Hunger bekomme. Du weißt, wie gastfreundlich sie sind.«

Der kleine Zweiräderkarren rollte munter dahin. Oemark sprach mal mit dem Fuhrmann, mal mit sich selber.

»Ein solcher Spitzbub!« murmelte er.

»Was sagten Sie?« fragte der Fuhrmann. »Meint der Herr Pastor mich oder das Pferd?«

»Keinen von beiden«, lachte Oemark. »Es gibt einen dritten Mann.«

»Und wer ist das?«

»Das werden wir noch sehen«, sagte Oemark.

Das Gericht hatte viele Fälle zu behandeln. Aber Oemark wagte nicht, das Gerichtsgebäude zu verlassen. Hannas Proviant kam ihm daher sehr gelegen, und er dankte ihr im stillen dafür. In einer andern Ecke des Vestibüls saß Haga Ellen mit ihrer Mutter. Auch sie aßen, was sie mitgebracht hatten. Draußen ging Ris Karl auf und ab und war übel gelaunt, weil es sich so lange hinauszog, bis diese Geschichte erledigt war.

Endlich wurde die Sache aufgerufen, und Ris Karl trat vor die Schranken der Richter. Pastor Oemark und Haga Ellen saßen in der Zeugenbank. Die vorliegenden Akten wurden verlesen, und der Richter wandte sich an den Angeklagten:

»Sind Sie der Vater eines Kindes, das Haga Ellen Andersson am 29. Oktober des vergangenen Jahres geboren hat?«

»Nein.«

»Sind Sie sicher?«

»Ja.«

»Wie kommt es dann aber, daß im Kirchenbuch über Sie aufgeschrieben steht, Sie hätten vor dem Pfarrer am 27. November des vergangenen Jahres Ihre Vaterschaft gegenüber Haga Ellens Kind anerkannt?«

»Diese Sache geht mich nichts an. Der Pfarrer mag seine Lügen selber verantworten...«

Der Richter klopfte mit dem Hammer auf den Tisch.

»Nehmen Sie Ihre Worte in acht vor Gericht!«

»Ich weiß, was ich sage«, entgegnete Ris Karl frech.

»Haben Sie in dieser Sache nicht einmal eine Erklärung abgegeben?«

»Nie.«

»Aber Pastor Oemark behauptet, Sie hätten ein solches Schriftstück unterschrieben.«

»Das habe ich nicht.«

»Hier steht also Behauptung gegen Behauptung. Einer von euch muß die Wahrheit sagen. Dann lügt also der andere. Glauben Sie, daß der Pfarrer lügt?«

»Das muß wohl der Fall sein. Er kann sich geirrt und mich mit einer anderen Person verwechselt haben. Es gibt noch andere, die Ris Karl heißen.«

Oemark saß da und dachte an einen anderen Augenblick vor einigen Jahren, als er ein Aktenstück verlegt hatte.

Noch bis zuallerletzt hatte er sich die Frage gestellt: Kann ich mich geirrt haben? Kann eine Verwechslung vorliegen? Es gab im Kirchspiel mehrere, die Ris Karl hießen. Er hatte sie in der vorigen Woche alle noch einmal in Gedanken durchgenommen. Er hatte ein über das andere Mal versucht, sich bis in alle Einzelheiten den Tag in Erinnerung zu rufen, an dem Ris Karl bei ihm auf der Kanzlei gewesen war. Aber es ging mit dieser Erinnerung wie mit allen Erinnerungen, die man etwas näher betrachten und auseinandernehmen will: Sie lösen sich auf, werden diffus und verschwommen. Hätte er das Papier nicht gefunden, so hätte er vielleicht nicht einmal gewagt, den Eid abzulegen. Ein Eid war eine ernste Sache. Nun ging es bloß noch darum, zu sehen, wie weit dieser Bursche zu gehen wagte, bis das Gewissen erwachte.

Der Richter setzte das Verhör fort. Sowohl der Ankläger als auch der Verteidiger konnten sich äußern. Der letztere stellte den Antrag, der Richter möge den Burschen nicht zur Ablegung eines Eides zwingen. Er gehöre zu einem alten ehrbaren Bauerngeschlecht, habe ein unbescholtenes Leben geführt, und es sei empörend – der Verteidiger richtete einen vorwurfsvollen Blick gegen die Zeugenbank –, daß irgendein beliebiges hergelaufenes Mädchen hingehen und einen unbescholtenen Mitbürger in Verdacht bringen dürfe und dabei sogar noch von der hochwürdigen Pfarrerschaft unterstützt werde. Oemark zwinkerte mit den Augen und lächelte über diese Worte.

»Das war das erste Mal, daß ich hochwürdig genannt wurde«, sagte er halblaut.

»Sind Sie also bereit«, sagte der Richter, nachdem der Ankläger und der Advokat ihre Reden beendet hatten, »eidlich zu bekräftigen, daß Sie keine Vaterschaftsanerkennung und keine Beitragsverpflichtung gegenüber Haga Ellens Kind Ina Matilda unterschrieben haben?«

»Ich bin bereit«, sagte Ris Karl.

Oemark saß da und fixierte Ris Karl mit gerunzelter Stirn.

»So also sieht ein verstockter Mensch aus«, sagte er laut.

»Ruhe im Gerichtssaal!« flüsterte ein Gendarm hinter ihm.

»Wir haben außer Ihnen auch noch Pastor Oemark als Zeugen anzuhören. Das Gesetz erlaubt, daß ein Pfarrer vom Eid befreit wird, mit Rücksicht darauf, daß er einen Amtseid abgelegt hat – soweit nicht die Prozeßparteien etwas dagegen einwenden. Hat Haga Ellen Andersson etwas dagegen einzuwenden, daß Pastor Oemark von der Ablegung des Eides befreit wird?«

Haga Ellen erhob sich und knickste.

»Nein, Herr Richter«, sagte sie.

»Hat der Angeklagte Ris Karl Olsson etwas dagegegen, daß Pastor Oemark von der Ablegung des Eides befreit wird?«

»Ja«, sagte Ris Karl, »er soll den Eid ablegen müssen, genau wie ich.«
»Ist Pastor Gustaf Oemark bereit, den Zeugeneid abzulegen?«
Oemark erhob sich
»Das ist nicht nötig, Herr Richter. Es braucht weder einen Zeugeneid noch einen Reinigungseid. Das Zeugnis habe ich hier.«
Er nahm die Brieftasche hervor und übergab dem nächsten Gerichtsdiener ein zusammengefaltetes Papier. Es war zufällig der Vater der Elin vom Thomashof, der es erhielt.
»Hier. Geben Sie es bitte an den Richter weiter.«
Oemark setzte sich wieder, nahm seinen Zahnstocher hervor und fixierte Ris Karl. Der Richter las das Schriftstück durch, schaute auf, blickte Ris Karl an und sagte kurz und barsch:
»Kommen Sie hierher!«
Ris Karl rührte sich nicht. Der Gendarm ging nach vorn und nahm Ris Karl am Arm. Dieser stieß den Polizisten zurück.
»Lassen Sie mich in Ruhe!«
»Hüten Sie sich vor Gewaltanwendung vor Gericht! Ein Gerichtssaal ist kein Tanzboden oder irgendein anderer Platz für eine Schlägerei. Kommen Sie hierher, Ris Karl, wenn Sie noch bei Verstand sind!«
Ris Karl ging langsam nach vorn zum Richter. Der Richter zeigte ihm das Schriftstück, während der Gendarm hinter seinem Rücken stand.
»Haben Sie das geschrieben?«
Er zeigte auf die beglaubigte Unterschrift.
Ris Karl schwieg.
»Antworten Sie, Mensch! Ja oder nein?« Der Richter hob die Stimme: *»Haben Sie das geschrieben?«*
Ein schwaches »Ja« war die Antwort.
Der Richter sprach mit betont leiser Stimme: »Pastor Oemark hat Sie davor bewahrt, einen Meineid zu begehen, junger Mann. Sie verstehen vielleicht nicht, was das bedeutet. Andernfalls hätten Sie es bald erfahren müssen. Wenn der Herr Pastor bereit ist, Ihnen die Hand zu geben, so gehen Sie zu ihm und danken Sie ihm dafür, daß er Sie daran gehindert hat, falsch zu schwören, und bitten Sie ihn um Verzeihung dafür, daß Sie vor Gericht seine Ehre in Frage stellen wollten.«
Oemark winkte ihm wie zum Willkommen mit der Hand.
»Hierher, Ris Karl!«
»Na«, sagte der Richter und versuchte, ein Lächeln zurückzuhalten.

»Gehen Sie zum Herrn Pastor, aber wir wollen hören, was Sie sagen!«

Ris Karl ging wie ein geprügelter Schulbub zu Oemark hin. Er ergriff dessen Hand.

»Danke — und Verzeihung!« sagte er.

Dann reichte er seine Hand unvermutet auch Haga Ellen.

»Ich bitte dich um Verzeihung«, sagte er. »Ich fange an zu verstehen, was ich getan habe.«

Nachdem der Richter mit dem Ankläger und den Gerichtsdienern noch ein paar Worte gewechselt hatte, schlug er mit dem Hammer auf den Tisch.

»Der Angeklagte ist geständig und hat alle Gerichtskosten zu übernehmen sowie an Haga Ellen vom 27. November des letzten Jahres an für das Kind den Unterhaltsbeitrag von 30 Kronen im Monat zu entrichten, entsprechend der Abmachung. Die Parteien und Zeugen mögen abtreten.«

Draußen im Vestibül traf Oemark Haga Ellens Mutter und beglückwünschte sie. Er wollte auch mit Haga Ellen sprechen und zu Ris Karl ein paar Worte sagen. Aber er sah keinen von beiden. Die Mutter wollte heimfahren, aber auch sie fand ihre Tochter nicht. Ein Verfahren nach dem anderen wurde aufgerufen, bis zum letzten. Die Gerichtsverhandlungen waren für heute abgeschlossen. Die Leute entfernten sich. Ebenso der Richter und die Gerichtsdiener, und der Hausmeister kam, um die Türen zu schließen.

»Wir suchen nach Haga Ellen«, sagte Pastor Oemark. »Und Ris Karl.«

»Ach so, die«, sagte der Hausmeister. »Nach denen können Sie lange suchen! Ellen fuhr gleich nach dem Prozeß mit Ris Karl weg in seinem Wagen. Als ich einmal ums Haus herumgehen mußte, überraschte ich sie zufällig, wie sie dastanden und sich umarmten.«

»Ja, ja«, meinte Oemark. »Gerade einen solchen Denkzettel hatte der Junge nötig.«

23

Die Pfarrstelle in Uddarbo war als frei erklärt und zur Bewerbung ausgeschrieben worden, und es gab im Kirchspiel nur eine Meinung: »Wir wollen Oemark als Gemeindepfarrer haben.« Oemark hörte wohl davon reden, schenkte der Sache aber wenig Glauben, bis ihn eines Tages eine Deputation des Gemeindekirchenrats und der Gemeindebehörden wegen dieser Sache aufsuchte.

Oemark dankte bewegt für die Freundlichkeit, sah sich aber genötigt zu erklären, es gebe für ihn keine gesetzliche Möglichkeit, vollamtlicher Gemeindepfarrer zu werden. Einmal war er noch zu kurze Zeit Pfarrer und konnte schon deshalb kaum in Betracht kommen, ferner – und das war entscheidend – war er von den akademischen Examina dispensiert worden und hatte damit wohl das Recht, im Kirchendienst eine Stelle zu suchen und zu versehen, aber er durfte nicht das Amt eines Gemeindepfarrers bekleiden.

»Aber wir können dich als vierten Probeprediger verlangen.«

»Auch das geht nicht. Dazu müßte ich zehn Dienstjahre haben.«

»Dann können wir uns an die Königliche Regierung wenden.«

»Das könnt ihr. Aber dann muß sich zuerst das Domkapitel zur Sache äußern, und das wird euern Vorschlag nie unterstützen. Die Sache ist durch einige juristische Vorentscheidungen belastet.«

Aber die Abgeordneten des Dorfes gaben nicht nach. Oemark willigte ein, daß sie ein Gesuch stellten, man möge Oemark das Recht verleihen, sich um die Stelle eines Gemeindepfarrers zu bewerben und sie zu bekleiden. Es wurde zwischen dem Gemeindekirchenrat und dem Domkapitel hin- und hergeschrieben. Es wurden Unterschriften für eine Petition an die Königliche Regierung gesammelt; dabei bestand das wichtigste Dokument in einem Fragebogen, den der Kontraktpropst, der alte, ehrenwerte Gemeindepfarrer von Skinnarbo, auszufüllen hatte.

Als die Sache vor das Domkapitel kam, erinnerte sich das ehrwürdige Kollegium sehr wohl an den originellen Pfarrkandidaten, über den übrigens im Bezirk so manche Legende umging. Es kam zu mancherlei Beifallsäußerungen, während die verschiedenen Schreiben verlesen wurden. Das letzte von allen Zeugnissen, das hervorgezogen wurde, war die Antwort des Propstes auf die zwölf Fragen. Der Propst pries Oemarks

Verdienste in allen Tonarten. Aber auf die letzte Frage, nach der Meinung des gelehrten Kollegiums die für einen Dispens wichtigste: »Hat er sich in seinen Studien noch vervollkommnet?«, hatte der Propst sich in bester Absicht an die Wahrheit gehalten und geschrieben: »In seinen Studien hat er sich nicht vervollkommnet, eher das Gegenteil.«

Der Lektor für klassische Sprachen rieb sich vergnügt seine Hände. »Endlich ein wahres Wort. Ecclesia salva est — die Kirche ist gerettet.«

Aber nun verlangte der Christentumslektor das Wort:

»Wie ist eigentlich dieses ›eher das Gegenteil‹ zu verstehen?«

»Das kann man nur auf *eine* Weise verstehen«, fauchte der Lektor für klassische Sprachen. »Der Dispens kann nicht bewilligt werden. Ich bin für Ablehnung des Gesuches.«

Der Dispens wurde — mit einer einzigen Stimme zu Oemarks Gunsten — abgelehnt. Diese Stimme kam vom Christentumslektor.

Das Gesuch ging weiter an die Königliche Regierung. Einflußreiche Männer des Dorfes taten, was nur getan werden konnte, um die Angelegenheit bei den betreffenden hohen Herren in Stockholm zu beschleunigen, damit Oemark sich noch rechtzeitig um die Stelle bewerben konnte. Drei Tage vor Ablauf der Anmeldefrist kam der Entscheid der Königlichen Regierung. Das Gesuch war abgelehnt. Oemark konnte nicht Gemeindepfarrer werden.

Oemark nahm den Ausgang der Sache viel sorgloser hin als die Gemeinde. Er bekam in den nächsten Tagen viel rührende »Kondolenzen«, wie er das nannte. Aber was ihn vielleicht am meisten ergriff, war, daß Elin vom Thomashof eines Tages mit einem länglichen Paket auf die Kanzlei kam. Sie war nach einem halben Jahr völlig geheilt von Säter zurückgekehrt. Nun kam sie, um ihrer Trauer darüber Ausdruck zu geben, daß der Herr Pastor nicht Gemeindepfarrer werden könne.

»Ich verstehe, daß der Herr Pastor uns verlassen wird«, sagte sie. »Da soll der Herr Pastor das da mitnehmen als Andenken an eine, die ihn nie vergessen kann.«

Sie wickelte das Paket aus und zeigte ihm eine schöne handgewebte Decke in den Gemeindefarben. »Ich habe sie in Säter gemacht«, sagte sie. »Will der Herr Pastor sie haben?«

»Liebe Elin, natürlich will ich!« Oemark ergriff gerührt die Hand des Mädchens. Er bekam leicht feuchte Augen. »Diese Decke soll mich begleiten, wohin auch immer ich fahre«, sagte er.

Das kleine Junggesellenkollegium hatte treu zusammengehalten. Aber wie es in dieser Welt halt geht, währte auch dieses Idyll nur kurze Zeit. Ende November bekam Oemark ganz unerwartet vom Domkapitel die Mitteilung, daß er ab 1. Januar des kommenden Jahres in Vassbäcken, einer kleinen Gemeinde im Norden, nahe der norwegischen Grenze, die nicht einmal eine Kirche, sondern nur eine Kapelle hatte, als Schulpfarrer seinen Dienst antreten solle. Für Uddarbo war zum ersten Januar die Abordnung eines neuen Vizepastors vorgesehen.

»Hätten sie nicht den Neuen nach Vassbäcken schicken können, damit du bis zum ersten Mai hättest hierbleiben können?« fragte Angerd.

»Die alten Herren im Domkapitel haben wohl ihre Absichten. Vielleicht haben sie jemanden, den sie in Uddarbo unterbringen wollen, und gelingt es ihm, sich mit den Leuten gut zu stellen, so wird er wohl gewählt, wenn er sich darum bewirbt.«

»Nein«, sagte Oemark aufrichtig. »Wohl weiß ich, daß gelehrte Leute kaum besser sind als ungelehrte, aber solche Schneckentänze traue ich dem Domkapitel doch nicht zu. Wenigstens dem Christentumslektor nicht. Übrigens, Jungs, ich habe gehört, er sei der einzige gewesen, der für mich gestimmt hat. Er ist aber auch ein vernünftiger Kerl.«

»Das klingt fast ein wenig großsprecherisch«, sagte Angerd.

»Das mag klingen, wie es will«, erwiderte Oemark. »Es ist so. Ich bin mir sicher, daß ich die kleine Pfarrei von Uddarbo gut als Gemeindepfarrer hätte versorgen können. Und das wußte er auch genau.«

»Hast du gehört, was der Propst in Skinnarbo über deine Studien geschrieben hat?« fragte Ragnarsson vorsichtig.

»Gewiß habe ich das gehört. Und das war auch ganz richtig. Ich hätte selbst nicht treffender antworten können.«

Die drei Kameraden lachten lauthals miteinander. Nur Hanna saß schweigend bei einer Küchenlampe mit Messingschirm und stopfte Strümpfe.

»Aber wie soll das nun weitergehen mit unserem kleinen Trio, um nicht zu sagen Quartett?« fragte Angerd.

»Ihr müßt wohl zusammenhalten, ihr, die ihr zurückbleibt.«

»Sofern du nicht Hanna mit dir nimmst«, sagte Ragnarsson.

»Sie ist nicht ein Gepäckstück, das man einfach so mitnimmt«, sagte Oemark.

Hanna sagte diesmal nichts.

In der Woche nach Weihnachten packte Oemark seine paar Habseligkeiten und ging im Kirchspiel umher, um seinen Gemeindegliedern Lebewohl zu sagen. Die Trauer in der Gemeinde war groß, als er am Sonntag nach Weihnachten, dem Tage der unschuldigen Kindlein, bei wildem Schneegestöber seine Abschiedspredigt hielt. Harte Gesichter, auf denen sich sonst selten eine Bewegung zeigte, schnitten Grimassen, um die Tränen zurückzuhalten. Am Schluß des Gottesdienstes kamen Vertreter des Gemeindekirchenrates, der Schulpflege, der Kinderfürsorgekommission, der Armenpflege und des Gemeinderates nach vorn.

»Meine Lieben«, sagte Oemark mitten in all diesen Ehrenbezeugungen, »wir sind doch nicht bei einer Beerdigung!«

»Doch«, hörte man eine Stimme von der Frauenseite her, »das ist schlimmer als eine Beerdigung, weil hier ein Lebender begraben wird.«

Lachen und Weinen gingen in der Kirche durcheinander. Oemark stand da wie ein Herzog inmitten seiner Getreuen, als die Vertrauensleute des Kirchspiels sich um ihn versammelten, um ihm Lebewohl zu sagen. Und dann kam die ganze Gemeinde nach vorn in den Chor. Alle, die in der Kirche waren, wollten ihrem geliebten Hirten noch einmal die Hand drücken. Die dürre, lederige Hand manch eines alten Mütterleins schloß sich hart um seine Finger.

»Du *darfst* nicht von uns gehen!«

Am Schluß weinte auch Oemark, aber im nächsten Augenblick lächelte er schon wieder durch die Tränen hindurch.

»Freunde«, rief er, und das waren seine letzten Worte als Pfarrer in Uddarbo, »Freunde, Brüder und Schwestern, Väter und Jünglinge, das ist der schwerste Tag, den ich bis jetzt erlebt habe und in Zukunft erleben werde, aber auch der fröhlichste. Wir werden nicht geschieden sein. Wir gehören für immer zusammen, denn die Liebe ist ewig. Alles andere vergeht. Habt Dank, und Gott segne euch alle, alle!«

DIE OKARINA IN VASSBÄCKEN

24

Die Reise nahm den ganzen Tag in Anspruch. Schon morgens um fünf Uhr hielt der Schlitten des Pfarr-Gutsverwalters vor der »Junggesellenherberge«, wie der Volksmund den Saroshof getauft hatte. Der Gutsverwalter kam herein mit einem alten, abgenutzten, aber noch brauchbaren Wolfspelz.

»Die Frau Pfarrer läßt grüßen und sagen, du, Oemark, könntest den da haben als Andenken an den Herrn Pfarrer.«

»Den werde ich brauchen können«, sagte Oemark. »Ich lasse grüßen und vielmals danken.«

Sie fuhren durch das Schneegestöber. »Wir werden schon hinkommen«, sagte Halvarsson. Das war tatsächlich das einzige, was er auf dem zwei Meilen langen Weg zur Bahnstation sagte, wo man übrigens rechtzeitig ankam. Oemark saß während der ganzen Reise schweigend da. In seinen schönen Pelz gepackt dachte er darüber nach, was wohl in dieser Welt noch alles auf ihn wartet und ob er vielleicht die glücklichste Zeit seines Lebens hinter sich habe. Da war der kleine Hof, in dem die drei Kameraden gewohnt hatten. Da war Hanna und das stille, kühle Glück, wissen zu dürfen, daß sie jeden Morgen kam, und wenn sie abends ging, am nächsten Morgen wiederkommen würde. Da waren die Gottesdienste in der Kirche, zu denen sich immer mehr Leute versammelten. Da war der Unterricht mit den Konfirmanden, waren die Arbeiten in der Kanzlei, waren die verschiedenen Sitzungen. Die »Ringkämpfe« mit den jungen Vätern unehelicher Kinder und stockkonservativen Bauern. Nein, er fuhr von etwas weg, worin er sich wohlgefühlt hatte. Fuhr weg von halb getaner Arbeit. Das Domkapitel in Ehren, aber die hätten ihm das Bleiben schon gönnen dürfen. Aber nun war es, wie es war. Nun sollte er alles verlassen. In Oemark stieg ein Gefühl auf wie in jener Nacht, als er bis zu den Hüften im Fluß stand und der Vater mit zertrümmertem Schädel irgendwo weiter unten lag. Damals ging etwas zu Ende. Aber alles nahm ein Ende. Alles, was angefangen hatte, würde auch einmal ein Ende nehmen. Das war ein Gesetz. Das Gesetz der Vergänglichkeit, das der Mensch immer wieder aufs neue erleben muß, bis er es zum letzten Male erleben würde, wenn die Zeit ein Ende nahm und nur noch die Ewigkeit bestehen blieb, wie sie immer bestanden hatte und immer bestehen würde.

Und die Ewigkeit, das war Gott selbst. Das war der Himmel, der die Erde umschließt, der Schwerpunkt jenseits aller anderen Schwerpunkte, die Willenskraft jenseits aller anderen Willenskräfte. Die Stärke des Stärksten. Die Weisheit des Weisesten. Das unergründlichste Geheimnis aller Geheimnisse. Im Anfang war das Wort! En archä än ho logos. In diesem Geheimnis wollte er selbst Ruhe finden. Wollte sich Ihm, dem Starken und Weisen anvertrauen. Ihm, der alles weiß, alles sieht und trotzdem alles liebt. Ich bin noch nie in Vassbäcken gewesen, dachte Oemark. Ich weiß keinen Deut von Vassbäcken. Aber Gott weiß alles. Er ist dort gewesen. Er ist jetzt dort. Ich fahre nicht von ihm weg. Ich fahre zu ihm. Leb wohl, Uddarbo! Ich fahre nach Vassbäcken.

Die Bahn war noch im Bau, und die Personenzüge fuhren nur bis Skinnarbo. Oemark mußte auf einen Zug mit Schotter warten, der die drei Meilen bis Ljamå fuhr. Das dauerte noch zwei Stunden. In diesen zwei Stunden machte er dem alten Propst einen Besuch. Im Pfarrhaus saß man gerade beim Frühstück, als er kam. Man lud ihn ein, Platz zu nehmen. Der Propst freute sich sehr, Oemark zu treffen.

Er war nahezu achtzig Jahre alt und fast blind, arbeitete aber noch mit voller Kraft. Seine um dreißig Jahre jüngere Frau ersetzte ihm die Augen und Hände. Die Liturgie und die Texte konnte der Propst auswendig. Trauungen, Taufen und Beerdigungen vollzog er, wie es Brauch ist, und er nahm am Zeitgeschehen Anteil. Das Radio war noch nicht bis nach Skinnarbo gekommen, aber die Frau Propst mußte ihm die Tageszeitungen vorlesen, die um sieben Uhr mit der Abendpost kamen.

»Ja, du hast also keinen Dispens bekommen. Aber gräme dich nicht deswegen. Man soll sich nicht in ein Idyll vergraben, wenn man noch jung ist.«

»Da habt Ihr den Nagel auf den Kopf getroffen, Onkel«, sagte Oemark.

»Ich wurde erst mit vierzig Jahren Gemeindepfarrer. Dann blieb ich vierzig Jahre hier, und nun bin ich fertig.«

Oemark wußte nicht, ob sich die letzten Worte auf das Amt oder auf das Frühstück bezogen. Jedenfalls erhob sich der Propst vom Tisch und warf die Serviette von sich, die zufällig in der Haferbreischüssel landete. Er dankte Gott und seiner Frau für das Essen* und ging mit sicheren Schritten wie ein Sehender in die Kanzlei, wo er gleich den Rendanten anrief. Das Gespräch war so lang, daß Oemark Zeit hatte, eine ganze Tagesration in sich hineinzustopfen. Die gastfreie Frau Propst freute sich über seinen Appetit und wollte ihm außerdem noch Proviant zustecken.

»Keine Sorge, Frau Propst, dafür hat Hanna gesorgt.«

»Wer ist Hanna?«

»Nach der Bibel war sie die Mutter Samuels. Aber die Hanna, die ich meine, ist ein Engel vom Himmel, der auf die Erde herabgestiegen ist und in der Gestalt eines Weibes Fleisch und Blut angenommen hat. Mit braunen Augen und ...«

»Wie alt ist sie?«

»Alt? Sie ist jung. Genauso jung wie ich. Vielleicht etwas älter. Wenigstens an Verstand. — In dieser Beziehung sogar sehr viel.«

»Die also hat einer Menge Junggesellen den Haushalt geführt?«

»Gewiß. — Wieviel Junggesellen hat man denn bei euch in Skinnarbo gezählt?«

Es dauerte eine Weile, bis die Frau Propst die kleine Spitze in Oemarks Frage verstand. Aber plötzlich brach sie in ein fröhliches Lachen aus. In das fröhliche Lachen einer lebenshungrigen Frau.

»Ja, Gustaf — wir sagen doch einander Gustaf und Hildegard —, ja, Gustaf? Sie ahnen ja gar nicht, was alles über Sie geschwatzt wird und was Sie in Uddarbo alles angestellt haben sollen. Mir ist klar, daß nicht der zehnte Teil davon wahr ist. Das von der Kuh und so weiter.«

»Von der Kuh? Natürlich ist das wahr. Alles zusammen ist wahr.«

»Auch daß Gustaf schlaflose Mädchen dadurch zum Schlafen bringen kann, daß er sie wie brave kleine Kinder an der Hand heimführt und unter die Decke steckt?«

»Ist wahr! Wie das Amen in der Kirche.«

»Und daß Sie in einer Leichenrede von Hasenfüßen und Kuckucksvätern und Gemeindestieren geredet haben?«

---

* Nach schwedischer Sitte verneigt man sich nach dem Dankgebet noch gegen die Hausfrau und sagt: »Tack för mat — Danke für das Essen.«

»Eine Leichenrede war es gerade nicht, sondern ein gewöhnlicher Gottesdienst. Ich konnte ja nichts dafür, daß ein Sarg in der Kirche stand. Ich bin dazu angestellt, Gottes Wort zu predigen.«

»Ist das Gottes Wort?«

»Recht verstanden, ja. Auch Jesus hat von Dreck und Auswurf gesprochen, und so etwas gibt es in unserer Zeit in Uddarbo ebenso wie zur Zeit Jesu in Palästina.«

»Wissen Sie, Gustaf, ich habe nie einen Pfarrer getroffen, der so sehr meinem Mann geglichen hätte, als er noch jung war. Er war auch so wie Gustaf, so..., wie soll ich bloß sagen...«

»So grobzüngig.« Oemark fiel etwas ein, und er holte seinen Zahnstocher hervor.

»Den auch noch!« Die Frau Propst schrie fast vor Lachen.

»Wen?« fragte Oemark verwundert.

»Den Zahnstocher!« lachte die Frau Propst. »Oh, so etwas Lustiges habe ich schon lange nicht mehr erlebt.«

Oemark steckte seinen Zahnstocher beschämt wieder in die Tasche. »Das hier ist gewiß das erste richtig gebildete Frauenzimmer, mit dem ich in Kontakt gekommen bin«, dachte er. Und sagte dann:

»Vielleicht danken wir Gott für das Essen.« Er erhob sich und betete laut das Dankgebet.

»Danke für die gute Mahlzeit«, sagte er dann. »Ich hoffe, es ist nicht das letzte Mal, daß ich hierher zum Essen kommen durfte.«

»Gustaf ist uns jederzeit willkommen.«

25

Der Schotterzug kam endlich in Ljamå an. Der kurze Tag war bereits in Dämmerung übergegangen. Ein Schlitten von Vassbäcken hatte mehrere Stunden gewartet. Es war vier Meilen bis zur norwegischen Grenze, und die Kapelle von Vassbäcken lag eine halbe Meile von der Grenze entfernt. In einer Baracke, in der grobschlächtige Bahnarbeiter, die aussahen wie Riesen der Urzeit, unter einer rauchenden Petroleumlampe Karten spielten, bekam Oemark eine Tasse Kaffee. Ein schlampig gekleidetes Mädchen, das wie ein verschüchtertes Kind aussah, stellte eine Blechtasse heißen Kaffee mit Zucker und Rahm auf einen schmuddeligen Tisch und warf ein paar Stücke Zwieback dazu.

»Das kostet?« fragte Oemark.

»Fünfzig«, sagte das Mädchen mit tonloser Stimme, eine Hand in die Hüfte gestemmt. Oemark legte in die andere Hand des Mädchens eine Krone.

»Behalte die Krone.«

»Die sieht nicht froh aus«, dachte Oemark laut und machte sich an seinen Kaffee. Die Kartenspieler hörten ihn nicht. Wohl aber das Mädchen. Sie stand da, um Geschirr zu spülen, warf aber ab und zu einen Blick auf ihn. Es ist, als suchte sie Hilfe, dachte Oemark.

Als Oemark seinen Kaffee getrunken hatte, ging er zu dem Mädchen.

»Wie heißen Sie, Fräulein?« fragte er.

»Wie?«

»Ich finde es nett zu wissen, wie das Mädchen heißt, das so guten Kaffee kocht.«

»Es freut mich, daß er Ihnen geschmeckt hat.«

»Na, Sie können sich also doch über etwas freuen, obwohl Sie so traurig aussehen.«

»Oh, hier gibt es keinen Grund zur Freude.«

»Wenn Sie mir nicht sagen wollen, wie Sie heißen, können Sie wenigstens erzählen, wo Sie her sind.«

»Ich heiße Inger Höjen und bin von Vassbäcken.«

»Höjen, ist das ein norwegischer Name?«

»Genau so ist es, meine Eltern waren Norweger.«

»Und Sie sind von Vassbäcken. Gerade dort muß ich hin.«

»Jetzt versteh ich, dann sind Sie vielleicht der neue Schulpfarrer?«
»Ja.«
Die Männer hatten ihr Kartenspiel beendet. Bei den letzten Worten erhob sich der Gröbste von ihnen, ein Kerl mit struppigem schwarzem Bart und weißen Zähnen, die wie das gierige Gebiß eines wilden Tieres blitzten.
»Worüber schwätzt du mit unserem Mädchen?«
»Ich glaube nicht, daß sie euer Mädchen ist. Und übrigens schadet es ihr auch dann nichts, wenn man mit ihr redet.«
»Sie *ist* unser Mädchen. Und wenn sie's noch nicht ist, so kann sie es werden. Wir sind schon vier Freier. Wir wollen nicht noch einen haben. Mach, daß du fortkommst!«
»Ich gehe, wann *ich* will.«
»Versuch's ...«
Oemark hatte gar keine Zeit, sich klar zu machen, was passierte. Aber der Schlag, der ihn hätte treffen sollen, sauste auf den Kopf des Mädchens. Inger Höjen hatte geahnt, was geschehen würde, und hatte sich mit einem Sprung, der einem Panther Ehre gemacht hätte, zwischen den Arbeiter und sein Opfer geworfen. Er hörte, wie das Mädchen stöhnend zu Boden fiel.

Jetzt erhoben sich die drei anderen Arbeiter.
»Langer Olle, beruhige dich! Du suchst unnötig Streit. Der Kerl da ist Pfarrer. Ein Pfarrer hat das Recht, mit jedermann zu sprechen.«
Die breite Brust von Lang Olle schnaubte wie ein Blasebalg. Er starrte Oemark an.
»Ist es wahr, daß du Pfarrer bist?«
»Ja.«
»Ist das wahr, daß du nach Vassbäcken mußt?«
»Ja.«
»Wir hatten Angst, daß du gekommen bist, um uns das Mädchen wegzunehmen.«
»Angst hattet ihr? Dazu habt ihr auch allen Grund. Ihr seid auf dem besten Wege, einen Menschen an Leib und Seele zu verderben. Wie alt ist das Mädchen?«
Niemand antwortete.
»Ich glaube, sie ist kaum sechzehn.«
»Das geht dich nichts an.«
»Nein, aber das könnte euch etwas angehen.«

»Wir haben sie angestellt.«

»Ja, das mag sein. Aber es gibt Gesetz und Recht in diesem Lande. Es gibt Gesetze über minderjährige Arbeitskräfte, und es gibt ein neues Kinderfürsorgegesetz. Wißt ihr, was mit dem geschehen kann, der unangemeldet eine minderjährige Arbeitskraft im Dienst hat oder ein Mädchen berührt, das noch nicht sechzehn ist? Dieses Mädchen muß heim.«

Da schrie Inger, die wimmernd am Boden saß und ihr Gesicht mit den Händen bedeckte:

»Ich will nicht nach Hause, ich darf nicht nach Hause.«

Oemark beugte sich zu ihr nieder, faßte sie unter ihre Arme und stellte sie auf die Beine.

»Du mußt nach Hause. Heute abend noch kommst du mit mir.«

»Was sagst du? ...«

Oemark schaute den langen Olle an und streckte den Arm nach ihm aus. Der rothaarige, kraftvolle Pfarrer war in dieser Stunde seiner Sache sicher.

»Ich bin Pfarrer in Vassbäcken«, sagte er. »Dieses Mädchen gehört bestimmt zu meiner Gemeinde. Ich bin für sie verantwortlich, verantwortlich vor Gott und Menschen.«

»Du kommst nicht lebend hier heraus, wenn du versuchst, uns die Kleine wegzunehmen.«

»Das ist einerlei, ob ich lebend hier herauskomme oder nicht. Aber das Mädchen muß fort von hier, bevor ihr sie verderbt und sie im Irrenhaus landet. Ich weiß, wie das in solchen Fällen geht.«

Das Wort »Irrenhaus« schien auf die Arbeiter eine erschreckende Wirkung auszuüben. Oemark wußte nicht, wer ihm dieses Wort in den Mund gelegt hatte. Vor wenigen Wochen hatten sie nämlich einen Kameraden mit Eisenketten und Hängeschlössern binden müssen, aber es war ihm trotzdem gelungen, sich von den Ketten freizumachen. Schließlich hatten sie ihn zum Abtransport in die Irrenanstalt Säter in einen geschlossenen Güterwagen sperren müssen.

Oemark schob das Mädchen in den Verschlag hinter dem Herd.

»So«, sagte er, »packe nun deine Kleider und was du sonst noch hast zusammen, sonst nehme ich die Sachen.«

Das Mädchen gehorchte, seltsam genug. Auch sie hatte das Wort »Irrenhaus« gehört, und die entsetzliche Erinnerung an die Menschenjagd, als die Arbeiter mit spitzen und scharfen Gabeln den Verrückten in den Güterwagen hineingejagt hatten, ließ sie oft ganze entsetzliche Nächte lang nicht schlafen.

Das Mädchen hatte elende, dünne Kleider. Oemark wickelte sie in seinen Wolfspelz und bettete sie ins Heu des Schlittens. Auch er selbst kroch hinein, so gut er konnte. Der Fuhrmann, ein hagerer Bergler mit lang herabhängendem Schnurrbart und einem unverkennbaren Schnapsgeruch um sich herum, saß ganz vorn im Schlitten; er hatte nichts anderes an als eine Lederweste und auf dem Kopf einen verbeulten Hut. Er trug keine Handschuhe, obwohl es beißend kalt war.

Das Schneetreiben hatte aufgehört. Wie spitze Nadeln stachen die Sterne hervor. Ein Nordlichtbogen löste sich auf in luftige Flammen, die lautlos über das Himmelsgewölbe gegen den Zenit jagten, wo sie erloschen. Das sah aus wie ein eiskaltes Feuer unter der großen schwarzen Riesenglocke des Himmels. Oemark fror. Vielleicht würde es besser, wenn er etwas äß. Er suchte nach Hannas Proviantpaket. Er nahm eine Doppelscheibe Butterbrot heraus und streckte es dem Mädchen im Wolfspelz entgegen.

»Da hast du ein Butterbrot, Inger.«

Es kam keine Antwort. »Sie schläft gewiß, die Arme«, dachte Oemark. Da hörte er ein wimmerndes Weinen.

»Was ist mit dir, Kleine? Weinst du?«

»Ich will zurück. Ich darf nicht heimkommen.«

»Du brauchst nicht nach Hause zu gehen. Du kannst mit mir ins Pfarrhaus kommen. Ich brauche dort ein Mädchen.«

Das Mädchen setzte sich hastig auf.

»Wie flink sie ist«, dachte Oemark.

»Laß mich zurückgehen. Ich passe nicht in ein Pfarrhaus. Du weißt nicht, was sie mit mir zu machen versuchten.«

»O doch, das weiß ich sehr wohl. Aber ich werde dir nichts Böses tun. Vor mir brauchst du keine Angst zu haben.«

»Habe ich auch nicht. Aber ich kann nicht ins Pfarrhaus kommen. Was werden die Leute sagen?«

»Ich kümmere mich nicht darum, was die Leute sagen«, antwortete Oemark. »Ich kümmere mich nur darum, was Gott sagt. Und er sagte zu mir in dem Augenblick, als ich dich bei den Arbeitern zu sehen bekam: ›Nimm dieses Mädchen mit dir nach Vassbäcken!‹ Und du siehst, daß es genau so gekommen ist, wie er gesagt hat.«

»Ich glaubte, der lange Olle würde dich totschlagen.«
»Das glaubte ich auch. Aber einmal muß man ja sterben. So, iß nun dein Butterbrot, und dann schlafe! Wir haben es noch weit.«
»Es sind noch drei Meilen«, sagte das Mädchen. »Wir sind jetzt bei Lyckmyra.«
»Lyckmyra, was ist das?«
»Das ist eine Sennhütte der Bauern von Ljamå.«
»Das ist ein glückverheißender Name, ein gutes Omen.«
»Omen, was ist das?«
»Das weiß ich nicht. Aber man sagt so, wenn etwas gut auszugehen scheint.«
»Das ist ein schönes Wort. Das klingt fast wie Amen. Es war ein gutes Omen, daß du heute zum Kaffee gekommen bist. Ich hatte fast ins Wasser gehen wollen. – Ich hielt es nicht mehr länger aus mit den Männern, und nachts wach zu liegen und an den Irren denken zu müssen. Ich komme nicht los von ihm. Er verfolgt mich in den Nächten mit Ketten und Heugabeln. Er war der schlimmste von ihnen allen.«
»Erzähle mir von ihm, und du wirst sehen, daß du ihn dann los wirst.«
Das Mädchen erzählte. Oemark bekam die ganze Geschichte zu hören. Vom Verrückten und noch von vielem anderen. Das Mädchen berichtete vertrauensvoll alles, was es bei den Bahnarbeitern mitgemacht hatte. Als sie zu Ende war, wickelte sie das Papier des kleinen Butterbrotpakets auf und begann zu essen.
»Willst du noch ein Butterbrot?«
»Ja, gern, wenn ich darf.«
Das Mädchen aß, während der leichte Schlitten zwischen hohen Schneewällen dahinschaukelte. Das Nordlicht flammte weiter auf. Dann erstarb es. Die Sterne leuchteten wie große flaumige Kugeln in der Luft, die plötzlich dunstig und grau geworden war.
»Hier hat es immer Nebel«, sagte das Mädchen. »Wir sind in der Nähe des Hundsbachs. Das ist der erste Gruß von zu Hause. Der entspringt am Hundfjäll (Hundsberg), und wenn wir den sehen, sind wir daheim.«
Beim Gedanken an zu Hause begann sie wieder zu weinen. Aber allmählich verstummte das Weinen, und Oemark hörte, daß sie schlief. Er beugte sich sachte über sie. Im Licht der Sternkugeln sah er das schlafende Angesicht mit gefrorenen glitzernden Tränen in den Augen-

winkeln. »Sie ist ja noch ein reines Kind«, dachte Oemark und zog den Wolfspelzkragen dichter über sie.

Er selbst konnte nicht einschlafen. Er wagte es nicht wegen der Kälte. Wenn ich einschlafe, kann ich erfrieren, dachte er. Er hatte dünne Lederhandschuhe an den Händen und Galoschen an den Füßen. Der abgetragene Überzieher gab wenig Wärme. Mich wundert es nicht, daß die Männer zum Branntwein Zuflucht nehmen, dachte Oemark, als er den Fuhrmann immer wieder eine Pulle unter seiner Lederjacke hervorziehen sah. Allmählich tat der Branntwein seine Wirkung. Der Mann wurde angeheitert und fing an zu singen. Es war ein norwegisches Lied:

Ola Glomstüen war ein flotter Bursch, flotter Bursch.
Doch Inger Oesteräs ließ ihn warten, ließ ihn warten.

Es war ein Lied mit vielen Versen, und es nahm ein sehr trauriges Ende, so daß der Mann schluchzte und weinte. Den letzten Vers sang er wieder und wieder, viele Male:

Inger Oesteräs ward eines andern Braut, andern Braut,
und Ola Glomstüen ging ins Wasser, ging ins Wasser.

War es der Wildbach, der die Menschen hier oben singen lehrte? Oemark lag da und horchte auf das ewige Brausen irgendwo im Wald. Keine Kälte konnte diesen der Erde eigenen Puls aufhalten, der unter seiner Hülle von Schnee und Eis weiter toste. Stellenweise brauste der Wildbach so nahe an der Straße vorbei, daß Oemark das schwarze Wasser sehen konnte, das gegen den weißen Schnee abstach. Stunde um Stunde glitt der Schlitten dahin, brauste der Bach, sang der Fuhrmann und fror Oemark. Inger Höjen schlief. Ihr Atem stieg als ein kleiner weißer Dampf aus dem reifbedeckten Pelzkragen auf.

26

Als der späte Vollmond sich gegen Mitternacht über den Waldrand im Osten erhob, sah Oemark vor sich ein langes Tal mit einem kleinen eingeschneiten Kirchturm und einigen Höfen, alles unter gewaltigen Schneemassen begraben. Im Norden erhob sich etwas, das aussah wie ein gewaltiger, weiß glitzernder Nordlichtbogen.

»Was in aller Welt ist das dort?« rief Oemark dem Fuhrmann zu.

»Das ist der Hundfjäll«, antwortete der Bauer.

Obwohl Oemark aus Norrland stammte, hatte er noch nie einen höheren Berg gesehen. Das Mädchen hatte sich aufgesetzt.

»Ja, das ist der Hundfjäll. Wir sind daheim.«

Der Schlitten fuhr bis zur Kirche. Dort bog er nach Süden in einen frisch gepfadeten Weg ein.

»Meine Frau ist heute hier gewesen und hat Feuer gemacht«, sagte der Fuhrmann. »Der Schlüssel steckt. Ein wenig Essen hat sie auf das Abwaschbänklein gestellt. Dort steht auch ein Kerzenstock.«

»Ich lasse sie grüßen und ihr danken. Wir müssen dann morgen abrechnen, auch wegen der Fuhre. Oder willst du gleich heute abend ausbezahlt werden?«

»Gewiß nicht«, sagte der Fuhrmann. »Wir treffen uns ja bald wieder.«

»Wo denn?«

»In der Kirche, am Sonntag. Ich bin der Küster.«

Oemark war so steif gefroren, daß er kaum aus dem Schlitten klettern konnte. Inger, die doch zuerst noch aus dem schweren Pelz hatte kriechen müssen, stand schon vor ihm auf dem Boden. Der Fuhrmann trug den amerikanischen Lederkoffer vor die Haustür und ging zurück, um noch einen großen Koffer und ein paar Ballen Bettzeug zu holen. Oemark trug den Pelz und eine Ledermappe. Hinter ihm kam Inger mit einem kleinen Köfferchen.

»Also, der Schlüssel steckt«, sagte der Küster. »Gute Nacht!«

»Warte noch einen Augenblick«, hielt ihn Oemark zurück.

»Kannst du nicht Inger noch nach Hause fahren?«

»Ich darf nicht mehr zu den Eltern«, sagte Inger.

»Ja, das stimmt, man hat ihr dort das Haus verboten«, bestätigte der Küster. »Die Leute sind Adventisten und bitterböse auf alles in der Welt, sogar auf ihre eigenen Kinder, soweit sie nicht auch Adventisten sind.«

»Na, und wie wär's mit dir und deiner Alten?«

»Wir haben gerade knapp Platz für uns selber. Hat der Herr Pastor sie mit in den Schlitten genommen, so wird er sie wohl auch im Pfarrhaus unterbringen können.«

In ihren dünnen Kleidern stand Inger klein und schlotternd im kalten Mondschein.

»Der Herr Pastor hat doch gesagt, ich dürfte ins Pfarrhaus kommen«, sagte sie, das Weinen im Halse erstickend.

»Das habe ich gesagt, und dazu stehe ich auch. Ich wollte nur das Beste für dich, Kind. Komm nun, Inger. Gute Nacht, Küster.«

Der Schnee knirschte auf dem Platz vor der Haustür so stark, daß ein ganzes Kirchdorf hätte erwachen können. Oemark wandte sich einen Augenblick um, ehe er eintrat. Aha, das war nun seine neue Welt. Ein enges kleines Tal. Aber darüber wölbte sich das mächtige Gebirge. Und weit weg brauste der Wildbach wie eine ferne Orgel. »*Die* Musik begreife ich wenigstens«, dachte Oemark und hörte in seiner Erinnerung die Ströme von Norrland wieder.

Er kehrte sich um und drehte den Schlüssel. Der Mond schien in eine kalte Küche hinein, in der ein eiserner Ofen noch etwas verhaltene Wärme verbreitete. Inger schloß die Tür hinter ihm, nachdem sie das Bettzeug hineingetragen hatte. Sie folgte Oemark wie ein Hündchen überall hin, als er im Mondschein von Zimmer zu Zimmer ging. Nicht ein Möbelstück. Kein Tisch. Nicht einmal ein Stuhl. Aber alle Kachelöfen waren zum Zerspringen geheizt, so daß der auftauende Reif von den holzgetäfelten Wänden und den vereisten Fensterscheiben herabrann.

Die beiden kamen in die Küche zurück. »Es müssen doch irgendwo Zündhölzer sein.«

»Brauchen wir sie heute abend noch?« fragte Inger.

»Es kann bis morgen früh schon wieder eiskalt sein«, meinte Oemark.

Es lagen Zündhölzer auf der Haube über dem Küchenofen und genügend Holz darin. Oemark zündete die Kerze auf dem Abwaschbänklein an. Dort standen Brot und Butter, ein paar kalte Scheiben gebratener Speck und ein Krug Milch. Oemark nahm sein Messer aus der Scheide und strich tüchtig Butter auf zwei Brote, legte Speck darauf und gab es Inger.

»Iß nun«, sagte er. »Und willkommen in Vassbäcken, kleine Pfarrmagd. Wir haben nur ein Glas. Das nehme ich, du kannst dann aus der Schöpfkelle trinken.« Er füllte das Glas und die Kelle.

»So viel mag ich nicht«, sagte Inger.

»Du hast ja noch kaum angefangen.«

»Die Milch ist gut.«

Inger aß und trank.

»Siehst du, das ging alles hübsch hinunter.«

Inger stand auf.

»Wo soll ich schlafen?« fragte sie. »Es ist ja nur eine Matratze da. Und die ist wohl kalt.«

»Ich habe im Schlitten darauf gesessen«, sagte Oemark. »Dann ist es wohl nicht so schlimm damit. Aber zur Sicherheit werde ich sie nehmen. Meinst du, du könntest diese Nacht im Pelz auf dem Boden zubringen? Er ist so groß, daß er ein paarmal um dich herumreicht. Du kannst in der kleinen Kammer hinter der Küche schlafen. Das wird dann deine Mädchenkammer. Ich schlafe im Zimmer mit dem Alkoven zwischen den Schränken. Das ist offenbar als Schlafkammer gedacht.«

Er trug die Matratze dorthin und kramte Leintuch und Kissen aus dem Koffer hervor, die Hanna ihm eingepackt hatte. Inger machte ihm auf dem Boden sein Bett. Dann knickste sie und sagte »Gute Nacht«. Oemark nahm ihre Hand.

»Schlaf nun gut, Kleine«, sagte er. »Die Engel sind bei dir.«

»Ich fange an, es zu glauben«, sagte Inger. »Und«, fügte sie zögernd hinzu, »vielen Dank, daß Sie mich mit heimgenommen haben, Herr Pastor.«

»Du sehnst dich also nicht mehr zurück?«

»Nein«, kam es hart, aber überzeugend heraus. »Nie im Leben will ich wieder dorthin zurück.«

»Na, dann ist ja alles in bester Ordnung. Schlaf gut.«

Er schloß die Tür hinter ihr zu. Kleidete sich aus, zog seinen Pyjama an und kniete vor dem Bett nieder, wie er's gewohnt war.

»Lieber Gott«, seufzte er. »Ich weiß nicht, ob ich klug gehandelt habe. Aber ich habe das Mädchen zu mir genomen, wie Du gesagt hast. Denn das warst doch Du, der mir das sagte.«

»Ja«, sprach Gott. Und Oemark kroch glücklich in das kalte Bett am Boden und schlief ein wie ein müdes Kind.

27

Das neue Jahr begann mit beißender Kälte. In den Thermometern gefror das Quecksilber, und aus den Schornsteinen stieg der frostige Rauch schnurgerade in den Himmel. Als Oemark am Neujahrstag zum Gottesdienst kam, hatten sich ein paar Dutzend Besucher um den Eisenofen geschart, der mitten in der Kirche stand. Oemark verließ den Mittelgang und grüßte sie.

»Hier habt ihr nicht viel Wärme«, sagte er.

Niemand antwortete.

In der Tür zur Sakristei begegnete er dem Küster. Er hatte immer noch die Lederjacke an, mit einer blank gewetzten Ausbuchtung auf einer Seite. Oemark wußte, was darunter verborgen war.

»Wie heißen Sie, Küster?« fragte Oemark.

»Jon. Jon Aasen.«

»Auch Norweger?«

»Gewesen«, sagte der Küster. »Soll ich jetzt läuten?«

»Ja, wenn es elf Uhr ist.«

»Es ist schon lange elf Uhr. Wenigstens nach meiner Uhr«, sagte Jon.

»Also läuten Sie!«

Oemark trat in die Sakristei, blieb hinter der Tür stehen und betete zu Gott. Als er aufschaute, entdeckte er in einem offenen Kamin in der einen Ecke ein mächtiges Holzprügelfeuer. Da drinnen war es schön warm. Warum sollten die Leute in der großen Kirche sitzen und frieren, während da drinnen zu niemandes Nutz und Frommen ein Feuer brannte? Er ging in die Kirche hinaus. Unter der Tür stieß er beinahe mit einem älteren Frauenzimmer zusammen, das einen grauen Mantel und auf dem Kopf eine lederverbrämte Haube, eine sogenannte Hilka, trug. Das Frauenzimmer hatte einige Bücher unter dem Arm.

»Wer sind Sie?« fragte Oemark, »und was wollen Sie hier?«

»Ich bin Amalia Larsson, Lehrerin in der Grundschule und hier in der Kirche Organistin und Kantor. Ich möchte um die Liednummern bitten.«

»Spielen Sie Orgel?«

»Ja, aber wir haben bloß ein Harmonium. Es steht auf der Empore.«

»Können Sie nicht ohne Harmonium vorsingen?«

»Doch, gewiß kann ich das.«
»Warten Sie einen Augenblick hier.«
»Warum? Was haben Sie vor?«
»Wir halten heute in der Sakristei Gottesdienst«, sagte Oemark. »In der Kirche sind ja Minusgrade.«
»Das ist allerdings während meiner ganzen Zeit hier noch nie vorgekommen.«
»Wie lange sind Sie schon hier?«
»Einunddreißig Jahre.«
»Nun, dann kommt es halt heute vor.«
Die Kirchgänger leisteten der Aufforderung, in die Sakristei umzuziehen, nur sehr widerwillig Folge. Als Jon vom Läuten, auf das niemand gehört hatte, herunterkam, war der Umzug in vollem Gange. Einige Bänke wurden hineingeschleppt. Der kleine Tisch in der Sakristei wurde Altar und Kanzel zugleich, und von den Männern waren einige sogar so eifrig, daß sie das Harmonium herunterholten. Die Sakristei war voller Menschen, die Wärme war gut, ja fast zu gut, denn sobald das Feuer auch nur ein wenig kleiner zu werden schien, war Jon zur Stelle und legte neue Klötze auf.

Oemark folgte ordnungsgemäß der vorgeschriebenen Liturgie. Amalia Larsson spielte und leitete den Gesang mit einer starken, ein wenig kreischenden Stimme, die indessen jedermann aufmunterte, nach bestem Können und Vermögen mit einzustimmen. Sogar Oemark sang, in mancherlei Tonarten.

In seiner Predigt sprach er vom Neuanfangen.

»Ich weiß besonders gut, was dieses Wort bedeutet«, sagte er. »Am letzten Sonntag stand ich noch auf der Kanzel von Uddarbo, wo ich heimisch geworden war und mich wohlfühlte und in eine Arbeit hineingewachsen war, die ich liebgewonnen hatte. Aber nun bin ich von meinen Freunden dort unten weggeholt worden, von meinen Kameraden im Hause, in dem wir wohnten, drei Junggesellen, die es sehr schön hatten miteinander. Und hier muß ich neu anfangen. Ich habe nicht einmal ein Bett, in dem ich liegen kann, sondern liege auf dem Boden, bis ich meinen ersten Monatslohn bekomme, so daß ich mir ein Bett kaufen kann. Ich habe keinen Tisch und keine Stühle. Aber Jesus ist bei mir. Und ein kleines Mädchen. Auch sie muß neu anfangen, in mehr als einer Beziehung. Jesus wird auch bei ihr sein. Und ihr sollt mit mir neu anfangen.

Du, Jon, bekommst einen neuen Meister in der Kirche und Fräulein Larsson einen neuen Amtsbruder. Denn ihr wißt wohl, was ein Kantor einmal sagte: ›Wir Geistlichen‹, sagte er. Ja, da gibt es nichts zu lachen. Der Kantor ist in der Kirche ebenso wichtig wie der Pfarrer. Und der Küster ebenso wichtig wie der Kantor. Ihr wißt wohl, wie es im Psalm heißt: ›Ich will lieber die Tür hüten in meines Gottes Hause, denn wohnen in der Gottlosen Hütte.‹

Und ihr andern, die ihr hier sitzt und die ich noch nicht kenne, auch ihr sollt mit Jesu Hilfe neu anfangen. Nicht mit dem Sauerteig des alten Menschen, sondern mit einem neuen Teig. Wir wollen uns neu ins Zeug legen, daß es kracht. Und das wollen wir mit Freuden tun, denn Gott hat fröhliche Menschen lieb, denkt daran!«

Die Kirchgänger hingen dem Pfarrer am Munde. Das war nun einmal einer, den man versteht. Er machte es nicht wie so viele — Pfarrer und andere Leute —, die früher geklagt hatten, wie elend es in Vassbäcken sei. Eine baufällige Kirche, ein kaltes Pfarrhaus, unfreundliche Menschen. Er war fröhlich, obwohl er in einem kalten Haus auf dem Boden liegen mußte, bis er seinen ersten Lohn bekam. Gab es denn Pfarrer ohne Geld? Dieser hier sah ja aus, als ob er von der Hand in den Mund leben müßte wie sie selbst. Wahrhaftig, man könnte vielleicht schauen, ob man nicht in einer Abstellkammer noch irgendwo ein altes Ausziehsofa hatte, das man dem Pfarrer leihen oder auch grad schenken könnte. Und stimmte es wirklich, daß sie am Abwaschbänklein aßen, er und das Mädchen? Und stimmte es, daß er sich in der Kaffeebaracke mit den Bahnarbeitern gerauft und ihnen Inger weggenommen hatte, nachdem sie das Mädchen beinahe totgeschlagen hatten? Armes Ding, sie sah ja schlimm aus, hatte über der einen Schläfe eine Beule, die gelb und blau war.

Nach dem Gottesdienst blieb mehr als einer in der Sakristei zurück. Ob sie dem Herrn Pastor mit etwas aushelfen könnten? Wenn er glaube, er könne bis auf weiteres ein Ausziehsofa brauchen, wollten sie es ihm auf einem Schlitten bringen, wenn auch heute Sabbat war. Denn habe nicht Jesus selber gesagt: ›Nimm dein Bett und geh!‹ — obwohl es Sabbat war?

Natürlich, das Ausziehsofa sei mehr als willkommen.

»Und wir haben ein Küchensofa mit Deckel. Darauf kann vielleicht Inger schlafen?«

»Ja, vielen Dank, vielen Dank!«

Und Stühle und einen Tisch! Hatte er die auch nicht? Nein, so etwas! Dieser Pfarrer war ja ärmer als sie selbst. Denn wie arm einer auch sein mochte, so hatte jeder doch gewiß Tisch und Stühle.

Als der Abend kam, wirkte das Pfarrhaus ordentlich möbliert. Oemark rieb sich vergnügt die Hände.

»Sieh, Inger, wie fein du heute abend liegen darfst! Du mußt zunächst noch in der Küche wohnen, denn dort paßt das Sofa am besten hin. Aber wenn ich meinen Lohn bekomme, werde ich dir das Kämmerlein möblieren, so daß du für dich sein kannst, denn jeder Mensch soll ein Kämmerlein haben. Es heißt in der Schrift: ›Geh in dein Kämmerlein und schließ die Tür zu und bete zu deinem Vater im Verborgenen!‹ — Betest du, Inger?«

»Früher, ja, als ich noch klein war.«

»Aber jetzt bist du groß geworden, willst du das sagen, Inger?«

Inger schaute ihn unsicher an.

»Findest du, daß ich groß bin, Inger?«

»Ja, sehr groß. Und stark.«

»Nein, Inger, ich bin so klein. Weißt du, wie klein ich bin?«

»Nein.« Inger sah ihn zweifelnd an.

»Doch, Inger, ich bin so klein, daß ich jeden Abend auf die Knie falle und zu Gott bete. Und wenn ich hier und da einmal finde, ich sei groß oder etwas Besonderes oder sonst dergleichen, so brauche ich nur an Gott zu denken, dann werde ich klein. Du mußt von neuem anfangen, zu Gott zu beten, Inger. Fang heute abend an! Am besten auf den Knien, auf dem bloßen Boden. Dann fühlt man, daß man betet.«

»Um was soll ich denn beten?«

»Oh, es gibt so vieles! Aber denk daran, wenn du es nicht weißt, so fange mit dem Danken an.«

»Wofür soll ich danken?«

»Ja, weißt du das nicht? Dann danke Gott, daß du von Lang Olle und den anderen fortgekommen bist. Ist das nicht Grund genug, Gott zu danken?«

»Doch.«

»Also! Aber dann mußt du es Gott auch sagen. Und danke ihm dafür, daß du ein Bett hast. Und zu essen und Kleider.«

»Jetzt weiß ich«, sagte Inger, »wofür ich ihm heute danken werde. Ich werde ihm dafür danken, daß ich einen so netten Meister habe.«

»Dann werde ich ihm dafür danken, daß ich ein so nettes Hausmädchen habe. So, kleine Inger, nun gehen wir zu Bett. Und vorher danken wir Gott auf unseren Knien. Und dann schlafen wir soo gut.«

Er gab ihr die Hand, sagte »Gute Nacht« und ging in sein Zimmer.

28

Nach dem Epiphaniastag begann die Schule. Die Aufnahme neuer Schüler erfolgte nur jedes zweite Jahr, so daß die Lehrerin im Schulhäuschen neben der Kirche eine Grundschulklasse hatte und Oemark zwei Klassen im Schulzimmer, das im Pfarrhaus untergebracht war. Oemark hatte die erste Woche dazu verwendet, das Volksschulgesetz und den Lehrplan und vor allem die Lehrbücher zu studieren. Amalia Larsson, die zeitweise alle drei Klassen zugleich unterrichtet hatte, war ihm eine gute Hilfe. Sie war ein reelles Frauenzimmer, etwas bärbeißig in ihrer Art, aber aufrichtig und unkompliziert, und ging geradewegs auf die Dinge los.

»Diesem Menschen gegenüber muß man ungekünstelt und aufrichtig sein!« war ihr erstes Urteil über Oemark, und dieser Eindruck bestätigte sich.

»Ich bin schon ein wenig in Sorge, wie ich mit dem Lehrerberuf zurechtkommen soll«, sagte Oemark am Tage vor Schulbeginn. »Ich habe ja nicht die geringste Lehrerausbildung.«

»Man ist doch selbst einmal in die Schule gegangen«, sagte Amalia, »und erinnert sich auch noch daran, wie die eigenen Lehrer vorgegangen sind.«

»Da hat Amalia das Rechte getroffen«, meinte Oemark. »Diese Antwort löst mir den Knoten auf.«

Folglich nahm Oemark seinen eigenen Lehrer in der norrländischen Volksschule zum Vorbild, einen Mann, der Gott fürchtete, die Kinder zu beten lehrte, die Wahrheit zu sagen, Holz zu messen, Kartoffelland zu pflegen, Gemüse zu setzen, Fruchtbäume und Beerensträucher zu pflanzen. Pflanzen und Setzen konnte man freilich nicht mitten im

Winter. Aber Oemark versprach seinen Kindern, wenn sie brav lesen und rechnen lernten, sollten sie es im Frühling lustig haben, denn dann würde jedes sein eigenes Schulgärtlein bekommen, in dem sie setzen und säen und pflegen und später dann alles aufessen dürften, wenn die Ernte kam.

»Und auch zu Hause werdet ihr Fruchtbäume und Beerensträucher pflanzen dürfen.«

Er erinnerte sich an sein eigenes Schulgärtlein droben in der kargen Erde von Norrland und daran, wie dort das Gemüse in den hellen Sommernächten gewachsen war.

So ging die Arbeit in der Schule besser, als Oemark zu hoffen gewagt hatte.

Die Gottesdienste wurden den ganzen Winter in der Sakristei gehalten, bis Ostern herannahte. Am Palmsonntag zog man wieder um und kehrte in die Kirche zurück. Karfreitag und Ostern war alles in der Kirche, was gehen und stehen konnte; Inger Höjens Eltern freilich fehlten.

Oemark war eines Tages zu Ingers Eltern gegangen. Das waren zwei verbissene, unzugängliche Menschen, die im ganzen Kirchspiel mit ihrem Glauben allein standen. Sie warteten darauf, daß der Pfarrer zu ihnen kam, um sie zu bekehren, wie viele Pfarrer das schon vorher versucht hatten. Aber Oemark schien keine Pläne in dieser Richtung zu haben.

»Nun bin ich auf jedem Hof des Kirchdorfes gewesen«, sagte er, »und nun komme ich auch zu euch. Darf ich mich setzen?«

»Wenn Sie wollen«, sagte die Frau und trocknete mit ihrer Schürze einen Stuhl ab.

»Ich komme hierher, um mit euch über Inger zu sprechen. Ich habe mich da unten in Ljamå ihrer angenommen. Es wäre dort auf die Länge nicht gut mit ihr gegangen.«

»Oh, was bisher geschehen ist, war gerade schlimm genug«, sagte die Frau. »Und jetzt ist es nicht besser. Denn jetzt dient das Mädchen einem Pfarrer, einem Sohn Belials.«

»Wißt ihr, wer Belial ist?«

»Das weiß ich nicht«, antwortete die Frau, »unsere Prediger nennen alle, die nicht den rechten Glauben haben, Söhne Belials.«

»Ja, wer nur den rechten Glauben hätte!« sagte Oemark und nahm seinen Zahnstocher hervor. »Hört nun, habt ihr keinen Kaffee, den ihr mir anbieten könntet? Ich wollte Inger heute keine Mühe machen, sie ist am Waschen.«

»Aha, Inger kann Ihnen nicht einmal Kaffee machen? Selbst dazu taugt sie nicht?«

»Natürlich taugt sie etwas, viel sogar, das muß ich sagen. Aber sie hat eigentlich zu wenig zu tun bei mir daheim. Ich besorge mir den Haushalt sonst gewöhnlich selber. Sie hat viele Stunden am Tag frei, und ich versuche, sie dazu zu bringen, daß sie etwas tut, Handarbeiten macht oder Strümpfe strickt oder so etwas, aber sie kann nichts Derartiges. Warum habt ihr sie das nicht gelehrt? Oder weben? Junge Leute sollten immer etwas unter den Händen haben. Hat sie nicht mitgeholfen daheim?«

»Sie hatte keine Lust. Und wir...«

»Ihr... ihr wart vielleicht nicht besonders nett zu ihr, weil sie nicht den *rechten Glauben* hatte.«

»Doch, wir versuchten es. Wir predigten ihr tagaus, tagein, und unsere Prediger kamen, legten ihr die Hände auf und beteten über ihr. Und dann lief sie fort nach Ljamå.«

»Und ihr glaubt, das sei die rechte Art Erziehung für ein junges Mädchen, das vorwärtskommen soll in der Welt?«

»Sie wollte am Samstag arbeiten und am Sonntag zur Kirche gehen. ›Das ist meine größte Freude‹, sagte sie.«

»Und ihr habt sie gehindert?«

»Es liegt kein Segen darauf, wenn man am Sonntag Gottesdienst feiert.«

»Nein, wahrhaftig nicht, wenn man in *diesem* Geiste Gottesdienst feiert. Aber wir wollen nicht weiter davon reden. Ein Kommunist kann die Farbe wechseln, aber nicht ein Adventist. Und nun wollen wir den Sabbat sein lassen und von Inger sprechen. Wenn ihr nicht bereit seid, Inger heimzunehmen, gut zu ihr zu sein, sie am Samstag arbeiten und am Sonntag in die Kirche gehen zu lassen und sie all die Arbeiten zu lehren, die ein junges Mädchen können muß: Nähen, Stricken und Stopfen, Flicken, Weben und Kühe melken, dann schicke ich sie in eine Volkshochschule. Das Mädchen ist gewiß noch nicht achtzehn, kann also kein Stipendium bekommen. Aber sie ist über ihre Jahre hinaus reif, darum werde ich ihre Aufnahme als Extraschülerin durchsetzen können, und im schlimmsten Fall bezahle ich die Kosten selber für sie. Aber im Pfarrhaus kann ich sie nicht erziehen, wie sie erzogen werden sollte. Sie braucht eine weibliche Hand, eine gute Hand über sich. Nun, was meint ihr? Darf das Mädchen heimkommen?«

»In unserem Haus darf am Samstag, dem einzig richtigen Sabbattag, keine Arbeit getan werden.«

»Wieviele Kühe habt ihr?«

»Drei.«

»Wieviele Milchkühe?«

»Zwei.«

»Melkt ihr die am Samstag, dem Sabbattag, nicht?«

»Doch, natürlich.«

»Ist das keine Arbeit?«

Keine Antwort.

»Kocht ihr auch keinen Kaffee am Samstag? Und keine Suppe?«

»Der Herr Pastor braucht keine Bekehrungsversuche bei uns zu machen.«

Diesmal war es der Bauer, der sich ins Gespräch mischte.

»Nein«, sagte Oemark, »ich kann keinen Menschen bekehren. Das kann Gott allein. Aber wenn ich zu euch komme mit eurer Tochter, die wie ein Scheit aus dem Feuer gerissen wurde, und ich kann euch sagen, es war höchste Zeit, denn sie war nahe daran, ins Wasser zu gehen – dann habt ihr nicht einmal soviel Herz und seid nicht einmal so dankbar gegen Gott und mich, daß ihr mir Kaffee anbieten würdet. Er steht ja schon lange genug fertig auf dem Herd. Seid ihr denn keine Menschen? Könnt ihr nicht auf natürliche Weise gut und fröhlich sein, nicht einmal gegen eure eigenen Kinder, bloß weil ein paar Wanderprediger euch unheilbare Grillen in den Kopf gesetzt haben?«

»Der Herr Pastor beschimpft uns und unsere Religion«, sagte der Bauer.

»Man könnte von euch dasselbe sagen, ihr nanntet mich ja einen Sohn Belials. Das knallt ebenso laut. Also sind wir quitt. Und nun wollen wir Freunde sein, nachdem wir miteinander fertig gezankt haben. Hier ist meine Hand. Sonst trinke ich keinen Kaffee.«

Als Oemark sah, daß der Bauer zögerte, sagte er:

»Über ein kleines Wort aus der Schrift könnten wir uns wohl einigen: ›Willfahre schnell deinem Gegner, solange du noch mit ihm auf dem Wege bist!‹«

»Ich glaube nicht, daß unser Prediger es gern sähe, wenn wir einem Pfarrer die Hand geben«, sagte der Bauer.

»Nun«, sagte Oemark, während er sich erhob, »ich habe die Antwort bekommen. Bevor ich aber gehe, möchte ich bloß noch fragen: Was, glaubst du, würde *Gott* dazu sagen, wenn du es tätest? Sobald du darüber zur Klarheit gekommen bist, kannst du mich aufsuchen. Meine Hand ist ausgestreckt. Ich strecke meine Hände euch beiden entgegen und sage: Friede sei mit euch und euren armen, engen Herzen!«

Er nahm seinen Hut und ging.

»Inger«, sagte er, als er heimkam, »ich bin bei deinen Eltern gewesen und habe mit ihnen gesprochen. Aber sie wollen dich nicht wieder aufnehmen unter den Bedingungen, die ich ihnen stellte. Also gehst du in die Volkshochschule.«

»Ich möchte am liebsten hierbleiben«, sagte Inger.

»Das möchte ich auch am liebsten«, sagte Oemark, »aber Gott will es anders.«

29

Nach zwei Dingen fing Oemark an sich zu sehnen, während in Vassbäkken Wochen und Monate vergingen. Das eine war ein Konversationslexikon, das »Nordisk Familjebok«. Das andere war ein Auto. An diesem »Grenzposten«, wo der Zollmeister der einzige war, mit dem er ein vernünftiges Gespräch führen konnte, hatte er es ab und zu nötig, ein bißchen Luft zu schnappen, sowohl körperlich als geistig. Gewiß, nun fing er an, ordentlich zu verdienen. Es ging mehr ein als aus. Aber an ein Auto war bis auf weiteres nicht zu denken. – Die Idee, ein Konversationslexikon anzuschaffen, war ihm anläßlich eines Besuches bei dem ihm vorgesetzten Gemeindepfarrer in Ljamå gekommen. Er hatte eine Einladung zum Bezirkskapitel in Ljamå bekommen und anfangs nicht vorgehabt, hinzufahren. »Was habe ich unter den gelehrten Brüdern zu suchen?« dachte er. Aber im letzten Augenblick änderte er seine Meinung, lieh sich ein Fahrrad und schlängelte sich an einem sonnigen Maimorgen die meilenweiten Abhänge zum Dorf hinunter. »Das kann ja lustig werden auf dem Heimweg«, dachte er, wenn er bisweilen so stark bremsen mußte, daß sein altes Fahrrad kreischte.

Es war die Zeit der Schneeschmelze. Alle Bäche brausten gewaltig. Alle Moore waren überschwemmt. Der Hundsbach lärmte wie ein Rudel wilder Tiere, stürzte sich über Stock und Stein und riß alle Überreste des Herbstes und alle Eisfesseln des Winters mit sich. Drunten im Tal, wo der große Aelv dahinströmte, war es schon Frühling. Die Anemonen blühten. Die Birken fingen an auszuschlagen. Ihr lichter Flor hob sich von den blauen Bergen ab wie goldene Schleier.

»Wie anders ist es doch hier unten als oben in Vassbäcken«, dachte Oemark. Dort oben gab es noch keine Anzeichen des Frühlings, außer der Sonne, die anfing, dem Hundfjäll den weißen Winterpelz auszuziehen.

Im Pfarrhaus war ein Gesumse von fröhlichen Stimmen und ein herrlicher Duft von Kaffee und Kuchen. Der leutselige junge Gemeindepfarrer empfing Oemark auf der Veranda mit einer herzlichen Umarmung. Und die Kollegen klopften ihm auf die Schulter. Die meisten hatten ihn noch nie gesehen.

»Hier haben wir den legendenumwobenen Pfarrer von Uddarbo«, begrüßte ihn der alte blinde Propst von Skinnarbo. »Na, melkst du auch in Vassbäcken Kühe?«

»Nein, dort zähle ich bloß Geld«, sagte Oemark.

»Ja, ich verstehe, das ist eine fette Pfründe«, entgegnete der Propst.

»Das können Sie mir glauben, Onkel«, sagte Oemark. »Der erste Monatslohn reichte zu einem Bett und einem Küchensofa, zwei Tischen, drei Stühlen und ein wenig Hausrat. Und dann waren immer noch zwölf Kronen übrig. Die bekam das Mädchen. Sie soll im Herbst auf die Volkshochschule.«

»Ich habe gehört, du bekommst dort oben alles geschenkt.«

»Das machen sie, aber ich gebe ihnen Geld dafür, denn sie sind so froh über den kleinsten Betrag.«

Die Amtsbrüder lachten. Oemark war so, wie sie ihn sich dem Hörensagen nach vorgestellt hatten. Oemark selbst fühlte sich überaus wohl unter ihnen. Er kannte nur einen Respekt, den vor der Gelehrsamkeit. Denn er wußte, was die kostete. Auch der Pfarrer in Ljamå hatte unglaublich viele Bücher, englische, deutsche, französische, Grimbergs Weltgeschichte. Theologie in langen Regalen. Schließlich blieb Oemarks Blick an einer Reihe großer Bücher mit rotem Einband und Goldschnitt hängen, die einen großen Teil des Regals ausfüllten. Er nahm eines der Bücher heraus. Dort stand alles, was man sich mit dem Anfangsbuchstaben B denken konnte. Benzinmotor, Benzol ... und dazu Illustrationen.

Sein Gemeindepfarrer trat zu ihm.

»Dieses Werk solltest du dir anschaffen, Gustaf. Alles, was man nicht weiß, steht da drin.«

»Und das wenige, das ich weiß, steht wohl nicht drin. Ja, dieses Werk könnte ich in Vassbäcken oben brauchen. Aber die Geschichte wird ziemlich teuer sein.«

»Das geht auf Abzahlung, verstehst du. Du bezahlst 10 Kronen im Monat und bekommst bei der ersten Anzahlung alle Teile, die schon herausgekommen sind, alle 18 Bände. Nachher mußt du weiter 10 Kronen im Monat entrichten, bis alles bezahlt ist.«

»Das kann doch Jahre dauern.«

»Aber es lohnt sich. Soll ich dir helfen, die Sache in Ordnung zu bringen?«

»Abgemacht. Hier hast du die ersten zehn Kronen.«

»Nein, stecke sie ruhig wieder ein. Die Sache kommt per Nachnahme. Fahre du bloß heim und schreinere dir ein Bücherregal!«

Oemark fuhr im hellen Maiabend wieder nach Hause. Er schob sein Rad unendlich lange Abhänge hinauf, ohne es zu merken. Denn in Gedanken durchwanderte er noch einmal alles Schöne, das er an diesem Tage erlebt hatte. Die Freundlichkeit der Amtsbrüder. Die lieben Pfarrfrauen. Die immer zum Spaß aufgelegte Frau Propst von Skinnarbo, die von allen Gefürchtete, mit der er jedoch so scharfzüngig die Klinge gekreuzt hatte, daß die Brüder und Schwestern sich vor Lachen gekrümmt hatten. Als Oemark als erster von allen aufbrach, um den langen Heimweg anzutreten, wollten die Gastgeber ihn zurückhalten.

»Ihr habt ja das Haus voller Leute.«

»Für Gustaf haben wir immer noch einen Platz.«

Da trat die Frau Propst herzu, um die Sache mit ihrer Autorität zum Ende zu bringen.

»Gustaf wird dableiben«, sagte sie. »Gustaf wird in meinem Bett schlafen dürfen.«

»Aber Kleine«, sagte Oemark, »sag so etwas nicht.«

Da hörte man irgendwo ein Donnern. Der Propst lachte auf dem Sofa im Salon. Er beugte sich zu seinem Kaplan Lundberg:

»Nun hat die Gnädige ihren Meister gefunden. *Kleine!*« Der Propst prustete vor Lachen. »Lundberg, geh Oemark holen, damit ich ihm für diese Titulatur die Hand drücken kann!«

Nein, Oemark mußte heim. Er hatte ein Lämmlein zu pflegen zu Hause. Er war in Sorge wegen Inger, jetzt, wo der Frühling kam und die jungen Burschen sich zu rühren begannen.

Als er an Lyckmyra vorbeifuhr, kam ihm eine Idee. Wenn er nun auf eine Alp zöge, sobald der Sommer kam und die Schule schloß? Er konnte nicht die ganze Woche zu Hause sitzen und wegen ein paar hundert Menschen die Kanzlei offenhalten. Er könnte ja am Samstagmorgen hinuntergehen und am Sonntagabend auf die Alp zurückkehren. Es gab viele alte Alphütten, aber sie wurden eine nach der anderen aufgegeben. Der Gedanke war so kühn, daß er bei einem langen ansteigenden Wegstück abzusteigen vergaß und weiter die Pedale trat, bis das Herz Halt gebot. Er sprang vom Rad und wandte sich um. War er wirklich diese steile Stelle hinaufgefahren? Dann konnte es wohl doch nicht so gefährlich sein mit seinem Gesundheitszustand. Kein Mensch konnte ohne Herzklopfen einen solchen Abhang hinauffahren.

Für alle Fälle setzte er sich aber doch an einem Bächlein nieder und ruhte sich aus. Sein Zukunftstraum! Er mußte Wirklichkeit werden!

Als er heimkam, hatte Inger schon lange dagesessen und auf ihn gewartet. Er hatte ihr Stricknadeln und Wolle gekauft und Hefte und Journale mit Strickmustern kommen lassen. Dort waren Jumper in schönen Farben abgebildet, und Inger hatte Interesse daran bekommen.

Während Oemark aß, was sie ihm hingestellt hatte, teilte er ihr seinen Plan mit. Ingers Wangen fingen an zu glühen, aber ihre Augen blickten unruhig.

»Das wird niemals gehen. Sie werden nicht dafür zu haben sein«, sagte sie.

»Ich glaube, ein anderer wird die Sache für uns in Ordnung bringen. Danke fürs Essen, Inger. Nun gehen wir schlafen.«

Als am nächsten Tag die Schule aus war, ging Oemark zu Ingers Eltern, zu Ole Höjen und seiner Frau Gölin. Sie saßen bei ihrem Vesperkaffee. Oemark nahm ungeniert Platz — er hütete sich aber, ihnen die Hand zu geben — und trug sein Anliegen vor.

»Ihr habt doch eine Alp droben am Hundfjäll?«
»Ja, das haben wir.«
»Ist dort oben gutes Weideland?«
»Das beste, das es gibt.«
»Aber ihr zieht nie hinauf?«
»Nicht mehr, seit die Kinder groß geworden und weggegangen sind.«
»Wie wär's, wenn *wir* diesen Sommer dort hinaufziehen würden, ihr und ich und Inger?«
Schweigen.
Man hörte nur das Schlürfen, wenn Ole und Gölin nach dem dritten Einschenken den heißen Kaffee aus der Untertasse tranken.
»Könnte ich vielleicht einen Schluck Kaffee bekommen, während ihr die Sache überdenkt?«
Keine Antwort.
Oemark stand auf. Holte sich eine Tasse von einem Wandbord, schenkte sich Kaffee ein, nahm ein Stück Zucker aus der Dose und fing an, in kleinen Schlucken zu trinken.
»Ja, ich habe mir folgendes überlegt«, sagte Oemark zwischen den Schlucken. »Wir werden nicht einig in der Sabbatfrage. Aber in allem anderen, glaube ich, können wir einig werden. Ihr könnt mähen. Und Gras zum Trocknen aufstellen. Das kann ich auch. Ihr könnt melken. Ich kann es auch. Inger kann es – merkwürdigerweise – nicht, aber wir werden es ihr beibringen. Ihr könnt buttern und käsen. Ich auch. Und Molkenkäse kochen. Denkt einmal, wie vieles wir gemeinsam machen können! Aber am Samstag wollt ihr unbehelligt sein, und am Sonntag will ich unbehelligt sein. Da werden wir einander in Frieden lassen.
Wir ziehen hinauf mit allem, was kreucht und fleucht. Und wir arbeiten fünf Tage zusammen. Von Montag bis Freitag. Am Samstagmorgen gehen Inger und ich ins Dorf hinunter. Inger putzt und kocht, ich arbeite in der Kanzlei und predige. Am Sonntagabend kommen wir wieder hinauf. Die Sache ist so klipp und klar, als wäre sie in Gott Vaters eigenem Rat vorausbestimmt. Und ich weiß, daß alles gutgehen wird.«
»Die Hütten dort oben sind wohl nicht mehr recht im Stand«, sagte Ole Höjen.
»Und das Holzgeschirr ist leck und gesprungen«, sagte Gölin.
»Kleinigkeiten«, antwortete Oemark. »Wir ziehen ein paar Tage vorher hinauf, Ole und ich, und sehen nach, was an den Hütten fehlt. Und was

das Holzgeschirr betrifft, so braucht man es ja bloß ins Wasser zu stellen. Und Wasser gibt es doch wohl?«

»Ja, kaltes Quellwasser gibt es bei der Hütte, und einen Bach weiter unten am Abhang. Dort kann man waschen.«

»Dann ist die Sache klar«, sagte Oemark. »Darf ich mir nochmals einschenken?«

»Ja.«

»Meint ihr die Sache oder den Kaffee?«

Der Alte lachte.

»Das ist das erste Mal, daß ich von dieser Seite eine menschliche Melodie höre«, dachte Oemark. Laut sagte er: »Worüber lachst du, Ole?«

»Ich lache über die Pfarrer. Sind alle wie Sie, so scheint es mir nicht mehr zum Verwundern, daß wir in der Endzeit leben.«

»Wer sagt, wir lebten in der Endzeit?«

»Die Prediger.«

»Ja, die wissen natürlich alles«, sagte Oemark. »Wir ziehen also auf die Alp, bevor die Endzeit kommt.«

Ole und Gölin schauten einander an.

»Die Sache muß erst noch in Ruhe überdacht werden«, sagten beide zugleich.

»Ja, denkt nur, aber denkt *recht*. Nur fragt nicht die Prediger. Denn so was verstehen die nicht.«

Ole und Gölin standen beide hinter einem Vorhang und schauten Oemark nach, als er den Abhang hinunterschritt. »Er ist auf alle Fälle nicht schlimmer als ein gewöhnlicher Mensch«, sagte Ole. Gölin murmelte etwas. Sie wußte, daß der Alte im Glauben nie so stark gewesen war wie sie.

30

Als Ole und Gölin endlich eingewilligt hatten, auf die Alp zu ziehen – und bis es so weit war, hatte es viele »Wenn« und »Aber« gegeben –, kamen sie mit einer neuen Sorge. Gölin erschien ganz einfach eines Tages im Pfarrhaus um zu sagen, aus der Alpfahrt könne doch nichts werden. Inger ging hinein, um Oemark zu holen, der mit den Kindern Schule hielt. Es dauerte eine Weile, bis er kam, und unterdessen schlich Gölin hinein, um einen Blick in die Wohnung zu werfen. Du liebe Zeit! Wie ärmlich es hier aussah! Keine Vorhänge an den Fenstern. Keine Teppiche auf den Böden. Kaum ein paar Möbel. Zwei Stühle an einem Tisch in der Küche. Einen an einem Tisch im Zimmer des Pastors. Keinen in Ingers Zimmer. Aber blank und sauber war alles. Die Böden gescheuert. Blumen in einem Trinkglas auf dem Küchentisch und eine handgewebte Decke in schönen Farben über dem Bett des Pastors. Auf einem Gestell ein Schiff in einer Glasflasche. Bibel und Gesangbuch lagen auf dem Tisch neben dem Bett.

»Soo, er liest also doch die Bibel, und dennoch ist er so irregeleitet«, dachte Gölin. Als sie im Hausflur Schritte hörte, war sie mit ein paar Sprüngen wieder in der Küche. Oemark kam herein.

»Nein, sieh da, Mutter Gölin! Was gibt's?«

»Ich komme bloß, um zu sagen, daß aus unserer Alpfahrt nichts werden kann.«

»Aber wieso denn, das ist doch abgemacht?«

»Wir haben nicht daran gedacht, daß wir zu wenig Kühe haben. Drei Kühe sträuben sich, allein auf die Alp zu gehen, wenn man sie nicht führt. Es müssen viele sein.«

»Nicht schlecht«, sagte Oemark. »Ich besitze zwar den dritten Teil einer Kuh in Uddarbo, doch es wäre zu weit, um sie hierherzubringen. Aber es gibt wohl auch Kühe hier in der Nähe. – Nun hab ich's«, sagte er.

»Die alte Ane in Utlängan sagte kürzlich, sie könne das Vieh kaum mehr besorgen. Ich glaube, wenn sie einen Sommer ruhen könnte, so würde sie noch einen Winter lang durchhalten. Dann haben wir schon drei Kühe dazu. Und dann gibt es sicher noch ab und zu jemanden, der gerne den Sommer über ›Kuhferien‹ machen würde. Wieviele Kühe müssen es sein, damit sie sich wohlfühlen?«

»Ja, etwa zehn, zwölf Stück. Aber wir könnten bis zwanzig, fünfundzwanzig besorgen. Stallraum ist reichlich vorhanden.«

»Ich übernehme es, zu euren eigenen noch zehn bis zwölf Kühe zu beschaffen. Ist es gut so? Aber dann müssen wir darüber Buch führen, wieviel Milch jede gibt und über Butter und Käse, die wir produzieren.«

»Dazu braucht's keine Bücher«, sagte Gölin. »Mein Alter schneidet Kerben in einen Stock für jeden Tag.«

»Gut, dann begnügen wir uns mit Kerben. Wann ziehen wir hinauf?«

»Am zweiten Montag im Juni ist gewöhnlich Alpaufzug.«

»Und die Schule schließt am 6. Juni. Dann haben Ole und ich grad noch Zeit, hinaufzugehen und die Hütte instandzusetzen. Wir nehmen Inger mit, so kann sie das Geschirr bereit machen und putzen.«

Oemark sah mit ebenso großer Ungeduld dem Examenstag entgegen wie die Kinder. Endlich kam er mit strahlender Sonne und gehißter Fahne. Die Kinder hatten das Schulzimmer mit Birken geschmückt, und auf jeder Bank stand ein Sträußchen Feldblumen. Maiglöckchen, Veilchen und ab und zu eine Maiprimel. Die Kinder waren gewaschen und blank gescheuert. Die Kleider waren nett und sauber. Die Eltern und Geschwister saßen an den Wänden entlang, und Zollmeister Flermoen war als Vertreter der Schulpflege anwesend.

Die Kenntnisse der Kinder verwunderten sowohl sie selber als auch den Lehrer und die Zuhörer. Aber noch größer war das Interesse, als man in einer Pause zum kleinen Schulgarten hinauszog. Dort besaß jedes Kind ein längliches Beet auf einem umgepflügten und feingeeggten Acker, der zum Pfarrland gehörte. Der Acker lag an einem sonnigen Südhang. Die Streifen erstreckten sich nach Norden und Süden, und am Nordende stand auf jedem Beet ein kleines blühendes Kirschbäumchen, das am steinigen Abhang gut gedeihen konnte. Dann standen auf den Beeten in ordentlichen Reihen verschiedene Gemüsesorten, die ihre kleinen grünen Finger aus der schwarzen Erde streckten. Die Erbsen waren schon gut entwickelt, aber die Bohnen hatte man später stecken müssen. Die Kohlsetzlinge sahen noch ein bißchen welk aus, denn sie waren erst am vorhergehenden Abend gepflanzt worden. Am üppigsten wucherten überall die zeitig gesetzten Erdbeerstauden. Im ersten Sommer mußten leider alle Blütenstengel abgezwackt werden. Aber desto kräftiger würden die Pflanzen dann im nächsten Jahr wachsen und Frucht tragen. Die Kinder fanden, bis dahin sei es eine unendliche Zeit;

aber wie lange es auch dauern mochte, so nahm auch dieser Kummer einmal ein Ende.

Dann wurden die Zeugnisse ausgeteilt. Oemark hatte die Schulpflege dazu bewegen können, jeder Familie, die Kinder in der Schule hatte, ein Kirschbäumchen zu schenken, dazu einen Stachelbeerbusch und einen Johannisbeerstrauch. Sie sollten diese Gewächse mitnehmen dürfen. Aber zuerst sollte noch gebetet und Abschied genommen werden. Die Kinder standen auf.

»Nun singen wir: ›Geh aus, mein Herz, und suche Freud in dieser schönen Sommerzeit‹.«

Amalia Larsson war zum Glück auch zum Examen gekommen. Sie hatte am Tag zuvor ihren Unterricht abgeschlossen. Sie stimmte das Lied an, und die Kinder sangen in allen Tonarten. Oemark sprach den Segen und sagte dann:

»Ich danke euch, Kinder. Und ›Auf Wiedersehen‹ im Herbst, wenn wir am Leben bleiben dürfen. Gott mit euch! Lebt alle wohl!«

Er erwartete, daß die Kinder sich nun verbeugen oder knicksen würden, wie sie es nach dem täglichen Schlußgebet gewohnt waren. Aber sie blieben stehen. Und dann kam das älteste Mädchen nach vorn, knickste und überreichte dem »Schullehrer« etwas. Oemark schaute, was es sei. Ein Fünfundzwanzig-Örestück!

»Ist das für mich?«

»Ja, das ist für den Herrn Lehrer«, sagte das Mädchen und knickste noch einmal.

Er schaute die Zuhörer an. Die saßen ebenso ruhig da wie zuvor. Aber der Zollmeister ging nach vorn und flüsterte ihm ins Ohr:

»Hast du vielleicht nichts davon gewußt? Aber das ist hier eine alte Sitte, daß der Schullehrer am Examen ein Geldstück bekommt. Die stammt noch aus der Zeit, als es keine staatliche Volksschule gab.«

»Kommt nicht in Frage«, versuchte Oemark zu entgegnen.

»Diesmal mußt du nachgeben«, scherzte der Zollmeister, »sonst lasse ich dich nicht durch den Zoll, wenn du wieder dorthin kommst.«

»Dann muß ich mich wohl geschlagen geben«, sagte Oemark. »Der nächste!«

Der Zollmeister gab ein Zeichen, und wieder streckte sich eine Hand mit einem Fünfundzwanzig-Örestück vor. Alle Kinder kamen nach vorn. Einzelne hatten Zehner, andere Fünfer, und die mit den Fünfern sahen am allerfröhlichsten aus, denn sie gaben ja eine richtig große Münze!*

»Ich bin noch nie so reich gewesen«, sagte Oemark, als er seine Faust öffnete und den Inhalt auf den Tisch leerte.

»Es muß auch noch gezählt werden, das gehört auch dazu«, erklärte der Zollmeister.

»Komm hierher, Elsa, und hilf mir. Du bist ja flink im Rechnen.«

Das Mädchen, das den Gabenreigen eröffnet hatte, kam nach vorn und zählte.

»Vier Kronen und neunundsiebzig Öre«, sagte sie.

»Fein«, dankte Oemark, »und was soll ich nun damit anfangen?«

Der kleine zahnlose Jonte ganz hinten in der Ecke meldete sich eifrig.

»Na, Jonte?«

»Für ein Auto!« rief Jonte und setzte sich wieder mit gefalteten Händen.

»Ja, wahrhaftig«, sagte Oemark und schob die Münzen in seinen Geldbeutel. »Das soll als Grundstock für ein Auto dienen.«

Am anderen Morgen wanderten Ole Höjen, Oemark und Inger in aller Frühe auf die Alp hinauf. Der Weg führte zuerst über feuchte Moore mit blühenden Sumpfbrombeeren, die wie weiße Schneewehen den Rand der Moore bildeten. Dann kamen sie in den Tannenwald. Ein unerhört steiniger Weg führte steil bergauf. Die Bäume wurden niedriger. Die Bergbirke wuchs hier. Lange Gürtel dieser Bäume streckten sich mit ihren unglaublich verdrehten Stämmen wie eine ewige Sehnsucht in Richtung Süden. Der Boden war noch grau und fleckig vom Schimmel, der sich im Frühling, bevor das Gras aufzuschießen beginnt, unter dem Schnee bildet.

Dann kamen die letzten Schneeflecken. Bisweilen führte der Weg über weite Felder mit hartgefrorenem Schnee, den der Wind eisig glatt geblasen hatte. Oemark glitt einmal aus und rutschte einen Abhang hinunter, den er eben erst hinaufgestiegen war. Als er, vom Hinuntersausen etwas schwindlig geworden, im Schnee sitzen blieb und sich ausruhte, schien ihm der Gipfel des Hundfjäll noch gleich weit entfernt wie vor zwei Stunden im Tal unten, als er den Aufstieg begonnen hatte. Er spürte, daß die dünne Luft ihm ein wenig Atemnot bereitete. Das Herz klopfte unruhig in seiner Brust.

* In Schweden sind die Fünfer die größten Kupfermünzen, sind also viel größer als die kleinen Zehn- und Fünfundzwanzig-Öre-Stücke aus Nickel.

»Vielleicht mache ich eine Dummheit, wenn ich diesen Sommer in die Berge gehe«, dachte er.

Aber im selben Augenblick winkte Inger von oben. Sie fing an hinunterzurutschen. Sie meinte vielleicht, er habe sich verletzt. Er stand auf und rief ihr zu:

»Du brauchst nicht runterzukommen, Mädchen!«

Aber sie kam doch. Nahm ihm den schweren Rucksack ab, bat ihn um sein Messer und schnitt von einer Eberesche mit schwarzer Rinde, die in einer Mulde wuchs, einen festen Knotenstock. »Wie gelenkig sie ist und wie leicht sie geht«, dachte er. Und es fiel ihm eine Zeile aus dem Hohen Lied ein, das er nach dem lustigen Intermezzo beim Examen im Domkapitel zu studieren begonnen hatte.

»Flieh, mein Freund, und sei gleich einem Reh oder jungen Hirsch auf den Würzbergen!«

Ja, es duftete wirklich hier oben. Die Bergweide leuchtete mit ihren gelben Sonnenbällchen, und die kleine Bergazalee bedeckte den Boden wie ein rosiger Web-Teppich. Die gleichen Farben wie auf der Decke von Elin vom Thomashof! Und Blumen, die er noch nie gesehen hatte: Kleine gelbe Bergveilchen und ein kleines daumenhohes Pflänzchen, das sich erhob wie ein schmaler Kelch von feinstem himmelblauen Glas.

Sie kamen zu einem riesigen Stein. Ein erratischer Block, so groß wie ein kleineres Haus. Die Sonne brannte so heiß, daß sie in den Schatten krochen.

»Das ist der Ruhestein«, sagte Inger. »Weißt du, daß er sich jedesmal dreht, wenn er die Kirchenglocken läuten hört?«

»Nein, macht er das wirklich?«

»Ja, das ist wirklich wahr. Denn er hört die Kirchenglocken nie!«

Inger lachte ausgelassen. Es perlte nur so aus ihr hervor.

»So etwas ist Musik«, dachte Oemark und erinnerte sich an ein verschüchtertes Gesicht in einem schmutzigen Kaffeelokal vor einem halben Jahr.

Sie setzten ihre Wanderung fort und kamen zu einem Bächlein, das mit grünlich-klarem Wasser über weiße Steine rann.

»Das ist unser Bach«, sagte Inger. »Verirrt man sich, so braucht man bloß ihm nach oben zu folgen, so kommt man auf die Alp.«

Sie stiegen nun einen Bergrücken mit einer langen Kante hinauf. Als sie die Höhe erreicht hatten, öffnete sich ihnen eine ganz neue Welt.

Der Gipfel des Hundfjäll schien zwar noch immer gleich weit entfernt, aber grad auf der anderen Seite des Bergrückens lag ein liebliches Tal mit saftigem grünen Gras auf beiden Seiten, so weit man sehen konnte. Am Hang auf der anderen Talseite sah man ein paar graue Hütten, von Steinmäuerchen und ein paar Ebereschen und Salweidenbüschen umgeben.

»Drehen Sie sich um, Herr Pastor!«

Oemark fuhr hoch. Das war auf dem ganzen Weg das erste Mal, daß Ole etwas sagte. Er wandte sich um. Tief unter ihnen lag Vassbäcken. Ein kleiner, schmaler Streifen bebautes Land um den Weiher herum, den der Hundsbach bildete. Das Kirchtürmchen ragte in den Himmel wie — ja, wie ein Zahnstocher. Dort sah man den rot gestrichenen Pfarrhof, die Schule und graue und rote Holzhäuser, in üppiges Grün gebettet. Aber rundherum waren bloß Berge, und in der Talsohle im Westen tauchten, wie zwei farbige Pünktchen, zwei Fahnen auf, die schwedische und die norwegische, die aus einem zerzausten Föhrenwald emporragte. Dort war die Grenze und die Zollstelle.

Oemark stand stumm vor dem mächtigen Anblick. Dann sprach er laut: »Ehe denn die Berge wurden, die Erde und die Welt geschaffen, bist du, Gott, von Ewigkeit zu Ewigkeit.«

»Amen«, hörte man da eine Stimme. Es war Ole. Oemark dachte: »Je näher Gott, desto näher den Menschen.«

Sie kamen um die Mittagszeit ans Ziel. Ole Höjen suchte unter der Steinplatte bei der Treppe den Schlüssel hervor. Die Hütte war geräumig, offen bis zum Dachfirst hinauf. An den Wänden entlang standen rundherum große Pritschen. Sie hatte nach Osten und Süden zwei Fensterchen. Ein grob gezimmerter Tisch stand vor der Pritsche an der östlichen Giebelwand, und in ihm waren Hunderte von Namen und Jahreszahlen eingeschnitzt. An einigen Stellen war der Tisch schalenförmig ausgehöhlt. Ole erzählte, man habe in alten Zeiten anstelle von Tellern und Schalen solche Vertiefungen in der Tischplatte gebraucht.

»Bequem!« sagte Oemark.

»Und hygienisch!« sagte Inger.

»Wie ich merke, fängst du an, übermütig zu werden«, sagte Oemark.

»Ich freue mich bloß so, daß ich wieder hier bin«, sagte Inger.

»So, du freust dich?« fragte Oemark. »Ja, ich freue mich auch!«

Ole hatte im Kamin schon Feuer gemacht. Der war so groß, daß man aufrecht darin stehen konnte. Zwei mächtige Kupferkessel standen an die rußige Mauer gelehnt und streckten einem ihre bauchige Rundung entgegen. Bald stand die Kaffeekanne auf dem Feuer, und der Proviant wurde ausgepackt. Inger hatte Wasser geholt und den Tisch und die Sitzbretter gescheuert.

»Sollen wir wirklich den ganzen Sommer über in diesem Paradies sein dürfen, Inger?« fragte Oemark. »Es hängt nur davon ab, ob ich wöchentlich einmal hinauf- und hinuntergehen mag.«

»Der Weg ist nicht mehr so lang, wenn man sich einmal an ihn gewöhnt hat«, sagte Inger.

Während Ole an der Hütte herumhämmerte, daß es dröhnte, und während Inger scheuerte und die Holzgefäße in den Bach stellte, damit sie wieder dicht würden, wanderte Oemark umher, planlos, ohne sich nützlich zu machen, aber selig. Er kletterte auf kleine Hügel und entdeckte immer wieder eine neue Aussicht. Er legte sich auf einer flachen Steinplatte auf den Rücken und ließ den Wind und die Sonne von Gottes Herrlichkeit predigen. Er hörte auf den Bergpfeifer und den Bergbussard, auf das Summen Tausender Insekten, die noch keine Zeit hatten, aus Tieren und Menschen Blut zu saugen. Hier war man so weit weg von der gewöhnlichen Welt, die von hier oben aus viel besser aussah, als sie in Wirklichkeit war.

»Genauso sieht Gott auf die Welt«, dachte Oemark. »Kein Wunder, daß er sie liebt. Aber er sieht auch anderes. Und dennoch liebt er die armen Menschen, gerade um ihres Unglückes willen. Und trotz der Härte ihrer Herzen. Sollte da nicht auch ich Ole und Gölin lieben, wenn doch Gott sie lieb hat?«

Oemark mußte im Schatten eines großen Steines Schutz vor der Sonne suchen. Er lag auf dem Rücken und beobachtete eine Wolke, die kaum hundert Meter über ihm durch den Raum schwebte. Als sie über den Rand des Steines glitt, war es, als segelten der Stein und die Erde, auf der er lag, davon. Er bekam ein seltsames Schwindelgefühl. Es war ihm, als sause er in schwindelnder Fahrt in den Weltenraum hinaus.

Im selben Augenblick hörte er plötzlich vom Tälchen herauf seltsam klingende Töne. Er richtete sich auf und sah Inger mit einem alten Hirtenhorn am Mund vor der grauen Hütte stehen. Es schnarrte anfangs ein wenig; doch bald stiegen rauhe, aber volle Töne zu ihm empor, als hätte jemand aus den großen, hallenden Sälen im Innern eines Berges geblasen. Er begriff, daß sie ihn zum Abendessen rufen wollte, rief zurück, obgleich es unsicher war, ob seine Stimme so weit tragen würde, und begann, den Abhang hinunterzulaufen. Unterwegs entdeckte er einen kleinen Speicher, den er vorher gar nicht bemerkt hatte. Der stand auf hohen Pfählen, und eine kleine viereckige Tür mit schönen schmiedeeisernen Beschlägen und Verzierungen ließ sich willig nach innen öffnen. Oemark kletterte auf das hohe, breite Fußbrett vor der Tür und ging hinein. Der Speicher war leer. Auf der Nordseite war eine Luke ausgespart, die mit einem Fenster aus altem, dünnem, grünschimmerndem Glas versehen war. »Hier möchte ich in diesem Sommer wohnen«, dachte er.

Beim Essen — es bestand aus gesalzenem, gebratenem Speck, grobem Brot und saurer Milch aus einem Holzgefäß — fragte Oemark vorsichtig wegen des Speichers.

»Er gehört zu unserer Sennhütte, aber wir brauchen ihn nicht. Der Herr Pastor darf in diesem Sommer gerne darin wohnen, wenn er will.«

Oemark war glücklich. Er dachte an die achtzehn Bände des »Nordisk Familjebok«, die vor einigen Tagen eingetroffen waren. Er würde jeden Montag einen Band mit heraufnehmen und am Samstag wieder hinuntertragen. Er würde Zeit haben, während des Sommers etwa acht oder zehn Bände durchzuackern. Die Nächte waren ja hell. Er konnte am Abend und am Morgen liegen und lesen. Wenn er sich nur ein Mückennetz verschaffte, konnte er sein Bett zur Tür hinschieben.

»Welches Bett?« Inger saß da und starrte ihn mit offenem Mund an. Der Löffel hatte bloß den halben Weg zum Mund zurückgelegt.

Oemark lächelte.

»Ich habe wohl wieder einmal laut gedacht«, sagte er.

»Ja, du hast eine gute Weile mit jemandem geplaudert, den wir nicht sehen können«, sagte Inger.

»Hm«, sagte der Bauer.

31

Am folgenden Montag bewegte sich ein langer Zug durch das Kirchdorf von Vassbäcken und dann den Weg zur Alp hinauf. Ganz vorn ging Ole und führte ein Pferd, das einen Packsattel hatte und mit allen möglichen Gebrauchsgegenständen beladen war: Proviant und Bettzeug und anderes, was man den Sommer über brauchte. Dann kam Gölin, die einen Salzsack um den Leib gebunden hatte, um die Kühe damit locken zu können. Danach kamen Kühe in einer langen Reihe, fünfzehn Milchkühe, dazu noch einige Rinder und Kälber. Nach den Kühen kam Inger mit einem Birkenzweig, um sie anzutreiben. Sie trug kein Kopftuch – es war ihr auf den Nacken gerutscht. Auf dem Rücken trug sie einen leichten geflochtenen Käfig mit zwei Hühnern. Zuletzt kam Oemark, der unter einem geliehenen Rucksack voller Bücher, Kleider, Schreib- und Rasierzeug keuchte. Eine Rolle grünes Gewebe, das als Mückennetz dienen sollte, war am Rucksack festgebunden. Der Knotenstock, den Inger ihm geschnitten hatte, hatte er mit dem Messer fein bearbeitet und mit einer Zwinge versehen. Dicht hinter Oemark lief die Katze mit hocherhobenem Schwanz.

Man gelangte diesmal rascher ans Ziel als das letzte Mal. Die Kühe waren wild, beinahe närrisch, in die leichte Bergluft hinaufzukommen.

»Die fühlen sich hier oben daheim«, sagte Oemark zu Inger, »sieh nur, wie leicht sie die steilen Hänge hinaufspringen!«

Es waren gesunde Kühe ohne Hörner von einer kleinen Bergrasse, aber gute Milchkühe.

In kürzerer Zeit, als man gedacht hatte, war man oben auf der Alp.

»Du hast recht, Inger«, sagte Oemark, »der Weg wird kürzer, wenn man sich an ihn gewöhnt hat. Zuletzt ist es wohl überhaupt kein Weg mehr.«

Inger war dabei, das Pferd abzuladen.

»Hier ist das Zeug für deine Matratze und dein Kissen«, sagte sie, »und das Leintuch und der Kissenbezug und Handtücher und zwei Wolldecken. Und ein Waschbecken.«

Oemark packte alles zusammen und trug es in seinen Speicher. Er pflückte Rentierflechte und Isländisches Moos und legte es auf eine Felsplatte zum Trocknen. Am Abend stopfte er es in die Matratzenhülle, die Inger aus groben Säcken genäht hatte. Ein Sack diente als Kissen. Er hatte ein paar Zeitungen im Rucksack. Die breitete er auf dem Boden aus, legte die »Matratze« darauf und machte sich sein Bett. An das Kopfende des Lagers legte er seine Bücher. Unter die Fensterluke nagelte er ein Gestell als Tisch und legte sein Schreibzeug und seine Toilettensachen darauf, darunter einen Spiegel.

»Um täglich nachzusehen, ob ich nach Gottes Ebenbild geschaffen bin«, scherzte er mit sich selber. Ein Klotz, den er im Holzschuppen fand, wurde sein Schreibstuhl. Das Waschbecken versorgte er hinter dem Fußbrett vor der Tür.

»Ich muß zum Waschen draußen stehen, so bespritze ich nichts.«

Oemark hatte sich ausbedungen, auch einen Teil der täglichen Arbeiten zu übernehmen.

»Um sich wenigstens das Essen zu verdienen.«

Obwohl Ole und auch Gölin und Inger ihn baten, das bleibenzulassen, melkte er täglich mindestens drei Kühe.

»Das Melken ist Frauenarbeit«, sagte Ole, der dabeistand und zusah.

»Keineswegs«, sagte Oemark. »In der Schweiz melken nur die Männer.«

»Bist du dort gewesen?« fragte Ole.

»Nein, aber ich habe es in einem Film gesehen.«

»Hast *du* einen Film gesehen?« fragte Ole und sperrte die Augen weit auf. »Das ist die letzte Erfindung des Teufels.«

»Wer sagt das?«

»Die Prediger.«

»Dann werden sie halt einen entsprechenden Film gesehen haben. Meinen Film hat Gott erfunden.«

»Die Prediger haben überhaupt keinen Film gesehen.«

»Wie können sie dann etwas darüber wissen? In der Bibel steht nichts über den Film.«

Ole ging seines Weges. Diesem Pfarrer wußte er immer weniger zu entgegnen. Es wäre wohl besser, wenn Gölin ihn in die Kur nähme.

Aber Gölin hatte anderes zu tun. Sie sah, daß Oemark gut mit den Tieren umgehen konnte und sich nicht scheute, Hand anzulegen.

Eines Nachts hörte sie vom Stall her das ihr wohlvertraute Muhen einer Kuh, die kalben sollte. Bevor sie Zeit hatte, in die Kleider zu kommen, steigerten sich die Notschreie der Kuh. Ole schlief, aber sie würde wohl schon allein mit der Sache fertig werden. Als sie hinauskam, war Oemark schon im Stall und hatte die Leine verlängert.

»Verstehst du dich auch auf solche Dinge?« fragte Gölin.

»Ich mußte vor einigen Jahren in Östergötland einem Bauern helfen.« Die Sonne ging auf, ehe das Kalb kam. Als das Schlimmste vorüber war, ging Gölin hinaus zur Feuerstelle vor dem Haus, wo Oemark in der Nacht Wasser gewärmt hatte. Sie legte frisches Holz auf die Glut und ging hinein, den Kaffeekessel zu holen. Gölin saß schweigend da, als überlegte sie etwas. Oemark saß ein wenig von ihr entfernt und strich der Katze, die zu ihnen herausgekommen war, sachte über den Rücken. Als sie den Kaffee getrunken hatten und aufgestanden waren, streckte ihm Gölin die Hand entgegen.

»Ich danke dir«, sagte sie. »Und ich muß immer noch an etwas denken. Wir waren nicht nett zu dir, als du das erste Mal zu uns kamst. Du bist von uns gegangen und hattest nicht einmal Kaffee bekommen. So etwas nimmt den Segen weg von einem Haus. Ich habe seit jenem Tage keinen Frieden mehr in meinem Gewissen gehabt. Aber nun finde ich, wir wollen Freunde sein.«

»Das sind wir immer gewesen«, sagte Oemark und drückte der Frau fest die rauhe, schwielige Hand. Dann gingen beide zu ihrer Schlafstelle und legten sich noch ein paar Stunden schlafen, ehe das neue Tagwerk begann.

Jeden Samstagmorgen wanderten Oemark und Inger ins Dorf hinab. Jeden Sonntagabend kamen sie wieder herauf. Oemark hatte dann immer allerlei vom Krämer im Rucksack. Frische Weizenbrötchen für Gölin, Tabak für Ole und Rauchwurst für den kleinen Haushalt. Immer lag ein neuer Band des »Nordisk Familjebok« in seinem Ränzel. Jeden Morgen wachte er sehr früh auf. Machte die Tür auf, spannte das Mükkennetz davor und kroch mit seinem geliebten Buch wieder auf seine Rentierflechtenmatratze. Planlos unternahm er Reisen in die Welt des Wissens hinein, aber in dieser Planlosigkeit lag doch stets eine neugierige Lernfreude. Was hatte er vorher über Aberdeen, Arizona und den Mathematiker Abel gewußt? Oder über Beresina, Beowulf und Beethoven? Biographien, Geographie und Maschinen interessierten ihn besonders. Unmerklich verschaffte er sich ein ansehnliches Wissen und behielt doch ständig das demütige Bewußtsein, daß er wenig wußte.

Auch an den Abenden las er. Es kam vor, daß ihm das Buch aus der Hand glitt und daß er ohne Abendgebet einschlief. Dann dankte er halt

Gott, wenn er erwachte. Von seinem Lager aus, nahe bei der Tür, konnte er in mächtige Weiten blicken, hinauf bis in das Hochgebirge, das beim Sonnenaufgang in den unwirklichsten Farben leuchtete.

»Nun weiß ich, daß die Maler nicht flunkern«, dachte er. »Aber wie sie es auch anstellen, Gott Vater selbst können sie auf alle Fälle nicht übertreffen.« Einen Augenblick später erhob sich seine Seele in hymnischer Andacht: »Ich hebe meine Augen auf zu den Bergen!«

32

Die Wochen vergingen. Als Oemark an einem Samstag hinunterkam, lag unter anderer Post ein Brief da mit Angerds wohlbekannter, verschnörkelter Handschrift. Oemark ließ ihn liegen, bis die Bürozeit auf der Kanzlei zu Ende war. Es waren einige Gutachten zu schreiben, ein Monatsbericht über die Todesfälle für die staatliche Altersversicherung. Um ein Uhr wurde zu Mittag gegessen, um zwei Uhr kamen die Schulkinder, um ihre kleinen Gärtchen zu jäten. Erst nachdem die Kinder gegangen waren, öffnete er den Brief.

Lieber Freund und Bruder!   Uddarbo, den 1. Juli
Du bist wohl erstaunt, daß du von mir einen Brief bekommst. Aber ich werde mich bald verheiraten. Und zwar nicht mit Hanna, wie ich zuerst gehofft hatte, sondern mit ihrer jüngeren Schwester Valborg. Wir haben gleichsam »einander gefunden«, verstehst du. Und ferner kann ich dir mitteilen, daß ich den Hof gekauft habe, den wir gemietet hatten, die Junggesellenherberge. Konnte ein wenig erben von einer Tante mütterlicherseits in Skara, und da ich gern in Uddarbo bin, bleibe ich hier. Bis auf weiteres. Der Schwiegervater versprach mir, beim Instandsetzen des Hofes zu helfen, sowohl mit der Kraft seiner Hände als auch auf andere Weise. Du verstehst.

Aber nun möchte ich, daß du herkommst und uns traust. Ich begreife, daß du dich nicht an einem Sonntag freimachen kannst. Dann geht es also an jedem beliebigen anderen Tag. Schreib nun und sage, an welchem Tag du kommst, nach dem 15. Juli, denn dann läuft die Verkündigungsfrist ab. – Ragnarsson bat mich, dich zu grüßen. Er reiste gestern ab. Er ist nach Falun in seine Bank versetzt worden und ist froh darüber, obwohl es ihm in Uddarbo gut gefallen hat. Ein lieber Kerl. Jemand anders läßt auch grüßen. Aber du mußt erraten, wer das ist. Schreibe sofort!

Dein ergebener Erik Angerd

P. S. Wie sollen wir es mit der Kuh machen? Ders.

Oemark war sich zuerst darüber im klaren, was sie mit der Kuh machen sollten. Die sollten Angerd und Valborg als Hochzeitsgeschenk bekommen. Er würde wegen dieser Sache sofort an Ragnarsson schreiben, so waren sie die Sorge los, was sie dem Paar schenken sollten und was mit der Kuh zu geschehen habe. Dann kam die Hochzeit. Ja, es waren mehrere unverheiratete Töchter auf dem Gabrielshof, so wäre also dort auch für Ragnarsson noch eine zu haben gewesen. Aber der mußte sich wohl etwas Feines aus der Stadt holen; er war ja ein Stadtbub.

Und dann war der Hochzeitstag zu bestimmen, ja. Am besten wählte er den Mittwoch, so hatte er vor- und nachher ein paar Tage Zeit. Samstagmorgen mußte er wieder daheim sein.

Oemark schrieb die beiden Briefe an Angerd und Ragnarsson, so war diese Sache erledigt. Dann ging er die alte Ane in Utlängan besuchen, die »Kuhferien« hatte. Er mußte ihr erzählen von der Sennhütte und von Gullstjärna und Tossa und Lillfrökna, ihren drei Kühen. Er hatte auch Butter und Milch und Molkenbutter und Kleinkäse bei sich und konnte ihr mitteilen, daß vier Käse auf einem Gestell oben unter dem Dach liegen mit Anes Zeichen darauf. Die Alte kicherte zufrieden vor sich hin und sagte:

»Einen so netten Pfarrer haben wir wohl noch nie gehabt in Vassbäkken zu meiner Zeit, und die ist lang gewesen. Dreiundachtzig werde ich im Frühling, wenn ich's erleben darf. Der Herr Pfarrer liest mir wohl noch den Psalm, ehe er geht, nicht wahr?«

Ja, Oemark hatte im Sinn gehabt, »den Psalm« zu lesen. Er nahm seine kleine Taschenbibel und las den 103. Psalm Davids. Etwas anderes wollte die Alte nicht hören.

Und wieder vergingen einige Wochen, voll von des Sommers Herrlichkeit. Aber Oemark war irgendwie unruhig. Die Unterbrechung des Sommeraufenthalts auf der Alp war nicht in seinen Plänen vorgesehen gewesen. Er versuchte herauszufinden, weshalb er eigentlich unruhig war. War es, weil er Inger die Zeit über ganz der Obhut der Eltern überlassen mußte, welche sie höchstens als eine Stallmagd betrachteten, die ihre Pflicht erfüllte, der sie aber offensichtlich kein bißchen Elternliebe entgegenbrachten? Oder war es ..., er wagte dieser Frage nicht einmal im Schlaf ins Auge zu blicken, denn er wußte die Antwort nur zu gut ... War es, weil er sich fürchtete, Hanna wiederzusehen? Ja, es war unmöglich, das abzustreiten. Er zitterte vor dem Wiedersehen mit ihr. Sie schwebte wieder himmelhoch über ihm; hatte, im wahrsten Sinne des Wortes, eine Himmelfahrt mitgemacht. Er sehnte sich mehr als je nach ihr, aber die Begegnung mit ihr würde auch den Schmerz darüber vergrößern, daß er sie gewiß nie bekommen konnte. So häßlich und täppisch, wie er war, und gerade beides zusammen! Er verstand wohl, daß die Leute ihn, einen solchen Mönch, auslachten.

Am Sonntagnachmittag nahm er Abschied von Inger. Sie ging wieder auf die Alp.

»Und du kommst am Samstag herunter wie gewöhnlich?«
»Sicher.«
»Grüße die oben! Gott sei mit dir!«
»Danke. Und mit dir auch.«

Sie warf ihm einen Blick zu, der die ganze vertrauensvolle Hingegebenheit eines jungen Herzens zum Ausdruck brachte.

»So ein Blick wärmt besser als die Branntweinflasche des Küsters«, dachte Oemark. Schloß die Tür, legte den Schlüssel unter die Türplatte und setzte sich auf das geliehene Fahrrad.

»Nächstes Jahr um diese Zeit muß ich ein Auto haben«, sagte er laut. Gott sollte es hören. »Das kannst du wohl irgendwie zustandebringen.« Und er hörte die Antwort, und die muß wohl günstig gelautet haben, denn er sang während der ganzen ersten Meile des Weges vor sich hin.

Auf dem Heimweg übernachtete er beim Pfarrer in Ljamå, und am Samstag früh, ehe noch jemand wach war, saß er schon wieder auf dem Rad. Eben ging die Sonne auf. Auf jungen roten Tannzapfen, ganz oben auf den Fichten, funkelte es wie Rubine, Smaragde, Saphire – der reinste Goldstaub.

Kein Weg war Oemark zu lang. In seinem Innern wimmelte es immer von Erlebnissen, die er gehabt hatte oder die kommen sollten. Er merkte die langen Steigungen nicht, die er hinauffuhr, auch nicht die steilen Wegstücke, auf denen er das Rad schieben mußte. In Gedanken durchwanderte er noch einmal die Ereignisse der vergangenen Woche. Er war bis nach Uddarbo geradelt, das waren zwölf Meilen, aber meistens abwärts. Hatte in Skinnarbo beim Propst eine gute Nachmittagsmahlzeit eingenommen und kam gerade recht zum Nachtessen in die Junggesellenherberge. Dort war Angerd allein übrig, und an Hannas Stelle besorgte Valborg den Haushalt.

»Wann sind einem je die Gebete nicht erhört worden!« dachte Oemark, als er Valborg erblickte. Denn er war mit der Klinke in der Hand im Hausgang stehengeblieben und hatte gebetet: »Lieber Gott, hilf mir bei der Begegnung mit Hanna. Du weißt doch, was für ein angegriffenes Herz ich habe.«

Doch die Begegnung mit Hanna war ja bloß aufgeschoben. Aber auch am Dienstag traf er Hanna nicht. Sie hatte alle Hände voll zu tun mit den Hochzeitsvorbereitungen auf dem Gabrielshof. Oemark ging alte Bekannte besuchen, machte eine Visite im Pfarrhaus, wo ein junger, sympathischer Gemeindepfarrer eingezogen war, der Geige spielte wie ein leibhaftiger Wassergeist (dem er übrigens recht ähnlich sah, dachte Oemark).

Mittwochvormittag ging er mit bebendem Herzen zum Gabrielshof, aber da war Hanna mit der Braut und den andern Schwestern mit dem Auto weggefahren (man denke!), und zwar in den Ort, an dem sich die Bahnstation befand, um die Frisuren in Ordnung bringen zu lassen. Es war die alte Gabrielsmutter, die ihn willkommen hieß, und sie tat es aufrichtig. Fürs erste war also alles in bester Ordnung. Die Köchinnen waren gekommen und mit den Vorbereitungen für das Nachmittagsessen beschäftigt. Sie zerhackten Eier, schnitten rote Rüben, reinigten Anchovis und garnierten Torten. Ein Duft von gerösteten Zwiebeln und Porree, von Beefsteak und Koteletts erfüllte das ganze Haus. Die Gabrielsmutter zog Oemark ins Stübchen, und dort stellte sie ihm Kaffee mit allen vierzehn Sorten Gebäck hin. Statt Torte bekam er Käsekuchen und eingemachte Sumpfbrombeeren.

»So, so, nun traf es also Valborg«, sagte Oemark, während er am Käsekuchen kaute.

»Damit wirst du wohl zufrieden sein«, sagte die Alte, »denn Hanna sollst ja *du* haben.«
»Soll ich?«
»Wer sonst?«
»Ja, das kann man sich fragen«, sagte Oemark.
»Aber spute dich, sonst fährt sie nach Amerika zurück.«
»Hat sie das gesagt?«
»Nein, aber man merkt es ihr an.«

Oemark sah Hanna nicht, ehe er sich am Altar zum Brautpaar umwandte, um die Trauung zu vollziehen. Sie waren unter den Klängen eines Brautmarsches, den der neue Pfarrer spielte, in die Kirche eingezogen. So bieder und brüderlich war er, der Neue, wie man ihn nannte, daß er vor dem Brautpaar her bis zum Altar schritt und dann unter der Sakristeitür stand, das Kirchenlied mitsang und die ganze Zeit dazu auf der Geige spielte. Aber Oemark sah weder den Gemeindepfarrer noch das Brautpaar, noch die volle Kirche. Ja, vor seinen Augen drehte sich alles, als er in die Agende blickte. Denn dort oben auf der Empore stand der Engel mit den braunen Augen und dem weißen Kleid und einem Goldband im dunklen Haar, das wie eine himmlische Krone hochgekämmt war. Und gerade als Oemark in der Agende die rechten Buchstaben gefunden hatte und beginnen wollte: »Liebe Christen, die Ehe ist von Gott gestiftet«, hörte man einen Akkord auf der Orgel, und gleich darauf begann eine klare Stimme zu singen:

Keiner ist so selig, als der sein eigen nennt
auf Erden und im Himmel einen Freund,
der ihn kennt.

Oemark stand da, die Augen zum Himmel erhoben, das heißt zur Orgelempore, die in der kleinen Kirche nur so weit entfernt war, daß er noch sehen konnte, wie Hannas Augen auf ihn gerichtet waren. Sie sang nicht für das Brautpaar, nicht für Erik Angerd und Valborg Anderstochter, sie sang für ihn, für ihn allein. Er zwinkerte immer wieder mit den Augen, um die Tränen zurückzuhalten, welche die helle Stimme hervorlockte. Nein, es stimmte gar nicht, daß sie für ihn sang. Sie sang ja für Erik und Valborg. Nicht für ihn. Nein, Engel singen nicht für so häßliche Menschen. Und er senkte beschämt seinen Blick und sah die beiden, die vor ihm standen. Auch sie hatten Tränen in den Augen und drängten sich näher aneinander als zuvor. Und er las die heiligen Worte, und sie gaben einander das Treueversprechen. Und er sprach den Segen, während sie auf der harten Fußbank vor dem Altar knieten. Dann zogen sie hinaus. Voran der Neue mit seiner Geige, dann das Brautpaar, dann die Brautjungfern und die Brautführer. Er selbst schlich sich in die Sakristei, warf den langen Talar von sich und stürzte hinaus. Am liebsten hätte er sich gleich auf sein Rad gesetzt, um davonzustürmen — über alle Berge bis nach Vassbäcken und hoch auf die Alp, um sich so weit wie möglich zu verstecken, wo keine Engelserscheinungen und Sirenengesänge ihn dazu verlocken konnten, von einem Glück zu träumen, das ihm doch nie zuteil werden konnte. Aber außerhalb der Kirchhofmauer saß der Vater vom Gabrielshof auf seinem Wagen und wartete auf ihn. Über alle Wagen waren Bogen aus Birkenzweigen gespannt, und der Neue saß auf dem ersten Wagen, in dem das Brautpaar fuhr, neben dem Kutscher und spielte auf seiner Geige bis zum Hof, auf dem die Hochzeit gefeiert wurde.

Oemark ließ sich führen wie ein Kind, das sich verlaufen hat. Aber als man sich in der großen Scheune, die mit Birken und allen Sommerblumen geschmückt war, endlich auf den Bänken niedergelassen hatte, entdeckte er, daß er zwischen der Braut auf der linken und Hanna auf der rechten Seite saß.

»Wo hast du die ganze Zeit gesteckt?« fragte Hanna. »Du hast doch wohl nicht etwa Angst vor mir?«

»Doch, ich habe Angst vor dir, Hanna.«

»Furcht ist nicht in der Liebe«, sagte Hanna. Und weiter: »Dann kann ich also darüber beruhigt sein, daß du nicht in mich verliebt bist.«

»Ja, jetzt hast du's getroffen«, sagte Oemark.

»Dann verstehen wir einander«, sagte Hanna.

»Ich danke dir«, antwortete Oemark.

»Wofür?«

»Dafür, daß du mir beim Freien zur Hilfe gekommen bist.«

»Oh, so schnell geht das wohl nicht.«

»Es ist schon geschehen«, sagte Gustaf. »Wann werden wir heiraten?«

»Das hättest du ein wenig früher fragen können, dann hätten wir die Sache grad mit Valborg zusammen erledigen können.«

»Wir brauchen es wohl nicht so nobel zu haben wie sie.«

»Nein, ich will es gewiß gern einfach haben.«

»Kannst du nicht Anfang September zu mir kommen? Dann bin ich wieder allein.«

»Ja, ich hörte, daß du ein kleines Mädchen zu dir genommen hast.«

»Ich mußte mich ihrer annehmen. Die Eltern wollen sie nicht bei sich haben. Sie soll im Herbst auf die Volkshochschule.«

»Ja, du kannst wohl auf die Länge nicht allein sein.«

Oemark hatte Lust, sich in den Arm zu kneifen. Redete man so mit einem Engel? Nüchtern und sachlich, als gälte es, über eine Haushaltsangelegenheit abzurechnen.

Er wandte sich heftig an Hanna: »Hanna, ist es wahr, daß wir ... daß wir verlobt sind?«

»Ich denke, das war die Meinung.«

»Dann mußt du einen Ring haben. Den Trauring meiner Mutter. Ich habe ihn in der Westentasche.«

»Beim Zahnstocher?«

»Genau da! Ich habe ihn immer bei mir. Willst du ihn?«

»Ein Mädchen fragt man nicht, ob es etwas will. Man gibt ihm einfach.«

»Da muß ich noch etwas lernen. Ich habe halt noch nicht so viel Erfahrung, siehst du.«

»Nein, Gott sei Dank.«

»Hier hast du den Ring.«

»Danke.«

»Darf ich ihn dir an den Finger stecken?«

»Frag nicht! Steck ihn einfach dran!«

Oemark drückte den Ring über Hannas Finger. Hanna hielt seine Hand eine Weile fest an ihren Schoß gedrückt. Er fühlte durch das dünne Kleid die Wärme ihres Körpers. »Nun ist sie mein«, dachte er. »Für Zeit und Ewigkeit. Gütiger Gott, wie glücklich bin ich!«

Sein Herz klopfte fest. Grad wie damals. Er hatte sich wieder vergessen und war einen steilen Hang hinaufgefahren. Er stieg vom Rad. Das war seltsam. Die Lungen wollten keine Luft mehr bekommen. Es wurde ihm schwarz vor den Augen. Mußte er vielleicht jetzt sterben? Allein im Wald? Er faltete seine Hände und lehnte sich schwer über das Rad. »Lieber Gott, wenn ich sterbe, so weiß ich, daß du für Hanna sorgst. Besser als ich es könnte.«

Nach ein paar qualvollen Sekunden schrecklicher Atemnot spürte er, wie die Lungen sich sachte wieder mit Luft füllten. Das Herz, das ihm wie ein toter Klumpen vorgekommen war, begann erneut zu schlagen. Er hörte, wie es sich in Bewegung setzte wie ein Pumpwerk, und nach einer Weile konnte er über den Namen lachen, den das Volk von Vassbäcken dem Herzen gab. Es nannte das Herz »die Blutpumpe«. Ich liebe dich von ganzem Herzen hieß in der Sprache des Grenzgebietes: Ich mag dich gern von ganzer Blutpumpe.

»Nun geht die Blutpumpe wieder!« rief Oemark den Föhren und den Tannen und dem Hundsbach zu, der in der Tiefe sang, den Trollblumen, die gelb und glänzend über faulende Moore mit Fackelblumen leuchteten, und den Pflanzen, die König Karls Zepter heißen. Und obwohl er wußte, wie grotesk es klingen würde, fing er dann selbst an zu singen:

Keiner ist so selig, als der sein eigen nennt
auf Erden und im Himmel einen Freund,
der ihn kennt.

33

Oemark kam noch etwas zu früh in seine Sprechstunde. Die Leute saßen auf der Veranda und warteten.

»Die Tür ist geschlossen«, sagten sie.

»Inger ist wohl einkaufen gegangen«, meinte Oemark und suchte den Schlüssel unter der Steinplatte vor der Tür hervor. Jedermann in Vassbäcken wußte, wo er lag. Nach der Arbeit in der Kanzlei pflegte er sonst zu essen. Aber es war kein Essen in der Küche. Kein Feuer im Herd. Draußen warteten schon die Schulkinder darauf, ihre Beete jäten zu dürfen. Oemark schickte sie in den Garten und stellte den Sirup und den Zwieback auf der Veranda bereit. Als die Kinder gegangen waren, mußte er sich sein Essen selbst zubereiten. Aber es war nichts in der Speisekammer. Er mußte erst einkaufen gehen.

Er ging wie in einem glücklichen Traum. Er hörte jemanden sprechen. Ein Engel ging neben ihm. Aber der Engel redete mit der Stimme eines gewöhnlichen Menschen: »Ja, du kannst wohl auf die Dauer nicht allein sein.« So stand es ja auch in der Bibel: »Es ist nicht gut, daß der Mensch allein sei.« Er ging heim und kochte Kartoffeln und briet Hackwurst. Besorgte die amtliche Post. Schickte den Trauschein für Valborgs und Eriks Trauung ab. Ging und besuchte die alte Ane, kehrte nach Hause zurück und legte sich schlafen.

Ab und zu fragte er sich, warum wohl Inger nicht gekommen war, wie sie versprochen hatte. Es mußte wohl ein ernster Hinderungsgrund vorliegen. Es war doch nicht etwa ein Unglück geschehen? Er fiel auf die Knie und betete für sie. »Guter Gott, halte deine Hand über das Kind, wo es auch sein mag.«

Dann schlief er ein.

Hört Gott alles, worum die Menschen beten?

Manchmal sieht es gar nicht danach aus. Aber manchmal ist es, als rühre er mit seiner Fingerspitze an etwas, was in der Welt gerade zu passieren droht und leitet es auf ein anderes Geleise, so als ob ein Stationsvorstand eine Weiche umstellt. Denn kaum hatte der Pfarrer nach seinem Gebet für Inger »Amen« gesagt, so hörte man auf der Steinplatte unterhalb Oemarks Speicher einen harten Aufschlag, und ein Student rief: »Meine Okarina! In tausend Stücken!« Ein anderer Student hielt mitten in einem wirbelnden Tanze inne, aber immer noch ein Mädchen im Arm. Das Mädchen war Inger. Ihr blondes Haar war aufgelöst und leuchtete wie fließendes Gold. Ihre Wangen waren rot und warm, ihre Augen glühten vom Feuer und Rhythmus des Tanzes.

»Was ist los? Warum spielst du nicht?« sagte der Student und hielt das Mädchen umschlungen.

»Die Okarina!« sagte der andere Student, der auf dem Fußbrett vor der Tür des Speichers saß, mit den Beinen baumelte und traurig ein paar schwarze Scherben mit Löchern betrachtete, die auf der Steinplatte lagen.

»Schade!« sagte der Tänzer.

»Mehr als schade«, sagte der Musikant.

»Wie ist das passiert?«

»Fragst du, wie es zuging, wenn ein Unglück passiert ist?«

Das Mädchen machte sich vom Studenten los, lief zur Steinplatte und begann, die Scherben aufzulesen.

»Kann man sie nicht mehr flicken?«

»Versuche es nicht!« sagte der, welcher gespielt hatte.

Inger las sorgfältig alle Scherben auf. Sie steckte sie in die Rocktasche.

»Ja, das war ein ärgerlicher Schluß nach so einem fröhlichen Samstagabend.«

»Samstagabend?« fragte das Mädchen und starrte die beiden Studenten mit weit aufgerissenen Augen an. »Ist heute nicht Freitagabend?«

»Nein, kleine Freundin«, sagte der, welcher getanzt hatte. »Du hast dich offenbar in den Tagen verrechnet. Heute ist Samstag.«

Inger wurde bald weiß, bald rot. Sie schlug beide Fäuste vor das Gesicht. Es würgte sie so seltsam im Hals. Die Studenten schauten sie an. Was war nur in das fröhliche Mädchen gefahren, das bisher bloß gelacht und Abend für Abend auf der Steinplatte unterhalb des alten Speichers mit ihnen getanzt hatte? Ihr Tänzer ging zu ihr hin und nahm sie am Arm. Inger schlug seinen Arm von sich. Dann wandte sie sich um und eilte davon. »Wir laufen ihr nach.«

»Bleibt, wo ihr seid!« schrie sie. »Sonst weiß ich nicht, was ich tue.«

Die Studenten blieben unschlüssig stehen. Inger aber schlich sich zur Alphütte. Sie mußte wissen, was für ein Tag heute war. Sie ging auf Zehenspitzen in den dunklen Laubengang vor der Tür. Sie hörte drinnen eine Stimme. Es war die Stimme von Mutter Gölin.

»Gedenke des Sabbattages, daß du ihn heiligst. Sechs Tage sollst du arbeiten und alle deine Dinge beschicken; aber am siebenten Tage ist der Sabbat des Herrn, deines Gottes. Da sollst du kein Werk tun, noch dein Sohn, noch deine Tochter, noch dein Knecht, noch deine Magd, noch dein Vieh, noch dein Fremdling, der in deinen Toren ist. Denn in sechs Tagen hat der Herr Himmel und Erde gemacht und das Meer und alles, was darinnen ist, und ruhte am siebenten Tage. Darum segnete der Herr den Sabbattag und heiligte ihn.

Heiliger Herre Gott, wir danken dir, daß du unser Gewissen erleuchtet und uns gelehrt hast, dich an dem Tag anzubeten, den du dazu festgesetzt hast. Wir danken dir für den Sabbattag, der nun vergangen ist...«

Nun wußte Inger: Es war Samstag, der Sabbattag der Eltern. Der Student hatte recht; sie hatte die Tage falsch gezählt. Sie waren so schnell vergangen, die glücklichen, lustigen Tage mit den beiden Studenten, die Abende, an denen sie mit dem einen getanzt hatte. Der andere tanzte nicht, aber er spielte. Wunderbar spielte er. Und es war so innerlich beglückend, zu tanzen. Aber nun hatte Gott sie für diese Sünde bestraft. Und das schlimmste von allem war, daß sie ihr Versprechen dem Pfarrer gegenüber nicht gehalten hatte.

Inger schlich sich hinaus zur Scheune, wo sie auf dem Heuboden ihren Schlafplatz hatte. Ein kleines jungfräuliches Bett mitten im Heu. Eine zusammengelegte Pelzdecke und ein Kissen und eine Pferdedecke. Leintücher ohne Spitzen und Hohlsäume, grobe Leintücher, aber rein und schön, und ein Nachthemd. Sie stopfte mit zitternden Händen das Nachthemd und einige Kleider in ihr Bündel. Kletterte leise die Leiter hinab und machte sich auf den Weg ins Dorf hinunter.

Sie schlich den Weg hinten herum, um den Stall, trat versehentlich in die Mistgrube, brannte sich die nackten Beine an den Nesseln, sprang die Abkürzung hinunter über das Himbeergestrüpp auf den Steinhaufen, in dem die Ottern hausten. Sie wäre auch durch Feuer gegangen, wenn es nötig gewesen wäre. Sie mußte ins Dorf hinunter. Hinunter zum Pfarrer. Mußte alles sagen. Mußte um Verzeihung bitten. Oh, war es so leicht, wieder auf einen schlechten Weg zu kommen?

Die Sonne ging unter. Ein gelblicher Schein breitete sich über das Gebirge. Irgendwo in weiter Ferne schrie etwas so seltsam. Aber das jagte Inger keine Furcht ein. Mehr als vor den wildesten Tieren fürchtete sie sich, weil sie dem Pfarrer wehgetan hatte, weil sie ihr Versprechen nicht gehalten hatte, so daß er glauben mußte, sie sei auf einem schlechten Wege.

Nun erstarb das gelbe Licht. Zwischen den Bergbirken hindurch gelangte sie immer weiter abwärts. Die knorrigen Stämme glichen Trollen und Berggeistern, die sie packen wollten. Aber sie fürchtete sich auch vor ihnen nicht. Nun war sie schon im Tannenwald unten. Schwarz und düster schloß er sich um sie. Eine Eule schrie. Ein großer Uhu saß auf einem Ast und funkelte mit seinen gelben Augen. Öffnete seinen Schnabel und ließ einen scheußlichen Laut hören. Die weißen Sternblumen am Boden schauten sie mit weißen Spukaugen im Nachtdunkel an. Aber Inger fürchtete sich auch vor ihnen nicht. Sie kam auf das Moor hinunter. Die über den Sumpf gelegten Bretter gaben unter ihren bloßen Füßen glucksend nach, denn sie hatte die Schuhe ausgezogen. Ein großer Auerhahn, der in den Zweigen einer Tanne geschlafen hatte, flog mit dröhnenden Flügelschlägen auf. Inger hörte es kaum. Sie sprang weiter.

Es war Mitternacht, als sie unten ankam. Das Glöcklein im Turm schlug zwölf. Nun war es Sonntag. Das ganze Kirchdorf schlief. Inger schlich zitternd den Hügel zum Pfarrhaus hinauf. Der Schlüssel steckte. Sie trat ein. In der Küche sah sie die Reste vom Abendessen des Pfarrers. Sie ging in ihr Kämmerlein. Wir glücklich hätte sie sein können, wenn sie jetzt dort gelegen hätte. Hätte sie doch nicht getanzt!

Sie ging zur Schlafkammertür. Man hörte von innen keinen Laut. Sie klopfte leise. Niemand antwortete. Sie klopfte lauter. Keine Antwort. Er war wohl anderswo schlafen gegangen. Sie öffnete die Tür und trat ein. Doch, da lag er. Gegen die Wand gedreht lag er da und schlief.

Wozu sollte sie ihn wecken? Er hatte den ganzen Tag gearbeitet. War vielleicht von Ljamå mit dem Rad hergefahren. Sie zog die Tür leise wieder zu. Da hörte sie seine Stimme: »Ist jemand da?«

»Ich bin es, Inger.«

Oemark setzte sich im Bett auf. »Bist du es, Inger? Was willst du?«

Inger machte ein paar Schritte, dann sank sie auf dem Boden zusammen. Sie fing an zu weinen, herzzerbrechend, wie ein Kind.

»Ich bin eine arme Sünderin«, flüsterte sie. Oemark fühlte, wie ihm diese Worte tief ins Herz schnitten. »Was hast du getan, Inger?«

»Ich habe getanzt. Und ich habe so getanzt, daß ich die Tage vergaß.«

»Zu tanzen ist wohl keine Sünde. Es kommt darauf an, wie du getanzt hast und wo. Na, komm nun hierher, setz dich auf den Stuhl und erzähle mir alles!« Oemark nahm herunter, was er auf dem Stuhl hatte, die Bibel, das Gesangbuch und das Wasserglas. Inger stand zögernd auf und setzte sich auf den Stuhl. Sie wollte ihr Taschentuch herausnehmen, aber da fielen die Scherben der Okarina klirrend auf den Boden.

»Was ist das?«

»Das Spielwerk.«

»Welches Spielwerk?«

»Das Tanzinstrument.«

»Das Tanzinstrument?«

»Ja, da war ein Student, der spielte, und ein anderer, mit dem ich tanzte unter deinem — unter dem Speicher des Herrn Pastor.«

»Nein, nun mußt du aber der Reihe nach erzählen. Ich reise am Sonntag ab. Da bist du ja wieder auf die Alp hinaufgegangen, oder nicht?«

»Ja, gewiß.«

»Na, und dann?«

»Als ich hinaufkam, standen dort zwei Studenten und unterhandelten mit Vater und Mutter wegen eines Nachtlagers. Vater und Mutter wollten nicht, aber ich sagte, sie könnten doch sicher im Speicher des Herrn Pastor übernachten. Sie sahen so nett und ordentlich aus. Man konnte sie doch die Nacht über nicht draußen liegen lassen. Nicht wahr, die durften doch schon im Speicher übernachten?«

»Natürlich durften sie das. Na, und dann?«

»Dann wollten sie, daß ich ihnen den Speicher zeige. Das habe ich getan. Und als wir dorthin kamen, sagte der eine Student, der fröhliche, welcher tanzte: ›Sieh da, eine so schöne Steinplatte‹, sagte er. ›Nimm deine Okarina hervor und spiele!‹ – Da nahm der andere Student einen kleinen Tonkuckuck hervor, auf dem er spielen konnte, denn es war ein Theo... Theo..., er soll Pfarrer werden.«

»Theologe«, schlug Oemark vor.

»Ja, richtig, Theologe. Und der andere war Botaniker. Er war da oben, um Bergblumen zu pflücken, die er dann in einem großen Buch preßte, und sein Freund war mitgekommen, um ihm Gesellschaft zu leisten. Und spielen konnte der! Ich habe noch nie jemanden so spielen hören. Traurige Weisen und fröhliche Weisen und Kuhreigen und Tanzlieder. Und die Finger bewegten sich so flink auf den Löchern wie die Flügel eines Vogels, und es tönte so lustig. Da fragte der andere Student: ›Kannst du tanzen?‹ – ›Gewiß kann ich tanzen‹, sagte ich. Und dann tanzten wir.«

»Und der Theologe spielte. Was sagten Vater und Mutter dazu?«

»Sie sagten: ›Und *so* jemand soll Pfarrer werden!‹«

»Ich verstehe«, sagte Oemark. »Na, und dann?«

»Ja, dann gingen sie in den Speicher und legten sich schlafen, und ich ging heim auf meinen Heustock.«

»Und dann?«

»Ja, am nächsten Tag waren sie den ganzen Tag in den Bergen. Aber am Abend, als sie zurückkamen und bei der Mutter Milch holten, sagten sie: ›Du kommst doch wohl heute abend auch wieder?‹ – ›Vielleicht‹, sagte ich. – Und als ich fertig war, ging ich zu ihnen, und der eine spielte, und der andere tanzte. Und dann ging ich wieder heim. – Und so ging es Abend für Abend. Aber das Schlimmste war, ...« das Mädchen brach zusammen und begann zu schluchzen. »Das Schlimmste war...«

»Sag es, Kleine, ich bin dir nicht böse.«

»Das Schlimmste war, daß ich mich in den Tagen verrechnete. Heute abend ging die Okarina kaputt, und da sagte der, mit dem ich tanzte: ›Das war ein ärgerlicher Schluß nach einem so fröhlichen Samstagabend.‹ — Da merkte ich, daß ich mich in den Tagen verzählt hatte und daß ich mein Versprechen nicht gehalten hatte und daß du auf mich böse sein mußtest, weil ich dich zum Narren gehalten, weil ich getanzt und gesündigt habe.«

»Liebe Inger«, sagte Oemark, »war das das Allerschlimmste? Gab es nicht noch etwas Schlimmeres?«

Inger schuchzte. »Das ist wohl schwer genug, das. Daß ich versagt habe. Das war Gottes Strafe, weil ich gesündigt hatte.«

»Ich glaube nicht, daß du gesündigt hast, Inger.«

»Ist es denn keine Sünde, so zu tanzen, daß man seine Pflichten vergißt?«

»Doch, seine Pflichten zu vergessen, das ist eine Sünde. Aber zu tanzen, wenn man mit einem reinen Herzen tanzt, das ist keine Sünde. Wie fühltest du dich, als du mit diesem Studenten tanztest?«

»Oh, es war einfach herrlich.«

»Ja.«

»Hast du dich so gefreut, daß Gott in dein Herz hineinblicken und sehen durfte, wie du dich freust?«

»Ja, so habe ich mich gefreut, bis ich erfuhr, daß es Samstagabend ist und ich meine Pflicht versäumt hatte.«

»Aber das hattest du ja nicht absichtlich getan?«

»Nein.«

»Du hast dich bloß in den Tagen verzählt?«

»Ja.«

»Geh nun schlafen, Inger. Wenn du gefehlt hast, verzeihe ich dir. Und bete zu Gott, bevor du dich hinlegst, so wirst du sehen, daß auch er dir verzeiht!«

Aber Inger blieb sitzen. Die stille Julinacht war schon in die Morgendämmerung übergegangen. Im Morgengrauen sah Oemark, wie das Mädchen aus seiner Rocktasche die übrigen Scherben der zerschlagenen Okarina hervorklaubte. Sorgfältig las sie dann auch die auf dem Boden zusammen und streckte sie Oemark entgegen.

»Glaubst du ..., glauben Sie, Herr Pastor, man könnte dieses Instrument wieder zusammenflicken?«

»Das ist vielleicht nicht ganz unmöglich, Inger. Mit Liebe und Sorgfalt kann man vieles wieder zusammenflicken, was in dieser Welt zerbricht.«
»Ich dachte ...«, sagte Inger, blieb aber dann plötzlich stecken.
»Was dachtest du?«
»Ja, ich dachte, wenn das da wieder ganz werden kann, so ist das vielleicht ein Zeichen, daß Gott mir vergeben kann.«
»Dann wird es sicher möglich sein, es zu flicken.«
»Aber wie soll ich das Ding dem Studenten zurückbringen?«
»Ja, da mußt du Gott um Rat fragen«, sagte Oemark und lächelte. »Gute Nacht jetzt, Inger.«
»Gute Nacht. Und vielen Dank, daß Sie so gut zu mir sind, Herr Pastor.«

34

Das Pferd war schwer beladen, als sie von der Alp wieder ins Tal hinunterzogen. Da waren Käse und Butterfässer und große Handfäßchen mit Molkenbutter. Sogar eine von den Kühen mußte noch einen Packsattel mit solchen Dingen darauf tragen, die ins Tal sollten. Inger hatte das alte Hirtenhorn mitgenommen. Schon aus weiter Entfernung hörte man die Töne bis nach Vassbäcken hinunter, so daß alle im Dorf benachrichtigt waren. Als der Zug in die kleine Dorfgasse kam, liefen die Leute aus den Hütten und nahmen das Vieh und die mitgebrachten Sachen in Empfang. Auch die alte Ane war dort und weinte vor Freude, als sie Gullstjärna, Tossa und Lillfrökna um den Hals faßte.

»Das sind meine besten Freunde, meine einzigen Freunde«, sagte sie zu Oemark, der dastand und ihr zulächelte.

Willige Kinderhände halfen Butterfässer und runde Käse und längliche Handfäßchen hineintragen. Das war ein Festtag für das ganze Dorf, überall wurde Kaffee aufgesetzt, die Leute besuchten sich, als wären sie eine einzige Familie. Ole und Gölin, die sich sonst ganz abseits zu halten pflegten, waren plötzlich zum Mittelpunkt des Dorfes geworden. Man konnte das gute Werk, daß sie auf die Alp gezogen waren, nicht genug rühmen. Manch müde Frau hatte auf diese Weise willkommene »Kuhferien« bekommen.

Inger ging mit Oemark in den Pfarrhof hinauf. Es steckte Post im Briefkasten. Amtliche Post und dazu ein Brief aus Uddarbo mit unbekannter Handschrift. Oemark öffnete ihn.

Uddarbo, 25. Aug. 19..

Gustaf!

Du hast mich gebeten, in Erfahrung zu bringen, wann die Volkshochschule in Skinnarbo beginnt. Sie beginnt am ersten September. Ist es recht, wenn ich am letzten Augusttag vormittags hinaufkomme, so daß der Fuhrknecht von Ljamå das Mädchen gleich mit herunternehmen kann? Ich habe den Herrn Pfarrer angerufen; er wird sich ihrer annehmen und sie in den Zug setzen. Ich habe einen Webstuhl und allerlei anderen Kleinkram.

Hanna

»Das ist wirklich ein hinreißender Liebesbrief!« sagte Oemark und steckte ihn in die Brieftasche. »Ich glaube, den werde ich einrahmen lassen.« Dann wandte er sich bestürzt an Inger: »Liebes Kind, den wievielten haben wir heute?«

»Ich glaube, heute ist der 29. August.«

»Glaubst du? Bist du nicht sicher? Aber, liebes Kind, dann mußt du ja übermorgen abreisen. Wie machen wir das? Hast du Kleider?«

»Nicht viel.«

»Lauf schnell nach Hause und sieh nach, was du hast. Und komm hierher damit. Fang sofort an zu waschen, heute noch, dann kannst du morgen bügeln. Dann werden wir noch einkaufen gehen, was hier in der Handlung zu bekommen ist. Für das übrige werde ich die Frau Propst in Skinnarbo bitten, daß sie es dort besorgt. Ich werde ihr schreiben und Geld schicken.«

»Soll ich nicht zuerst saubermachen und kochen?«

»Nein, geh jetzt, und komm bald zurück!«

Das war ein erbärmliches Bündel, mit dem Inger zurückkam. Fast alles war ihr zu klein. Aber etwas davon konnte man doch gebrauchen.

»Du bist gewachsen, Mädchen. Eine große Dame bist du geworden!«

Inger lächelte. Das war so seltsam und abenteuerlich, in die richtige große Welt hinauszukommen. Und gleichzeitig hatte sie Angst vor all dem Neuen.

»Nun wollen wir essen. Segne, Vater, diese Speise, uns zur Kraft und dir zum Preise. Amen.«

Oemark hatte sein Lieblingsgericht gekocht, Hackwurst und Kartoffeln. Nachher Preiselbeeren und Milch. Während sie aßen, fragte er:

»Du hast mir noch nie gesagt, was du werden willst, Inger.«

»Ich will Lehrerin werden.«

»Soo! Warum willst du das werden?«

»Weil du es auch bist.«

»Weil ich Lehrer bin, meinst du? Dann möchtest du wohl auch noch Pfarrerin werden?«

»Nein, ich will Lehrerin werden. Ich stehe oft im Gang vor dem Schulzimmer und horche, und dann sehne ich mich danach, hineinzugehen und zuzuhören. Die Sonne scheint so schön dort drinnen.«

»Warum hast du das nicht eher gesagt? Das hättest du gerne tun dürfen.«

»Ich traute mich nicht.«

»Ja, nun ist es zu spät. Aber du kommst jetzt in eine ganz feine Schule. Eine feinere Schule als die Volkshochschule gibt es nicht.«

»Wenn du es sagst, glaube ich es.«

»Du glaubst wohl alles, was ich sage, Inger?«

»Ja, gewiß, denn du weißt alles.«

»Oh, Inger, Gott allein weiß alles. Denk daran. Das zu wissen, macht einen so ruhig. Das hilft einem.«

Inger wusch und bügelte, und Oemark ging mit ihr einkaufen. Er schrieb einen langen Brief an die Frau Propst und legte eine Hunderternote dazu. Den Brief befestigte Inger mit einer Sicherheitsnadel an ihrem Unterleibchen.

Inger schlief die letzte Nacht im Pfarrhaus. Ganz früh am Morgen stand sie auf, setzte das Kaffeewasser auf, ging hinaus und pflückte Blumen. Es waren nicht mehr viele, denn es hatte bereits ein paar Frostnächte gegeben. Als der Kaffee fertig war, stellte sie sich vor die Kammertür und sang: »Die helle Sonn leucht jetzt herfür.«

»Ich habe dich noch nie singen hören«, sagte Oemark, der noch ein wenig schlaftrunken und blinzelnd im Bett saß. »Du singst richtig schön.«

»Wirklich?« fragte Inger. »Dann kann ich vielleicht doch Lehrerin werden?«

»Wenn ich, der ich überhaupt nicht singen kann, Lehrer werden konnte, so kannst du, die singen kann, erst recht Lehrerin werden. Man singt auch auf der Volkshochschule.«

Das Frühstück stand in der kleinen Küche auf dem Tisch, als der Fuhrknecht den Hügel herauf zum Pfarrhaus kam. Der vierrädrige Wagen war wirklich überladen.

»Guten Tag, Hanna! Willkommen!«

»Guten Tag, Gustaf!«

Sie schüttelten einander die Hand. »Das Frühstück steht bereit.«

»Sollen wir nicht zuerst abladen?«

»Nein.« Zum Fuhrknecht dann: »Spanne das Pferd aus und gib ihm ein wenig Hafer! Und dann komm herein und iß mit uns.«

»Halt«, sagte Hanna. »Ich habe noch etwas zu essen mitgebracht.«

Hanna zog ein Marktnetz unter dem Fußsack hervor.

»Tritt ein, und willkommen in Vassbäcken!«

Inger stand mit rosigen Wangen beim Herd. Sie hatte eine kleine, weiße Schürze angezogen und knickste tief vor Hanna.

»Also du bist Inger! Und nun soll das kleine Mädchen des Pfarrers verreisen?«

»Ja«, stieß Inger hastig hervor. »Aber ich wäre so gern dageblieben, um der Tante als Mädchen zu dienen.«

»Sag Hanna zu mir. Ich bin ja auch nur Mädchen, wenigstens vorderhand!«

Hanna umarmte das Mädchen.

»Aha, sie kann also auch jemanden umarmen«, dachte Oemark.

Als sie gegessen hatten, sagte Hanna: »Hilf mir, Inger, einen kleinen Koffer hereinzutragen, den ich draußen habe. Ich habe auch für dich ein bißchen was mitgebracht.«

Sie trugen den Koffer in Ingers kleine Kammer und machten ihn auf.

»Hanna, wie konntest du nur!«

»Ja, ich dachte, das Mädchen hat vielleicht nicht so viel.«

»Das ist ja eine ganze Ausstattung. Und ein so schöner Mantel!«

»Der hat Valborg gehört. Du sagtest ja, sie habe etwa Valborgs Größe.«

»Und ich habe an die Frau Propst geschrieben und ihr hundert Kronen geschickt!«

»Hundert Kronen!«

Hanna lachte.

»War das zuviel?«

»Ihr Männer«, sagte Hanna, »ihr versteht nichts davon, was wir Frauenzimmer kosten. Das wirst du schon noch sehen.«

»Dann darf ich das, was ich Inger gekauft habe, wohl nicht zeigen?«

»Wenigstens nicht der Frau Propst. Es sei denn, du wolltest ihr einen Extraspaß bereiten.«

»Zeige es ihr, Inger. Ich habe dort das letzte Mal so gutes Essen bekommen. Vielleicht geht es mir dann wieder so gut, wenn ich das nächste Mal zu ihr komme.«

Inger winkte, solange sie zwischen den Birken hindurch noch eine Spur vom Pfarrhaus sehen konnte. Oemark stand da und blinzelte. Er spürte noch den festen Druck einer kleinen, starken Hand, der es schwerfiel, die seine loszulassen.

Er ging in die Küche. Dort standen eine Menge Sachen, die reingetragen worden waren.

»Eine ganze Möbelhandlung«, sagte er.

Hanna nahm einen Schein aus ihrer Tasche.

»Sieh mal«, sagte sie. »Das ist die Abmeldung. Nun können wir hier das Aufgebot bestellen. Es ist wohl am besten, wenn wir das gleich tun und am Tag nach Ablauf der gesetzlichen Frist heiraten.«

»Wo denkst du, sollten wir Hochzeit halten?«

»Hier natürlich. Du kannst übrigens Berglind in Ljamå bitten heraufzukommen. Er hat ein Auto und hat mir bereits eine halbe Zusage gegeben. Vorausgesetzt natürlich, daß du einverstanden bist.«

»Aber hattest du nicht vorgehabt, in Uddarbo...«

»Findest du, wir sollten so ein Theater machen wie Angerd und Valborg? Wenn man so alt und klug ist wie wir!«

»Wie alt bist du eigentlich, Hanna?«

»Ach, du weißt nicht einmal das? Und hast doch die Kirchenbücher in Uddarbo geführt.«

»Ich bin halt nicht wie der im nördlichen Nachbardorf, der den Geburtstag all seiner Gemeindeglieder auswendig weiß.«

»Nun, was meinst du, wie wir es machen sollen?«

»Ich freue mich, wenn es in Vassbäcken sein kann, dann haben die Leute hier auch etwas vom Fest. Aber wer wird uns dabei helfen?«

»Helfen?«

»Ja, bei den Hochzeitsvorbereitungen und so weiter. Wir werden doch am Nachmittag ein Festmahl haben?«

»Du und ich und der Pfarrer, der uns traut, werden wohl miteinander zu Abend essen. Dafür kann ich selbst sorgen. Aber nach der Trauung könnten wir dann im Pfarrhaus Kaffee servieren und alle einladen, die kommen wollen. Das ginge gut, wenn wir uns nach dem Gottesdienst trauen lassen.«

»Du hast wirklich an alles gedacht, Hanna.«

»Ja, ich hatte ja reichlich Zeit dazu zwischen Uddarbo und Vassbäcken. Aber mein Lieber, wohnen hier nur die paar Leute in diesem kleinen Dorf? Sind das alle?«

»Alles in allem sind es dreihundertfünfundsechzig Seelen, gerade soviel wie Tage im Jahr. Wenn ich dich auch eingeschrieben habe, sind es dreihundertsechsundsechzig. Dies Jahr ist ja ein Schaltjahr.[*] Übrigens bist ja auch du diejenige gewesen, die gefreit hat.«

»Ja, von dir aus wärst du doch nie dazu gekommen.«

»Und du hast es nicht bereut, Hanna?«

»Ich bereue nie etwas.«

»Dann muß man allerdings immer wissen, was man tut.«

»Man wäre dumm, wenn man das nicht wüßte. Aber hilf mir jetzt. Wir nehmen zuerst den Webstuhl.«

»Was willst du denn damit?«

»Was ich mit dem Webstuhl anfangen will? Hier gibt es ja nicht einmal Vorhänge und Teppiche. Was hat denn deine Inger eigentlich gemacht?«

»Sie hat einen Jumper gestrickt.«

»Ist das alles?«

»Sie hat halt keine Gelegenheit gehabt, etwas zu lernen.«

Er half ihr, den Webstuhl hineinzutragen.

»Ich will ihn in der kleinen Kammer beim Fenster haben«, sagte sie.

Der Webstuhl kam an seinen Platz. Da sah die Kammer sofort wohnlich aus. Dann trugen sie eine kleine Kommode hinein. Birke, hell poliert.

»Ich dachte, ich könne meine Kleider grad dort drin verstauen.«

---

[*] In Schweden sagt man, in den Schaltjahren dürfen die Frauen freien, und pflegt darum bei Beginn eines Schaltjahres die Junggesellen scherzhaft zu warnen.

Dann kam noch eine gleiche Kommode wie die vorige.

»Die ist für dich«, sagte Hanna. »Ich habe beide vom letzten Geld gekauft, daß ich von Amerika noch hatte. Ach, übrigens«, sagte sie, »Vater dachte, jedem von uns ein Fahrrad als Hochzeitsgeschenk zu geben. Du hast ja keins, und wir Mädchen hatten eins zusammen. Was meinst du dazu?«

»Ich meine«, sagte Oemark und rieb sich am Kopf, »wenn es nicht unartig ist, so sagen wir nein, danke! zu den Fahrrädern und bitten, daß wir statt dessen das Geld in unsere Autokasse bekommen.«

»Autokasse? Bist du verrückt?«

»Gewiß. Ich bin auto-verrückt. Wir werden ein Auto haben, Hanna. Weißt du, hier oben sind die Entfernungen groß. Dann können wir verreisen. Nach Uddarbo, nach Norwegen, wohin wir wollen. Fahrräder passen nicht für so alte Leute, wie wir sind.«

»Hm«, sagte Hanna, »das wäre gar nicht so dumm. Aber ein Auto kostet viel Geld.«

»Alles kostet Geld. Das ist kein Hinderungsgrund. Und ich habe schon etwas auf die Seite gelegt, siehst du.«

Er nahm ein Post-Sparkassenbüchlein hervor.

»Siehst du, hier ist der Grundstock eingelegt, vier Kronen neunundsiebzig; das habe ich am Examenstag von den Kindern bekommen. Ein gesegneter Grundstock! Dann habe ich auf die Seite gelegt, 50 im Juni, 100 im Juli und 50 im August. Inger bekam ja hundert. Zweihundertvier Kronen und neunundsiebzig Öre. Und wenn wir dann noch das Geld für die Fahrräder bekommen, können wir bald mit den Verhandlungen wegen des Kaufs anfangen. Und dann kommen die Zinsen dazu.«

»Auf der Post-Sparbank gibt es aber so wenig Zinsen!«

»In Vassbäcken gibt es keine andere Bank.«

Sie trugen die Kommode hinein, und Hanna ordnete Oemarks Wäsche darin. Er hatte sie bis jetzt in einem Spankorb untergebracht.

»Du hast bestimmt genauso wenig wie Inger«, sagte sie.

»›Was ich bedarf, das hab' ich hienieden; einst wird mir himmlisches Erbe beschieden‹, sagt der alte Knapp-Pers-Olle.«

Die Schule begann, und der Webstuhl wurde in Betrieb genommen. Oemark hörte bis ins Schulzimmer hinein das gleichmäßig dumpfe Klopfen, wenn Hanna wob. Es war, als hätte das Haus ein Herz bekommen, das nun zu schlagen begonnen hatte. Dreimal wurde die Eheverkündigung von der Kanzel verlesen. Am dritten Verkündigungssonntag predigte Pfarrer Berglind, und danach wurden Gustaf Oemark und Gabriels Hanna Anderstochter getraut. Hanna trug das weiße Kleid und das goldene Band im Haar, und Oemark wagte kaum, sie anzuschauen. Die Kirche war mit Birken geschmückt und voll besetzt. Amalia Larsson spielte und sang das Lied: »Wo ich geh und stehe, im Wald, auf Berg und Tal«, und die Schulkinder sangen einstimmig in vielen Tonarten: »Ich weiß, worin ich meine Stärke habe.«

Und der Zollmeister war im Frack erschienen. Er hatte leider seinen Zylinder vergessen, aber Oemark lieh ihm seinen Chapeau claque, den er selbst noch nie gebraucht hatte. Er stand dem Zollmeister ja schon ein wenig seltsam, aber was machte das in Vassbäcken!

Das große Zimmer im Pfarrhaus war noch unmöbliert. Mit Birken in den Ecken, einem langen, aus zusammengenagelten Brettern improvisierten Tisch und Bretterbänken, mit weißen Tischtüchern und vom Händler entliehenem Porzellan, mit guten Brötchen und Konfekt, von Hanna gebacken, und mit Torten aus der Konditorei in Ljamå, die der Pfarrer im Auto mitgebracht hatte, gab es einen Schmaus, von dem man in Vassbäcken noch lange sprach. Da wurden Reden gehalten vom Pfarrer und vom Zollmeister, und die Schulkinder standen in einer Ecke und sangen ein Lied nach dem andern und bekamen anschließend im Schulzimmer Sirup und Konfekt.

Hanna ging in ihrem weißen Kleid und mit dem Goldband im Haar umher und lächelte mit ihrem ruhigen Lächeln allen zu.

»Ich bin schon bei so mancher Hochzeit dabeigewesen«, sagte Pfarrer Berglind, »aber noch nie habe ich eine so rührige Braut gesehen.«

Doch auch dieser Schmaus ging zu Ende. Während Hanna in der Küche mit der Vorbereitung zum Abendessen beschäftigt war, hörte sie plötzlich, wie an der Tür von außen der Schlüssel umgedreht wurde.

»Ach, jetzt werde ich eingeschlossen«, dachte sie und ging zum Kämmerchen nebenan. Auch diese Tür war verschlossen. Sie hörte schwere Schritte von Männern, die etwas trugen. Zweimal hörte sie das.

»Also, ich bin gewiß nicht neugierig«, dachte Hanna, »aber wenn sie da nicht zwei Betten in die Schlafkammer tragen, weiß ich nicht, was sie tun.«

Der Schlüssel wurde wieder umgedreht, und ihr Mann stand da.

»Nun, Hanna, darfst du kommen und schauen«, sagte er.

Hanna folgte ihm in ihrem weißen Kleid und mit dem Goldband im Haar, die Küchenschürze noch umgebunden. Sie blieben an der Tür zur Schlafkammer stehen.

»Du hast mir zwei Kommoden mitgebracht«, sagte Oemark, »da fand ich, könnte ich dir zwei Betten schenken.«

Hanna trat hinzu und strich über die Betten. Helles Birkenholz, poliert. Und schöne blaue Matratzen und Kissen.

»Wie hast du dir die beschaffen können?« fragte Hanna. Ausnahmsweise klangen ihre Worte einmal wirklich überrascht.

»Valborg hat mir geholfen«, sagte Gustaf.

»Da ist wohl die ganze Autokasse draufgegangen«, sagte Hanna.

»Ich hatte auch noch eine besondere Bettenkasse. Man soll ja nicht bloß reisen, man soll auch ruhen.«

35

An den Wochentagen hielt Oemark Schule, und am Sonntag predigte er. Er besuchte Alte und Einsame. Auf den weiten Hochebenen zwischen den Bergen gab es abgelegene Höfe.

Hjalmar war ein Jäger und Fischer in einer Hütte nahe der norwegischen Grenze. Er besaß ein paar halbwilde Ziegen, die er manchmal mit dem Lasso fangen mußte, wenn er sie melken wollte.

Gäs-Fröken war eine Frau mit schwarzem Schnurrbart. Sie ging in Männerkleidern. Oemark hielt sie denn auch für einen Mann, als er sie das erste Mal sah. Er hatte sich im Gebirge verlaufen und kam an einen kleinen See, den er noch nie gesehen hatte. Am südlichen Ufer dieses Sees war eine graue Hütte. Rauch stieg auf aus dem Kamin. Er ging hinein, um nach dem Weg zu fragen. Ein alter Mann mit einem ungewöhnlich breiten Hinterteil stand über den Herd gebeugt.

»Guten Abend, Großvater«, sagte Oemark.

Der »Großvater« wandte sich rasch um. Ein Troll! dachte Oemark.

»Für wen halten Sie mich?« gellte eine schrille Frauenstimme durch den Raum.

Oemark schaute sich in der halbdunklen Hütte um.

»Sind hier auch noch Frauen drin? Ich habe doch geglaubt, Ihr hättet eben gesprochen.«

»Hier gibt es nur ein Frauenzimmer, und das bin ich. Die Männer hält man sich am besten vom Leibe. Solch ein Pack! Aber was sind Sie für einer?«

»Ich bin der Pfarrer von Vassbäcken.«

»Wer's glaubt!«

»Muß ich Euch vielleicht etwas auf Griechisch vorsprechen, damit Ihr es glaubt? Wißt Ihr, was das bedeutet: En archä än ho logos?«

»Wissen Sie, was das bedeutet: Arja Maria grace domeredike, messer iré-e, böcker bre-e, Jesus Christus, Gotz Wort. Amen?[*]«

»Das sollte wohl Latein sein!«

»Ja, *ich* weiß es nicht. Meine Mutter lehrte mich dieses Sprüchlein als Abendgebet, und sie hatte es von ihrer Mutter gelernt. — Aber sind Sie wirklich der Pfarrer? Ich habe von Ihnen reden hören.«

»Kommt Ihr denn nie zur Kirche?«

»Ja, das fehlte noch, daß ich zur Kirche käme! Wenn ich bloß in den Laden gehe, laufen mir schon die Kinder nach und schreien: ›Gäs-Fröken, Gäs-Fröken!‹«

»Warum nennen Sie Euch Gäs-Fröken?«

»Der See heißt Gäs-See. Und der gehört mir. Ich habe den See und das Land darum von der Aktiengesellschaft bekommen, weil ich dem Verwalter zwanzig Jahre lang gedient habe, müssen Sie wissen! Als ich noch jung war, von meinem fünfzehnten Lebensjahr an. Damals sah ich noch anders aus, muß ich sagen, und war auch anders gekleidet. Aber ich kam ins Unglück und ertränkte mein Kind. Und als ich dann aus dem Gefängnis entlassen wurde, gingen die Leute mir aus dem Wege, und ich ging ihnen aus dem Wege. Also ging ich zum Verwalter und sagte: ›Nun muß mir der Herr Verwalter ein Plätzlein verschaffen, an dem ich wohnen kann und Ruhe habe vor den Leuten.‹

Da sagte er: ›Ich habe eine Jagdhütte am Gäs-See.‹

›Bekomme ich die?‹ fragte ich.

---

[*] Alte Verballhornung des Ave-Maria.

›Ja‹, sagte er.

›Bekomme ich auch den See?‹

Ich bekam ihn. Und nun lebe ich hier von Fischen im Sommer und von Kartoffeln im Winter. Und selten kommt jemand hier herauf, und ich komme selten unter die Leute und zur Kirche sowieso nie.«

»Nein, wozu brauchtet Ihr auch die Kirche«, sagte Oemark, »Ihr habt ja hier oben eine so schöne Kirche.«

»Wollen Sie sich über mich lustig machen?«

»Sicher nicht. Aber Ihr habt doch den Himmel über Euch, das ist ein Kirchendach, das sich sehen lassen darf. Und die Sterne in der Nacht sind wie Kronleuchter. Und der Wind, der im Gras und den Büschen singt oder über den steilen Absturz hinwirbelt, sind Orgel und Psalmengesang. Und man hört Gott nie so deutlich im Herzen reden, als wenn man ganz allein ist. Wißt Ihr nicht, daß Jesus, wenn er mit Gott reden wollte, ganz allein auf einen Berg hinaufstieg, in die Einsamkeit?«

»Ja, zwischen ihm und mir ist nichts ungesagt. Nichts.«

»Dann muß es Euch aber gutgehen! Dann habt Ihr wohl Frieden in der Seele und auch sonst alles.«

Die Frau saß eine Weile schweigend da, als denke sie über die letzten Worte nach.

»Frieden?« sagte sie. »Nein, Frieden habe ich nicht. Hätte ich Frieden, so säße ich wohl nicht hier.«

»Was fehlt Euch denn dazu?«

»Soll ich es Ihnen sagen?«

»Wenn Ihr wollt? Einem Pfarrer kann man alles sagen.«

»Ich kann ihm nicht verzeihen. Dem Vater des Kindes. Es war der Sohn des Verwalters, ein fröhlicher Student. Er nahm mich wohl, weil er keine andere bekam, denn da, wo er herkam, war man derlei gewohnt. Aber als er nachher bestritt, daß er etwas mit mir gehabt hatte und sogar einen Eid darauf ablegte, da wurde ich hart. Da wollte ich das Kind nicht haben.«

»Und dann wurde Euch allein die Schuld zugeschoben?«

»*Und* das Gefängnis.«

»Und er ...?«

»Ist verheiratet und hat Kinder. Viele. Daran muß ich in meiner Einsamkeit denken, und dann werde ich bitter.«

»Aber hört nun ... Wie heißt Ihr eigentlich?«

»Albertina. Albertina Viberg.«

»Hört nun, Albertina. Wenn Ihr doch nur diese Bitterkeit loswerden könntet! Ihr habt das Kind ertränkt. Das ist Eure Schuld. Vor Gott. Und er hat die Vaterschaft abgeleugnet. Das ist seine Schuld Euch gegenüber. Wenn Ihr nun zu Gott sprechen würdet: ›Vergib mir meine Schuld, wie ich ihm seine Schuld vergebe!‹«

»Das könnte ich nie sagen, denn ich glaube nicht an einen Gott.«

»Oho, so ist das! Dann seid Ihr also ebenso schlimm dran, wie ich es einmal gewesen bin.«

»Ein Pfarrer muß wohl an Gott glauben.«

»Müssen? Nein. Niemand muß. Aber ein Mensch hatte mir meinen Glauben an Gott genommen.«

»Ein Frauenzimmer natürlich.«

»Nein, es war ein Mann. Die Männer sind ja Pack, sagtet Ihr eben.«

»Na, wie ging es dann weiter?«

»Es ging schlimm genug. Ich verlor alle meine Freude und all meinen Frieden. Ich wollte am liebsten irgendwohin gehen, wo ich ganz allein war und mich mit meinem Unglück verbergen konnte.«

»Gerade wie ich.«

»Aber ich hielt es nicht lange aus. Ich war vorher mit Gott so glücklich gewesen. Nun war ich so unglücklich ohne ihn. So kehrte ich zu Gott zurück.«

»Wie ging das zu?«

»Ja, ich faltete einfach meine Hände und sagte: ›Lieber Gott, da bin ich wieder. Hilf mir, an Dich zu glauben, und hilf mir, dem Mann zu verzeihen und ihn zu lieben, der mir alles genommen hat. Vielleicht ist er ärmer dran als ich.‹«

Die Frau saß schweigend da. Dann sagte sie:

»Eben das kann ich nicht.«

»Habt Ihr es versucht?«

»Nein.«

»Versucht es doch!«

»Ich will nicht.«

»Aha, da haben wir's. *Er* will nicht gestehen, und *Ihr* wollt nicht verzeihen. Aber glaubt Ihr, er sei glücklich?«

»Gewiß ist er glücklich. Reich verheiratet, hat eine schöne Frau und viele Kinder und ist Direktor, hat eine feine Wohnung und so fort.«

»O Albertina, davon hängt das Glück nicht ab. Das Glück hängt davon ab, ob man Frieden hat. Glaubt Albertina vielleicht, daß er Euch vergessen hat?«

»Schon lange!«

»Nein, Albertina, das hat er nicht. Ihr könnt sicher sein, daß er nachts häufig wachliegt. Und dann kommt ihm vieles in den Sinn, woran er am Tage nicht denkt! Es kommt ihm in den Sinn, was er mit Albertina gemacht hat. Und daß er das Kind verleugnet hat. Daß er vor Gericht falsch geschworen hat und daß Ihr ins Gefängnis gekommen seid. Glaubt Ihr, so etwas kann man vergessen? Daß man mit den Fingern auf Gottes heiligem Wort falsch geschworen hat? Solches ist im Handumdrehen geschehen, aber dann hält Gott für ewig seine Hand über einen, bis man bekennt und die Vergebung erlangt. Und die Vergebung kann Gott allein geben. Aber manchmal braucht er uns als seinen Mund. Ich glaube, daß jener Direktor schlimmer dran ist als Albertina. Albertina hat ihr Kind in der Verzweiflung umgebracht, aber er hat mit hartem Herzen gesündigt. Und nun leidet ihr beide unter dem, was ihr getan habt.

Hat Albertina nie begriffen, was das Wort bedeutet, das über Jesus in der Bibel steht: ›Siehe, das Lamm Gottes, das der Welt Sünde trägt!‹ Begreift Albertina nicht, daß Jesus Erbarmen hatte mit all den vielen Unglücklichen, die mit gequältem Gewissen herumlaufen und keinen Frieden haben? ›Also hat Gott die Welt geliebt‹, heißt es ... Nicht die feine Welt, sondern die unglückliche Welt, die armen und unglücklichen, unversöhnlichen Menschen. Er liebt sie, weil sie so unglücklich sind, und will ihnen helfen.«

»Aber, was meinen Sie nun mit alledem? Was soll ich denn tun?«

»Ja, zuerst sollt Ihr ihm vergeben. Er hat das nötig, und Ihr habt es nötig. Und dann könnt Ihr ruhig zu Gott sagen: ›Vergib mir, wie ich ihm vergeben habe.‹ Wenn Ihr das tun könnt, so werdet Ihr Frieden haben, das weiß ich.«

»Was soll das dem feinen Herrn Direktor nützen, wenn ich ihm vergebe? Er wird wohl deswegen nicht anders.«

»Es ist genug, wenn Ihr anders werdet. Aber das wäre sicher auch für ihn eine Hilfe, wenn er zu wissen bekäme, daß Ihr ihm verziehen habt. Ich könnte Euch helfen, ihm zu schreiben.«

»Ich habe ihm noch nicht verziehen.«

»Nein, aber das wird schon kommen. Wollt Ihr mir sagen, wie er heißt und wo er daheim ist?«

Albertina saß eine Weile schweigend da. Dann kam es, halb widerwillig heraus:

»Er heißt Alsing ... Sein Vater war Verwalter.«

»Hieß er Erik? Erik Alsing?«

»Ja, und er ist irgendwo in Stockholm Direktor und wohnt in einer schönen Villa auf einer Insel.«

»Erik Alsing ...«

Oemark saß wie vom Blitz getroffen. Er wurde bleich und griff sich ans Herz.

»Was ist mit Ihnen? Ist Ihnen nicht gut?«

Albertina beugte sich vor.

»Nein. Aber ich kenne den Mann. Ein unglücklicher Mensch! Oh, nun verstehe ich, nun verstehe ich alles. Armer Alsing! *Das* also war es, was du verbergen mußtest! Dafür suchtest du Frieden zu finden, als du dich den Frommen in die Arme geworfen hast! Als du zur Stockholmer Festfreude deine Zuflucht nahmst. Als du ins Ausland fuhrst, sobald dein Doppelleben aufgedeckt wurde.«

Oemark erhob sich. Die Farbe kehrte in sein Gesicht zurück.

»Albertina«, sagte er feierlich, »weißt du, daß Gott selbst mich heute hierher geschickt hat? Er hat mich den Weg verfehlen lassen, damit ich eine Seele retten kann. Vielleicht sogar zwei. Albertina, sag, daß ich an Erik Alsing schreiben darf, du habest ihm verziehen. Bevor er verzweifelt. Bevor ihm etwas zustößt. Bevor er sich vielleicht das Leben nimmt. Du kannst vielleicht das Wort sagen, das ihn von dem freimacht, wovon ihn kein Gericht freisprechen kann: vom Gefühl, von Gott verworfen zu sein.«

Albertina saß schweigend da. Es zuckte in ihrem Gesicht. Schließlich rannen ein paar Tränen über ihre Wangen.

»Wenn es so steht, wenn ich ihm helfen kann, wenn er so unglücklich ist, dann — meinetwegen! Sag ihm, daß ich ihm verzeihe.«

»Dann falten wir die Hände und beten das Vaterunser!«

Am selben Abend noch schrieb Oemark einen vertraulichen Brief an Pfarrer Eriksson auf Allerö. Er übergab ihm Albertina Vibergs Auftrag, Direktor Alsing auf die bestmögliche Weise mitzuteilen, daß Albertina ihm verziehen habe und daß Oemark darin ein deutliches Zeichen dafür sehe, daß Gott die Gewissenslast vom Alsing nehmen und ihm Vergebung schenken wolle.

Als Oemark seinen Brief an Pfarrer Eriksson fertig geschrieben hatte, blieb er eine Weile in Gedanken versunken sitzen. Alle waren sie wieder da – die Erinnerungen von Allerö. Besonders erinnerte er sich zu dieser Stunde an den Lotsen Jansson, den strengen, phantasielosen, unbestechlich Rechtschaffenen. Er war vielleicht am meisten erschüttert worden durch das, was mit Direktor Alsing geschehen war. Seine freundschaftliche Annäherung an Pfarrer Eriksson war ein deutliches Zeugnis dafür. Und dann sein Abschiedsgeschenk.

Oemark stand auf und nahm die Glasflasche mit dem Schiff darin vom Fensterbrett herunter. Mit der grünen Flasche in der Hand saß er lange da und schaute das Wunderwerk darin an. Ein voll aufgetakeltes Schiff aus Rinde mit vier Masten. Das hatte viel Geschicklichkeit und Geduld gebraucht, das kleine Schiff durch den Flaschenhals zu bringen und es auf den wie natürlich schaukelnden Wellen aus fest gewordenem Lack zu befestigen. Für den Laien war das ein unbegreifliches Wunder.

Während Oemark mit Janssons Kunstwerk in den Händen dasaß, dachte er an den wundervollen Künstler, der auf unsichtbaren Wegen die Schicksale der Menschen leitet. Wie zum Beispiel diese merkwürdige Begegnung mit Albertina hoch oben am fernen Bergsee, die Direktor Alsings Rätsel lösen und ihm das verzeihende Wort des himmlischen Vaters an einen verlorenen Sohn vermitteln sollte. Auf einmal wurde das kleine Ding, das Oemark in der Hand hielt, groß vor seinen Augen. So hielt Gott die ganze Welt in seinen Händen, so bewegte er das endlose Meer und leitete den Lauf der Schiffe auf unbekannten Gewässern. So blickte er auf jede einzelne kleine Menschenseele und knüpfte mit unsichtbaren Fäden die Schicksale der Menschen zu einem für alle sinnvollen Muster. Oemark hörte sie – die Worte aus dem Psalter: »Nähme ich Flügel der Morgenröte und ließe mich nieder am äußersten Meer, so würde auch dort deine Hand mich greifen.« Zur selben Stunde leuchtete weit oben in einsamer Wildnis etwas Irrlichtähnliches über einen abgelegenen Bergsee. Es war ein Boot auf dem See, und die Frau, die darin saß, lehnte sich über den Schiffsrand. In der einen Hand hatte sie ein paar brennende Kienspäne, in der anderen eine alte Fischergabel. Sie stach mit der Gabel in den Fischzug hinein und zog einen glänzenden Saibling über den Bootsrand ins Schiff. Dann tauchte sie die Fackel ins

Wasser, um sie zu löschen, und ruderte heim. Der Fisch regte sich noch mit ein paar Schlägen im Kasten unter der Bank hinten im Schiff. Dann wurde es still. Auch die Ruder verstummten. Der Kahn glitt lautlos ans Land.

Die Frau saß eine Weile still im Boot. Die Sterne spiegelten sich im Wasser und schaukelten wie lange Flammen, die aus der Tiefe aufstiegen. Albertina hob ihren Blick zum Himmel empor. »Kirchendach und Kronleuchter! Daß ich das früher nie gesehen habe!«

36

Der Herbst ging unter emsiger Arbeit dahin. Hanna hatte ein paar Spankörbe voller Lappen, Garn und Leinen mitgebracht, die man im Gabrielshof während vieler Jahre fleißig gesammelt hatte. Der Webstuhl pochte von morgens früh bis abends spät, und die Teppichrolle am Weberbaum wuchs und wurde immer dicker.

»Warum hast du es so eilig?« fragte Oemark einmal in der Vesperpause, als Hanna am Webstuhl saß, während er die zweite Tasse trank.

»Ich muß zu Weihnachten Vorhänge haben«, sagte Hanna.

»Du arbeitest dich zu Tode.«

»Nein, aber du vielleicht.«

Oemark hielt Schule vom Morgengrauen bis zur Abenddämmerung. Dann hatte er noch viele andere Arbeiten. Zur Schule gehörte noch eine Werkstatt im Keller. Dort schreinerte er ein paar einfache Möbel: einen Eßtisch und Stühle für das leere Zimmer. Einen Eckschrank für das Porzellan und einen Schrank für das Leinenzeug. Er bemalte die Möbel in der Art der Dala-Bauernmalerei: blaue und rote Rosen darauf.

»Das wird gar nicht so übel«, fand Hanna.

Ein paar Abende in der Woche arbeitete er bei Quist, dem Schmied. Quist hatte ihm versprochen, er werde ihm das Autofahren beibringen, aber zuerst mußte Oemark etwas von Maschinen lernen. Quist verstand sich auf alle Maschinen. Er flickte Pflüge, Eggen und Zentrifugen, Uhren, Fahrräder, Autos und Radioapparate.

»Quist ist ein technisches Genie«, sagte Oemark eines Abends, als er in seinem öligen Überkleid heimkam, ganz rußig im Gesicht. »Hätte der Kerl studieren können, wäre er in Västerås Ingenieur geworden.«

»Wie gut, daß er das nicht konnte!« sagte Hanna. »Wir brauchen ihn in Vassbäcken nötiger.«

»Aber er flucht so schrecklich viel – wenn er sich auch Mühe gibt, es bleiben zu lassen, wenn ich bei ihm bin.«

Eines Tages war Quist mit der Reparatur eines Lastautos beschäftigt, bei dem er den Defekt nicht finden konnte. Er lag auf dem Rücken unter dem Auto; eine Hebebühne hatte er nicht. Schweigend lag er dort und hantierte mit seinem Werkzeug. Oemark ging um das Auto herum. Von Zeit zu Zeit beugte er sich herab und fragte:

»Findest du den Fehler nicht, Quist?«

»Nein.«

Oemark ging lange um das Auto herum.

»Hast du den Fehler noch nicht gefunden, Quist?«

Ein wütendes Knurren war die Antwort.

Oemark beugte sich hinunter.

»Sag jenes kleine Wörtlein, Quist, dann geht es sicher.«

Quist fluchte los und fand den Fehler. Oemark blinzelte spitzbübisch irgendwohin aufwärts und sagte: »Da hörst du's.«

Er lernte Autofahren. Sie begannen mit dem Lastauto. Sie fuhren bis an die norwegische Grenze. Da war Oemark schweißgebadet und zitterte so, daß er eine Tasse Kaffee brauchte.

»Wir steigen dem Zollmeister auf die Bude«, sagte Oemark.

»Bist du verrückt?« fragte Quist.

Das Auto hielt vor dem Zollhaus mit einem solchen Ruck, daß Quist und Oemark nach vorn geworfen wurden. Eine Tür ging auf, und der Zollmeister kam mit seiner Uniformmütze heraus.

»Darf ich Ihre Papiere sehen?« fragte er.

»Wir haben keine Papiere«, antwortete Oemark.

»Wie wollen Sie dann nach Norwegen reinkommen?« fragte der Zollmeister.

»Wir wollen gar nicht nach Norwegen hinein, wir wollen Kaffee haben.«

»Hier ist kein Café.«

»Doch, man hat mir hier Kaffee versprochen, als ich letztens hier war«, sagte Oemark.

Der Zollmeister leuchtete mit seiner Taschenlampe in den Führersitz hinein.

»Nein, bist du es, Oemark? Was soll das bedeuten, bist du auch noch Lastwagenchauffeur geworden?«

»Ich bereite mich auf die Fahrprüfung vor. Und hier ist mein Lehrer. Darf ich vorstellen? Ingenieur Quist, der sich wie kein zweiter aufs Fluchen versteht.«

»Sehr angenehm«, sagte der Zollmeister, der feine Manieren hatte. »Will der Herr Ingenieur nicht hereinkommen?«

Der »Ingenieur« hatte auch feine Manieren, wenn er wollte. »Danke verbindlichst«, sagte er.

Nun leuchtete die Lampe des Zollmeisters dem »Ingenieur« ins Gesicht. »Ach, Quist! Das hätte ich mir eigentlich denken können«, sagte er.

Quist begnügte sich mit einem Murren, das ein Lachen hätte vorstellen sollen. Er mußte sich immer in acht nehmen, was er sagte, wenn er mit dem Pfarrer zusammen war.

Das wurde ein gemütlicher Abend im Zollhaus. Es war elf Uhr, ehe Oemark nach Hause kam. Hanna saß noch am Webstuhl. Sie war nun an den Vorhängen, schönen Zwirnvorhängen in grobem Karré gewoben, so daß man rasch vorwärtskam. Aber behutsam mußte gewebt werden, so daß der Webstuhl kaum einen Laut von sich gab.

»Nein, bist du noch auf, Hanna?«

»Nein, bist du auch noch auf, Gustaf? Warum soll es bloß etwas Besonderes sein, wenn ein Frauenzimmer lange auf ist?«

»Wie spitzzüngig sie ist!« dachte Oemark. »Wie ein gewöhnliches Frauenzimmer...« Dann beugte er sich rasch zu ihr hinab und umarmte sie, wie er war, in seinen schmutzigen Sachen.

»Warte einen Augenblick!« Hanna stand auf und blies die Lampe aus, die nahe beim Webstuhl an der Wand hing. In der Dunkelheit fühlte Oemark plötzlich, wie ihre Arme sich um seinen Hals schlangen. Ihr Kopf ruhte an seiner Brust. Tränen fielen auf seine Hand, als diese ihre Wange suchte.

»Hanna, was hast du? *Du* weinst?«

»Gustaf, ich hatte so Angst, du würdest nicht mehr heimkommen.«

»Hast du mich denn so gern, Hanna?«
»Ich habe dich nicht bloß gern, ich...«
»Sag's!«
Hanna legte ihren Mund an sein Ohr und flüsterte.
»Hanna, Hanna...«

Zu Weihnachten steckte Hanna die Vorhänge an den Fenstern auf. Vor den dunklen Fensterscheiben und den nackten Wänden zeichneten sie hübsche weiße Muster. Die Stube war auf einmal seltsam schön, wohnlich.
»Daß Vorhänge so viel ausmachen!« sagte Gustaf. »Gerade wie der Rahmen bei einem Bild. — Apropos Rahmen«, sagte er, »ich habe gestern abend einen Rahmen für deinen ersten Liebesbrief gebastelt.«
»Liebesbrief?« fragte Hanna.
»Ja, warte, du wirst es sehen.«
Er zog eine Kommodenschublade heraus und zog ein Rähmchen hervor. Darin las Hanna: »Uddarbo, 25. Aug. 19.. Gustaf! Du hast mich gebeten, in Erfahrung zu bringen, wann die Volkshochschule in Skinnarbo beginnt...«
»Du bist ein Narr, Gustaf.«
»Ich bin vernarrt in dich! — Aber was den Brief betrifft, so kam heute einer von Inger. Erinnerst du dich, was ich dir von den Studenten und der zerschlagenen Okarina erzählt habe?«
»Gewiß.«
»Ja, ich hatte ihr das Spielzeug geflickt. Und nun schreibt sie von der Volkshochschule. Sie ist im siebenten Himmel. Aber das Merkwürdigste ist, daß jener Theologe dort Hilfslehrer ist. Sie sei eines Tages zu ihm gegangen und habe ihm die Okarina gegeben, und er habe darauf gespielt und gesagt: ›Die klingt ja noch schöner als vorher. Die hat ein Meister wieder zurechtgemacht.‹
Nun weißt du es also, Hanna, daß du mit einem Meister verheiratet bist.«
»Das habe ich schon vorher gewußt.«
»Wohl, wohl«, sagte Gustaf, »das will ich meinen. — Aber Inger kommt in ihrem Brief noch mit einer Frage.«
»Nämlich?«
»Sie fragt, ob sie in den Weihnachtsferien heimkommen darf.«

»Heim? Was meint sie damit?«

»Ja, du weißt, bei ihren Eltern hat sie kein Heim. Sie meint wohl, ob sie zu uns kommen darf.«

»Gewiß darf sie das. Wenn sie will. Und wenn nicht die Eltern sie bei sich haben wollen.«

»Findest du, wir sollten sie vorher fragen?«

»Das könntest du tun.«

»Wie wäre es, wenn *du* fragen gingest, Hanna?«

»Ja, das kann ich schon machen.«

Hanna kam heim vom Besuch bei Ingers Eltern. Sie sah unergründlich aus.

»Na, was sagten sie?«

Hanna schüttelte den Kopf.

»Wunderlichere Menschen habe wenigstens ich nie gesehen. Weißt du, was sie sagten? ›Wer den Willen meines himmlischen Vaters tun will, der ist mir Bruder, Schwester, Mutter. Wer sich aber gegen Gottes Sabbatgebot vergeht, ist nicht länger unser Kind‹.«

»Du armer Gott!« sagte Oemark. »Er hat es nicht leicht mit seinen Kindern. Na, was soll ich nun Inger schreiben? Könnten wir nicht die Frau Propst in Skinnarbo fragen?«

»Das Mädchen soll *heimkommen*«, sagte Hanna. »Sie darf im Kämmerlein wohnen.«

Gustaf lieh sich Quists Lastauto, das einzige Auto in Vassbäcken, und fuhr nach Ljamå, um Inger abzuholen. Auch Hanna kam mit, um Einkäufe zu machen. In der Zwischenzeit ging Oemark zur Baracke, um vielleicht die Bahnarbeiter zu treffen, den langen Olle und die andern. Aber die Baracke war abgerissen, und die Männer arbeiteten jetzt einige Meilen talaufwärts.

Inger kam, und Hanna umarmte sie. Sie freute sich riesig, heimkommen zu dürfen, und hatte einige Pakete bei sich.

»Was hast du da?« fragte Oemark.

»Weihnachtsgeschenke für Papa und Mama.«

»Meinst du *uns*, Kleine?«

»Natürlich.«

»Also sag Papa und Mama zu uns!«

»Darf ich?«

»Natürlich.«

»Vielen Dank, lieber Papa und liebe Mama!«

Sie kletterte ins Auto, setzte sich zwischen Gustaf und Hanna, und der schwere Wagen fuhr brummend und ratternd das holprige Bergsträßchen hinauf. Sie kamen glücklich nach Hause. Oemark brachte das Auto zu Quist und wollte ihm das Benzin bezahlen. Quist fluchte eine lange Tirade.

»Wofür hältst du mich eigentlich?« fragte er schließlich. »Da sorgst du für fremde Kinder, und dann solltest du nicht einmal mein Auto benützen dürfen?«

»Ja, dieser Kerl ist nicht vergoldet«, sagte Oemark auf dem Heimweg, »das Gold sitzt inwendig.«

37

Weihnachten war vorüber und Inger wieder weggefahren und auf die Volkshochschule zurückgekehrt.

»Sie läßt eine merkwürdige Leere zurück«, sagte Hanna.

»Ja«, sagte Gustaf. »Nun müssen wir unsere Zuflucht wieder zum Nordisk Familjebok nehmen.«

Das war jedesmal ein Fest, wenn wieder ein neuer Band kam. Da konnten sie zusammensitzen unter der Hängelampe über dem Küchentisch und alle Illustrationen anschauen.

»Pradomuseum, Prag, Praxiteles, Pyramiden.«

Oder Gustaf lag im Bett und las etwas laut vor, was ihn besonders interessierte. Dieses Frühjahr hatte er Konfirmanden, die siebente Klasse des Vorjahres. Die hatten an ein paar Tagen der Woche nach Schulschluß Unterricht. Das bedeutete vermehrte Arbeit und weniger freie Abende. Aber die Möbel waren fertig, und den Führerschein hatte er in Mora erworben, wohin er extra hatte reisen müssen.

Im Februar, als es bereits wieder heller wurde, kam eines Tages ein Brief vom Propst in Skinnarbo. Er war kurz und bündig und ging geradewegs auf die Sache los. Geschrieben war er mit der feinen Handschrift der Frau Propst, unterzeichnet jedoch vom Alten selber.

Skinnarbo, 8. Febr. 19 . .

Lieber Gustaf!
Es tut mir leid, daß Du wegen meines Zeugnisses in Uddarbo nicht Gemeindepfarrer geworden bist. Nun will ich den Schaden reparieren. Im nördlichen Teil des Kirchspiels Skinnarbo ist die Stelle des zweiten Pastors von Ström zur Wiederbesetzung ausgeschrieben worden, mit Stellenantritt unmittelbar nach der Wahl, sobald die Einsprachefrist abgelaufen ist. Aber Du hast nur eine Woche Zeit. Die Anmeldefrist läuft am 17. Febr. ab. Was Du also tun willst, tue es bald!
Dein ergebener E. Myrvall

Oemark schaute seine Frau unschlüssig an, als er den Brief gelesen hatte.
»Was soll ich machen?«
»Das weißt du wohl selber am besten.«
»Nein, ich weiß es wahrhaftig nicht. Rate du mir, wenn du kannst.«
»Dann rate ich dir, dich zu melden. Wenn einem eine Hand entgegengestreckt wird, soll man sie ergreifen.«
»Aber *hier* sind auch viele Hände nach mir ausgestreckt.«
Oemark blieb ein paar Tage unschlüssig. Meldete er sich, so gäbe es allerdings Aufregungen. Meldete er sich nicht, so wäre es nicht weniger beunruhigend, es käme also auf eins heraus. Er fragte Gott, aber Gott antwortete ihm nicht.
»Auf alle Fälle schreibe ich meine Bewerbung. Dann ist sie geschrieben.«
Und als er seine Bewerbung geschrieben hatte, blieb sie ein paar Tage liegen.
»Nun mußt du sie aber abschicken, wenn du sie einreichen willst«, sagte Hanna.
In Oemarks Gesicht blitzte plötzlich etwas auf.
»Daß ich nicht früher auf diese Idee gekommen bin!« sagte er. »Es könnte ja sein, daß es so viele Bewerbungen gibt, daß ich gar nicht in die engere Wahl komme.«
»Ja, das ist sehr wahrscheinlich«, sagte Hanna.
»Dann macht es auch nichts, wenn ich sie abschicke. Dann wird Gott die Sache schon so ordnen, wie Er will, du wirst es sehen.«
»Sicher«, sagte Hanna.
Oemark ging mit dem Brief zur Post. Er kam gerade noch zur rechten

Zeit, ehe der Postbote losging. Dann dachte er nicht mehr an die ganze Geschichte, bis er einen Brief vom Domkapitel bekam. Er sei im üblichen Dreiervorschlag an die dritte Stelle gesetzt und habe sich an einem gewissen Sonntag zum Halten einer Probepredigt einzufinden.

All die Unruhe, die Oemark in der letzten Zeit gefühlt und mit sich herumgetragen hatte, verschwand mit einem Male.

»Die Sache ist entschieden«, sagte er.

»Wieso?« fragte Hanna.

»Das weiß ich auch nicht, aber man fühlt es doch irgendwie.«

Oemark hielt seine Probepredigt, und bei der Wahl erhielt er die große Mehrheit der Stimmen.

In Vassbäcken herrschte allgemeine Trauer. Er hielt seine Abschiedspredigt an dem Sonntag, an dem die Konfirmanden das erste Mal zum Abendmahl kamen. Die Kirche war mit Birken und Frühlingsblumen geschmückt. Die fünf Konfirmanden, zwei Knaben und drei Mädchen, knieten vor dem Altar. Später kamen ein paar ältere Leute nach vorn. Hanna im weißen Kleid. Die alte Ane und noch einige dazu. Aber ganz hinten in der Kirche saß an diesem Tage Albertina Viberg. Sie hatte die schwarzen Haare auf der Oberlippe abgeschnitten und trug einen Frauenrock und eine Bluse und auf dem Kopf ein rotgetüpfeltes Kopftuch. Oemark entdeckte sie erst, als er nach dem Gottesdienst noch einmal auf die kleine Kanzel stieg, um ein paar Worte zum Abschied zu sagen.

»Es ist merkwürdig«, sagte er, »daß ich immer wieder weiterziehen muß, sobald ich an einem Ort richtig festgewachsen bin. Es ist gerade, als ob ich Gottes Reisender wäre, der nie irgendwo daheim sein darf. Ich komme kaum dazu, auszupacken und auszubreiten, was ich zum Verkauf anzubieten habe, dann muß ich schon wieder zusammenpacken und aufbrechen. Aber ich möchte wünschen, daß es mir gelungen ist, euch etwas von dem zu zeigen, was Gott uns zu bieten hat. Ich habe versucht, es den Kindern zu zeigen, aber auch euch Älteren. Ihr habt ein paar Probestücke bekommen, so wie ein Reisender ein paar Muster daläßt, damit man weiß, was man nachher bestellen soll. Und dann braucht man nur anzurufen und zu bestellen. Wir haben ja nun das Telefon in Vassbäcken bekommen, und nun kann man nach Ljamå oder Skinnarbo oder Mora oder Falun anrufen und bestellen, was man haben will. Läute Gott an und bestelle! Ihr wißt, was für ein Telefon ich meine. Es ist das Gebet. Direktes Telefon zum Himmel ohne Zwischenstationen.

So fein ist das eingerichtet. Und Gott antwortet, und dann schickt er, was dir frommt, wie es im Kirchenlied heißt. Denkt daran! – Und nun habt Dank alle miteinander! Habt Dank für alle Stunden in euern Häusern und das Beisammensein hier in der Kirche! Und für alle freundlichen Blicke, die mir draußen auf den Wegen und auch weit weg in der Wildnis geschenkt wurden. Denn ich habe auch dort Freunde gefunden«, sagte er. Und bei diesen Worten nickte er Albertina zu, und sie nickte wieder. Aber als er von der Kanzel herabstürmte, um ihr noch die Hand zu drücken, war sie schon fort.

Nachdem er von den vielen, die sich draußen auf dem Kirchhügel versammelt hatten, Abschied genommen hatte, rief er mit lauter Stimme:

»Nun will ich, daß noch alle Kinder zu mir kommen.«

Gab das ein Laufen kleiner Füße! (Es waren übrigens auch noch ein paar große dabei.) Sie sammelten sich um ihn, eine große Schar, von den kleinsten Knirpsen bis hinauf zu den Sechzehn- und Siebzehnjährigen.

»Kommt ganz nahe zu mir, so daß ihr mich versteht, auch wenn ich flüstere!«

Die Kinder drängten sich um ihn herum, und er flüsterte ihnen etwas zu.

»Habt ihr alle gehört, was ich gesagt habe?«

Die Kinder nickten, ernst und geheimnisvoll.

»Nun könnt ihr gehen. Lebt wohl miteinander.«

Die Kinder knicksten oder verbeugten sich.

»Was hat er gesagt?« fragte eine der Mütter, als ihr kleiner Sohn zurückkam. Es war Jonte, der den Vorschlag wegen des Autos gemacht hatte.

»Ja, er hat gesagt: ›Nun müßt ihr mir versprechen, daß von jetzt an keines mehr der Albertina ›Gäs-Fröken‹ nachruft, denn sie ist meine Freundin.‹«

IN STRÖM

38

Von Ström wußte Oemark kaum mehr, als daß es dort einen Gedenk-Stein gab, an dem er auf Reisen mehrere Male vorbeigekommen war. Dieser Stein war zum Andenken an einige schwedische Kriegsknechte errichtet worden, die im Fluß ertrunken waren, als sie im Dreißigjährigen Kriege ins Feld ziehen sollten.

> ANNO 1634/1/5
> ERTRANKEN IM FLUSS
> AUF DEM WEG IN DEN 30JÄHRIGEN KRIEG
> GLS PBS OES EHS Unter-Hammer
> GTS in Torgås
> OPS auf Holen

Zwei große Dörfer mit zusammen zweitausend Einwohnern lagen zu beiden Seiten des Flusses am Nordrand des gewaltigen Kirchspiels von Skinnarbo, eine gute Meile von der Kirche entfernt. In früheren Zeiten war der Fluß der einzige Verkehrsweg gewesen, und noch jetzt lagen in niedrigen, holzgezimmerten Bootshäusern lange Kähne und erinnerten an jene Zeit. Seitdem die Leute nicht mehr zur Kirche kamen, wenn ihnen der Weg zu weit war, mußte die Kirche zu den Leuten kommen. Darum hatten die Pfarrer in Skinnarbo angefangen, in Ström zu predigen. Vor ein paar Jahren war dort eine Stelle für einen zweiten Pfarrer errichtet worden. Man hatte ein Pfarrhaus gebaut, aber eine Kirche oder einen Friedhof gab es dort nicht.

Oemarks ganzer Hausrat konnte bequem auf Quists Lastauto verladen werden. Sie kamen an einem Junitag an, als fast alle Leute mit dem

Vieh auf die Sommerweiden gezogen waren[*]. Das Pfarrhaus lag auf einem Moränenhügel, der auf der Flußseite mit lichtem Föhrenwald bewachsen war.

»Hier ist ein prächtiges Land«, sagte Oemark, als er mit Hanna auf der Pfarrhaustreppe stand und über die breite Talsohle mit ihren fruchtbaren Äckern hinausschaute. Waldige Berge erhoben sich terrassenförmig, ferne Höhenzüge verschwammen blau am Horizont.

Zur selben Zeit wanderte ein Mann auf dem uralten Fußweg den Hügelgrat entlang aufwärts. Er war schmächtig und hatte schmale Schultern. Er trug einen schwarzen Gehrock und einen Zylinder.

»Den Mann dort hätte Robinson Crusoe ›Sonntag‹ genannt«, sagte Oemark.

Der »Sonntag« nahm schon in großer Entfernung den Hut ab. Das imponierte Quist so, daß auch er seine Chauffeur-Mütze abnahm. Damit es nicht zu sehr nach einer höflichen Geste aussah, beeilte er sich, mit seinem blaukarierten Taschentuch die Stirn abzutrocknen.

»Willkommen in Ström!« sagte eine dünne, aber freundliche Stimme. »Das ist wohl die Frau Pfarrer, denke ich.«

»Gewiß, aber nennen Sie mich Hanna!«

»Ich danke Ihnen. Mein Name ist Jonses Lars, Mitglied des Gemeindekirchenrates. Ich bin gleichsam Repräsentant von Ström im Gemeindekirchenrat. Ich habe die Schlüssel zum Pfarrhaus. Hier, bitte! Und mögen Sie sich wohlfühlen bei uns!«

»Sicher«, sagte Oemark. »Bitte, treten Sie ein!«

Er stellte sich selbst und Quist vor. »Wenn ich mich nicht täusche, hat Hanna schon das Kaffeegeschirr ausgepackt.«

»Eigentlich hätten wir Sie einladen sollen«, sagte Jonses Lars, »aber sehen Sie, die meisten sind auf den Sommerweiden, auch meine Frau. Auch ich. Aber ich bin heute heruntergekommen, um Sie zu empfangen.«

»Und hast dich so fein angezogen!« sagte Oemark.

»Man will doch dem Pfarrer eine Ehre erweisen, sehen Sie. Und vielleicht könnte ich helfen, dies und jenes hineinzutragen.«

---

[*] Die schwedischen Bauern ziehen im Sommer in besondere, weit vom Dorf entfernte, sogenannte Fäbod-Siedlungen. Heute ist dieser Brauch allerdings im Verschwinden begriffen, und diese Siedlungen veröden.

»Dazu sagen wir wohl nein, oder nicht, Quist?«

»Natürlich«, bestätigte Quist, denn er getraute sich nicht, etwas anderes zu sagen. »Ich glaube übrigens, daß der Herr Pfarrer und ich allein ... Und Sie haben ja so feine Kleider an.«

»Zu diesem Zweck habe ich meinen Lederschurz mitgenommen«, sagte Jonses Lars.

Er legte den Zylinder vorsichtig auf eine Bank auf der Veranda. Zog den Gehrock aus, faltete ihn sorgfältig zusammen und legte ihn daneben. Ging den Hügel hinunter, um ein Paket zu holen, das er weiter unten deponiert hatte, und kam zurück mit einem Schurzfell aus Sämischleder, das er umgebunden und mit einer Messingschnalle befestigt hatte.

»Ja, nun merken wir's, daß wir im Lederland sind.«

Die drei Männer halfen einander, Möbel, große Koffer, Säcke mit Teppichen und Bettzeug und Körbe mit Hausrat hineinzutragen.

»Ich hätte nicht geglaubt, daß ich so viel an irdischen Dingen besitze«, sagte Oemark.

Unterdessen hatte Hanna im Herd angefeuert. Holz lag in der Holzkiste. Außerdem gab es in der Küche eine Pumpe und einen Abwaschtisch aus rostfreiem Stahl. Das ist das beste von allem, dachte Hanna und erinnerte sich an den Abwaschtisch aus Zinkplatten, den sie in Vassbäcken gehabt hatten und dem sie nicht nachtrauerte, weil sie ihn jeden zweiten Tag hatte scheuern müssen. Sie deckte auf einem kleinen Küchentisch, den Gustaf hereingetragen hatte, zum Kaffee und machte dann einen Rundgang durch die Wohnung. Ein unverheirateter Pfarrer hatte einige Jahre darin gewohnt. Diese Zimmer würde sie wohl neu tapezieren müssen. Sonst war alles schön und sauber. Es waren auch noch Zimmer im oberen Stock, und eines von diesen würden sie als Schlafzimmer nehmen. Es lag auf der Ostseite, wie das beim Schlafzimmer eines Menschen sein soll, der den Wert der Morgenstunden kennt.

Alles war hineingetragen und das Auto zur Abfahrt bereit, als Hanna zum Kaffee rief. Oemark hatte mit Quist einen kleinen Zweikampf auszufechten, bis er ihn dazu brachte, für den Transport eine kleine Bezahlung anzunehmen. Später saß er in seiner Kanzlei und fragte Jonses Lars aus über all das, was ihm zu wissen nötig schien, damit er seine Arbeit aufnehmen konnte. Er erfuhr, daß die Gottesdienste im sogenannten Ordenshaus gehalten wurden, das zugleich als Volkshaus, Versammlungslokal der Abstinenzler, Gemeindestube, Tanzsaal und Kino diente.

»Das ist nicht gerade wenig.«

»Nein, aber dafür sind die Leute auch gewohnt, dorthin zu gehen.«

»Auch ein Gesichtspunkt! – Aber möchtet ihr hier nicht trotzdem eine Kirche haben?«

»So war es anfänglich gemeint«, sagte Jonses Lars. »Aber was noch dringender wäre, daß wir einen Friedhof bekommen. Denken Sie, wir müssen mit jeder Leiche bis nach Skinnarbo hinunter zur Kirche. Im Sommer mag das ja angehen. Aber im Winter! Und da sollten alle dabei sein, von jedem Dorf.«

»Sind da mehrere Dörfer?«

»Nur zwei. Ost-Ström und West-Ström. Der Fluß trennt sie voneinander. Und es ist auch ein anderer Schlag Leute. Ost-Ström liegt auf der besseren Seite des Flusses, West-Ström auf der schlechteren Seite.«

»Auf der besseren Seite, was soll das heißen?«

»Die Seite, auf der die Kirche liegt. Die Kirche von Skinnarbo. Und die, worauf die Kapelle von Ström gebaut werden soll.«

»Dann wohnen du und ich also auf der ›besseren Seite‹, in Ost-Ström«, sagte Oemark.

»Ja, so ist es«, sagte Jonses Lars und schien darüber sehr befriedigt.

»Gibt es keine Reibereien zwischen den Dörfern wegen dieser Namen?«

»Gar nicht. Daran ist man gewöhnt.«

Der Sonntag kam mit strahlend schönem Wetter. Das Volkshaus war vollgestopft. Die Leute waren auf dem Rad von ihren Sommerweiden heruntergekommen, um ihren Pfarrer willkommen zu heißen. Als der Gottesdienst zu Ende war, öffneten sich ein paar Schiebetüren zum »kleinen Saal« hinüber, und der Kaffeeduft, den Oemark gegen Ende des Gottesdienstes zu wittern geglaubt hatte, war – wie es sich nun zeigte – nicht nur ein Traum gewesen. Gustaf und Hanna mußten am Ehrentisch Platz nehmen, umgeben von Repräsentanten des Gemeindekirchenrates, des Abstinenzlervereins, des Arbeitervereins, der Sportvereinigung, des Volkshausvereins, der das Lokal gebaut hatte, und vieler anderer Zirkel und Gesellschaften. Reden wurden gehalten und Blumen überreicht.

»Das ist ja fast, als ob der König durchs Land reist und zu Besuch kommt«, sagte Oemark, als er das fünfte Blumenbukett in Empfang nahm.

»Ja, wir möchten gleichsam, daß der Pfarrer unser König sei«, sagte Jonses Lars.

»Dann heißt meine Frau Königin Hanna«, scherzte Oemark.

»Ja, sie sieht wirklich aus wie eine Königin«, sagte Stor-Olle, der Präsident der Guttempler. »Sie sind wohl auch Guttempler?«

»Seit meiner Geburt«, bejahte Oemark. »Aber das ist auch das einzige, was wir sind. Sonst sind wir gleichsam Wilde, in der Politik und so weiter.«

»Aber wir haben gehört, Sie kämpften für die Sache des Volkes«, sagte der Präsident des Arbeitervereins.

»Ja, das kannst du zu Protokoll nehmen«, sagte Oemark.

»Dann wollen wir die Gelegenheit ergreifen und gleich fragen: ›Wie stellt sich der Herr Pastor zur Kirchenbaufrage hier in Ström?‹«

»In dieser Sache gibt es wohl nur einen Standpunkt.«

»Positiv oder negativ?«

»Also, ihr redet so vornehm in Ström! In diesem Falle also positiv.«

»Aber die Bürgerlichen sind gegen den Kirchenbau«, sagte der Arbeiterführer mit einem vielsagenden Blick gegen Jonses Lars, der offensichtlich zur politischen Rechten gehört.

»Ja, sehen Sie«, sagte Jonses Lars ein wenig ausweichend, »wir sind gleichsam der Meinung, sehen Sie, daß wir in erster Linie einen Friedhof nötig hätten.«

»Das eine schließt das andere nicht aus«, sagte Oemark. »Die Sache ist übrigens so klar, wie eine Sache nur sein kann. Kirche und Kirchhof gehören doch zusammen, das eine bedingt ja das andere, wie ein Baugrund und ein Haus... Kein Baugrund ohne ein Haus drauf. Kein Haus ohne Baugrund.«

Jonses Lars versuchte einzuwenden: »Aber es gibt doch Bauland ohne ein Haus darauf. Man kann genug Geld haben, um Bauland zu kaufen. Das Haus aber muß warten bis später, wenn man die Mittel hat, und die Steuern sind ja schon jetzt so hoch, und steigen noch ...«

»Ja, die Bürgerlichen sind gegen den Kirchenbau, das ist klar«, sagte der Präsident des Volkshausvereins. »Aber das hat seine vernünftigen Gründe. Wir haben ja ein gutes Lokal, in das die Leute den Weg finden. Ist etwas nicht recht an diesem Lokal, Herr Pastor?«

»Nein, nicht soweit ich das bis jetzt sehe«, antwortete Oemark. »Es sind da bloß ein bißchen wunderliche Dekorationen für eine Kirche. Was soll all das farbige Kreppapier bedeuten, und die Girlanden, die kreuz und quer an der Decke hängen?«

»Oh«, sagte der Präsident der Sportvereinigung, »das sind halt noch die Dekorationen vom Ballontanz her, der hier kürzlich an einem Abend stattgefunden hat. Wir haben unser Jahresfest gehabt und sind noch nicht dazu gekommen, das Zeug abzunehmen.«

Nun blitzte es in den Augen des Arbeiterführers. »Da finde ich allerdings«, sagte er, »es ist ein bißchen seltsam, daß im selben Haus getanzt und gepredigt werden soll. Nicht weil ich besonders religiös wäre, aber Ordnung und Anstand müssen sein. Ich war hier am Karfreitag, denn ich gehe am Karfreitag immer in die Kirche, und da waren kaum die letzten vom Gründonnerstagsball heimgegangen, als schon Olnissa-Hans kam, um für den Gottesdienst die Ziffern auf das Liedbrett zu stecken.«

Oemark fühlte sich sichtlich wohl. Das waren Töne! Hier war man nicht schläfrig. Nichts von Bauernträgheit wie in Uddarbo, kein Dornröschenschlaf wie in Vassbäcken, sondern streitbare Leute, hier stand Wille gegen Wille. Hier würde das Arbeiten eine Freude sein. Er klingelte mit dem Löffel an die Kaffeetasse. Es wurde still im Saal.

»Brüder und Schwestern«, sagte er, »ihr habt mich und meine Frau willkommen geheißen mit Blumen und Reden und — am besten von allem — mit gutem Kaffee. Dafür möchten wir euch danken. Und wir möchten euch sagen, daß wir uns von Anfang an wohlfühlen in Ström. Wir hatten ein wenig Bedenken, als wir unser kleines Idyll dort oben in Vassbäcken verließen. Denn das war ein Idyll. Und wenn ihr selbst jung verheiratet seid oder es gewesen seid, wißt ihr, wie das ist mit dem ersten Heim. Es ist etwas Besonderes, von dem wegzugehen, was man selbst eingerichtet hat mit Möbeln und Vorhängen und Teppichen und so weiter, und von alten, lieben Freunden zu scheiden. Aber nun sind wir hier empfangen worden, königlich empfangen worden. Man nennt meine Frau bereits Königin Hanna (er verneigte sich in Richtung des Guttempler-Präsidenten), wir sind bürgerlich empfangen (er verneigte sich in Richtung Jonses Lars) und arbeiterfreundlich empfangen (er nickte kameradschaftlich in Richtung des Arbeiterführers), und wir haben über verschiedene Dinge schon die verschiedensten Meinungen gehört. Das ist schön, wenn man verschiedene Meinungen zu hören bekommt. Es ist wie mit den vielen Instrumenten in einem Orchester: Die sind alle nötig für den großen Zusammenklang. Und der soll ja — das ist unser aller Wunsch — schließlich mächtig erklingen. Nun danke ich euch für den heutigen Tag und dafür, daß ihr so zahlreich erschienen seid, besonders all denen, die heute von den Sommerweiden gekommen sind. Und endlich ein Wort des Dankes an euch, die ihr Kaffee gekocht und serviert habt. Das sollt ihr nicht zum letzten Mal getan haben.«

Es gab einen gewaltigen Applaus. Am längsten applaudierten die Mädchen. »Er ist einfach reizend, obwohl er so häßlich aussieht«, sagte das Mädchen, das beim Ballontanz den Schönheitspreis gewonnen hatte.

39

Als Gustaf und Hanna am Sonntagabend beim Essen saßen, sagte Hanna:

»Wenn ich dir einen Rat geben darf, Gustaf, so mische dich nicht in die Kirchenbaufrage!«

»In *die* Sache mische ich mich nicht ein«, sagte Gustaf. »Die kommt von selbst ins Gleise. Wenn Gott will, daß in Ström eine Kirche entsteht, so entsteht eine. Will er es nicht, so entsteht halt keine.«

»Oh, *etwas* machen wohl auch die Menschen.«

»Ja, etwas schon«, sagte Gustaf. »Und das gedenke ich auch zu tun.«

»Was gedenkst du zu tun?« fragte Hanna.

»Ich fange mit einer Wasserleitung an«, sagte Gustaf.

»Was hat die mit der Kirche zu tun?«

»Die bringt sie in Bewegung. Gerade so wie man ein Auto ankurbelt, bevor es abfahren kann. Übrigens, nun werden wir uns ein Auto kaufen.«

»Haben wir Geld dazu?«

»Oh, wir haben ja eine ganze Tausendernote vom Schwiegervater bekommen. Das war großzügig. Statt ein paar hundert für Fahrräder, bekamen wir tausend für das Auto. Übrigens solltest du ein Fahrrad haben, auch wenn wir ein Auto anschaffen.«

»Ich soll ein Fahrrad bekommen? Es wäre doch sicher besser, wenn du eins hättest.«

»Wir können nicht zwei kaufen, wenigstens jetzt nicht. Ich werde wohl meistens im Auto sitzen. Aber du solltest ein Rad haben.«

»Oh, deswegen werden wir wohl nicht aneinander geraten«, sagte Hanna. »Aber morgen früh, Gustaf, wollte ich dich bitten, mir im Garten ein wenig zu helfen.«

»Im Garten? Aber Hanna, wir haben ja schon bald Mitte Juni.«

»Der Frühling kam spät in diesem Jahr«, sagte Hanna. »Und ich weiß am besten, wie dumm es ist, in unseren Gegenden zu früh anzupflanzen. Wir können gut noch Erbsen, Bohnen und Kohl bekommen, du wirst es dann schon sehen.«

»Ja, ich sah, was sie in Vassbäcken oben bekamen, die Schulkinder meine ich. Natürlich werde ich dir den Garten umgraben.«

Am nächsten Morgen wurden ein paar Beete umgegraben. Die Gemeinde hatte beim Bau des Pfarrhauses ein Stück Land als Gemüsegarten abgesteckt und Mutterboden darauf abgeladen. Aber der Amtsvorgänger hatte sich nicht um den Garten gekümmert.

»Das macht nichts, daß die Erde brachgelegen hat«, sagte Hanna. »Wir brauchen bloß etwas Mist für den Kohl. Erbsen und Bohnen kommen von selbst.«

Gustaf fand einen Schubkarren, der vom Bau dageblieben war, und bekam bei seinem nächsten Nachbarn, was er brauchte. Dieser war zufällig Kommunist und Freidenker, geriet aber ganz außer sich, als ein Pfarrer in einem ölbefleckten blauen Overall zu ihm hereinkam und bat, sich ein wenig Mist »leihen« zu dürfen. Der Kommunist bot sich an, ihm den Mist mit Pferd und Wagen zu bringen. Aber Oemark entgegnete: »So viel brauche ich nicht, und Pferd kann ich selber spielen.«

Am späten Vormittag war das Land in Ordnung. Vor dem Abendessen waren Samen und Setzlinge gekauft und gesteckt. Oemark grub auch bei der Veranda ein paar Rabatten um. Dort steckte Hanna Feuerbohnen und Begonienknollen, die sie in einem Topf von Vassbäcken mitgebracht hatte und die nun schon aufgehen wollten.

Im Hause hatten sie noch jeden Tag mit Einrichten zu tun. Außer in der Kanzlei, die von der Gemeinde möbliert war, fehlte es noch überall an Möbeln.

Oemark freute sich, wieder eine richtige Kanzlei zu haben. In Vassbäcken war die Kanzlei im Schulzimmer untergebracht gewesen: ein Schreibtisch an einem Fenster und daneben ein kleiner Kassenschrank mit den Kirchenbüchern und Formularen. Hier gab es sogar einen ordentlichen Archivraum.

Der Sommer verging mit Predigten im »Lokal« und Gottesdiensten auf den vier Sommerweiden. Aber als die Leute mit dem Vieh ins Dorf zurückgekehrt waren und die Arbeit auf den Äckern und Wiesen zu Ende ging, als man vor dem Dreschen eine kleine Ruhepause einschaltete, hielt Oemark an einem Sonntag eine sehr merkwürdige Predigt. Es war Erntedankfest, und der Text war ein Wort aus dem Psalter: »Gottes Brünnlein hat Wassers die Fülle.« Oemark sprach eine Weile darüber. Aber dann stellte er plötzlich eine Frage. »Wie steht es mit euren Brunnen? Haben die auch Wasser die Fülle? Wenn ich auf euren Höfen umherging, sah ich, welche Schwierigkeiten ihr mit der Wasserversorgung habt. Die einen haben einen Brunnen, die anderen nicht. Und die einen haben, haben nicht immer Wasser darin. Wenn die Brunnen austrocknen, stehen die Winden still. Und ich habe gesehen, wie ihr mit Fässern zum Fluß hinunterfahren mußtet, und Flußwasser ist nicht das beste Wasser, wenn auch der Dalälv – etwa im Vergleich mit dem Fyriså – tadellos ist.

Im Pfarrhaus haben wir es gut. Unter dem Hügel geht eine Wasserader durch, und ihr habt uns eine hervorragende Pumpe eingebaut. Aber nicht alle Höfe liegen auf solchen Hügeln. Doch in den Wäldern rund um das Dorf gibt es Wassers die Fülle. Da sind so viel Quellen, daß wir das ganze Kirchspiel von Skinnarbo mit Wasser versorgen könnten, und noch mehr dazu. Darum finde ich, wir sollten an den Bau einer Wasserleitung gehen. Ich habe schon den einen und anderen davon reden hören: ›Ja, wenn wir eine Wasserleitung hätten.‹ Aber das Reden allein hilft nichts. Man muß auch graben, und man muß Röhren haben. Und man muß zusammenhalten. Wir müssen einen Wasserleitungsverein gründen. Ganz einfach eine Genossenschaft, vielleicht zwei: eine Wassergenossenschaft für Ost-Ström und eine für West-Ström. Wenn ihr der gleichen Meinung seid wie ich, so bleiben wir nach dem Gottesdienst noch hier und besprechen die Sache. – Und wenn wir unsere Wasserleitung bekommen haben und nur noch den Hahn zu drehen brauchen, wollen wir wieder ein richtiges Dankfest feiern. Wenn dann das Wasser aus unseren Wasserhähnen strömt, werden wir gerne daran denken, daß es gilt: Gottes Brünnlein hat Wassers die Fülle. Amen!«

Das Lied nach der Predigt war: »Hier ein Brünnlein fließet«. Es war eines von den beliebtesten und wurde mit einer solchen Freude gesungen, als hätte man bereits in jeder Küche eine Wasserleitung.

Kaum hatte man das letzte Lied gesungen, da hörte man schon eine Stimme im Lokal: »Nun wollen wir eine Genossenschaft gründen!«

Oemark ging zum Rednerpult.

»Ich möchte vorschlagen, daß wir einen Präsidenten wählen.«

»Pastor Oemark«, riefen mehrere Stimmen.

»Wird noch ein anderer Vorschlag gemacht?«

»Nein!«

Oemark suchte nach einem Ersatz für den Hammer. Er erwischte seine Füllfeder und klopfte damit auf das Pult. »Wir müssen auch einen Sekretär haben.«

»Oemark.«

»Andere Vorschläge?«

»Nein.«

»Wird er gewählt?«

»Ja.«

Dann wurde die Diskussion eröffnet. Einer nach dem anderen stand auf: sowohl Jonses Lars als auch der Arbeiterführer, der Prest-Anders hieß, und Stor-Olle, der Guttemplerpräsident. Alle drei beantragten die Gründung einer gemeinsamen Genossenschaft für beide Dörfer. Es wurde vorgeschlagen, man solle sofort ein Komitee wählen, das für eine allgemeine Gemeindeversammlung Vorschläge auszuarbeiten hätte. Da wurden fünf Personen vorgeschlagen: Oemark, Jonses Lars, Prest-Anders, Stor-Olle und die Frau Pfarrer. Denn ein Frauenzimmer sollte auch dabei sein.

Oemark versuchte zu protestieren. »Wenn ich dabei bin, so ist sie schon dabei, denn die beiden sind ein Fleisch.«

Aber das half nichts. Die Frau Pfarrer mußte dabei sein.

»Und dann müssen wir einen Vorsitzenden haben.«

»Oemark.« Allgemeine Einmütigkeit.

»So war es nicht gemeint, daß ich das Heft in den Händen haben sollte. Ich habe ja bereits eine Wasserleitung.«

»Das ist gut so, dann ist er unparteiisch!«

Die Wahl wurde durch Klopfen auf das Pult für gültig erklärt, und die Versammlung war beendet. Unmittelbar darauf trat das Komitee zusammen — mit Ausnahme der Frau Pfarrer, die daheim kochen mußte.

»Da seht ihr's«, sagte Oemark.

Es dauerte nicht einmal bis zum Ende des Monats, so war die Genossenschaft gegründet, und es wurde bereits eifrig abgesteckt und gegraben. Eine solche Einigkeit hatte Oemark noch nie gesehen und auch nicht eine solche Arbeitswilligkeit. Die einen beteiligten sich durch Arbeitsleistung, indem sie mehrere Tage bei den Bauarbeiten halfen, die anderen mit Geld — je nach Einkommen, um die Kosten so gerecht wie möglich zu verteilen.

Es zeigte sich bald, daß Oemark ein hervorragendes Organisationstalent hatte. Bei den vielen Zwistigkeiten, die natürlich bei der Festsetzung der Kostenanteile entstanden, war er auch der beste Vermittler, den man sich denken konnte. Sein ruhiger, treffsicherer Humor und die spaßigen Antworten, die er stets bereit hatte, ersparten viele Unannehmlichkeiten.

Arme Leute, die kein Geld hatten, um ihren Anteil zu bezahlen, gebrechliche Alte, die nicht mehr mit ihrer Arbeitskraft beitragen konnten, bekamen von ihm Hilfe, teils mit barem Geld, teils indem er ihre Arbeit übernahm. Er konnte ganze Tage lang arbeiten, um denen zu helfen, die ihren Anteil nicht bezahlen konnten. Seine Hilfsbereitschaft wurde weit herum bekannt, und bald war er überlaufen von Leuten, die bei ihm finanzielle Hilfe suchten. Sein warmes Herz hätte wohl sein eigenes Haushaltsbudget zum Kippen gebracht, wenn nicht sein guter Kopf und seine Menschenkenntnis der Hilfsbereitschaft Zügel angelegt hätten. Aber nie ging einer von ihm, ohne auf irgendeine Weise Hilfe bekommen zu haben. Es war aber auch die Zeit, in der die Landstreicher in Schweden Hochsaison hatten, so sehr, daß es sogar einen Landstreicher-Reichstag gab. Oemark sah auf dem Pfosten seines Gartentors ständig neue Zeichen eingeritzt, und er leistete sich mitunter den Spaß, dort selbst solche Zeichen anzubringen, die bedeuteten: »Hier bekommt man nichts«, »Warnung vor dem Hunde«, »Böse Frau« und so weiter.

Aber welche Zeichen können einen hungrigen Landstreicher abschrecken?

Eines Tages stand ein ganz ungewöhnlich zerlumptes Individuum mit einem tückischen Blick in Hannas Küche.

Oemark hatte sie gebeten, die Tür zu schließen und nicht jeden beliebigen Menschen einzulassen. Aber Hanna hatte ihm entgegnet:

»Bin ich die Frau Pfarrer oder bin ich es nicht?«

Nun wollte der Mann Geld haben.

»Geld habe ich keins, aber zu essen können Sie bekommen.«

»Nein, ich will Geld.«

»Dann müssen Sie halt meinen Mann fragen.«

»Wo ist er?«

»Ich will es Ihnen zeigen.«

Hanna fand wohl selber, es sei gut, diesen Mann loszuwerden. Sie führte ihn durch die Hintertür hinaus.

»Dort auf dem Hügel beim Fluß sehen Sie eine Scheune. Dort sind Männer beim Graben der Wasserleitung, fragen Sie die.«

Der Mann ging, sichtlich verstimmt und widerwillig. Er kam zur Scheune, ging den Abhang hinunter und sah einen rothaarigen, robusten Arbeiter in blauem Overall in einem tiefen Graben stehen und Lehm heraufwerfen. Er beugte sich hinab und rief dem Erdarbeiter zu:

»Hast du diesen verdammten Pfaffen irgendwo gesehen?«

Der Rothaarige schaute auf, blinzelte schelmisch mit den Augen und sagte:

»Er ist nicht weit von hier. Ich bin's nämlich selber.«

»Oh, Verzeihung!« sagte der Landstreicher und zog die Mütze.

»Ja, jetzt ist's schon draußen«, sagte Oemark. »Wieviel willst du?«

Er nahm sein Portemonnaie hervor. »Reichen fünf Kronen?«

»Ja, danke, das reicht.«

»So viel gebe ich sonst nicht«, sagte Oemark. »Aber es kommt selten vor, daß einer von euch mir ein ehrliches Wort sagt. Ich danke dir.«

»*Ich* habe zu danken.«

»Dann sind wir quitt. Also adieu, und viel Glück!«

Als Oemark heimkam, schaute er nach, ob es auf dem Pfosten des Gartentors ein neues Zeichen habe. Da sah er, daß jemand mit einem Messer alle eingeritzten Zeichen weggekratzt hatte.

»Ja, die sind auch Gottes Kinder«, sagte Oemark. Nahm sein Messer und ritzte das Zeichen ein, das bedeutet: »Hier bekommt man zu essen, aber kein Geld.«

40

Der Winter unterbrach die Arbeit an der Wasserleitung, aber sobald der Boden nicht mehr gefroren war, ging es weiter. Doch nun kam eine neue Sorge.

Als der Frühling anbrach, war Oemark eines Tages in einem Missions-Nähverein auf einem Hof in West-Ström. Der Hof lag auf einer steil gegen den Fluß abfallenden Anhöhe. Es war ein stattlicher, zweistöckiger alter Hof. Die Küche war außergewöhnlich hoch und hatte Pritschen an den Wänden, drei übereinander. Da gab es auch eine alte Mora-Uhr, die beim Zwölfeschlagen den Umzug der zwölf Apostel zeigte. Als Messingfigürchen kamen Johannes und Petrus und alle anderen in einem rechteckigen Ausschnitt im Zifferblatt zum Vorschein.

Oemark saß im Zimmer und las aus Selma Lagerlöfs »Jerusalem« vor. Plötzlich war ihm, als höre er ein seltsames Sausen in der Luft. »Da muß ein starker Wind zu wehen angefangen haben«, dachte er und schaute hinaus. Aber eine Birke, an der bereits die Knospen zu schwellen begannen, stand völlig unbewegt vor dem Fenster. Kein einziges Zweiglein rührte sich. Das Sausen dauerte an. »Es saust wohl in meinen Ohren«, dachte er. Er las weiter vor und war gerade bei der spannenden Schilderung der Frühlingsflut, die alles mit sich fortriß. Da schaute eine der alten Frauen auf.

»Siedet es da irgendwo in einem Wasserkessel«, fragte sie, »oder brennt es?«

Man hörte jetzt, wie das Sausen anschwoll und in ein Prasseln und Brausen überging. Einige standen auf.

»Hier bricht wohl bald eine Panik aus«, sagte Oemark. »Ruhe, meine Lieben!« mahnte er. »Brennen tut es nicht. Das klingt anders.«

Da rief eine Stimme: »Seht! Das Eis ist in Bewegung!«

Alle stürzten zum Fenster. Oemark und noch ein paar andere sprangen hinaus. Als er vorhin über den roh gezimmerten Holzsteg gegangen war, hatte die Eisdecke noch glatt und weiß auf dem Fluß gelegen. Nun war das Eis in Tausende von kleinen und großen Schollen zerbrochen, zwischen denen das schwarze Wasser sichtbar wurde. Und das Ganze bewegte sich langsam, aber sicher auf den Steg zu. Einige der Ost-Strömer riefen:

»Wir müssen noch rechtzeitig über den Steg, wenn wir noch heimkommen wollen.«

Da war es aus mit der ruhigen und fröhlichen Stimmung, die sonst in einem Missions-Nähverein herrscht. Niemand kümmerte sich um den Kaffeetisch, der im Nebenzimmer bereitstand. Die Leute von der »besseren« Seite des Flusses hatten es plötzlich eilig, sich zu verabschieden. Sie zogen die Mäntel an und stürzten hinaus. Unter der Tür stand Oemark.

»Ruhe!« befahl er.

Aber diesmal stand er wie ein schwankendes Rohr in einem brausenden Fluß.

Er begriff, daß sie über die Brücke wollten.

»Versucht nicht, über die Brücke zu kommen!« rief er. »Es ist schon zu spät.«

Aber niemand hörte auf ihn. Da packte er einen stattlichen Knotenstock, der im Hausgang in einer Ecke stand. Der Weg zur Brücke hinunter machte eine Windung, um den Weg etwas abzuflachen. Oemark lief die Abkürzung direkt den Abhang hinunter. Er erreichte die Brücke, ehe die erste von den Frauen unten war. Hier unten sah alles viel gefährlicher aus. Die Eisschollen türmten sich auf und krochen wie weiße Seeungeheuer an den Brückengeländern empor. Andere kamen nach. Der Steg war schon im Bogen gekrümmt und konnte jeden Augenblick bersten. Nun sprang die erste der Frauen auf den Steg. Oemark erwischte sie am Arm und stieß sie zurück. Andere drängten nach.

»Seid ihr verrückt?« schrie Oemark. »Seht ihr nicht, daß der Steg jeden Augenblick krachen kann?«

»Ich muß heim zu meinen kleinen Kindern!« schrie eine junge Frau völlig von Sinnen. Sie sprang auf den Steg, bückte sich flink und kam unter dem groben Stock durch, mit dem Oemark sie aufzuhalten versuchte. Endlich erkannten auch die anderen die Gefahr und riefen sie zurück. In diesem Augenblick hörte man ein furchtbares Krachen. Die Brücke barst, wie eine Perlenschnur zerreißt. Die Frau war schon bei der Rinne, in der das Wasser dahinbrauste und die Eisstücke wie in wahnwitziger Freude davontanzten. Beinahe wäre sie von dem rasend schnell dahinreißenden Fluß angesogen und mitgerissen worden. Da wurde sie von einem kräftigen Arm gepackt und zurückgeschleppt. Kaum hatte Oemark mit der Frau wieder festen Boden unter den Füßen, da stürzte auch der am Ufer befestigte Teil der Brücke ein, und der ganze Steg schwamm zwischen den sich türmenden Eisschollen davon. Die Frau stand keuchend da und schrie wie eine Wahnsinnige:

»Meine Kinder! Meine Kinder!«

Oemark aber sank ohnmächtig zu Boden.

»Er soll einen Herzfehler haben, sagt man«, sagte die Perjos-Mutter, als die Frauen, erschrocken und still, wieder in der Küche beieinander saßen. Ein paar Männer hatten den Pfarrer hinaufgetragen und ihn auf ein Sofa gelegt, und jemand hatte Doktor Bultmark angeläutet und ihn gebeten, herzukommen.

Als Oemark wieder zu sich kam, stand der Doktor, ein gemütlicher Südschwede von Skåne, über ihn gebeugt.

»Nein, sieh da, Bultmark! Haben sie nach dir geschickt? Ja, das waren aber unnötige Tänze.«

»Nicht so ohne weiteres unnötig, nach dem, was das kleine Ding da drin sagt«, entgegnete Bultmark und klopfte mit dem Stethoskop auf Oemarks Brustkorb. »Seit wann hast du das?«

»Es sei angeboren, haben drei Ärzte behauptet.«

»Das glaube ich kaum«, meinte Bultmark. »Es klingt nicht so. Du hast irgendeinmal einen Knacks bekommen.«

»Hab ich's nicht immer gesagt?« bejahte Oemark. »Ich weiß, wann es geschehen ist. Aber niemand hat es mir glauben wollen.«

»Du darfst keine solche Dummheiten machen, bei einem Eisgang auf Brücken hinausspringen.«

»Ich verspreche wenigstens, daß ich in Ström über keine Holzbrücke mehr springen werde. Denn hier muß nun eine richtige Brücke her.«

»Ich sollte dir eigentlich etwas verordnen«, sagte Bultmark.

»Medizin?« fragte Oemark.

»Das auch.«

»Dann möchte ich am liebsten Kaffee haben«, sagte Oemark. »Um den sind wir lange genug betrogen worden.«

»Ich glaube, du solltest ganz aufhören mit dem Kaffee«, warnte Bultmark. »Dieses Herz verlangt nicht nach Kaffee.«

»Aber *ich* will Kaffee haben. – Fräulein, zwei Kaffee! Für den Doktor und mich!« sagte Oemark zur Perjos-Mutter, die gerade zur Tür hereinschaute, um nachzusehen, ob Oemark noch lebe oder gestorben sei.

»Gleich, gleich«, sagte die Alte und watschelte davon.

»Ja, du bist unmöglich, Bruder«, lachte Bultmark. »Trink nur deinen Kaffee! Du bleibst trotzdem am Leben, solange du leben sollst.«

»Ich lebe, bis ich sterbe«, sagte Oemark. »Und dann werde ich um so zufriedener sterben, je mehr Kaffee ich bekommen habe.«

Der Kaffee kam, und die Perjos-Mutter war nicht eine, die mit den braunen Bohnen sparsam umging. »Wie oft hast du solche Missionsvereine?«

»In der Saison dreimal pro Woche«, antwortete Oemark.

»Und dein Magen hält das aus?«

»Prima.«

»Aber hör einmal, all dieses Gebäck hier! Wäre es nicht besser, eure Heiden bekämen das Geld, was dieses Zeug kostet, und ihr würdet selber etwas spartanischer leben?«

»Es heißt in der Schrift: ›Du sollst deinen Nächsten lieben *wie dich selbst*.‹ Es soll also wohl auch noch ein Bereich für einen selbst bleiben.«

»Ja, du mit deinem Bereich!«

»Präzis!« sagte Oemark.

»Darf ich noch ein drittes Mal einschenken?«

»Nein, stop!« wehrte Bultmark ab.

»Doch, gern«, sagte Oemark.

»Ich glaube, ich brauche dir nichts Stimulierendes zu verordnen«, sagte der Doktor. »Du bekommst genug Koffein.«

»Schreib das Rezept trotzdem!« entgegnete Oemark. »Schon dem Apotheker zuliebe.«

41

»Unser neuer Pfarrer in Ström ist in Ordnung!« sagte der Präsident der Wegkommission, nachdem das Schreiben von Oemark, das eine solide neue Brücke verlangte, verlesen worden war.

»Ja, so sehr er auch in Ordnung sein mag, so werden wir doch nichts anderes machen können, als den alten Steg zu reparieren. Die eine

Hälfte sitzt ja noch im Brückenlager fest, und die andere wurde im Kirchdorf unten geborgen. Man braucht nur ein Motorboot zu nehmen, sie stromaufwärts bugsieren und dann wieder festmachen. Der Steg hat nun so viele Jahre gehalten. Und aus gutem Holz ist er gebaut. Solche Balken gibt es heutzutage gar nicht mehr. Das hält noch mal hundert Jahre.«

»Will sich noch jemand äußern?«

»Nein«, sagte Lim Johan. »Hindrika Emil hat alles gesagt, was dazu zu sagen ist.« Zur Sicherheit wiederholte er es noch einmal.

»Ist die Diskussion abgeschlossen?«

Einstimmiges Ja.

Aber die Diskussion war nicht abgeschlossen. Es dauerte keine Woche, da wurde die Wegkommission zu einer Extrasitzung zusammengerufen. Ein neues Schreiben von Oemark. Dieses lautete:

»Wenn die Kommission die Sache nicht in die Hand nimmt, so nehme *ich* sie in die Hand. Falls ich nicht binnen einer Woche die Zusage bekomme, daß Sie auf den Vorschlag eingehen, eine neue und bessere Brücke zu bauen, appelliere ich an den Bezirksstatthalter.«

Hindrika Emil erteilte dem Präsidenten einen Rüffel, daß er ein solches Schreiben überhaupt ernst nehme und vielbeschäftigte Leute mit einer Extra-Sitzung bemühe. Es war ja Frühlingssaison für die Leder-Näharbeiten, wo man es rasend eilig hatte. Und es war ja *beschlossen,* die alte Brücke zu reparieren. Hatte man denn noch nicht mit dieser Arbeit begonnen?

»Ich dachte...«, wollte der Präsident erklären.

»Ein Präsident soll nicht denken, sondern handeln und die Beschlüsse ausführen. Ich beantrage, daß wir auf das Schreiben gar keine Rücksicht nehmen, und in der Antwort kannst du ein paar scharfe Worte beifügen, sie könnten in Ström dankbar sein, daß sie überhaupt wieder eine Brücke bekommen.«

»Aber wenn er an den Bezirksstatthalter appelliert?« wandte Lim Johan ein.

»Laß ihn appellieren!« sagte Hindrika Emil. »Das ist bloßes Geschwätz. Er wird an keinen Bezirksstatthalter appellieren.«

Oemark bekam einen Auszug aus dem Protokoll, der nach Hindrika Emils Wunsch formuliert war. Er öffnete den Brief beim Mittagessen und lachte laut.

»Warum lachst du?« fragte Hanna.

»Ja, ich freue mich halt, denn heute kaufe ich ein Auto.«

»Heute?«

»Ja, und morgen reise ich nach Falun und hole den Bezirksstatthalter.«

»Was hat der hier zu suchen?«

»Lies selbst«, sagte Oemark, streckte ihr den Brief hin und schöpfte sich eine neue Portion auf den Teller. Es war sein Lieblingsgericht, Hackwurst.

Nach dem Essen telefonierte Oemark mit dem Bezirksstatthalteramt und verlangte, den Statthalter zu sprechen.

»Es ist unmöglich, ihn jetzt zu erreichen«, antwortete man ihm.

»Aber *irgendwo* muß er doch zu finden sein. Ein Bezirksstatthalter kann doch nicht einfach verschwinden. Und die Sache ist wichtig.«

»Ja, Sie können es ja mal versuchen.«

Oemark versuchte es mit einer Nummer nach der anderen. Schließlich hatte er den Bezirksstatthalter am Draht. Man erkannte sofort den Grubenarbeitersohn von Grängesberg, der im breitesten Bergmannsdialekt antwortete. Oemark brachte ihm in kurzen Zügen sein Anliegen vor. Als er ihm die knauserige Einstellung der »Dorfbonzen« und die Sorgen der kleinen Leute wegen des Verkehrs zwischen den beiden Dörfern in Ström schilderte, trug er möglichst dick auf.

»Denken Sie bloß, die auf der schlechten Seite wohnen, können weder zur Kirche noch in den Laden oder auf den Tanzboden oder ins Kino gelangen. Fünfhundert Seelen, bedenken Sie das, und übrigens ebensoviele Leiber dabei!«

Der Bezirksstatthalter blieb guter Laune.

»Ja«, sagte er, »einen offiziellen Besuch kann ich nicht machen. Aber du kannst ja den Dickschädeln in der Wegkommission sagen, falls sie mich treffen wollen, könnten sie sich übermorgen um zwölf Uhr bei jener Brücke einfinden. Aber dann mußt du dafür sorgen, daß ich um diese Zeit dort bin. Hast du ein Auto?«

»Ja.«

»Wann kommst du mich holen?«

»Sagen wir um sechs Uhr morgens.«

»Sechs Uhr?«

»Ja, das Auto ist neu, da darf ich wohl nicht so schnell damit fahren.«

»Gut! Abgemacht! Übermorgen um sechs Uhr beim Bezirksstatthalteramt.«

Oemark hängte ein.

Jetzt nahm Oemark den Zahnstocher hervor. Es war gute Hackwurst gewesen. Er ging zu Hanna in die Küche hinaus.

»Nun kommt es darauf an, ob irgendwo ein Auto aufzutreiben ist. Darf ich dein neues Fahrrad benutzen? Gut, daß wir es haben!«

»Wo willst du hin?«

»Nach Skinnarbo. Hör einmal, kann ich dir etwas besorgen? Ich meine Eßwaren. Du mußt übermorgen den Bezirksstatthalter und die Wegebaukommission zum Mittagessen einladen.«

»Nur gut, daß es nicht morgen ist«, sagte Hanna. »Denn morgen muß ich die Wäsche bügeln.«

»Könntest du nicht Inger zur Hilfe herbitten?«

»Wozu das?«

»Zum Servieren und so weiter. Sie besucht ja an der Volkshochschule in Skinnarbo einen Kochkurs und soll in solchen Dingen ausnehmend tüchtig sein. Denn du mußt am Tisch sitzen, verstehst du. Gastgeberin und so ... wenn man einen Bezirksstatthalter zu Gast hat.«

»Also, rede mit Inger«, sagte Hanna. »Das war ein guter Vorschlag.«

»Und dann mußt du noch eine Köchin haben, Hanna!«

»Ich telefoniere mit meiner Schwester Valborg. Sie ist die beste, die ich bekommen kann.«

Ein neues Auto war in Skinnarbo nicht aufzutreiben. Aber Oemark fand einen noch recht stattlichen Ford. Das beste daran war der Preis. Das Lastauto von Quist war auch ein Ford gewesen, so hatte er hier genau die gleichen Handgriffe, wie Oemark zu seiner Freude entdeckte. Er kam heim mit Inger im Auto und Hannas Rad auf dem Dach und überdies mit all den Sachen, die er in den Läden gekauft hatte. Am folgenden Morgen fuhr er im Dorf herum zu allen Mitgliedern der Wegkommission und teilte ihnen persönlich mit, daß der Bezirksstatthalter sie tags darauf um zwölf Uhr bei der Brücke in Ström inoffiziell zu treffen wünsche und daß sie danach, so etwa um ein Uhr, zusammen mit dem »Herrn Statthalter« im Pfarrhaus zum Mittagessen willkommen seien. Am Abend dieses Tages wurde ziemlich fleißig zwischen den Kommissionsmitgliedern hin- und hertelefoniert, und alle waren einig, daß sie »wie ein Mann« an ihrem Beschluß festhalten wollten, daß die alte Brücke repariert werden soll. Aber während sie beratschlagten, begann Oemark die »Flitterwochen« mit seinem Ford. Er hatte sich

Autokarten verschafft und mit den Taxichauffeuren über die Straßen verhandelt, denn er war noch nie in Falun gewesen. Er hatte in einem Hotel angerufen, ein Zimmer bestellt und verlangt, am folgenden Morgen um vier Uhr geweckt zu werden. Er kam endlich nach Falun und hatte den Eindruck, wenn nichts Unvorhergesehenes mehr passiert, würde er den Bezirksstatthalter schon in sechs Stunden nach Ström fahren können.

42

Um sechs Uhr morgens war er vor dem Statthalteramt. Während er dort auf und ab ging und wartete, kam ein kleiner, graugekleideter Mann mit borstigem Schnurrbart und betrachtete das Auto.

»Ford?« fragte er.

»Jawohl«, antwortete Oemark.

»Haben Sie vielleicht hier einen Pfarrer mit einem neuen Auto gesehen?« fragte der Graugekleidete.

»Nein, aber haben Sie vielleicht einen Bezirksstatthalter ohne Auto gesehen?«

»Der bin ich«, sagte der Graugekleidete.

»Und ich bin der Pfarrer«, sagte Oemark.

»Aber du hast doch gesagt, du hättest ein *neues* Auto.«

»Es war kein neues aufzutreiben, als ich es kaufen wollte.«

»Aber du sagtest doch, du hättest es schon.«

»Ich hatte es in der Brieftasche. Das ist nicht bei allen der Fall, die sich eins kaufen wollen.«

»Da hast du recht«, sagte der Bezirksstatthalter. »Also fahren wir.«

Als sie ein Stück gefahren waren, sagte der Bezirksstatthalter:

»So toll bin ich nie mehr geschüttelt worden, seit ich in Grängesberg auf den Erzwagen und in den Förderkörben gefahren bin. Wie lange fährst du schon?«

»Dies ist meine erste Fahrt«, sagte Oemark. »Aber ich habe die Engel zum Geleit.«

»Ja, das ist allerdings nötig«, sagte der Bezirksstatthalter. »Aber lustig ist es.«

Die Uhr zeigte ein Viertel nach zwölf, als der Ford den steilen Weg zum Brückenansatz hinunterhopste.

»Du kannst doch hoffentlich bremsen?« fragte der Bezirksstatthalter, als der Ford mit großer Geschwindigkeit den Uferhang hinab gegen den brausenden Fluß sauste.

»Das will ich meinen«, gab Oemark zurück, »und du kannst doch hoffentlich schwimmen?«

»Gewiß«, sagte der Bezirksstatthalter.

Das Auto hielt. Der Bezirksstatthalter stieg aus. Die »Dickschädel« verbeugten sich, und Oemark stellte vor.

»Soso, ist das alles, was vom Steg übrig ist?« fragte der Bezirksstatthalter. »Wie alt ist er?«

»Ja, das ist nicht so leicht zu sagen. Vielleicht ein Menschenalter.«

»Dann kann *ich* es sagen«, mischte sich Oemark ein. »Kommen Sie mit mir auf den Steg hinaus, dann werden Sie es sehen. Hier steht es in einem Balken eingehauen: Anno 1830.«

»Hundert Jahre«, sagte der Bezirksstatthalter. »Hört nun, ihr Dick… Männer, warum habt ihr hier nicht schon lange eine neue Brücke gebaut?«

»Die alte hat bis jetzt gehalten, und sie hält noch einmal hundert Jahre, wenn sie repariert wird.«

»Ja, das glaube ich gern«, sagte der Bezirksstatthalter.

»Aber bedenkt doch: Wenn man über diesen Steg fahren will, muß man zuerst auf der einen Seite einen steilen Hang hinunter und nachher auf der anderen Seite wieder einen steilen Hang hinauf — in welcher Richtung man auch fährt. Und außerdem ist er für Pferdefuhrwerke gebaut, aber nicht für Autoverkehr. Mit einer Fuhre Baumstämme kommt man da nicht hinüber, nicht einmal mit einem kleinen Fuder Brennholz. Und dann kommt noch die Flößerei hinzu. Wie ist das, geht das geflößte Holz frei unter der Brücke durch, oder muß man sie hochziehen?«

»Es hat eine kleine Rinne für einzelne Stämme, aber wenn bei Hemulån oben das Wehr geöffnet wird, dann muß man die Brücke hochziehen.«

»Und dann müssen Fuhrwerke und Fußgänger warten?«

»Ja, und das dauert natürlich eine Weile.«

»Wie lange?«

»Ja, das kommt drauf an, eine halbe Stunde, eine Stunde, zwei, manchmal sogar drei.«

»Wenn die Flößerei Hochbetrieb hat, kann es den halben Tag dauern«, sagte Oemark. »Und wenn das Eis den ganzen Steg wegnimmt, muß ich ein Auto kaufen, um den Bezirksstatthalter hierherzubringen, damit wir eine neue Brücke bekommen.«

»Der Pfarrer hat recht«, sagte der Bezirksstatthalter. »Hier müßt ihr eine Brücke bauen, Leute.« Er schlug mit dem Stock ans Geländer. »Kommt jetzt, nun gehen wir zur Frau Pfarrer hinauf und essen zu Mittag.« Er faßte Hindrika Emil unter den Arm und trottete den Abhang hinauf.

»Der Herr Bezirksstatthalter wird doch wohl fahren«, sagte Oemark.

»Ich bin für diesmal genug gefahren«, sagte der Bezirksstatthalter und rieb sich den Hintern. »Lade die anderen dazu ein, du. Ich will mir die Beine vertreten.«

Oemark fuhr rückwärts das steilste Stück hinauf, daß der Motor nur so brummte. Oben angekommen, wendete er den Wagen und öffnete die Türen:

»Steigt ein!«

Die »Dickschädel« stiegen ein und kamen vor dem Bezirksstatthalter beim Pfarrhaus an.

»Seid ihr schon da?« fragte Hanna.

»Ja, gewiß«, antwortete Oemark. »Und wegen der Brücke ist die Sache klar wie Kloßbrühe.«

»Oh, *so* klar ist die Sache wohl nicht«, sagte Lim Johan und gab dem Präsidenten einen Puff in die Seite.

»Doch, ich fürchte«, sagte der Präsident.

»Fürchte dich nicht, glaube nur«, sagte Oemark.

Hanna saß zur Rechten des Bezirksstatthalters. Inger servierte. Valborg stand in der Küche.

»Du hast aber eine prächtige Frau«, sagte der Bezirksstatthalter und stieß Oemark in die Seite. »Sie ist wie eine Königin. Und wie sie kocht! Nahrhaftes Essen, keine zimperliche Hotelkost.«

Er war hungrig, hatte bloß im Auto ein paar Butterbrote gegessen und irgendwo unterwegs Kaffee getrunken. Inger kam und servierte.

»Wem gehört dieses kleine Mädchen?«
»Mir«, sagte Oemark.
»Schon so große Kinder?«
Er blickte zu Hanna hinüber.
»Sie war schon beim Inventar, bevor ich heiratete.«
»Ich verstehe«, sagte der Bezirksstatthalter. Er fing an zu merken, was Oemark für ein Mensch war.
»Na, was willst du werden, Mädchen?«
»Lehrerin.«
»An der Unterstufe oder Mittelstufe?«
»Ich habe die kleinen Kinder am liebsten.«
»Ich auch.«
»Ja, einen leutseligeren Kerl habe ich noch nie gesehen«, sagte Hindrika Emil, als die Wegkommission allein noch bei der zweiten Tasse Kaffee saß. Der Bezirksstatthalter hatte bloß eine Tasse getrunken, dann hatten er und Oemark aufbrechen müssen. Aber ehe er abfuhr, lag ein neues Protokoll vor.

Am Tag darauf kam Oemark um die Mittagszeit nach Hause.
»Aber lieber Gustaf, was hast du denn dort auf dem Autodach?« fragte Hanna.
»Ein paar teure Stühle«, sagte Oemark. »Warte, du wirst sie gleich sehen.« Er löste das Seil und brachte die schweren Möbelstücke glücklich herunter. Trug sie hinein und befreite sie von der Verpackung.
»Aber konnten wir uns das leisten?«
»Meine Liebe«, sagte Oemark, »wir hatten ja nichts Rechtes, um den Bezirksstatthalter darauf zu setzen. Das nächste Mal kann es ein Bischof sein. Ich bekam sie übrigens spottbillig. Bei einer Versteigerung. Sie sind unmodern. Aber in hundert Jahren sind sie wieder modern. Dann können Ingers Enkelkinder sie erben.«

Der Sommer kam und ging, und es wurde Herbst. Und mit ihm kam Wasser in die Wasserleitung, und die Brücke über den Fluß war fast fertig. Oemark brachte die Arbeit auf allen Seiten in Schwung. Am 1. Dezember wurde die Brücke eingeweiht. Es war ein Sonntag, der erste im Advent. Nach dem Gottesdienst im »Lokal« ging die ganze Gemeinde zur Brücke, wo der Präsident der Wegkommission eine Rede hielt und Oemark den Auftrag bekam, ein Telegramm an den Bezirksstatthalter aufzugeben.

»Denn *ihm* haben wir die Brücke zu verdanken«, sagte der Präsident. Dann kehrte man ins Lokal zurück zum Einweihungskaffee. Auf dem Weg ging Oemark schnell ins Pfarrhaus und gab telefonisch folgendes Telegramm auf:

»An den Bezirksstatthalter, Falun. Brücke in Ström eingeweiht. Dank und Gruß. Gustaf.«

Ehe der Festschmaus zu Ende war, kam ein Junge mit einem Antworttelegramm angeradelt. Oemark las es vor:

»Pastor Oemark, Ström. Gratuliere zur Brücke. Grüße die Dickschädel. Bernhard.«

»Wie kommt es bloß, daß er geantwortet hat?« fragte Hindrika Emil.

»Ich bestellte eine bezahlte Rückantwort. Zehn Worte«, sagte Oemark. »Das gehört zum Anstand.«

»Er weiß alles«, flüsterte Lim Johan. Aber Hindrika Emil schüttelte den Kopf. »Er ist unmöglich. Du wirst sehen, der kommt die Gemeinde teuer zu stehen.«

43

Und nun bleibt noch zu erzählen, wie Ström zu einer eigenen Kirche kam.

Das Land geriet in eine Wirtschaftskrise. Die Fabriken schlossen ihre Tore. In den Hochöfen ließ man das Feuer ausgehen. Die Bergwerke lagen still. Überall liefen Arbeiter ohne Beschäftigung herum, und die Familien lebten von Unterstützungen. Eine dumpfe Stimmung von Mißmut und Murren lastete auf der eben noch von froher Arbeit erfüllten Landschaft.

Am Tag nach der Einweihung der Brücke saß Oemark in der Pastorskanzlei in Skinnarbo. Ein neuer Gemeindepfarrer war eingezogen. Der alte Propst war gestorben und hatte einen jungen Nachfolger bekommen. Dieser hatte Oemark von Ström und den Kaplan Lundberg von Skinnarbo zu einer Montagszusammenkunft eingeladen, um über die

Verteilung der Arbeit in der Gemeinde zu beraten. Oemark bat ums Wort.

»Es ist gewiß gut und recht«, sagte er, »über die Organisation zu ratschlagen; aber nun sage ich euch, was General Booth einmal gesagt hat: ›Solange einer an den Füßen friert, wird er nicht erlöst.‹ Das sage ich euch, daß jetzt ein paar harte Jahre kommen. Wir werden es schon diesen Winter zu spüren bekommen. Und wer Gott nicht hat, muß sein Vertrauen auf die Kartoffeln setzen.«

Der neue Pfarrer und der Amtsbruder schauten einander an. Beide hatten Sinn für Humor, und trotz der ernsten Worte brachen sie in ein Gelächter aus. Oemark lachte mit.

»Ja, laßt uns fröhlich sein«, sagte er. »Ich will euch sagen: Die beste kirchliche Arbeit, die wir in der Gemeinde leisten können, ist, den Leuten zu helfen, daß sie den Mut nicht sinken lassen. Und das machen wir, indem wir ihnen Arbeit verschaffen.«

»Was für Arbeit?«

»Das ist völlig gleichgültig, wenn sie nur bezahlt, gut bezahlt wird. Friedhof und Kirche in Ström zum Beispiel.«

»Die Kirchenbaufrage stand bei der Gemeindeversammlung im Oktober auf der Liste, als der Haushaltsplan aufgestellt wurde, aber sie fiel durch«, sagte der neue Pfarrer.

»Dann muß ich mit dem Propheten Micha sagen: ›Wenn ich gefallen bin, stehe ich wieder auf‹«, entgegnete Oemark.

»Ja, für den Friedhof ist ein Fonds vorhanden«, sagte der Pfarrer. »Aber damit ist es nicht getan.«

»Sind Pläne vorhanden?« fragte Oemark.

»Die Pläne sind bereits genehmigt. Das Bauamt hat die Bewilligung erteilt. Alles ist in Ordnung. Aber das Geld reicht nicht.«

»Darf ich die Pläne und den Kostenvoranschlag mal sehen?«

Der Pfarrer ging ins Archiv und kam mit den Plänen zurück.

Oemark schaute die Pläne an und ging den Kostenvoranschlag durch.

»Ist das eine Art, für Ström einen solchen Friedhof zu entwerfen?« sagte er. »Schaut einmal! Eine Mauer aus behauenen Steinen rundherum. Allein für dieses Geld bekäme man ein paar Friedhöfe. Setzt statt dessen eine Hecke aus Tannen. Setzlinge stehen gratis im Wald. Ich übernehme es, sie zu pflanzen. Gratis.

Und seht da! Einen Brunnen in der Mitte, aus Granit gehauen! Mit vier Pfeilern und einem Dach darüber und einer Rolle mit Kette daran für einen Bronzekrug. Zum Kuckuck mit den Ketten! Und dann die Bepflanzung. Die halbe Fläche: Bäume, Gebüsch, Blumenrabatten. Und den Platz für die Trauerfeier. Sag mir, wieviel Geld ist insgesamt eingesetzt?«

Der Pfarrer nannte eine Summe.

»Lade den Gemeindekirchenrat zu einer Sitzung ein, und laß mich mit dabei sein! Wir brauchen keine Granitmauer und keinen Brunnen mit Bronzekrug, um ein paar Tote in die Erde zu senken. Als ich in Amerika war, habe ich einen Friedhof gesehen, der war eine gewöhnliche Wiese. Eine Hecke rundherum und eine kleine Steinplatte auf jedem Grab mit dem Namen des Toten darauf, und zwar gleich hoch wie der Erdboden. Und dann ging die Mähmaschine über alles hin. Und es sah immer sauber aus. Keine so gräßlichen Steinklötze, die schwer auf dem lasten, der darunter schläft. Sonne und Licht und Sauberkeit. Nein, rufe den Gemeindekirchenrat zusammen!«

Der Gemeindekirchenrat versammelte sich zu einer Sitzung. Oemark war dabei. Er setzte sich über Bezirksarchitekten und die Bauämter hinweg.

»Ich weiß, daß ich in dieser Sache Bernhard auf meiner Seite habe«, sagte er. Er hatte Lust, ihn wieder per Auto zu holen.

Die Männer hörten verwundert, allmählich sogar begeistert Oemarks Worten zu. Konnte man wirklich so billig zu einem Friedhof gelangen? So, daß die im Haushaltsplan eingesetzten Mittel reichten?

»Ja, ihr sollt sogar noch was übrig haben«, sagte Oemark. »Dann reicht es auch noch für die Fundamente der Kirche.«

»Aber was werden sie auf dem Bauamt sagen?« wandte der Pfarrer ein.

»Die fragen wir gar nicht«, sagte Oemark. »Und du kannst ruhig sein: Die werden bestimmt nie hierherkommen.«

Es wurde beschlossen, sobald der Frühling kam, mit den Arbeiten für den Friedhof zu beginnen. Ein Platz war bereits abgesteckt: um den alten Brunnen herum in einem schönen Tal unterhalb des Hügels, auf dem das Pfarrhaus lag. Als Provisorium sollte eine Hecke gepflanzt werden mit einem Drahtzaun darum herum, bis die Tännchen herangewachsen waren. Aber richtig schmiedeeiserne Tore mit Steinsockel sollte der Friedhof bekommen.

»Die Sache können wir in Ström zustandebringen ohne Bauamt. Aber der Granitbrunnen und das Bronzegefäß können warten.«

Nachdem der Gemeindekirchenrat gegangen war, sagte der Pfarrer zu Oemark:

»Ich finde, du hast dir in deinem Votum selbst widersprochen, aber ich wollte nicht darauf aufmerksam machen.«

»Womit denn?« fragte Oemark.

»Ja, ich denke an die Steinmauer. Da hättest du doch für viele Arbeitslose Arbeit gehabt.«

»Weggeworfene Arbeit!« sagte Oemark. »Statt dessen werden wir eine Kirche bauen.«

»Und du meinst, das wird gehen?« fragte der Pfarrer.

»Das *wird* gehen«, versicherte Oemark.

44

Im Volkshaus von Ström wurde eine Passionspredigt gehalten. Der Gemeindepfarrer von Skinnarbo war heraufgekommen, um zu predigen.

»Wollen wir nicht noch schnell einen Blick auf den Kirchplatz werfen?« fragte Oemark, nachdem sie Kaffee getrunken hatten. »Wir haben noch gut Zeit. Die Leute kommen nicht so pünktlich.«

Die beiden Pfarrer wanderten vom Pfarrhaus aus den uralten Fußweg auf dem Hügelzug nach Süden. Der Frühling kam früh dieses Jahr. Der Hügelzug war schon schneefrei und der Boden aufgetaut, aber in den Niederungen und Wäldern sah man noch große weiße Schneeflecke. Oemark blieb stehen.

»Hier soll die Kirche stehen. Ist das nicht ein herrlicher Platz?«

Freilich, der Platz war herrlich. Rundherum ein lichter Bestand von hohen Föhren, und im Westen zog blau schäumend der Aelv mit seinen weißen Eisschollen dahin.

Der Pfarrer bückte sich. »Ich glaube, der Hügel besteht aus Geröll«, sagte er. Er wühlte mit den Händen in der Erde und brachte einen großen, rund geschliffenen Stein hervor. »Der ist von weither gekommen und hat so manche Umdrehung gemacht, ehe er schließlich in diesen Moränenhügel eingebettet wurde.«

»Hier gibt es Tausende von solchen Steinen. Wir könnten aus ihnen eine Kirche bauen. Sie in Zement einbetten.«

»Ich glaube nicht, daß unser Bauamt das gutheißen würde. Aber den Stein da nehme ich mir mit.«

Die Leute machten Augen, als der Pfarrer mit dem Stein in der Hand zum Rednerpult emporstieg. Auch er war offenbar einer von den »Neumodischen«. Der Pfarrer faltete über dem Stein seine Hände und betete für eine Kirche in Ström. Dann sagte er:

»Diesen Stein habe ich an dem Platz aufgelesen, auf den die Kapelle von Ström zu stehen kommen soll. Ich nehme ihn mit mir heim. Er soll auf meinem Tisch liegen, und jedesmal, wenn ich diesen Stein sehe, werde ich für die Kapelle in Ström zu Gott beten. Und wenn diese Kapelle einmal gebaut wird, dann soll dieser Stein in die Wand eingemauert werden, und in ihm sollen in goldenen Buchstaben ein paar Worte aus Sacharja eingehauen werden: ›Wer ist, der den Tag des geringen Anfangs verachten wollte?‹«

Der Gedanke, daß Ström eine eigene Kirche bekommen soll, griff um sich wie ein Feuer. Ein Pfarrer, der es fertiggebracht hatte, den Bau einer Wasserleitung für zwei große Dörfer zu organisieren, eine Brücke über den Fluß zu bauen und die Arbeiten für den Friedhof in Gang zu bringen, würde wohl auch den Bau einer Kirche fertigbringen. Die Angelegenheit gelangte bis zum Gemeindekirchenrat in Skinnarbo, kam vor die politischen Behörden und wurde abgelehnt. Die Bürgerlichen waren aus finanziellen Gründen dagegen, die Arbeiterpartei aus ideologischen. In diesen Zeiten hatte man andere Dinge nötiger als Kirchen. Aber in Ström hatte man Feuer gefangen. In einer Versammlung der Arbeiterpartei von Ström wurde einhellig eine Resolution gutgeheißen, die den Parteikameraden in Skinnarbo eine scharfe Rüge erteilte für ihr Zusammengehen mit den Bürgerlichen gegen die kleinen Leute von Ström. Denn hier gab es im Grunde bloß eine einzige Partei, die Arbeiterpartei. Die Frage wurde erneut aufgegriffen. Der Gemeindekirchenrat kam mit einem neuen Antrag. Die politischen Behörden beriefen eine neue Versammlung ein, bevor die Einsprachefrist gegen den vorhergehenden Beschluß abgelaufen war. Nun stimmten die Arbeiter, die in der Mehrheit waren, gegen die Bürgerlichen für den Kirchenbau. Dieser wurde beschlossen, allerdings unter zwei Bedingungen: daß ein Darlehen aufgenommen wurde und daß man von der Arbeitslosenkommission in Stockholm einen Beitrag von mindestens 20 000 Kronen erhalten konnte. Als die beiden Bedingungen in Vorschlag kamen, wurde Abstimmung verlangt. Die Mehrheit war für die Aufnahme eines Darlehens und Subventionierung durch die Arbeitslosenkommission.

Aber die Akten kamen aus Stockholm zurück. Es sei keine qualifizierte Mehrheit erreicht worden. Neue Gemeindeversammlung. Auf beiden Seiten fielen Kraftworte. Aber Oemark, der bei den letzten Herbstwahlen als Kandidat der Arbeiterpartei hineingerutscht war, obwohl er keiner Partei angehörte, konnte mit seinem Humor Öl auf die hochgehenden Wogen gießen. Er sprach so gut für die Sache, daß bei einer erneuten Abstimmung über die Aufnahme eines Darlehens eine qualifizierte Mehrheit zustandekam.

Nun blieb noch die andere Bedingung. Oemark war nach Stockholm gereist und hatte von der Arbeitslosenkommission eine halbe Zusicherung erhalten. Nun bekamen er und der Präsident den Auftrag, einen Beitrag von mindestens 20 000 Kronen zu erwirken.

Es war bereits Juli geworden, als eines Morgens in aller Frühe der Gemeindepfarrer und Oemark in dessen Ford die Reise nach Stockholm antraten. In Säter machten sie halt, um mit dem Bezirksarchitekten über die Pläne zu beraten. Der Bezirksarchitekt war ein etwas gezierter, alter Herr, der wie ein alter französischer Adeliger aussah. Sein Haus war ein regelrechtes Museum, ein Idyll am Rande der Stadt.

»Das wird meine letzte Kirche werden«, sagte er. »Ich trete nächstes Jahr zurück, und ich würde mich freuen, noch etwas recht Schönes zu machen.«

»Aber bloß nicht zu teuer«, sagte Oemark.

»Wir wollen sehen«, sagte der Architekt.

Am Abend waren sie in Stockholm.

»Morgen um 10 Uhr macht die Arbeitslosenkommission auf«, sagte Oemark. Aber als sie zum Auditorium kamen, in dem der gewaltige Apparat im ersten Stock einlogiert war, gab ein Anschlag bekannt, daß die Büros während der Monate Juli und August erst um elf geöffnet würden.

»Dann wollen wir uns einen Kaffee leisten«, sagte Oemark.

»Aber wir haben doch eben erst gefrühstückt«, sagte der Pfarrer. »Nein, gehen wir lieber noch ein wenig in die Stadt. Wir können dann Kaffee trinken, wenn diese Sache erledigt ist. Vorher kommen wir ohnehin nicht zur Ruhe.«

»Du bist der Gemeindepfarrer, du hast zu bestimmen«, sagte Oemark.

Sie gingen in die Stadt. Um 11 Uhr waren sie zurück. Eine prächtige Treppe führte in ein kolossales Vestibül hinauf. Dort stand eine Reihe Portiers, die wie Grafen oder Barone aussahen. Oemark hatte den Rock ausgezogen und ging in Hemdsärmeln. Die Portiers benahmen sich, als wären sie aus Gold gemacht. Oemark blieb stehen, nahm seinen Zahnstocher hervor, deutete damit auf einen der Portiers, der besonders mopsig aussah, und sagte im Befehlston:

»Hör mal, Bursche, komm her, ich muß mit dir reden!«

Der Pfarrer dachte: »Ja, wenn wir nur nicht schon vorher hinausgeschmissen werden!«

Die Portiers sahen einen Augenblick lang aus, als krempelten sie in ihrem Geiste die Hemdsärmel zurück und zögen Boxhandschuhe an. Aber Oemark wußte, was solche Augenblicke bedeuteten.

»*Na*«, sagte er mit erhobener Stimme, »*wird's bald?*«

Da endlich begriffen die Portiers. Das mußte ein Bezirksstatthalter sein! Jeder beliebige Bürger konnte ja Statthalter werden. Spengler und Grubenarbeiter. Und man kannte ja nicht alle mit Namen und noch weniger ihr Aussehen. Der Mopsige war plötzlich wie verwandelt. Ein gewinnendes Lächeln hellte sein Gesicht auf, und er ging unter ständigen Verbeugungen zu Oemark hin. Dieser steckte den Zahnstocher in die Tasche.

»Führe mich zu Aspegren!« sagte er.

Der Portier ging voran. Dann folgte Oemark, und zuletzt kam der Pfarrer wie irgendein Landarbeiter mit einer Mappe unter dem Arm. Die Reihe der Portiers verbeugte sich, aber Oemark ignorierte sie und benützte den Vorbeimarsch, um in seinen Rock zu schlüpfen.

Die Audienz drinnen bei Direktor Aspegren wäre es wert gewesen, daß man sie gefilmt und auf Tonband aufgenommen hätte. Der Pfarrer brachte sein Anliegen vor, worauf der Direktor kurz und bestimmt erklärte:

»Das kommt gar nicht in Frage, daß wir mit unserem Geld den Bau einer Kirche unterstützen.«

Damit, meinte er, sei die Sache erledigt. Der Gemeindepfarrer erhob sich, aber Oemark blieb sitzen. Statt aufzustehen, rückte er mit seinem Stuhl etwas näher.

»Wie bitte?« nahm Oemark das Wort. »Ich habe Sie wohl nicht richtig verstanden. Das letzte Mal, als ich hier war, bekam ich eine halbe Zusicherung.«

»Ach, Sie sind schon einmal hier gewesen?«

»Ja, gewiß«, erwiderte Oemark, »ich habe den Herrn Ingenieur sofort wiedererkannt. Ein solches Gesicht vergißt man nicht.«

Der Pfarrer biß sich in die Lippen. Er getraute sich kaum mehr, den »Ingenieur« anzuschauen – nach diesen Worten, und er begriff, daß dieser – um mit dem Apostel Jakobus zu reden – zu denen gehörte, die am liebsten von Stund an vergessen, wie sie aussehen, nachdem sie sich im Spiegel betrachtet haben.

Das Gesicht des Direktors verfärbte sich noch mehr als vorher.

»Ich kann mich nicht an Sie erinnern.«

»Nein, das kann man auch nicht verlangen. Sie bekommen wohl zu viele Leute zu sehen.«

»Ja, allzu viele. Aber um auf die Sache zurückzukommen, so bleibt es bei meinem Wort: Es gibt kein Geld.«

Oemark zog seinen Stuhl ein wenig näher. Der Direktor rutschte gleichzeitig ein bißchen rückwärts.

»Als ich das letzte Mal hier war«, sagte Oemark, »hat es anders geklungen.«

»Ich kann mich, wie gesagt, nicht daran erinnern.«

»Na, dann beginnen wir halt von neuem. Das hier ist doch eine Arbeitslosenkommission, oder nicht?«

»Ja, darüber dürften keine Zweifel bestehen.«

»Doch, darüber müssen ziemlich große Zweifel bestehen, wenn Sie armen Leuten in einer abgelegenen Gegend nicht zu einer Arbeit verhelfen wollen.« Sein Stuhl rutschte im selben Augenblick wieder einen halben Meter näher. Der Direktor wich mit dem seinen gleichzeitig zurück.

»Diese Kommission«, sagte Oemark, »ist von einer Arbeiterregierung für die Arbeiter eingesetzt. Geben Sie acht, daß Sie nicht das Vertrauen der Arbeiter verlieren! Denn ich kann Ihnen sagen: Es sind die *Arbeiter* in unserer Gemeinde, die diese Kirche bauen wollen.«

»Wie in aller Welt haben Sie in unserer Zeit Arbeiter dazu gebracht, daß sie beim Bau einer Kirche mitmachen?«

»Ja, das will ich Ihnen sagen.« Erneutes Stuhlrücken und erneutes Zurückweichen des Direktors.

»Sehen Sie, es ist durchaus nicht so, daß ich die Arbeiter zum Mitmachen gebracht habe, sondern die Arbeiter haben mich dazu gebracht. Und wenn Sie es schwarz auf weiß haben wollen, so können Sie das da lesen. Ich glaube, das sollte Ihnen zeigen, wie die Dinge stehen.«

Er zog das Protokoll von der Versammlung der Arbeiter in Ström mit dem Ultimatum an die Parteikameraden in Skinnarbo hervor.

»Wenn ich mit einer abschlägigen Antwort von Ihnen zurückkomme, so lehne ich die Verantwortung für das ab, was geschehen könnte. Mit Dalekarliern ist nicht zu spaßen, das haben die in Stockholm früher schon erfahren.«

Der Direktor las. Gab das Schriftstück zurück. Oemark steckte es in die Tasche und rutschte diesmal gut siebzig Zentimeter näher an den Direktor heran. Dieser konnte nun nicht mehr weiter. Er saß eingeklemmt in einer Ecke zwischen der Wand und dem schweren Schreibtisch.

»Ich habe es heute sehr eilig«, sagte er. »Ich habe nicht länger Zeit für Sie. Sie können in einer Woche wiederkommen. Bis dahin will ich die Sache überdenken.«

»Ich gehe nicht von hier weg, bevor ich Geld bekommen habe«, sagte Oemark und nahm den Zahnstocher hervor.

»Darf ich Sie bitten, ein wenig Platz zu machen, damit ich an den Schreibtisch heran kann?« fragte Direktor Aspegren.

»Immerhin etwas«, sagte Oemark.

Der Direktor schrieb.

»Hier«, sagte er ziemlich ungnädig. »Sie bekommen 12 000. Mehr können Sie unmöglich bekommen.«

»Und das ist Ihr letztes Wort?«

»Absolut.«

»Gut, das ist doch auf alle Fälle mehr als nichts; allerdings weniger als wir brauchen. Muß dieses Aktenstück nicht noch beglaubigt werden?«

»Nicht nötig. Das Papier ist gestempelt.«

»Ja, dann danken wir für den kleinen Beitrag. Der Herr Ingenieur wird zur Einweihung der Kapelle eingeladen werden!«

»Danke verbindlichst«, sagte der Direktor.

»So pflegte Quist zu sagen«, bemerkte Oemark zum Pfarrer.

»Quist?« fragte der Direktor neugierig. Er war jetzt wieder ein ganz normaler Mensch.

»Ja, das ist ein Mechaniker in Vassbäcken an der norwegischen Grenze. Ein prächtiger Kerl.«

»Dann kenne ich ihn. Er hat mir einmal mein Auto repariert.«

»Ja, er sagte einmal, es sei ein ›Luxusonkel‹ von Stockholm in einem Lärmkarren dagewesen. Er drückt sich halt ein wenig seltsam aus, der Quist.«

»Ja, ich kann mich an ihn erinnern.«

»Also vielen Dank, und kommen Sie bei uns in Ström vorbei, wenn Sie das nächste Mal nach Norwegen fahren.«

»Danke.«

Oemark und der Pfarrer gingen wieder an der Reihe der sich verbeugenden Portiers vorüber. Als sie auf die Straße hinauskamen, zog Oemark wieder seinen Rock aus.

»Ich kann dir versichern«, sagte er, »daß dieser sogenannte Direktor auch nicht mehr ist als ich. Unsersgleichen benimmt sich so. Aber fahren wir zu Feiths, in das feinste Café von Stockholm.«

Glücklicherweise war der Verkehr in der brennenden Julihitze spärlich. Die Fahrt brachte kein anderes Abenteuer, als daß sie auf einer Einbahnstraße in der falschen Richtung fuhren. (Die Polizei war offensichtlich ebenso spärlich eingesetzt.) So kam man schließlich zu Feiths. Nachdem der Ford mit verschiedenen Polizisten Bekanntschaft gemacht hatte, die zu verstehen gaben, daß Parken hier verboten war, fand er schließlich auf einer Rampe in einer Reihe von Lastwagen Ruhe.

Vom Pfarrer gefolgt und mit dem Rock über dem Arm, betrat Oemark das feine Café. Eine Unzahl von Damen saßen an einer Unzahl von Tischen, eine Tischgesellschaft eleganter als die andere. Oemark trat zum Buffet.

»Kleines Fräulein«, sagte er, »habt ihr richtig guten Kaffee?«

»Wir haben hier nur guten Kaffee«, sagte das »kleine Fräulein« ein bißchen abweisend.

»Gut! Dann geben Sie uns zwei Kaffee, Wiener Brötchen, Mandel- und Rahmtörtchen.«

Der Pfarrer fühlte die Blicke der Gäste im Rücken wie Stiche. Er wandte sich um. »Hier werden wir bald rausgeekelt«, dachte er. Da war es das beste, die Situation klarzustellen. Er schlug Oemark freundschaftlich auf die Schulter. »Wo will der Herr Bezirksstatthalter Platz nehmen?«

»Ich sitze am liebsten an einem Tisch auf dem Trottoir draußen, wenn das dem Herrn Bischof recht ist.« Das Mädchen hinter dem Schanktisch knickste; die Damen jedoch nickten einander zu.

»Das hätten wir uns denken können. Bezirksstatthalter und Bischöfe gibt es nur auf dem Lande.«

45

Die Kirchenbaufrage kam erneut zur Sprache. Das Darlehen war bewilligt, aber die andere Bedingung war nicht erfüllt. Doch war der Pfarrer bei einem Besuch in Stockholm zur kirchlichen Zentralstelle gegangen und hatte dort ein zinsloses Darlehen von achttausend Kronen aus der kirchlichen Baukasse erwirken können. Es gab eine lange Diskussion an dem heißen Julitag. Aber als Oemark die Bedingungen der Arbeitslosenkommission für die zwölftausend Kronen vorlas, die als Beitrag an den Kirchenbau in Ström versprochen worden waren, erhob sich der in der Gemeinde mit vielen Ämtern betraute Gemeindekassierer, der Führer der Rechtspartei.

»Habt ihr daran gedacht, ihr Arbeiter, die ihr von der Arbeitslosenkommission einen Beitrag verlangt habt, welches die Konsequenzen sind? Ihr wollt den Arbeitslosen hier im Kirchspiel Arbeit verschaffen. Es ist aber keineswegs sicher, daß *sie* die Arbeit bekommen. Das Projekt wird in den allgemeinen Arbeitsmarkt eingebunden werden. Außerdem wird die Arbeitslosenkommission die Bauarbeiten kontrollieren. Ihr dürft während der Arbeit am Projekt keine Änderungen mehr vornehmen, auch wenn sie sich als noch so notwendig erweisen sollten. Als Ingenieur und Bausachverständiger weiß ich, was das bedeutet. Der Staat wird seine kalte Hand auf diesen Bau legen, und ihr werdet dann recht ordentlich abgekühlt werden! Ihr, die ihr jetzt so leidenschaftlich für diese Lösung eintretet. Wenn ich meine Meinung sagen darf, so möchte ich auf jeden Fall davon abraten, daß wir diese ärmlichen 12 000 Kronen annehmen. Übrigens: Wir können Sie gar nicht annehmen, ohne zuerst einen neuen Beschluß zu fassen. Wären es 20 000 gewesen, dann wäre die Sache klar gewesen.«

»Herr Präsident!«

Der Präsident der Arbeiterpartei erhob sich langsam. Über seine sonst so helle Stirn lagerte sich eine unglückverheißende Wolke.

»Darf ich den Herrn Gemeindekassierer fragen, wie dann nach seiner Meinung Ström zu seiner Kirche kommen soll?« fragte er.

»Darauf kann ich sofort antworten«, sagte der Gemeindekassierer. »Ich nehme mir die Freiheit vorzuschlagen, daß wir das Anerbieten der Arbeitslosenkommission dankend ablehnen. Und daß die Gemeinde die gesamten Kosten auf sich nimmt, inklusive des zinslosen Darlehens von der Baukasse der kirchlichen Zentralstelle.«

Es war einen Augenblick still.

»Donnerwetter!« sagte Oemark laut. »Hätte er das nicht vorher sagen können?«

Alle lachten, und der Antrag des Gemeindekassierers wurde einstimmig angenommen. Auch ein Beschluß über eine neue Anleihe wurde einstimmig angenommen, und ein Baukomitee wurde gewählt. Oemark wurde als Präsident vorgeschlagen. »Nein«, sagte Oemark. »Keinesfalls. Wählt euern Gemeindepfarrer. Ich werde eher bei den Erdarbeiten mithelfen.«

Und so geschah es auch.

46

Die Arbeitslosigkeit wurde immer schlimmer. Sogar die uralte Lederindustrie im Kirchspiel lag darnieder. Die Holzgesellschaften hatten überfüllte Lager. Auch die Arbeit im Wald ruhte.

Oemark war einstimmig zum Präsidenten des Arbeitslosenkomitees der Gemeinde gewählt worden. Um über die Arbeitsmarktlage auf dem laufenden zu sein, hatte er ein Radio angeschafft. Eines Tages brauste ein schrecklicher Sturm über das Land. In den Abendnachrichten wurde gemeldet, auf einem großen Gut im nördlichen Uppland habe ein Tornado Millionen von Stämmen umgelegt. Oemark bestellte ein Eilgespräch mit dem Freiherrn, dem das Gut gehörte. Er bekam Verbindung, aber der Freiherr war in einer Sitzung.

»Rufen Sie bitte in einer Stunde wieder an«, sagte ein höflicher Diener.

»Grüßen Sie den Freiherrn und sagen Sie ihm, es handle sich um seinen Wald, und der ist wichtiger als irgendwelche Sitzungen«, sagte Oemark.

»Entschuldigen Sie, aber in der Sitzung geht es ja gerade um den Wald.«

»Dann müssen Sie ihn augenblicklich rufen.«

»Einen Augenblick!«

Eine ziemlich ungnädige Stimme antwortete: »Mit wem habe ich die Ehre?«

»Es handelt sich um Ihren Wald«, sagte Oemark, ohne auf die Frage zu antworten. »Ich kann Ihnen so viele Mann schicken, wie Sie brauchen, mit Werkzeugen und Vorarbeitern und so weiter. Das heißt natürlich: vorausgesetzt, daß ich Busse bekommen kann. Aber zwei sind mir sicher. Das macht siebzig, achtzig Leute bis auf weiteres. Sie können später noch mehr bekommen.«

»Entschuldigen Sie, aber mit wem habe ich die Ehre?«

Die Stimme klang jetzt freundlicher.

»Ich bin der Präsident des Arbeitslosenkomitees von Skinnarbo in West-Dalekarlien. Na, wie steht es nun?«

»Ich bin Ihnen sehr dankbar. Können Ihre Leute Proviant für ein paar Tage mitbringen, bis wir den Nachschub der Verpflegung organisieren können?«

»Dafür werde ich sorgen.«

»Ihren Namen und Ihre Telefonnummer bitte?«

Oemark gab die gewünschten Auskünfte.

»Nochmals vielen Dank. Sie werden verstehen, daß ich in einer sehr prekären Lage bin.«

»Ja, das will ich meinen.«

Oemark rieb sich die Hände. Das war genau sein Stil. Er ging zu Hanna hinaus.

»Ich bin wahrscheinlich die ganze Nacht fort, Hanna. Ich muß bis morgen früh mindestens siebzig Mann auf die Beine bringen. Gut, daß ich das Auto habe!«

Oemark saß eine Stunde am Telefon. In kurzer Zeit hatte er einen Organisationsplan bereit. Er wußte genau, auf welche Mitarbeiter er sich verlassen konnte. Arbeitslose hatte er genug zur Verfügung. Nun galt es bloß, geeignete und verläßliche Leute zusammenzubekommen. Er rief ein paar Geschäftsleute an und bat sie, für die »Ausrüstung« die Hintertür offenzuhalten. Der Eisenwarenhändler mußte mit einer ganzen Liste in den Laden: Äxte, Sägen, Ziehmesser zum Abrinden, Feilen und Wetzsteine, Eisenscheren und noch mehr.

»Schreibe alles auf meine Rechnung!«

Die Busse waren das schwierigste Kapitel. »Im schlimmsten Fall muß ich einen von Mora wegholen«, dachte Oemark. Er bekam einen von Mora und einen in der eigenen Gemeinde.

Dann fuhr er mit seinem Auto im Kirchspiel herum, um die Leute zu mobilisieren. Er klopfte an Türen und pochte an Fensterscheiben. Manch ein Wecker wurde an diesem Abend gestellt, während der Sturm weiter über das Land hinheulte. Hinter manchen Fenstern sah man die ganze Nacht Licht.

»Der Pastor von Ström ist hiergewesen, wir werden wieder Arbeit bekommen!«

Von Dorf zu Dorf, von Haus zu Haus hopste der kleine Ford. Oemark inspizierte seine Mitarbeiter und die Ausrüstung. Er war im Kaufladen und in der Eisenwarenhandlung. In einem Hause bekam er Kaffee, in einem anderen Butterbrot. Er stand auf dem Dorfplatz, als der Bus von Mora kam, noch bevor es hell wurde. Er stand dort und zählte die Männer, die zu Fuß oder mit dem Rad kamen. Ein paar von weither hatte er selbst mit dem Auto geholt. Schließlich klappte alles.

»Also fahren wir!«

Die Chauffeure stiegen in die Busse. Oemark winkte mit der Hand und rief:

»Stellt euern Mann, Jungens! Zeigt, was ihr könnt!«

Und schon waren sie fort.

Ein schwacher Schimmer zeigte sich im Osten, als Oemark das Auto in die Garage gebracht hatte und den Hügel hinauf zu seinem Haus ging.

»Es tagt«, sagte er, als er die Türklinke ergriff. Die Tür war nicht geschlossen. Hanna schlief. So glaubte er wenigstens.

»Wenn ich ihn merken lasse, daß ich wach bin, schläft er nicht ein«, dachte sie. Sie lag still und hielt den Atem an. Nach einer Weile schlief er. Da stand sie auf. Sie hatte die ganze Nacht kein Auge zugemacht.

47

Während die Waldarbeiter in den sturmgeschädigten Wäldern von Uppland Ordnung schafften, gruben andere Arbeitslose an den Fundamenten für die Kapelle von Ström. Der Winter kam und unterbrach die Arbeit. Aber bis dahin war das Fundament fertig. Im folgenden Jahr wuchsen die Mauern. Auch das Dach wurde fertig; es war mit Schindeln gedeckt, welche die Männer des Dorfes von Hand hergestellt hatten. Das Hochtragen der Schindeln und ähnliche Handlangerarbeiten nahm viele Tage in Anspruch und wurde von Frauen besorgt. Dann kamen die Innenarbeiten. Als die Heizung fertig war, konnte man den ganzen Winter an der Innenausstattung arbeiten. Die Nähvereine beschafften Kronleuchter und Lampen, Decken und Kerzenleuchter für den Altar. Ein Kruzifix wurde in Oberammergau bestellt. Eine Künstlerin aus Stockholm, eine gute Freundin des Pfarrers, schmückte Kanzel und Altar mit Malereien und dekorierte die Stirnwand. Stifter für Glocken und eine Orgel wurden gesucht. Während der ganzen Zeit geschahen kleine Wunder. Aber das größte Wunder war jetzt wie zu allen Zeiten, daß »Gott mit dem Menschenherzen zauberte«, um Oemarks eigene Worte zu gebrauchen. Manchmal mußte er natürlich die Leute ein wenig daran erinnern.

Eines Tages kam er zum Gemeindepfarrer und sank in das Sofa.

»Denk dir bloß«, sagte er, »letzte Woche habe ich IHN um tausend Kronen für die Orgel gebeten.«

»Na, und?«

»Da siehst du, heute habe ich tausend Kronen bekommen. – Eine Postanweisung von Hedemora.«

»Ja, aber das war doch schön«, sagte der Pfarrer.

»Gewiß«, sagte Oemark, »aber hätte ich nicht gleich um zweitausend bitten können?«

»Dazu ist es wohl noch nicht zu spät.«

»Doch, jetzt ist es zu spät. Ich war zu kleingläubig. Aber es fehlen noch achthundert für die Glocken. Ich hatte auf ein Testament gerechnet, das von der Zeit meines Vorgängers her im Archiv lag. Ein reicher Bauer in West-Ström hatte vor seinem Tod achthundert Kronen aus seinem Nachlaß der Gemeinde für Glocken vermacht, falls in Ström einmal eine Kirche gebaut würde. Ich war so sicher, daß sein Testament gültig ist, daß ich bloß den Gemeindepräsidenten anrief und ihn bat, seinen Sohn Stål Anders ans Telefon zu rufen. Der kam, ohne an etwas Böses zu denken; aber als er hörte, worum es sich handelte, winkte er plötzlich ab: ›Mein Schwiegervater hat noch ein Testament späteren Datums gemacht, und darin steht, daß sein ganzer Nachlaß mir und meiner Frau zufällt.‹

›Ja, aber er soll doch in seiner letzten Zeit noch von der Kirche in Ström gesprochen haben und davon, daß er eine Summe für Kirchenglocken gestiftet habe. Ich habe den Brief hier, und er ist beglaubigt und ganz in Ordnung.‹

›Wann ist er datiert?‹

Ich nannte das Datum.

›Ja‹, sagte Stål Anders, ›dann gilt das Testament nicht. Mein Testament ist ein Jahr später datiert.‹

›Dann bekommen wir also keine achthundert‹, sagte ich. ›Wir hatten damit gerechnet und hätten sie jetzt nötig.‹

›Das ist nicht meine Schuld‹, sagte Stål Anders.

›Kann ich noch mit deiner Frau sprechen?‹ fragte ich.

›Sie ist nicht zu Hause‹, sagte Stål Anders. Damit log er ziemlich sicher, denn ich hörte sie umhergehen und in der Küche hantieren.

Jedenfalls ging ich gestern vormittag zu ihnen. Anders sah mich von weitem. Ich sah ihn auch. Als ich zum Hause kam, war er nirgends zu finden. Ich ging in die Küche. Dort war er auch nicht. Ich setzte mich und wartete.

›Seine Frau kann nicht weit sein‹, dachte ich, denn es stand eine Bratpfanne mit drei brutzelnden Heringen auf dem Herd.

›Merkwürdig, wie lange sie ausbleibt‹, dachte ich. ›Die Heringe verderben ja, wenn sie nicht bald kommt.‹

Ich trat zum Herd, nahm ein Messer und wendete die Heringe. Niemand kam.

›Ich bleibe hier sitzen‹, dachte ich. ›Die können doch wohl nicht wegen der lumpigen achthundert Kronen diese Heringe kaputtgehen lassen.‹ Aber niemand kam.

Die Heringe waren auch auf der andern Seite fertiggebraten. Ich ging wieder zum Herd und nahm die Bratpfanne vom Feuer. Einen Augenblick überlegte ich, ob ich einen von den Heringen aufessen sollte. Es wäre dann immer noch für jeden von den beiden einer übrig. Aber sowas nennt man Hausfriedensbruch. Da dachte ich, die Glocke sollte nicht wegen eines unwilligen Gebers einen falschen Ton bekommen. So ging ich meiner Wege und fragte mich bloß, wo die Hausbewohner stecken könnten.

Kannst du dir denken, wo die sich verkrochen hatten? — Im Keller unter der Küche! Dort steckten sie beide, während ich in der Küche saß und ihnen die Heringe wendete! Hätte bloß noch gefehlt, daß ich den Deckel über der Kellertreppe geöffnet hätte! Es kam mir jedoch nicht in den Sinn, an Gustaf Wasa[*] zu denken.

Aber die Tröpfe haben ihre Strafe bekommen. Sie waren dumm genug, die Geschichte weiterzuerzählen, so daß nun ganz West-Ström über sie lacht und Stål Anders künftig Snål-Anders[**] heißt.«

»Und du noch einmal um achthundert Kronen bitten kannst«, sagte der Pfarrer.

»Das ist bereits geschehen«, sagte Oemark.

Das Geld kam. Die Glocken kamen auch und wurden in den freistehenden hölzernen Glockenturm hinaufgezogen, der unten einen Torbogen hatte und so den Eingang zum Kirchplatz bildete. Die Orgel kam und wurde montiert. Alles wurde allmählich fertig, und am Frühjahrs-Bußtag wurde die Kirche eingeweiht. Der Bischof kam, ein Mann von zarter Gesundheit, aber lebendigem Geist. Es war der Professor aus

---

[*] Als Gustaf Wasa in Dalarna die Bauern gegen die dänische Herrschaft aufwiegelte, entging er den dänischen Häschern einmal dadurch, daß er sich im Keller eines Bauernhauses verbarg.

[**] Das heißt: Knauser-Anders.

Uppsala mit dem schönen Profil, an dem Oemark sich nicht hatte sattsehen können. Die Kapelle war vollbesetzt. Pfarrer aus dem ganzen Bezirk assistierten. Der Bischof hielt eine lange Einweihungsrede, Oemark eine desto kürzere Predigt.

»Ich habe viele damit großtun hören, daß wir eine so schöne Kapelle gebaut haben hier in Ström«, begann er. »Ihr Arbeiter sagt vielleicht: ›Hätten wir nicht mitgemacht, so wäre es nie zu einer Kapelle gekommen.‹ Und ihr Bürgerlichen sagt: ›Hätten wir unsere Zustimmung nicht gegeben, so wäre nie eine Kapelle entstanden.‹ Ich aber sage: ›Hätte Gott es nicht gewollt, so wäre keine Kapelle zustandegekommen.‹ Aber nun wollte er es. Und darum kam sie zustande. Das ist die einfache Wahrheit. — Aber legt nun nicht die Hände in den Schoß, weil die Kapelle fertig ist! Sie ist eine Gabe von Gott, die verwaltet sein will. Hier sollen wir zusammenkommen, um das einzig richtige Gebet um eine Kapelle zu beten: ›Mache dir einen Tempel in meiner Brust!‹ Die Kirche in Ström, die muß in unseren Herzen gebaut werden. Solch eine Kirche gab es schon im Volkshaus drüben, das weiß ich. Und es gibt sie heute hier, in unseren Herzen, das hoffe ich. Und es wird sie da geben in kommenden Zeiten in frommen Herzen hier in Ström, das glaube ich. Amen.«

Nach dem Gottesdienst zog man mit Spielleuten an der Spitze zwischen hohen Schneewällen hindurch zum Schulhaus, wo es Kirchenkaffee geben sollte. Aber der Bischof war bei einem runden Stein stehengeblieben, der in der Wand der Eingangshalle eingemauert war.

»Was bedeutet das?«

Oemark erzählte vom Stein, der auf dem Tisch des Pfarrers gelegen hatte.

»Was ist das für eine Inschrift darauf?«

»Sacharja 4,10.«

»Ich bin nicht so bibelfest, daß ich sagen könnte, was in diesem Vers steht.«

Oemark las ihm den Vers vor.

Der Bischof nickte. »Ihr habt eine merkwürdige Theologie hier in Ström«, sagte er dann.

»Ich dachte, wir hätten überhaupt keine Theologie«, entgegnete Oemark.

Der Bischof lächelte. »Ich habe das Protokoll von Ihrem Pfarrerexamen gelesen, Herr Pastor«, sagte er. »Das war sehr lustig.«

»Vielleicht war es in Wirklichkeit noch lustiger«, sagte Oemark.
»Das kann ich mir vorstellen«, schloß der Bischof.

48

An den Montagen pflegten die Pfarrer der Gemeinde Skinnarbo zu brüderlichem Zusammensein, gemeinsamen Besprechungen, Andacht und Studien zusammenzukommen.

Oemark, der selten zum Lesen kam, hatte sich das Buch von Söderblom »Vom Ursprung des Gottesglaubens« gekauft und schwitzte an den Abenden darüber.

»Ich bin ja in Uppsala in seine Vorlesungen gegangen«, sagte er, »aber merkwürdiger als das, was er sagte, war er selber. Er hatte Leben in sich. Wie seltsam, daß er nun tot sein soll!«

Die drei Pfarrer saßen in dem kleinen Zimmer im oberen Stock des Pfarrhauses von Ström beisammen. Die Herbstdämmerung stand blau vor den Fenstern. Ein Feuer knisterte im offenen Kamin. Die drei Pfarrfrauen ließen ihre Handarbeiten einen Augenblick ruhen. Es war eine Weile lang still.

Dann sprach Oemark wieder. »Ich denke ab und zu an den Tod. Oft mit einer gewissen Sehnsucht. Es gibt im Kirchengesangbuch ein Lied, das wie für mich geschrieben ist:

Daheim ist's gut! Da soll der Pilger rasten,
der sich mit Not und Sorge müde rang;
da legt er nach des Lebens schwerem Gang
beim Vater ab die lang getragnen Lasten.

Vielleicht ist es deshalb, weil ich in meiner Jugend einmal geknickt wurde. — Wenn ich an den Tod denke, so fällt mir immer ein, wie es mir zumute war damals, als ich im reißenden Fluß stand und um mein Leben kämpfte — in jener Nacht, als der Vater ums Leben kam. Alles wurde so seltsam groß und feierlich. Gott wurde so groß, und das Leben wurde so groß und die Menschen ... Ja, es war, als hätte ich ihnen so viel zu sagen, vielleicht nicht bloß zu sagen, sondern für sie zu tun ..., für alle Menschen in der ganzen Welt, alle, die kämpfen und weinen und sich abmühen und leiden und voller Unruhe sind. Ich verstehe ihn, der die Menschen sah und Erbarmen mit ihnen hatte, weil sie wie Schafe waren, die keinen Hirten haben, und der um ihretwillen sagen konnte: Die Ernte ist groß, aber der Arbeiter sind wenige. Und jedesmal, wenn ich daran denke, daß ich sterben muß, ist es mir, als sollte ich vorher noch hinausgehen und allen Menschen etwas zurufen, ich weiß selbst nicht was, vielleicht bloß ein einziges freundliches Wort. Ich frage mich, ob nicht auch Söderblom dieses Gefühl hatte. Er hatte ein so großes, unendliche Weiten umspannendes Herz. Ein Jahr vor seinem Tode las ich in einer Zeitung, er habe seine Pfarrer ermahnt, sie sollten hinausgehen, zwei und zwei, wie die Jünger Jesu, und einfach und herzlich zu den Menschen reden. Am liebsten in ihren Hütten oder Wohnungen oder auf dem Arbeitsplatz, in Waldbaracken oder Fabriken. Als ich das las, dachte ich: ›Dieser Mann wird gewiß bald sterben.‹ Denn so denkt man, wenn der Tod nahe ist. Wenn man an den Tod denkt, wird alles so anders, Großes wird klein, und Kleines wird groß. Aber vor allem: Man hat das Bedürfnis, den Menschen näherzukommen. Man streckt nach ihnen die Hände aus, fühlt, daß man einander nötig hat, die anderen mich und ich sie.«

Oemark schwieg. Lundberg, der Kaplan, nahm den Gedanken auf.

»Könnten wir nicht hier in unseren Gemeinden, vielleicht im ganzen Dekanat, den Gedanken Söderbloms verwirklichen? Wenn wir zwei und zwei losgingen und Versammlungen hielten, nicht in den gewohnten Lokalen, Kirchen, Kapellen, Volkshäusern und Schulzimmern, sondern in Stuben, die uns ihre Türen öffnen wollen und bereit sind, die aufzunehmen, die kommen wollen?«

An jenem Abend wurden Pläne geschmiedet und Richtlinien festgelegt für eine Arbeit, die im Herbst und Winter die Pfarrer des großen Dekanatsbezirkes einander näherbrachte. Seltsam war, wie gerne die Leute zu Andachten in einfacher Form zusammenkamen, Leute, die sonst nie eine Kirche betraten.

In den Jahren, als die Arbeitslosigkeit am schwersten war, sollte eine solche Versammlung in einer Stube in Ytterby stattfinden. Das war ein

Teil der Gemeinde, in dem der gesamte Boden der Aktiengesellschaft gehörte, die den Wald ausbeutete. Die Leute dort wohnten in Höfen, die einmal ihren Vätern oder Großvätern gehört hatten. In der verrückten Zeit, als die Bauern ihre Höfe, ihr Land und ihren Wald an die Aktiengesellschaft verkauft hatten, meist für einen Spottpreis, war die alte Bauernkultur untergegangen. Keiner besaß mehr etwas. In den Wäldern, die früher dem Vater oder Großvater gehört hatten, durfte man nicht einmal mehr einen Stecken holen. Auf einem Pächterhof oder in einer Mietskaserne war keiner daran interessiert, zu flicken, was kaputtgegangen war. Da konnte man eine Türangel durch einen Nagel ersetzen und eine Fensterscheibe durch ein Stück Karton.

»Sollten wir wirklich in Ytterby in einer Stube Versammlung halten können?« fragte der Gemeindepfarrer.

»Gewiß«, meinte Oemark, »dort erst recht.«

»Aber dort sind doch alle Kommunisten.«

»Deswegen sind sie trotzdem Menschen.«

»Ich meine es nicht so«, sagte der Pfarrer. »Aber meinst du, sie werden uns zuhören wollen?«

»Das hängt davon ab, was wir sagen.«

49

Der Pfarrer begleitete Oemark nicht ohne Spannung nach Ytterby. Dieses Dörflein lag am Rande des Kirchspiels und hatte eine ziemlich häßliche Holzkapelle, in der zweimal im Monat gepredigt wurde — für zwei oder drei Gemeindeglieder.

Richard Olsson hatte sein Haus zur Verfügung gestellt.

»Das sieht ein bißchen nach höherer Klasse aus, wenn wir mit dem Auto kommen«, meinte der Pfarrer, als er die ersten Lichter des Dorfes erblickte.

»Das ist kein Auto, das ist ein Ford«, entgegnete Oemark.

Richards Haus war zum Bersten voll von Leuten, vor allem Männern.

»Das gibt eine Demonstration«, sagte der Pfarrer.

»Sicher«, gab Oemark zurück. Er war bester Laune – wie immer, wenn etwas spannend wurde.

Die beiden Pfarrer drängten sich durch einen vollgestopften Hausgang in die große Küche, wo sie über Bretter steigen mußten, die quer durch den ganzen Raum gelegt waren. Den Küchentisch hatte man ein wenig nach vorn gerückt und über das abgenutzte Wachstuch ein kleines besticktes Tuch gelegt. Mitten auf dem Tisch stand ein Becher mit Föhrenzweigen.

»Wie schön du das gemacht hast!« sagte Oemark und grüßte Richards Frau.

Der Pfarrer eröffnete mit einem Kirchenlied. Man hatte Gesangbücher ausgeteilt, aber er mußte so gut wie allein singen. Nach einem Bibelwort und Gebet bekam Oemark das Wort. Er stand dort unter dem ärmlichen Lampenschirm im harten Schein des elektrischen Lichtes und reichte fast bis an die Decke. Stand dort in seinem jetzt ordentlich abgenutzten Lutherrock, den er vom Domkirchenamtmann in Västerås bekommen hatte. Stand mit seiner zerlesenen Bibel in der Hand und las die Einleitung zur Bergpredigt, wie sie bei Lukas aufgeschrieben steht.

»Ich dachte«, begann er, als er das Buch zugeklappt hatte, »ich sollte heute abend vom Fünfjahresplan der Bergpredigt sprechen.«

Beim Wort »Fünfjahresplan« wurde es mäuschenstill bis in den Hausgang hinaus. Es war wie der Augenblick, in dem man bei Sprengungsarbeiten die Zündschnur in Brand steckt. Ein Wort, das Explosivstoff enthielt. Ein gefährliches Wort in einer gespannten Zeit.

»Ihr wißt doch alle, wer Stalin ist.«

Es hatte tatsächlich den Anschein, daß es alle wußten. Ein Leuchten huschte über viele Gesichter, und der Pfarrer merkte im selben Augenblick, daß ein Riß in einer Tapete mit Zeitungspapier überklebt worden war. Es war eine Zeitung in Kleinformat, und er sah den Namen der Zeitung: *Neues aus der Sowjetunion.*

»Stalin ist sicher ein großer Mann«, sagte nun Oemark. »Und sicher auch ein sehr kluger Mann. Wenn er eine Reform durchführen will, so weiß er, daß diese während einer längeren Zeit erprobt werden muß. Aber er nimmt nicht mehr als fünf Jahre auf einmal. Ihr werdet sehen: Wenn diese Jahre um sind, kommt ein neuer Fünfjahresplan.

Aber ich bin heute abend nicht hier, um von Stalin zu sprechen, sondern von Jesus. Ich weiß nicht, welcher von beiden nach eurer Meinung der größere ist. Ich vermute aber, daß ihr mehr zu Stalin haltet als zu Jesus. Es *kann* ja sein, daß man sich in zweitausend Jahren noch an Stalin erinnern wird. Aber so ganz sicher ist das nicht. Und auf alle Fälle ist nicht sicher, ob sein Programm zweitausend Jahre halten wird. Wer dann lebt, wird es sehen.

Aber es gibt etwas, das vollkommen klar ist. Nämlich, daß Jesu Programm noch hält und daß so wenige danach zu leben versuchen. In der Sowjetunion lebt man nach dem Programm Stalins, weil man dazu gezwungen ist, man mag wollen oder nicht, das wißt ihr. Aber Jesus zwingt niemanden, nach seinem Programm zu leben. Das ist ganz freiwillig. Und weil es ein ziemlich anspruchsvolles Programm ist, gibt es nicht so viele, die Lust haben, es zu verwirklichen.

Aber denkt euch einmal, wie die Welt nach fünf Jahren aussehen müßte, wenn die Menschen versuchten, nach dem Programm Jesu zu leben, nach dem Fünfjahresplan der Bergpredigt zum Beispiel! Wenn die Menschen ernstlich versuchten, einander zu lieben, Böses mit Gutem zu vergelten, hilfreich, barmherzig und ehrlich zu sein, alles miteinander zu teilen, so daß alle zu ihrem Recht kommen! Fünf Jahre lang!

Seht ihr, man kann nicht nach der Bergpredigt die Gesellschaft umändern, wie Stalin das mit seinem Fünfjahresplan tut. Aber man kann sich selbst umändern nach der Bergpredigt. Stalin will die Gesellschaft ändern und dadurch auch die Menschen. Die Bergpredigt aber will die Menschen ändern und dadurch die Gesellschaft.

Ich selbst habe in meiner Einfalt versucht, nach dem Fünfjahresplan der Bergpredigt zu leben. Ich lese sie oft und versuche, danach zu handeln, so gut ich kann. Ich will nur eine Sache erwähnen. Es heißt dort: ›Gib dem, der dich bittet, und wende dich nicht von dem, der dir abborgen will!‹ Ja, borgen, ohne etwas dafür zu erwarten. So heißt es dort. Ihr wißt, ich bin Pfarrer, und man sagt ja, die Pfarrer hätten hohe Löhne. Aber ich kann euch garantieren, wenn irgendeiner von euch eine Zeitlang ausprobieren müßte, was das heißt, Pfarrer zu sein, so würde er über den ›hohen Lohn‹ anders denken. Besonders, wenn es sich um einen Pfarrer handelt, der sich für seine Mitmenschen verantwortlich fühlt.

Ich kann euch versichern, daß ich ebenso einfach lebe wie irgendeiner von euch. Und das deshalb, weil ich so leben *will*. Luxus macht nicht glücklich. Wenn man nach der Bergpredigt zu leben versucht, will man einfach leben. Warum? Um mit anderen teilen zu können. Wenn einer zu mir kommt und mich bittet, so gebe ich ihm, soweit ich kann. Und kommt einer, der borgen will, so bekommt er geborgt, wenn ich etwas auszuleihen habe. Wartet einen Augenblick, so könnt ihr es selbst sehen. (Oemark steckte die Hand in den Rock und brachte eine abgenutzte Brieftasche zum Vorschein.) Seht ihr diese Brieftasche? Die gehörte einmal meinem Vater, einem armen Flößer und Waldarbeiter in Norrland. Und hier habe ich ein Papier. (Oemark legte die Brieftasche auf den Tisch und zog einen Folio-Bogen heraus und faltete ihn auseinander.) Dieser war in Kolumnen eingeteilt, in denen Namen und Zahlen standen. Wißt ihr, was das ist? Das ist ein Verzeichnis all des Geldes, das ich ausgeliehen habe, ohne es wieder zu erwarten. Wieviel meint ihr, daß ich bis jetzt zurückbekommen habe? Keine Öre! Und wieviel meint ihr, daß ich künftig bekommen werde? – Viele von euch kennen dieses Papier. Viele von euch haben darauf einen Geldbetrag quittiert. Ja, da seht ihr ein kleines Stück vom Fünfjahresplan der Bergpredigt. Glaubt nicht, daß ich großtun will. Ich sage bloß, wie es ist, lege die Karten offen auf den Tisch, wie man sagt! (Oemark legte das Papier auf das karierte Tischtuch und nahm die Bibel wieder zur Hand.) Und nun möchte ich euch den Fünfjahresplan der Bergpredigt empfehlen. Der eine Plan schließt den anderen nicht aus. Vielleicht stimmen sie sogar eine lange Strecke weit überein. Wie die Gesellschaft und der einzelne Mensch eine lange Strecke weit übereinstimmen. Aber denkt daran, daß der Mensch wichtiger ist als die Gesellschaft! Das Recht des Menschen ist es, was die Gesellschaft will, und das Recht des Menschen will auch Gott. Wenn die Gesellschaft das Wohl des Menschen will, dann ist sie nach Gottes Willen. Sonst nicht. Mir wird angst vor Gesellschafts-Reformplänen, die nur an die Produktion und dergleichen denken und die Menschen opfern, wie man Kohlen in Dampfmaschinen hineinschaufelt. Der Fünfjahresplan der Bergpredigt aber, der ist in dieser Beziehung klar. Der will das Wohl des Menschen. Und wenn wir nach diesem Plan leben, so geht es uns gut. Und den anderen auch. Auf die Dauer. – Amen.«

Es war eine lange Weile still, als Oemark zu sprechen aufgehört hatte. Aber es war keine peinliche Stille. Denn es war kaum einer in der großen Schar von armen Pächtern und Arbeitern, der nicht wußte, daß er die Wahrheit gesagt hatte. Seine Freigebigkeit war sprichwörtlich. Manch einer dachte an die Geschichte von Fredrik. Fredrik war ein Taugenichts mit einer großen Kinderschar und vielen Schuldscheinen auf der Bank. Als der einmal von Hof zu Hof gewandert war, um Hilfe zu bekommen, damit er einen verfallenen Wechsel bezahlen konnte, kam er zuletzt zu Pastor Oemark. Oemark, der sofort verstand, was los war, fragte, bevor Fredrik sein Anliegen vorbringen konnte:

»Wieviel fehlt dir diesmal, Fredrik?«

»Oh«, sagte Fredrik, »es ist so viel, daß ich es gar nicht zu sagen wage.«

»Wie soll ich dir helfen können, wenn ich nicht wissen darf, wieviel es ist?«

»Es nützt sowieso nichts mehr. Um zwei Uhr schließt die Bank, und dann verfällt der Wechsel.«

»Du kommst schon noch rechtzeitig auf die Bank, wenn du mir bloß sagst, wieviel du brauchst.«

»So viel Geld hat der Herr Pastor nicht«, sagte Fredrik.

»Also, wieviel ist es?«

Fredrik stöhnte und drehte die Mütze zwischen den Händen.

»Fünfhundert«, brachte er schließlich mit Mühe hervor.

»Oh, nicht mehr?« fragte Oemark. »Fünfhundert, das ist mein Monatslohn, den habe ich gestern geholt. Da!«

Oemark zog die Brieftasche heraus und legte vor den verdutzten Fredrik fünf Hundertkronenscheine. Der starrte auf die Banknoten. Dann hob er fragend seinen Blick.

»Darf ich die nehmen?«

»Gewiß, beeile dich jetzt, wenn du noch rechtzeitig auf die Bank kommen willst!«

»Aber das muß doch wohl noch aufgeschrieben werden?«

»Aufgeschrieben, wie meinst du das?«

»Sie müssen, denke ich, eine Quittung haben. Denken Sie, wenn ich sterbe!«

Oemark winkte mit der Hand.

»Dann stirb in Frieden, lieber Fredrik, stirb in Frieden!«

An solche Geschichten dachten die Leute, die dasaßen, in den stillen Sekunden nach Oemarks Rede über den Fünfjahresplan der Bergpredigt. Auch der Pfarrer saß da und dachte nach. Ihm fiel ein, wie er vor ein paar Tagen, als Oemark seinen Lohn holte, zu ihm gesagt hatte: »Ich kann gar nicht verstehen, daß mir das Geld nicht reicht.«

»Ist das zum Verwundern«, hatte Oemark geantwortet, »du gibst ja nie etwas weg.«

Aber ein heiliges Schweigen dauert selten lange. Plötzlich erklang eine Stimme:

»Dürfen wir diskutieren?«

»Jetzt ist es aus«, dachte der Pfarrer.

»Gerne«, sagte Oemark, »ich liebe Diskussionen. Aber wir wollen zuerst die Versammlung abschließen. Wir wollen ein Kirchenlied singen. Mir kommt es so vor, als hättet ihr vorhin so kläglich gesungen. Wir wollen etwas nehmen, das alle können. Zu dem, was ich gesagt habe, paßt nichts so gut wie ein paar Verse aus dem Weihnachtspsalm. Ich dachte, wir könnten den zweiten und dritten singen. Der Herr Pfarrer stimmt an.«

»Warum können wir nicht auch den ersten singen?« fragte Richard, der eines der ausgeteilten Gesangbücher aufgeschlagen hatte. »Es ist sicher für verschiedene von uns lange her, seit sie das letzte Mal in der Weihnachtsmesse gewesen sind.«

»Ja, wenn ihr den Weihnachtspsalm singen wollt, dann will ich aber die Kerzen anzünden«, sagte Richards Frau. »Reiche mir die Streichhölzer hierher, du Abborr-Johan! Sie liegen auf dem Herd.«

Die Zündholzschachtel flog durch den Raum und wurde von Richards Frau aufgefangen. Sie ging zu einem in grellem Gelb bemalten Buffet mit einem Spiegelschränkchen darauf. Auf dem Buffet standen zwei einfache Ständer mit gedrehten, gelben Kerzen darin. Feine Kerzen, die sicher schon viele Jahre dort standen. Fett und staubig. Aber sie brannten.

»Also stehen wir auf und singen den ganzen Weihnachtspsalm«, sagte Oemark, der sich gesetzt und die Stirn getrocknet hatte. Denn es war zum Ersticken heiß in der Küche.

Alle standen auf. Die rauhen Männerstimmen, die Stimmbruch-Tenöre halbwüchsiger Jungen, helle Frauenstimmen, der sonore Baß des Pfarrers, alles war wie in der Kirche. Die niedrige Küchendecke hob sich. Die Kerzen wurden zu Altarkerzen, der ärmliche Porzellanschirm mit der nackten Glühlampe verwandelte sich in einen strahlenden Bethlehemsstern.

Als das Lied zu Ende war, blieben alle stehen, schweigend, unschlüssig und wie verwirrt. Ein paar setzten sich, standen aber wieder auf. Da trat

Richard zum Küchentisch, auf dem die Kerzen brannten. Sie waren wieder zu gewöhnlichen Kerzen geworden.

Richard galt als einer der eifrigsten Kommunisten in Ytterby. Aber diese leidenschaftliche soziale Gesinnung hatte sehr persönliche Gründe. Er haßte eine Gesellschaft, die es zuließ, daß eine Aktiengesellschaft seinen väterlichen Hof besitzen durfte. Er war als Sohn eines freien Bauern geboren. Aber sein Vater hatte in einer momentanen Geldklemme den Hof verkauft. Das Geld war aufgebraucht. Und der Hof gehörte der Aktiengesellschaft. Richard hatte nur ein Ziel im Leben: den Hof seiner Väter zurückzukaufen. Als die Aktiengesellschaft »nein« gesagt hatte, da begann sein Haß gegen den Großkapitalismus. So wurde er Kommunist. Aber in seinem Herzen war er Bauer. Hätte er zur Zeit Karls XI. gelebt, wäre er Royalist gewesen. An eine Änderung der Verhältnisse glaubte er nicht. Aber er wäre mit Freuden bei der blutigsten Revolution dabeigewesen, nur um der Aktiengesellschaft den väterlichen Hof wieder entreißen zu können. Und nun stand er beim Tisch, ein schöner junger Mann in der Vollkraft seiner Jahre, streitbar, aufrecht, männlich.

»Es ist Diskussion verlangt worden«, sagte er. »Ich bin sehr für eine Diskussion, aber nicht heute abend. Ich habe einmal in einer Zeitung von einer kleinen Begebenheit in der ersten Kriegsweihnacht des Weltkrieges gelesen. Es war bei einem Schützengraben an der Westfront in der Weihnachtsnacht. Die Kanonen donnerten, und Schüsse flogen zwischen den Schützengräben hin und her. Da hörte man auf der französischen Seite plötzlich eine Stimme. Eine starke, geschulte Stimme, wohl von einem Opernsänger, stimmte auf französisch das Weihnachtslied von Adam an: ›O heilige Nacht, o heilige Stund, da der Gottesmensch zur Erde herniederstieg.‹ Die Gewehre hörten auf zu knallen. Aber im Schein der aufblitzenden Kanonen sah man den Franzosen auf den Wall des Schützengrabens hinaufklettern und das Lied fertigsingen. Für einen ›Patrioten‹ wäre es ein leichtes gewesen, ihn niederzuknallen. Aber keiner hob sein Gewehr. Kaum hatte er fertiggesungen, da sprang ein Deutscher aus seinem Schützengraben herauf und sang das Weihnachtslied aller deutschen Kinder. ›O Tannenbaum, o Tannenbaum‹. Aber nicht ein Gewehr wurde auf der französischen Seite erhoben. Und dann begannen die Soldaten die ganzen Schützengräben entlang einander ›Fröhliche Weihnachten‹ zuzurufen. Und in jener Nacht fiel kein

Schuß mehr. Aber als der Morgen graute, kam Befehl, und dann fingen sie wieder an.

Nun stand das Wort *Andacht* auf den Anschlägen, die euch auf heute abend in mein Haus einluden. Ich sage *mein* Haus, obschon es der Aktiengesellschaft gehört, bis der große Tag kommt. Andacht hieß es da. Und eine Andacht ist der heutige Abend geworden, mehr als ich oder jemand anders es zu glauben gewagt hatte. Wir haben Worte gehört, wie wir sie noch selten zu hören bekamen, und jedenfalls nie aus dem Munde eines Pfarrers. Und wir haben das Weihnachtslied gesungen, das Weihnachtslied der Kindheit, als wir mit Vater und Mutter von unseren Höfen, die noch unsere eigenen waren und noch nicht einer kapitalistischen Gesellschaft gehörten, zur Kirche gingen. Ja, wir haben ein Weihnachtslied gesungen, wie jene Soldaten in ihren Schützengräben, von beiden Seiten der Front her. Und nun finde ich, wir wollen die Waffen ruhen lassen heute nacht. Morgen können wir wieder anfangen. An einem anderen Abend kann auf den Anschlägen das Wort Diskussion stehen. Und dann seid ihr alle willkommen, auch die Pfarrer. Und nun vielen Dank für den heutigen Abend, dir Oemark für deinen Fünfjahresplan, und dem Herrn Pfarrer für seinen schönen Gesang.«

Richard war nicht der einzige, der vor dem Abschied Oemark die Hand drückte; auch dem Herrn Pfarrer.

50

Zehn Jahre waren vergangen. In diesen Jahren war es zu einem neuen Weltkrieg gekommen. Im letzten Sommer, bevor die Welt von neuem in Flammen stand, machten Oemark und seine Frau eine Auslandsreise. Sie nahmen auch Inger und ihren Mann mit. Sie war jetzt Lehrerin, und ihr Mann war Hilfspfarrer in einer Arbeitergemeinde in Västmanland. Es war niemand anders als der Student, der auf der Alp oberhalb Vassbäcken bei der Sennhütte Okarina gespielt hatte. Er hatte das Instrument bei sich, und weil er ein Meister war, bezauberte er mit seinem

Spiel in kleinen französischen Gasthöfen den Wirt und die Gäste, Grubenarbeiter im Erzgebirge, Schweizer in den Alpentälern und vor allem italienische Bauern in der von Mussolini trockengelegten Campagna.

Zu seinem Entzücken erkannte Oemark viele Städte wieder, von denen er im »Nordisk Familjebok« gelesen hatte. Er sah das Kolosseum in Rom, die Kanäle von Venedig und den Dom von Mailand. Er wäre gern auch noch nach Prag gekommen, aber dort hatte Hitler die Lage bereits unsicher werden lassen. Er steuerte den kleinen Ford selber, den Lund, Ingers künstlerisch begabter Mann, mit Dala-Rosen bemalt hatte. Aber wenn sie durch Städte zu fahren oder die haarnadelähnlichen Kurven der Alpenpässe zu überwinden hatten, ließ er Lund ans Steuer, obwohl er selbst von verschiedenen Norwegen-Reisen her auch im Training war.

In einer Mondscheinnacht, als er mit Hanna, Inger und ihrem Mann in einer Gondel zum Lido hinausfuhr und den Klängen der Okarina lauschte, fragte er:

»Heißt es nicht: ›Sieh Venedig und stirb?‹«

»Doch, wenn du statt Venedig Neapel sagst«, antwortete Lund.

»Ja, so weit bringen wir es nicht«, sagte Oemark. »Aber dort kann es nicht schöner sein als hier. Und ich kann sterben, ohne Neapel gesehen zu haben.«

»Warum redest du vom Sterben, Papachen?« fragte Inger und streichelte Oemarks Hand. »Du sollst noch lange bei uns bleiben.«

»Ich sterbe, wann Gott will«, sagte Oemark.

Hanna sagte nichts. Aber wenn einer ihr dem silbern glitzernden Wasser zugewandtes Gesicht gesehen hätte, so hätte er in ihren treuen braunen Augen Tränen gesehen.

Als Oemark von seiner Europareise zurückgekehrt war, kam eine seltsame Unruhe über ihn. Die letzten Jahre waren Jahre stiller Arbeit gewesen. Gewiß hatte man seine Initiativkraft, seine praktische Begabung und sein Führertalent mehr und mehr in Anspruch genommen. Nach den schweren Jahren waren wieder gute Zeiten gekommen, und der neue Krieg steigerte die Produktion und den Export des Landes. In der Gemeinde drängten mehrere Bauvorhaben — ein Schulhaus, ein Gemeindehaus und anderes. Aber wenn man Oemark in neuen Baukommissionen zum Präsidenten wählen wollte, lehnte er dankend, aber bestimmt ab. »Ich habe genug gebaut«, sagte er.

Eines Tages sagte Hanna:

»Du bist gar nicht mehr derselbe, seit du von der Europareise heimgekommen bist, Gustaf.«

»Ein Bauvorhaben beschäftigt mich«, antwortete Gustaf.

»Aber du hast doch alle Bauvorhaben von dir gewiesen.«

»Ja, aber eines kann ich nicht von mir weisen.«

Hanna gehörte nicht zu den neugierigen Fragern.

Eines Tages aber kam Gustaf zu spät zum Abendessen. Mit großer Verspätung. Während Hanna den Küchentisch deckte, sagte Gustaf:

»Nun habe ich ein Grundstück gekauft.«

»Was für ein Grundstück?«

»Ich werde in Ström ein Häuschen bauen.«

»Aber wir haben doch schon ein Ferienhäuschen bei den Weiden von Brädskog.«

»Dort kann man im Winter nicht wohnen. Wir brauchen etwas, worin wir wohnen können, wenn wir pensioniert werden.«

»Hast du nicht selbst gesagt, bis dahin dauert es noch zwanzig Jahre?«

»Doch gewiß.« Oemark seufzte. »Aber im schlimmsten Fall kann man ja vorzeitig pensioniert werden. Du weißt, wenn man herzkrank ist oder dergleichen.«

Hanna sagte nichts. Aber sie begann zu ahnen, warum ihr Mann den Bau mit immer größerem Eifer beförderte.

Er, der sonst stets die Interessen anderer an die erste Stelle gerückt hatte, schien nun eine Zeitlang nur an sich zu denken. Er saß tagelang beim Baumeister, studierte genau die Pläne und machte Änderungsvorschläge. Er überwachte die Fundamentierungsarbeiten für das Haus und plante vor allem eine geräumige Garage.

»Vielleicht kaufe ich mir noch einen Lärmkarren, wenn ich alt und reich werde«, scherzte Oemark.

Das Haus wurde nicht groß, aber mit der allergrößten Sorgfalt gebaut. Es bekam Zentralheizung, ein Badezimmer, einen elektrischen Herd und zur Sicherheit auch noch einen gewöhnlichen Holzherd. Einen offenen Kamin in einer gediegenen kleinen Halle, ein Schlafzimmer mit Alkoven im ersten Stock, mit Aussicht nach Osten wie im Pfarrhaus.

Je mehr der Bau seiner Vollendung entgegenging, desto mehr fand Oemark seine frühere Ruhe wieder. Er war eine lange Zeit ernst gewesen, bisweilen grüblerisch, in sich gekehrt und unzugänglich, ab und zu sogar beinahe heftig. Der genaue Gegensatz zu dem, wie er sonst zu sein pflegte.

»Wie wollen wir es machen, wenn das Häuschen fertig ist?« fragte er eines Tages. »Wollen wir beide dort einziehen, oder willst du allein dort wohnen, und dann gehen wir einander ab und zu besuchen?«

»Wir können es, denk' ich, vermieten«, meinte Hanna.

»Oh nein«, sagte Gustaf. »Die Gesetze sind heute so, daß man riskieren muß, daß man eine Person nie mehr aus dem Haus herauskriegt, in dem sie sich einmal eingemietet hat.«

»Das sind aber unvernünftige Gesetze«, sagte Hanna.

»Nicht vom Standpunkt derer aus, die auf das Mieten angewiesen sind«, entgegnete Gustaf. »Die müssen wohl auch einen Vorteil haben gegenüber allen reichen Grundbesitzern wie du und ich.«

»Wir sind doch nicht reich«, sagte Hanna.

Gustaf schaute sie an. »Weißt du jemanden, der reicher ist als wir?«

»Nein«, sagte Hanna. Sie lief in die Speisekammer und blieb lange draußen. Als sie wieder hereinkam, wagte Gustaf nicht, sie anzusehen. Er verbarg sich hinter seiner Mora-Zeitung und hatte seinen Zahnstocher hervorgenommen.

Hanna fühlte bisweilen, daß etwas geschehen würde. Mit der wachsenden Unruhe, die sie mit ihrer starken Natur kaum zu stillen vermochte, wuchs ihre Fürsorge.

Sie, die mit lieben Worten und Zärtlichkeiten sonst selten freigebig war, ergriff öfter verstohlen die Hand ihres Mannes oder strich ihm übers Haar. Dann konnte Gustaf sie an sich ziehen und fragen:

»Bist du glücklich, Hanna?«

»Ja, ich bin glücklich, Gustaf.«

Und dann konnte sie ihren Kopf an seine Schulter lehnen und in Tränen ausbrechen.

An einem Sonntagabend, nachdem Hanna und Gustaf in den »teuren Stühlen« gesessen und Kaffee getrunken hatten, hörte sie ihn rufen:

»Hanna, Hanna!«

Hanna, die am Abwaschtisch stand, trocknete ihre Hände ab und lief in die Stube. »Was ist, Gustaf?«

Er saß mit der Zeitung in der Hand da, wie gewöhnlich, und schaute sie an, als ob er etwas gefunden hätte, was er ihr vorlesen wollte — wie er das bisweilen tat.

»Hilf mir bitte hinaufgehen, Hanna. Ich glaube, ich muß mich ein wenig hinlegen.«

Er stand mit Mühe auf.

»Kannst du dich nicht hier auf das Sofa legen?«

»Nein, ich will hinauf in unser Schlafzimmer.«

Sie waren bereits die halbe Treppe hochgestiegen, als Hanna fühlte, wie sein Arm über ihrer Schulter schwer wurde. »Wir müssen hinauf!« dachte Hanna. Aber wie stark sie auch war – unter der Last seines schweren Körpers brach sie fast zusammen.

Er sank auf das Bett.

»Lieg still, ich will den Doktor anrufen.«

»Nein, nein, Hanna, das geht vorüber. Es tat bloß so weh wie sonst nie. Bisher wurde ich nur ohnmächtig.«

Hanna kämpfte darum, ruhig zu bleiben.

»Wäre es nicht am besten, du würdest dich ausziehen, Gustaf? Ich will dir helfen.«

»Vielleicht.«

»Darf ich nicht den Doktor anrufen?«

»Ich hoffe, ich kann ohne Doktor sterben«, scherzte Oemark.

»Du siehst frisch aus wie nie zuvor«, sagte Hanna.

»Ja, es ist bald vorüber.«

Oemark lag nun richtig im Bett. Er tätschelte Hannas Hand.

»Du bist so lieb, Hanna, mein Engel.«

Hanna sah, wie sich sein Gesicht vor Schmerz zusammenzog.

»Vielleicht wäre es doch das beste, mit dem Doktor zu telefonieren. Nicht meinetwegen, aber ich muß ja auch an dich denken. Man darf wohl auch nicht einfach aus Schlamperei sterben.«

Der Krampf ging vorüber, und er lachte.

»Bring mir ein bißchen Wasser, und dann geh telefonieren!«

»Soll ich das Licht anzünden?«

»Nein, es ist so schön in der Dämmerung.«

Der Doktor kam. Er hatte sofort begriffen, wie es stand, und war im Vorbeifahren noch schnell in der Apotheke gewesen. Er untersuchte das Herz und sagte:

»Du hast es auch diesmal durchgestanden. Aber es fehlte nicht viel.«

»Dann knallt es also das nächste Mal«, sagte Oemark.

»Es kann noch lange gehen. Aber du mußt vorsichtig sein.«

Die Medizin mußte aufpeitschend gewirkt haben, denn Oemark konnte nicht schlafen. Er lag da und plauderte mit Hanna, die am Bett sitzen und wachen wollte.

»Nein, geh und lege dich hin. Gott hat unruhige Menschen nicht gern.«

»Dann bleiben allerdings nicht viele, die er gernhaben kann.«

»Ich meine solche, die nicht glauben. Denn es heißt: ›Wenn ihr keinen Glauben habt, werdet ihr keine Ruhe haben.‹«

»Es ist nicht so leicht, zu glauben.«

»Nein, nein, aber dann müssen wir einander halt helfen. Das eine muß für das andere glauben. Nun will ich für dich glauben, daß ich wenigstens noch so lange lebe, bis du wieder aufgestanden bist. Gehorche mir nun wie ein artiges Mädchen und lege dich schlafen.«

Hanna tat, wie er sagte. Aber ehe sie ins Bett kroch, sagte er:

»Du mußt mir aufstehen helfen. Ich muß niederknien und mein Abendgebet sprechen.«

»Das kannst du bestimmt auch im Bett beten.«

»Natürlich kann ich das, aber ich will heute abend aufstehen; und dann muß ich ans Fenster treten und die Sterne sehen. Lösche einen Augenblick das Licht aus!«

Hanna zog die Vorhänge zurück und stellte sich an seine Seite. Er legte den Arm um sie.

»Schau«, sagte er, »das dort ist bestimmt der Stern, den ich in jener Nacht in Norrland sah, als der reißende Fluß den Vater fortriß. Es muß ein Planet gewesen sein. Und das dort ist sicherlich der gleiche Stern.«

Dann begann er leise zu sprechen, und Hanna war es, als sei dort oben jemand, mit dem er sprach, jemand, der dort stand mit dem Stern in der Hand wie eine strahlende Leuchte.

»Du hast mich damals gerufen. Du hast mich weggenommen von Wald und Fluß. Du hast mich weggenommen von meinem toten Vater und meiner toten Mutter und mich in die Welt gesandt. Und du bist mir vorangegangen, und ich brauchte dir nur zu folgen. Du hast mich an die Hand genommen, und nun sehe ich, daß du mir winkst. Ich komme, wenn du rufst.«

Dann wandte er sich Hanna zu.

»Nun will ich schlafen.«

Hanna führte ihn zum Bett zurück.

»Wolltest du nicht dein Abendgebet sprechen, Gustaf?«

»Das ist schon geschehen, Hanna.«

Aber Gustaf schlief nicht ein. Von Zeit zu Zeit flüsterte er Hannas Namen, als fürchte er, sie zu wecken.

»Was ist, Gustaf? Ich bin wach.«

»Weißt du, während ich so daliege, frage ich mich, ob ich irgendwelche Feinde habe. Es gibt wohl viele, die über mich verärgert sind, aber ich weiß nicht, ob ich einen richtigen Feind habe. Es hat einmal einer gesagt, wenn einer keinen Feind habe, so sei er kein richtiger Mann. Jesus aber hatte viele Feinde.«

»Muß man denn unbedingt ein richtiger Mann sein?«

»O Hanna, jetzt hast du's gesagt. Wie klug du bist! Da siehst du, wie hoffärtig ich in letzter Zeit bin. Vielen Dank, nun kann ich das auch fahrenlassen, das ist schön. Ich bin ein schwacher Mann, ich habe keine Feinde. Aber Gott liebt die Schwachen.«

Eine Weile später: »Hanna!«

»Ja, Gustaf?«

»Ja, du mußt dann noch den Hemus-Olle besuchen gehen. Vielleicht ist er doch mein Feind. Du weißt, er gab mir diese achthundert Kronen für die Glocken, die ich von Stål-Anders nicht bekommen habe. So ließ ich sogar seinen Namen mit denen der anderen Spender zusammen auf die Glocken setzen. Aber durch einen Zufall habe ich dann vergessen, ihm eine Einladung zum Festessen nach der Einweihung zu schicken. Und das hat ihn so verletzt, daß er nicht einmal zur Einweihung kam und seither seinen Fuß nie in die Kirche gesetzt hat. Ich habe mehrere Male mit ihm gesprochen, aber er sagt immer: ›Darüber komme ich nie hinweg. Achthundert Kronen wären wohl ein Mittagessen wert gewesen.‹

Einmal sagte ich: ›Aber lieber Hemus-Olle, das war reine Vergeßlichkeit von mir.‹

›Desto schlimmer‹, sagte Hemus-Olle.

Es ist ja ein wenig seltsam, daß diese Gabe nicht von Herzen kommen durfte. Ich habe die kleine Glocke stets mit einem falschen Nebenton läuten hören. Aber du mußt zu ihm gehen, ihn von mir grüßen und ihn bitten, er möge mir verzeihen. Und zum Zeichen, daß er mir verziehen hat, solle er zu meinem Begräbnis kommen. Dann werde ich die Glocke richtig schön läuten hören dürfen, wenn ihr mich zu Grabe tragt. Und vergiß nicht, ihn zum Leichenmahl einzuladen! Ihn vor allen andern.«

»Ich will daran denken. Aber denke jetzt nicht solche Dinge! Bis dahin kann es ja noch lange gehen.«

»Ja, der Doktor hat es gesagt. Er weiß es am besten.«

Eine Stunde verging.

»Willst du nicht eine Tablette, damit du schlafen kannst, Gustaf? Der Doktor sagte, ich soll dir eine geben, falls die Medizin zu aufpeitschend wirkt.«

»Ich kann es mir nicht leisten, jetzt zu schlafen«, sagte Oemark. »Denk doch, wenn ich morgen früh sterben müßte und meine letzten Stunden verschlafen hätte! Nein, ich liege wach und denke an so vieles, und das macht mir so viel Freude! Ich denke an Lundberg, den Kaplan, wie lustig er manchmal sein kann. Weißt du, was er kürzlich einmal sagte?«

»Nein.«

»Ja, er sagte: ›Du bist so vielseitig, Gustaf, daß du bald rund bist!‹«

Hanna lächelte. »Er hat wirklich recht, du siehst in letzter Zeit beinahe aus wie ein Propst.«

Gustaf lachte.

»Aber dafür siehst du um so weniger einer Frau Propst ähnlich. Du bist wahrhaftig noch ebenso schlank und leicht wie damals, als du in Amerika in jenem Chor standest und ich glaubte, du seiest ein Engel. Die haben halt schlanke Leiber, die Engel!«

Es war lange still. Manchmal schien es, als würde Oemark schlafen. Aber dann gab er sich wieder einen Ruck und war wieder wach.

»Wie geht es, Gustaf?«

»Ganz gut. Oder besser gesagt: immer besser. Ich habe mich meiner Lebtag nie so glücklich gefühlt. Ich liege und danke Gott für alles und am meisten für dich, Hanna. Du bist mir eine Frau gewesen, wie es keine zweite gibt.«

Etwa um vier Uhr hörte Hanna, wie ihr Mann schlief, aber er stöhnte im Schlaf. Sie traute sich nicht, das Licht anzuzünden, aus Angst, sie könnte ihn wecken. Das Stöhnen wiederholte sich, in immer kürzeren Abständen. Gegen sechs Uhr wachte er auf.

»Wie ist dir, Gustaf?«

»O ja, ich möchte so gerne den Morgen noch erleben.«

»Soll ich den Doktor herbitten?«

»Nein, nun brauche ich keinen Doktor mehr.«

Ein paar Stunden vergingen. Oemark schlief unruhig.

Dann erwachte er.

»Zieh die Vorhänge zurück, Hanna, ich glaube, es tagt.«

Plötzlich wandte er ihr das Gesicht zu und schaute sie an.

»Hanna, wir haben keine Kinder gehabt. Ich hinterlasse dir niemanden.«

»Oh«, sagte Hanna, »haben wir keine Kinder? Wir haben Inger und ihren Mann. Wir haben Elin vom Thomashof und Ris Karl und seine Frau, und wir haben alle Kinder in Vassbäcken. Und alle deine Konfirmanden. Ist das nicht genug?«

»Doch, das ist genug. Ich danke dir, Hanna, danke dir für alles.«

Sein Haupt sank zurück. Hanna fiel neben seinem Bett auf die Knie, den Kopf gegen das liebe Herz gelehnt, das zu schlagen aufgehört hatte.

Und sachte erhob sich die Sonne über den Bergen.

Axel Hambraeus
Marit
Roman

256 Seiten. ABCteam-Taschenbuch
Bestell-Nr. 3-7655-3982-1

Durch eine Ungeschicklichkeit ihres Mannes verliert Marit Haus, Hof und das gesamte Vermögen. Aus ist der Traum von der Auswanderung nach Amerika, die Hoffnung auf ein besseres Leben dort.
Mit bewundernswertem Mut und unendlich viel Ausdauer gelingt es Marit, sich und ihre fünf Kinder durchzubringen. Dabei erfährt sie Hilfe von oft unerwarteter Seite.
Ihr Mann bleibt jahrelang verschwunden. Marit weiß nicht einmal, ob er noch lebt. Aber sie hält ihm die Treue.
Dramatisch verläuft das Schicksal ihres Mannes, der um die Welt getrieben wird, bis er – erschöpft und zerschlagen – zu seiner Familie heimfindet.

Axel Hambraeus
Anneli
Roman

260 Seiten. ABCteam-Taschenbuch
Bestell-Nr. 3-7655-3671-7

Ein kleines Dorf im abgelegenen Grubental ist Annelis Heimat. Das Leben der Menschen dort wird vollständig vom Bergbau bestimmt. Es ist ihre Erzgrube, die ihnen Arbeit und Brot verschafft, aber auch tödliche Gefahren in sich birgt.
Anneli wächst in der festgefügten dörflichen Gemeinschaft heran. Ihren heiteren, lebensfrohen Vater liebt sie über alles. Die Mutter wünscht sich für ihre Tochter eine Laufbahn als Ärztin – ein Lebensweg, der ihr selbst versagt geblieben ist.
Anneli besucht deshalb die höhere Schule in der Stadt. Aber dann nimmt sie das Studium doch nicht auf, sondern heiratet den Kantor Michael Vasenius. Es kommt zum Konflikt zwischen Mutter und Tochter. Erst viele Jahre später finden die beiden neu zueinander.

BRUNNEN VERLAG GIESSEN
www.brunnen-verlag.de